KB086022

RAINBOW CITY

Rainbow city

{ 레인보우 시터 }

RAINBOW CITY

채팔이
장편소설

3

{ 차례 }

{ 레인보우 시티 }

RAINBOW CITY

Rainbow City

#3

우욱, 석화가 구역질을 했다. 손에 닿은 최호언의 서늘한 체온에 소름이 돋다 못해 속이 뒤집혔다. 최호언이 고개를 비틀더니 웃음기를 싹 지웠다.

"비포장도로라 멀미가 나나 봐요."

"……아뇨. 저한테 손대지 마세요."

"설마 내가 구역질 나서요?"

"……."

최호언은 그럴 리가 없지 않느냐며 생수만 내밀었다.

"곽 소령과는 서로 붙어 지내고는, 나는 그저 내 동생과 함께 어머니의 기억을 찾는데 내가 구역질이 난다고?"

석화는 제주 학습센터에 있을 당시 묘한 동기 한 명을 알았다. 대체로 조용하고 내성적인 학생이었는데 석화에게는 친절했다. 그런 그가 자신이 키우던 봉숭아나무에 해충이 생기거나 누군가 흙을 파헤쳐 장난을 쳤을 때 180도로 변해 난동을 피우고는 했다.

원래도 혼자 지내는 게 더 좋았던 석화는 그 이후로 그를 더 철저하게 피해 다녔다. 무언가에 병적으로 집착을 발휘하는 상대는 제가 감당할 수 있는 사람이 아니었다. 언제 어느 때 화를 내고 날뛸지 가늠할 수 없으니 조금 두렵기도 했다. 마치 미지의 심해를 볼 때 막연한 공포가 찾아오듯이 말이다.

"내가 구역질 나요?"

꼭 대답을 듣고 말겠다는 최호언에게 석화는 무감각하게 대꾸했다.

"네."

"어째서? 우린 가족인데?"

"우리는 가족 아닙니다. 제 가족은 곽 소령님뿐이에요."

최호언이 마스터로서 엄청난 지지율을 자랑하는 이유 중 하나는 그의 겉모습에 있었다. 젊은 지도자이자 미남형인 마스터는 사람들에게 묘한 고양감을 심어주었다. 겉으로는 부족함 하나 없이 완벽해 보였기에 제 손으로 뽑은 지도자에 대한 자부심도 있었다.

석화 역시 최호언을 멀리서 바라보기만 했다면 마스터로 적합한 차세대 지도자라고 생각했을지 모르겠지만, 가까이서 본 그는 아니었다. 석화는 뒤를 돌아 곽수환의 지프가 따라오는지 확인하려 했다. 최호언이 얼굴을 거칠게 잡아 돌지 못하게 만드니 다시 구역질이 치솟을 것만 같았다.

"거부한다면 어쩔 수 없죠. 원래 가족이란 다 그런 거니까."

"최 박사님과 저, 몇 십 년이나 모르는 사이였습니다."

"나는 알았죠. 나는 알고 있었어요. 어머니와 제주도에서 함께 사는 것도 알았고. 어머니가 내 이야기는 정말 한번도 하지 않던 가요?"

"네."

그가 얼굴을 붙잡고 있던 손을 놨다.

"백신 개발에 성공했다면서요. 대량생산이 가능하도록 도와 줄게요."

최호언은 조금 피곤한 듯 아직도 피가 흐르는 팔을 압박했다. 석화는 저자의 말에 진심이 담겨 있지 않을 거라고 생각했다.

"아담도 전부 없애고."

석화는 흔들리지 않았다.

"낙오된 자들도 전부 포함해서."

최호언의 하얀 붕대가 질척하고도 붉은 피로 물들었다. 석화는 낙오자라는 말에 대해서도 의문을 갖지 않으려 했다. 서펀트에게 휘둘려봤자 좋지 않은 일만 생기는 것을 이미 몇 차례나 겪었다.

"마스터."

눈을 감고 있던 최호언에게 앞좌석의 군인이 조심스레 말을 붙였다. 최호언은 말하라는 대답만 주었다.

"2호 지프와 무전이 연결되지 않습니다."

당황한 건 오히려 석화였다.

"아무래도 일이 생긴 것 같습니다."

"무슨 일이요?"

석화가 바짝 조수석으로 몸을 가져갔나.

"직접 확인하고 와요."

"예, 확인하고 합류하겠습니다. 만일 합류하지 못하면 뒤를 부탁드리겠습니다, 마스터."

품에는 권총과 어깨에는 소총 그리고 무전기까지 챙겨 무장한 군인이 풀썩 내려섰다. 석화도 이참에 내려보려고 했지만, 최호언이 벨트를 끌어와 몸을 고정시켰다. 퍽, 벨트꽂이 버튼에 잭나이프를 내리꽂아서 빼지도 못하게 만들었다.

"다시 출발해요."

석화는 연방 뒤를 돌아봤다. 무장한 군인이 위로 올라가는 모습은 곧 어둠에 파묻혔다. 그가 탄 지프에 무슨 일이 생겼다면 곽수환이 탈출에 성공한 거라 믿고 싶었다.

"한숨 자둬요, 갈 길이 머니까."

석화는 잭나이프의 손잡이를 잡고 위로 잡아당겨 올려봤지만 무용지물이었다. 이내 제 몸을 가로지른 벨트만 두 손으로 꽉 쥐었다. 몸을 시트에 늘어뜨리고 잠을 청하고 싶은 마음은 굴뚝같았다. 러시아에서 내려온 지 그래 봐야 며칠이건만 제대로 잠을 자지를 못했기에 정신력으로 간신히 버티는 중이었다. 어차피 온 신경이 곽수환에게 향해 있었기에 편히 잠들 수 있을 리도 만무했다.

그의 말대로 러시아에서 살 걸 그랬나. 죽을 때까지 곽수환의 보호를 받으면서 살았다면 이런 불안함은 없었겠지? 석화는 아직도 이런 감정들이 버거웠다. 곽수환이 아니었다면 절대 알아차리지 못했을 고통이었다. 실제로 몸에 상처가 나면 치료할 곳이라도 확실하게 보이지만, 감정이 아플 때는 어디부터 손을 대야 할지도 몰랐다.

석화는 눈을 감고 있는 최호언을 곁눈질했다. 저와 형제라고는 하지만 어느 한 곳도 닮은 구석이 없었다. 그건 세컨드 마스터도 마찬가지였다. 그의 죽음에 아무런 감정이 들지 않는다고 여겼건만 석화는 저 자신이 생각보다 감상적이라는 것도 깨달아야 했다. 최호언을 쏘라며 소리치던 모습이 생생한데 더는 이 세상 사람이 아니었다. 불과 몇 분 전까지도 살아 있던 사람이었는데……. 기분이 이상했다.

"왜 그래요."

시선을 느꼈는지 최호언이 눈을 슬며시 떴다. 눈이 마주쳤고, 석화는 그를 향한 경계심과 불손한 시선을 숨기지 않았다.

"설마하니 세컨드를 죽인 것 때문이라면, 나도 어쩔 수 없었어요. 살려둬봤자 후환만 생길 뿐이죠. 세컨드는 지도자로서의 자질도 부족합니다. 오히려……."

최호언은 말을 하다가 저 스스로 멈췄다.

"변명처럼 느껴지나 보네요. 그래요, 인정하죠. 그냥 죽이고 싶어 죽였습니다. 아주 오래전부터 그러고 싶었거든요."

곽수환과 밖으로 나와 수많은 아담의 죽음을 봤지만, 사람이 사람을 죽이는 모습을 실제로 본 건 처음이었다. 곽수환은 저를 살리기 위해 수많은 아담을 죽였어도 멀쩡한 군인이나 사람을 살해한 적은 없었다. 러시아에서 저희들이 가진 식량을 뺏고자 쳐들어왔던 불한당을 상대할 때 역시 그는 목숨을 빼앗지는 않았다.

'죽이기가 더 쉬운데, 그런 건 익숙해지면 안 되는 거라서.'

불한당을 제압한 뒤, 거처를 옮기던 곽수환이 말했다. 그때는 그 자신이 살인에 익숙해지면 안 된다고 다짐한 줄 알았는데 그게 아니었다. 저를 걱정한 거였다.

자신이 살기 위해 남을 죽이는 건 결코 잘못된 일이 아니다. 뿐만 아니라 저는 누군가가 칼을 들이밀 때 두 팔을 펼쳐 그자를 품을 선인은 되지 못했다. 죽음은 회피해야 할 장애물이며, 사신을 일부러 마주할 필요도 없었다.

우리가 살고자 곽수환이 누군가를 죽였다고 해도 그건 정당방위일 뿐인데, 그는 인간다운 긍지를 잃지 않도록 노력해줬다. 타인의 죽음에 무감각해진다면 그건 더 이상 사람이라 부를 수 없기에 사람이 사람답지 못할 세상에서 곽수환이 저를 지켜준 것이다. 그렇기에 자신은 세컨드 마스터의 죽음도 애도할 수 있었다.

'마스터.'

지프로 무전이 들어왔다. 석화가 움찔 놀라며 반응을 보였고,

운전병이 최호언에게 무전기를 넘겼다.

"말해요."

'지프가 계곡에 추락해 있습니다. 물에 잠겨 있기에 들어가 확인을 해봤고, 시체 네 구를 발견했습니다.'

"시체가 네 구라고?"

최호언이 이마에 인상을 썼다.

'예, 추락의 여파로 사체가 워낙 훼손되어 있지만, 네 구가 확실합니다.'

"지원팀 보낼 테니 시체 수습해서 돌아와요."

'알겠습니다, 마스터.'

최호언이 무전기를 다시 돌려주고는 석화를 쳐다봤다.

석화는 굳어버린 채로 정면만 응시하는 중이었다. 그러나 시야에 담기는 것은 아무것도 없었다. 시체가 네 구라고 했다. 지프에 탄 사람은 곽수환을 포함해 총 네 명이었다.

믿을 수가 없었다. 계곡으로 추락해 모두가 죽었다는 말은 쉽게 믿기 힘들었다. 그러나 석화도 그 가파른 절벽의 계곡을 봤다. 제아무리 곽수환이라고 해도 지프에 갇힌 채로 추락했다면…….

동상처럼 굳어 있던 석화가 잭나이프의 손잡이를 쥐고 잡아올렸다. 손에 땀이 차 미끄러져 내려 칼날과 손잡이의 중간을 잡았더니 그 밑이 순식간에 피로 물들었다.

"석화 박사, 그만."

최호언이 석화의 손을 억지로 떼게 만들어냈다. 진흙을 삼킨 것처럼 목이 꽉 메었다. 놓으라고, 내가 직접 확인하겠다고 소리를 지르고 싶은데 받은 숨만 새어 나왔다. 최호언의 멱살을 움켜쥐었다. 말을 하고 싶은데 누가 성대를 망가뜨리기라도 한 것처럼 어떤 소리도 낼 수가 없었다. 정작 곽수환에게 사신은 자신이었다.

◆ ◆ ◆

칼에 베인 두 손은 붕대가 감겨 있었고, 머리카락은 덜 마른 채 숨이 죽어 있었다. 눈앞에 그간 볼 수 없었던 진수성찬이 차려져 있는데 아직도 목이 막혀 있는 듯하여 그 어떤 음식물도 넘길 수 없었다. 누군가가 상처를 치료해줄 때도, 식탁에 앉혔을 때도 석화는 아무 반응이 없었다. 최호언의 멱살을 쥔 뒤로는 마치 배터리가 다 나가버린 물건처럼 얌전했다.

두 눈으로 보기 전까지는 믿지 않기로 했다. 곽수환은 그렇게 쉽게 죽을 사람이 아니니까. 굳게 믿고 있는데도 확신을 가질 수가 없으니 자꾸만 누가 뒤통수를 쥐고 뒤로 잡아당기는 기분이 들었다. 그대로 뒤로 고꾸라져 쓰러지고만 싶었다.

"석화 박사님, 백숙 좋아한다면서요."

최호언의 말대로 김이 모락모락 올라오는 백숙이 바로 코앞에 있었다. 석화는 붕대가 감긴 손으로 어설프게 수저를 들었다. 그리고 한 스푼 떠먹었다. 괜찮다, 괜찮을 거다. 그러니 곽수환이 살아남았다는 사실을 확실하게 보고 들을 때까지는 버텨야 했다. 만일 그래서 그가 정말 이 세상 사람이 아니라면……
저도 죽으면 된다. 죽음을 회피하기는 어렵지만, 두 팔을 벌려 죽음을 마주하는 건 그리 어렵지 않은 법이다.

그러나 한 가지 마음이 아픈 건, 저에게 죽음은 그저 흙으로 돌아가는 것뿐이라는 사실이었다. 곽수환이 즐겨 보던 사랑 이야기처럼 다시 태어나 새롭게 만날 수 있을 거라는 희망적인 생각은 들지 않았다.

"곽수환 소령이 정말 죽었다고 생각해요? 나도 안 믿겨서 지원팀이 시체를 수습해서 돌아오기만을 기다리는데."

"……그래서 먹잖아요."

석화의 목소리가 고저 없이 잔뜩 갈라져 있었다.

"수환이는 살았는데…… 나 먼저 죽으면 안 되니까."

다시 수저를 움직여 기계적으로 입에 넣기만을 반복했다.

◆ ◆ ◆

추락을 바로 앞둔 곽수환이 숨을 크게 들이켰다. 충격에 대비해 앞좌석을 두 다리로 밀어 버텼고, 양 팔뚝 사이에 머리를 넣어 꽉 고정했다.

펑! 수면과 지프가 마찰하는 굉음이 터졌다. 시속 100킬로미터 이상으로 달리던 차가 수면과 부딪치니 온몸의 근육이 울렸다. 뚫린 뒷좌석으로 물이 삽시간에 들어차기 시작했다. 다행히 지프 전체에 충격이 온 덕분에 손잡이가 조금 느슨해졌다.

부력에 움직임이 둔해지기 전에 곽수환은 있는 힘껏 손잡이를 잡아 뜯었다. 이제 보니 손잡이 안쪽이 철로 되어있었고, 천장 안쪽으로 길게 연결되어 있었다. 수갑이 채워진 채 손목을 빼내자 물이 머리끝까지 차올랐다.

곽수환은 점차 가라앉는 지프를 뒤로하고 위로 올라가려다가 멈칫했다. 벨트를 하지 않았던 터라 조수석에 앉아 있던 대위의 몸 절반이 앞 유리를 뚫고 나가 있었다. 뽀글, 그가 혀를 차자 물방울이 올라왔다. 곽수환은 앞 유리를 뜯어내고 대위를 붙들었다. 계곡의 수심이 제법 깊어 데리고 위로 올라가는 데만 해도 한참이었다.

"하아!"

수면 밖으로 얼굴을 빼내자마자 곽수환이 숨을 토해냈다. 머리에서 피를 질질 흘리고 있는 대위의 목에 수갑을 찬 손목을 걸어서 헤엄쳐 나가기 시작했다. 자갈이 발에 닿는 곳부터는 두 다리로 걸었지만, 옷이 흠뻑 젖어서인지 물 밖으로 나온 몸이 지나치게 무거웠다. 게다가 중심이 한쪽으로 유독 처진다 싶더니 추락했을 때 충격을 받은 왼쪽 어깨가 빠져 있었다.

곽수환은 대위를 자갈 바닥에 눕히고 주먹으로 가슴을 내리쳤다. 컥! 물을 토해내는 놈의 주머니를 뒤적거리다가 머리가 어찔해 이마를 꾹 눌렀다.

"캑, 쿨럭! 컥!"

본능적으로 얼굴을 돌려 물을 전부 토해낸 대위는 멍청한 눈을 했다.

"……정신 차렸으면 수갑 열쇠나 내놔."

바닥에 주저앉아 있는 곽수환의 꼴이 말이 아니었다. 젖은 머리카락에서 물이 피와 뒤섞여 흘러내렸고, 손목의 살점은 넝마가 되다시피 했다. 대위는 주변을 둘러보다가 피가 나는 제 머리를 손으로 눌렀다. 곽수환뿐만 아니라 대위의 상태도 그리 좋아 보이지는 않았다.

"열쇠."

곽수환은 두 번 말하게 하지 말라면서 낮게 목을 긁었다.

"씨발놈들이 무슨 수갑을 외계 운석으로 만들었나."

그는 더 이상 앉아 있지 못하고 뒤로 드러누워 버렸다. 대위도 그제야 곽수환이 저를 물속에서 구했다는 것을 알아차릴 수 있었다. 일단 제 목을 조른 건 둘째 치고 말이다. 핏물 때문에 시야가 빨갰지만, 대위는 제복의 포켓을 열어 수갑 열쇠를 꺼냈다. 손에 쥐고도 고민하는 기색이 역력해 곽수환은 다시금 몸을 일으켰다.

"새끼야, 너 하나쯤은 지금도 어떻게 할 수 있거든. 죽고 뺏길래, 그냥 풀래?"

대위는 숨을 깊게 들이쉬었다가 곽수환의 수갑을 풀어주었다. 그는 피가 흐르는 손목을 이리저리 돌려본 다음에 빠진 어깨를 잡고 끼워 맞췄다. 우득, 하는 소리에 대위가 눈살을 찌푸렸다.

아, 존나 아프네.

곽수환이 입안에 고인 핏물을 다시 뱉어냈다. 대위도 곽수환을 따라 일어나려다가 그대로 주저앉았다.

"그 꼴로 어디 가십니까? 치료부터, 윽."

목소리를 키운 대위는 부러진 갈비뼈를 감싸고 신음했다.

왜, 내 꼴이 어떤데. 곽수환이 자문하며 자신의 모습을 내려다봤다. 셔츠는 원래 붉은색이라고 봐도 좋을 정도로 피에 절어 있었고, 제 몸에서 떨어져 자갈을 물들이는 색 또한 검붉었다. 누가 보면 야담이라고 착각할 법도 한 모양새였지만, 곽수환은 앞으로 걸었다.

"곽 소령님……!"

"씨발! 석 박사한테 가야 할 거 아니야!"

곽수환이 소리치자 푸드덕, 나무에 앉아 있던 검은 구경꾼들이 놀라 날아올랐다.

저도 말이 안 된다는 건 잘 알고 있다. 이런 상태로 가봐야 최호언에게 곧장 제압당할 테고, 석화의 얼굴이나 제대로 볼 수 있을지나 모르겠다.

괜히 피나 질질 흘리는 모습을 보여 봤자 우리 석 박사 마음 아프기나 하지. 곽수환이 다시금 핏물을 뱉어냈다. 안쪽의 어딘가가 상했는지 핏물이 끊임없이 역류했다.

한참 걸었다고 생각했는데 아직 저 뒤에 드러누워 있는 대위가 보였다. 다리가 천근만근이라는 표현을 태어나 처음 경험해 보고 있었다. 이 정도로 크게 다쳐 운신이 힘들 정도였던 적은 드물었기에.

아마도 피를 많이 쏟아서 그런가 보다. 문득 피식, 웃음이 번졌다. 그러고 보니 석 박사 몸은 맨날 이렇게 무거우려나. 그런 몸으로 잘도 날 따라다녔지. 세포 하나하나에 돌덩이가 매달린 것처럼 딱 죽을 맛인데 말이야.

곽수환이 무너지는 몸으로 나무를 붙들고 간신히 섰다. 나무에 손바닥 모양의 핏자국이 길게 번져나갔다. 퉤, 다시 핏물을 뱉고 고개를 들었다. 저 앞에서 강렬한 빛이 얼굴을 쏘았다. 설마 죽을 때가 되어서 신이 후광을 내뿜으며 내려오는 건가 싶었다.

나 죽으면 석 박사 엄청 슬퍼할 텐데. 가뜩이나 기운도 없어 얼굴 표정조차 퇴화한 석화가 이제 좀 사람답게 웃는 것도 같았는데. 뭐, 그 미세한 입꼬리의 변화는 남들은 모르고 저만 알았다. 그러니 쓸데없는 감상은 때려치웠다.

곽수환은 셔츠를 찢어내 후들거리는 손목에 감쌌다. 주먹을 쥐었다가 펴며 손의 감각을 일깨우곤 다시 전투태세를 갖추려는 때였다.

치직, 직.

"지프가 계곡에 추락해 있습니다. 물에 잠겨 있기에 들어가 확인을 해봤고, 시체 네 구를 발견했습니다."

무전을 보낸 군인이 손전등과 소총을 바닥에 내려놓았다. 군인이 무장을 푸는 건 곧 항복이라는 뜻이었다.

이건 또 무슨 수작인가 싶어 놈을 노려보는데 왈칵, 입 밖으로 엄청난 양의 피가 쏟아졌다. 곽수환은 그대로 쓰러졌다.

◆ ◆ ◆

러시아에 도착해 혹한을 견디고 눈이 녹기 시작했을 때, 거처를 산중턱으로 이동했다.

오래전에 산장으로 이용됐던 곳을 나름 집답게 바꾸고 지냈더니, 근처에 노루 두 마리가 빠끔히 모습을 드러냈다. 오랫동안 인적이 없는 산속에서 지낸 탓일까, 암수 두 녀석은 사람을 보고도 피하지 않았다. 오히려 호기심이 가득한 눈으로 곽수환과 석화를 물끄러미 보며 조금씩 거리를 좁혀왔다.

하루가 지나고 또 이틀, 그렇게 일주일이 되었을 때쯤인가 노루 두 마리가 손에 닿을 만큼 가까이 다가왔다. 그런데도 석화는 같은 자리에서 유심히 지켜보기만 했다.

모포로 몸을 감싼 채 하얀 입김을 내뱉는 옆모습을 보고 있자니 괜히 장난기가 들었다.

"워!"

곽수환이 노루 두 마리를 겁을 줘 내쫓았다. 너무 극적으로 후다닥 도망가는 터라 쫓아낸 제가 더 민망할 정도였다.

"왜 그랬어요?"

석화가 원망 섞인 눈을 했다.

"이렇게 가까이서 보는 건 처음이었는데."

저는 고라니부터 시작해 온갖 산짐승들을 봤지만, 석화는 밖을 나돌아 다닌 적이 없으니 동물을 제대로 본 일도 드물었을 것이다.

"아마 다시 올 거야. 쟤들도 신기해서 온 거라."

되는대로 말을 뱉었지만 아니나 다를까, 바로 그다음 날이었다. 저 멀리서부터 바람을 타고 묘한 향이 코끝을 스쳤다. 노루 둘이 나타나기 전에 항상 맡아지던 향이었다. 그러나 이번에는 두 마리가 아닌 한 마리였다.

석화는 다시 모포를 걸치고 밖으로 나갔고 곽수환도 마찬가지로 뒤따랐다. 넓적한 귀를 쫑긋거리는 녀석은 몸집이 꽤나 작았다. 어제의 일도 잊었는지 코앞까지 다가온 노루가 안절부절못했다. 그렇게 녀석이 제자리에서 발을 구르자 향이 더 짙어졌다.

"묘한 냄새 나지?"

"나요."

"저거 사향노루거든."

석화는 숨을 들이마시면서 향기를 더 깊숙이 맡았다.

"너무 그렇게 맡지 않는 게 좋을걸."

"왜요."

"저거, 저 새끼 좆에서 나는 냄새라."

정확히는 고환을 감싼 향선낭이라는 데서 나오는 냄새였다. 석화는 또 곽수환이 농담을 한 거라고 여겼다. 그래서 상관하지 않고 냄새를 맡고 있는데, 다리를 구르던 사향노루가 그들의 뒤로 다가왔다. 그러더니 석화의 엉덩이를 코로 툭 찔렀다.

"왜 이래요?"

"글쎄, 뒈지고 싶어 환장했나?"

곽수환이 앞발을 팍 쳐서 겁을 주는데도 화들짝 놀라 뒤로 물러났다가 도로 다가왔다.

"뭔가 이상하지 않아요?"

"내가 개랑은 잘 통해도 노루랑은 대화가 안 통하는데."

일전에 개자식이라고 했던 말을 재차 끌어오고 있었다. 그러나 사향노루의 행동이 이상해 가만히 지켜봤더니 마치 따라오라는 듯 몸을 밀었다가 앞으로 가서 저희들을 다시 뒤돌아봤다. 곽수환이 산장 안에 걸어둔 소총을 어깨에 메고 나왔다. 둘이 함께 뒤따라가기 시작했는데 눈이 녹아 있어 산길에 발이 푹푹 잠겼다. 대신 사향노루 두 마리가 항상 다니던 길인지 다른 곳보다 완만했다.

어느 정도 올라가다 보니 저 앞에 쓰러져 있는 노루가 보였다. 곽수환이 천천히 걷던 석화를 업고 한달음에 달려 올라갔다. 곰이나 스라소니 같은 천적에게 공격을 당했는지 내장의 절반은 사라지고, 또 절반은 튀어나와 있었다. 수컷은 이미 죽어 있는 제 짝을 주둥이로 밀었다. 그러면서 저희들에게 어떻게 해

달라는 듯 주변을 맴돌기도 했다. 석화는 그의 등에서 내려와 우울한 얼굴을 했다. 시체가 된 사향노루의 동공은 생기가 빠져나가 혼탁했다.

"살려달라고 온 건가 봐요."

곽수환은 이미 죽은 놈은 어쩔 수 없다면서 다시 석화를 안아 들려 했다. 아무리 날이 풀렸다지만 샌들 안의 맨발이 거슬린 탓이었다.

"가서 아침이나 먹자."

석화는 곽수환이 자신을 다시 업자 말리지 않고 그의 목을 끌어안았다. 수컷은 왜 그냥 가냐는 듯 둘을 빤히 쳐다봤다. 곽수환이 일부러 수컷이 있는 쪽으로 총을 발사했고, 녀석은 저 깊은 숲 안쪽으로 후다닥 달려 들어갔다.

"왜 그랬어요?"

"다시 오지 말라고. 제 짝 시체를 계속 찾아오면 뭐 해."

석화가 곽수환을 좀 더 꽉 끌어안았다.

이제 러시아에 온 지 한 달 정도 지났으려나. 이렇게 단둘이 함께 있으면 세상에 사람은 저희뿐인 것 같았다. 그의 온기는 제게 안정감을 주었고, 빈말로도 맛있는 식사라고 할 수 없지만 배는 항상 든든했다. 그러나 사향노루의 시체를 본 순간 둘 다 알게 됐다. 이 깊은 산에서 어느 한쪽이 다치거나 죽는다면, 다른 한쪽만 남아 평생 외로움에 고통받으리라는 것을.

……곽수환. 수환아.

석화는 중요한 말을 전하고자 그의 어깨에 얼굴을 대고 이름을 불렀다.

"우리도 이제 그만 도심으로 내려가요."

곽수환은 대답하지 않았다.

◆ ◆ ◆

헉, 곽수환이 급히 몸을 일으켜 주변을 살폈다. 온몸이 아직도 고통에 비명을 질렀지만 도로 누울 수는 없었다. 게다가 방금까지만 해도 석화의 뜨거운 살갗이 느껴졌는데 빌어먹게도 한낱 꿈이었다. 곽수환은 제 팔에 길게 이어진 링거 줄을 바늘째로 거칠게 떼어냈다.

"대장!"

차 중령은 그 소란에 벌떡 일어났다. 대장이 정신을 차릴 때까지 자리를 지킨 탓에 잠시 졸고 있던 터였다.

"아직 일어나시면 안 됩니다."

"여기, 어디야."

곽수환은 목을 울려 잠긴 목소리를 다시 일깨웠다. 어디냐고 물었지만 간이침대와 선반이 놓인 이 장소를 아주 잘 알고 있었다. 이곳은 다름 아닌 레인보우 시티로 내려가기 전에 석화와 함께 지냈던 하산의 집이었다. 순간 레인보우 시티로 내려갔던 그 며칠이 전부 꿈이었나 싶었다.

"하산Xacaн입니다. 상황이 여의치 않아 시티를 벗어날 수밖에 없었습니다."

곽수환은 곧장 침대를 벗어나 입고 있던 셔츠를 뒤집어 벗었다.

"이대로 시티로 내려간다고 해도 소용없다는 걸 아시지 않습니까? 일단 안정부터 취하십시오."

차 중령은 아직 몸이 성치 않다면서 염려를 토로했다. 곽수환도 알고 있었다. 맨몸뚱이로 가봐야 석화를 무사히 데리고 나올 확률은 지극히 적었다.

"블라디보스토크로 간다."

"러시아 말씀입니까?"

"여긴 러시아 아니야?"

별 쓸데없는 질문을 한다면서 군화 끈을 단단히 고쳐 맸다. 그런데 그사이 근육이 퇴화하기라도 한 듯 몸이 지나치게 무거웠다. 차 중령의 말처럼 다친 곳이 성치 않은 건가 싶어 턱을 쓸자, 손바닥에 느껴지는 까슬한 감촉이 낯설었다.

"차 중령, 나 얼마 만에 일어난 거야."

차 중령이 곽수환에게 미지근한 물을 내밀었다. 목 안쪽이 빡빡해 한꺼번에 넘기지 않고 석화가 종종 그러는 것처럼 천천히 흘려 넣어야 했다.

"오늘로 일주일 채우셨습니다."

지프가 추락한 날로부터 일주일, 곽수환은 그동안 정신을 차리지 못하고 침대에만 누워 있었다. 공복감이 지나치면 위를 통째로 도려낸 것처럼 배고픔도 느껴지지 않는데 지금이 딱 그 상태였다.

"그동안 제가 몸을 움직여 드리기는 했지만, 출발하려면 하루 정도는 더 쉬셔야 할 겁니다."

돌겠군. 곽수환이 얼굴을 쓸어내렸다. 옷장 문을 열어 반으로 쪼개진 거울에 제 모습을 비춰봤다. 어깨부터 허리까지 하얀 붕대가 몸을 감싸고 있었고, 얼굴의 상처는 딱지가 떨어져 옅은 생채기만 남아 있었다. 다만 팔을 올릴 때마다 옆구리가 결렸다.

보통 사람보다 상처가 빨리 아무는 편인데 일주일이나 지나도 이 꼴이면 상태가 제법 심각했다는 소리였다. 피까지 토했으니 부러진 갈비뼈가 장기 어디를 찢어놓은 듯도 했고.

"제복은?"

차 중령이 재빨리 구석에 놓인 바구니를 들고 왔다. 피가 많이 묻어 있는 제복은 낡은 바구니 안에 대충 쑤셔 박혀 있었다. 제대로 말리지 않고 넣은 터라 물에 흠뻑 젖었던 제복 코트에서 피비린내가 물씬 풍겨왔다. 곽수환은 코트 안쪽 주머니에서 휴대폰을 꺼냈다. 방공호에서 챙겨두었던 세컨드 마스터의 물건이었다. 전원을 켜봤지만 방전이 되었는지 아니면 물에 빠져 고장이 났는지 액정은 묵묵부답이었다.

휴대폰을 침대로 던지고 일부러 숨을 크게 들이켰더니 아직도 욱신거림이 느껴졌다. 석화에 관해 물어보고 싶었지만 소식이 있었다면 차 중령이 먼저 언급을 했을 것이다. 곽수환은 최호언이 개 같은 짓거리만 하지 않기를 바랄 뿐이었다. 막연하게 바라기만 하는 제 처지가 엿같았다.

몸의 감각을 깨우듯 가볍게 팔다리를 움직이고는 건물 밖으로 나갔다. 한반도와 경계가 맞닿아 있는 하산은 사람이 살지 않는 도시였다. 그에 들짐승들이 판을 치고 다녀 사는 동안 식량수급에 부족함은 없었다. 다만 본능으로 사는 짐승들인지라 석화는 밖에 함부로 나다닐 수가 없었다. 그래서 자신이 자리를 비울 때면 늘 저 건물 창에서 밖을 물끄러미 바라보고는 했다. 고개를 들어 작게 난 창을 바라봤지만 석화가 보일 리는 없었다.

곽수환은 전라가 되어 지하수를 끌어올린 물을 몸에 끼얹었다. 저 뒤편에서 늑대 몇 마리가 먹잇감을 탐색하듯 그르렁대는 소리가 들렸다. 짐승 새끼가 보기에도 내 꼴이 만만한가 본데. 그는 대야째로 들어서 머리부터 발끝까지 몇 번이고 물을 뿌렸다. 늑대 두 마리의 기척이 바로 뒤에서 느껴진다 싶었을 때 탕, 총성이 터졌다. 물건을 챙겨 나온 차 중령이 늑대가 있는 곳을 향해 총을 발사한 것이다. 괜한 살생은 피하고 싶었는지 겁을 줘서 내쫓고만 말았다.

아담 바이러스가 세상에 나타난 뒤 생긴 특이점 중 하나는 멸종 위기종의 개체수가 늘어났다는 것이다. 동물원을 탈출한 보호종들이 산으로 가 새로이 삶의 터전을 잡았고, 그 덕에 바이러스 감염 경로에서 일정 이상 떨어질 수 있었다. 짐승들은 아무리 배가 고파도 아담에게 감염된 종이나 사체에 입을 대지 않았다. 그 또한 인종의 진화 본능이겠고, 저 늑대의 조상도 아담 바이러스를 피해 하산으로 터전을 이동해 온 개체였다.

"대장, 아무리 대장이라도 피 냄새를 맡은 짐승은 위험합니다."

"설마 늑대한테 물려 죽을까."

곽수환은 차 중령이 건넨 비누와 면도기로 수염을 깎기 시작했다. 석화와 산에서 지낼 때는 예리한 칼날로 수염을 밀고는 했었다. 보호구역인 제주도 출신인 데다 물 부족함 없이 산 석화는 밥을 먹는 것만큼이나 청결을 중요하게 생각했다. 전염병은 대체로 비위생적인 상태에서 더 잘 퍼진다고도 했지. 물론 아담 바이러스처럼 예외인 경우도 있었지만 말이다.

굳은 핏물을 비누로 닦아내니 피로감은 한 꺼풀 벗겨낸 기분이었다. 그러나 석화를 생각할 때마다 미칠 것 같은 초조함에 손에 닿는 모든 것을 박살내고만 싶었다. 그래서 차라리 짐승이 덤비기를 바랐는지도 모른다. 흥분은 일을 그르치게 한다는 걸 알지만, 일주일이라는 시간을 침대에 누워서 허비했으니 저 자신이 저주스러웠다.

"애들은?"

"일단 시티 군의 손이 닿지 않는 구역에 나눠 배치했습니다. 아무래도 대장은 최호언이 가장 집중적으로 찾을 테니 여기로 왔고요."

"나 도와준 놈, 누군지 알아?"

무전을 하며 총을 내려놓던 군인은 그 이전에 봤던 기억이 없었다.

"예, 사실 하산에 도착하고도 대장 상태가 심각해서 러시아 안쪽으로 들어가야 하나 싶었는데……."

불현듯 좁은 골목을 통로 삼아 엔진 소리가 들려오기 시작했다. 곽수환은 물기를 다 닦아내지도 않고 옷을 걸쳐 입었다. 다가오는 군용 지프를 유심히 쳐다봤더니 그 안에 익숙한 두 얼굴이 보였다.

한 놈은 제가 구한 놈이고, 한 놈은 저를 구한 놈이었다. 지프에서 내린 둘은 평범한 셔츠에 바지 차림이었다.

"에라이, 씨불놈들."

그들의 뒤에서 사투리는 아니지만 묘한 말투가 들려왔다. 한국말임에도 러시아어의 억양이 한껏 묻어났기 때문이었다. 뒷좌석에서 내린 노인은 칵 퉤, 하고 걸쭉한 가래침도 뱉어냈다.

"운전 한번 개좆같이 하네."

영감이 내뱉는 욕설의 대부분은 곽수환에게서 습득한 것이었다. 곽수환이 젖은 머리를 털어내곤 다가온 영감을 의아하게 바라봤다.

"영감이 왜 여기 있어."

"내가 네놈을 찾았으니까. 개잡놈이 뭐가 그리 급해서 다리까지 부수고 시티로 쳐 내려갔냐?"

영감이 나를?

"그러는 네놈도 날 찾은 건 아니고?"

"그러게. 덕분에 발품 팔 일은 덜었네."

백신 개발에 지대한 도움을 준 영감은 전처럼 술에 찌들어 있거나 미친 사람 같지 않았다. 오히려 생명력이 넘쳐나는 게 그간 회춘약이라도 개발한 건가 싶었다.

"네놈 박사는 어쩌고."

영감의 직설적인 물음에 오히려 차 중령이 당황했다.

"영감, 온 김에 나 좀 도와줘."

곽수환은 건조하게 부탁했다. 그런데도 거절한다면 목을 꺾어버릴 기세였다.

"쯧쯧, 미련한 잡놈아. 애초에 누가 말도 없이 떠나라고 했냐."

곽수환과 석화가 시베리아 횡단 열차 철로를 따라 블라디보스토크에서 하산으로 내려간 건 영감에게는 아주 갑작스러운 일이었다.

블라디보스토크의 사람들은 곽수환과 석화가 함께 살아주기를 원했기에 인사도 없이 떠날 수밖에 없었다. 그들이 떠난 사실을 알자마자 영감이 뒤를 따라왔고, 늙은 몸을 이끌고 도착한 지 이제 꼬박 하루였다. 아직 하산에 있지 않을까 했는데 둘은 이미 시티로 내려갔다가 한바탕 일을 벌인 뒤였다.

러시아를 떠난 지 단 며칠 만에 피 칠갑이 돼서 돌아온 곽수환을 보고 영감은 혀를 수백 번이고 찼더랬다.

"병신 같은 놈아, 네놈이 빠진 어깨를 대충 끼워놔서 진짜 어깨 병신 될 뻔했어. 갈비뼈나 어깨는 그렇다 쳐도, 전쟁 나면 사람이 단순히 총 맞아서 죽는 줄 알아? 첫째가 과다 출혈이고 둘째가 상처 감염으로 죽어. 네놈도 죽을 뻔했다고."

영감은 옆구리에 차고 있던 힙플라스크를 꺼내 곽수환에게 던졌다. 은색 스테인리스 술병 안에는 위스키가 반쯤 차 있었다.

차 중령이 말리기도 전에 곽수환이 술을 입에 넣었다가 헹구고는 바닥에 뱉었다.

"저, 미친놈이! 마시라고 준 술을 그렇게 버려!"

싸한 알코올 향에 오히려 정신이 더 퍼뜩 들었다. 그 바람에 다리의 통증도 좀 더 선명해졌다. 손 한 뼘만큼 찢어졌던 허벅지에는 스테이플러가 찍혀 있었고, 과다 출혈을 지껄인 것을 보니 영감의 솜씨였다.

"넌 누구 쪽이야."

곽수환은 손가락을 들어 기절 직전에 봤던 군인을 가리켰다.

"시티 육사 52기, 조운 대위입니다."

착, 소리가 나게 두 다리를 붙이고 이마에 손까지 올렸다.

"이유가 있어서 날 구했을 거 아니야. 그 옆에 있는 놈은 멱살 잡혀 여기까지 왔을 테고."

슬슬 해가 지기 시작하자 곽수환이 건물 안을 가리켰다.

"일단 들어와."

밤이면 늑대뿐만 아니라 곰도 출현하는 곳이라 골치 아픈 일은 지금으로도 족했다. 석화와 지내던 3층으로 올라가는데 계단

벽면에 곤충 몇 마리가 달라붙어 있었다.

투명한 날개 밑의 몸통은 금속 색을 띠고 있어서 빛을 받으면 은은하게 반짝거렸다. 저게 뭔지도 모르고 겁도 없이 석화가 잡아서 손에 올린 적도 있었다. 대놓고 호기심이 많아 이따금 저를 놀라게 할 때가 여러 번이었다. 하필이면 차 중령이 데려온 곳이 석화와 함께 지내던 건물이라 이성을 시험받는 기분이었다.

문득 영감이 벽에 붙은 곤충 한 마리를 떼어내더니 이리저리 돌려보고 입에 넣었다. 아득아득 씹는 소리가 나자 군인 두 놈이 경악에 찬 얼굴을 했다. 차 중령은 문을 단속하는 중이라 보지 못한 게 어쩌면 다행이었다.

"흥, 시티 놈들은 배가 불렀나 보지. 이런 딱정이인지 뭔지도 식량으로 필요할 때가 있다고."

그러면서 한 마리를 더 잡아서 입에 넣으려고 했다. 자신을 조운이라고 밝힌 군인이 영감의 손목을 잡았다.

"모시금자라남생이잎벌레입니다. 지금 식량이 필요한 건 아니니 놔주십시오."

"뭐?"

"배고픈 건 아니시잖습니까."

돌에 이어 저놈은 곤충 집착이라도 있나 싶을 정도로 외우기 힘든 이름이었다. 그러나 곽수환은 모시금자라남생이잎벌레, 그 이름을 머릿속에 똑똑히 담았다. 석화를 만나면 저 곤충이 그런 이름이었다고 의기양양하게 알려주려 했다.

방으로 들어오자마자 곽수환은 영감에게 휴대폰을 던졌다.

"문명의 이기! 이야, 오랜만에 보는구만."

"전원이 안 들어오는데 고칠 줄 알아?"

"열어보면 알겠지. 원래 인간도 장기에 문제가 있을 때 살가죽을 열어봐야 문제를 해결할 수 있었잖아? 나중에는 세포까지도 열었지만, 끌끌."

영감이 휴대폰을 신기하다는 듯이 이리저리 둘러봤다. 그 사이 곽수환은 불쑥 바지를 벗고 브리프 차림으로 의자에 앉았다. 아문 살에 파묻힌 스테이플러 심을 떼어내면서 두 군인을 쳐다봤다.

"고맙다."

곽수환이 조운을 향해 솔직한 심정을 전했다.

"아닙니다. 마땅히 해야 할 일을 했을 뿐입니다."

"세상에 마땅히 해야 할 게 어디 있어. 먹여주고 키워준 시티를 배신한 꼴이 됐는데, 후회 안 해?"

"저는…… 시티 사람이 아니었습니다."

조운이 조금 섭섭하다는 기색을 내비쳤다.

"그럼?"

문을 단속하고 돌아온 차 중령이 이번에는 붕대를 건네왔다.

"대장이 추천해준 인사 아닙니까? 씨를 뿌리면 알아서 자라나는 놈들은 자라고, 아닌 놈들은 놔둔다고요."

심에 살점이 딸려 나오자 곽수환이 인상을 썼다.

아담 소탕을 다닐 당시에 홀로 남은 아이들을 학습센터로 보냈던 일이 종종 있었는데, 조운이라는 놈도 그중 하나인 듯했나. 행여 마스터들에게 괜한 의심을 사지 않기 위해 고아들을 센터로 보낼 때는 늘 다른 군인을 추천인으로 앞세우고는 했다. 이제 보니 끽해봐야 스물 중반쯤 됐으려나. 만일 놈이 10대일 때 만났다면 기억하지 못할 법도 했다.

"정말 기억 안 나십니까? 저 녀석 이름도 대장이 지어주셨잖습니까."

"내가?"

곽수환은 혹시 저 새끼 스파이 아니야? 싶은 듯 시선을 매섭게 바꿨다. 그만큼 전혀 기억에 없던 일이었다. 그런데도 손은 멈추지 않고 심을 다 빼낸 허벅지에 붕대를 둘둘 말았다.

"저보고 조자룡처럼 되라고 하셨……습니다."

순간 곽수환이 헛웃음을 터뜨렸다. 그러고 보니 아마 한창 《삼국지》를 읽을 때였던 것 같았다. 저놈의 이름을 조자룡이라고 지어줄 수는 없으니 본명을 붙여준 것이다.

"몰라볼 만도 하지. 많이 컸네."

아담으로 변이한 부모 때문에 방에서 나오지 못하고 아사 직전에야 발견된 녀석이었다. 10대 후반이었지만 제대로 먹지 못해 체구는 초등학생만도 못했다. 레인보우 시티의 시민으로 등록되어 있지도 않았기에 제 돈을 써서 학습센터로 보냈던 기억이 떠올랐다. 그때는 어렸던 옛 자신의 모습이 떠올라 그런 변덕을 부렸던 거다.

"너는 어쩔래, 다시 시티로 돌아갈 거면 가든가."

곽수환은 말없이 서 있던 군인을 턱짓했다. 아까 보니 추락 때 다친 발목이 다 낫지 않았는지 걸을 때마다 절뚝거리기도 했다

"······정말 연합국이 없습니까?"

휴대폰을 분해하던 영감이 갑자기 껄껄거리면서 크게 웃었다.

"상병신들 천지구만! 연합국이 없어진 지가 언젠데!"

태어날 때부터 레인보우 시티의 세뇌학습을 받고 자란 김 대위는 진실을 쉽게 받아들일 수 없었다. 제 여자친구가 사실은 남자였다거나, 부모가 알고 보니 진짜 부모를 죽인 원수였다는 게 더 그럴싸했을지도 모른다.

"진실을 알고 있어도 모른 척하면 적어도 시티에서는 삶이 좀 편하거든. 그러니까 돌아가도 상관없어."

김 대위도 반 만신창이 상태로 잡혀 오며 온갖 생각을 했었다. 기회를 봐서 시티로 다시 돌아가려고도 했지만, 과연 군이 자신을 무사히 풀어줄지 확신할 수가 없었다. 곽수환을 이송하다 놓친 꼴이 되었으니 저조차 반군이라고 몰아세워 군의 실수를 은폐할 수도 있었다.

"백신······도 정말로 진짜였습니까?"

"야야, 저 새끼 버리고 가라. 두 눈으로 쳐보고 궁금한 게 저리 많아. 개좆밥 새끼인가."

그 며칠 못 본 사이에 영감의 욕설이 한층 진화해 있었다. 영

감의 수많은 단점 중 가장 참아줄 수 없는 건 시끄러운 점이라는 걸 재차 깨달았다. 게다가 욕설의 대부분을 저에게 배웠다고 우겼지만 저는 저런 말은 쓴 적이 없었다. 평소였다면 한마디를 했겠지만 지금은 그럴 만한 여유가 없었다. 곽수환은 영감이 들고 있는 휴대폰에 신경을 집중했다.

"그럼 시티가 왜 거짓말을 한 겁니까? 왜 마스터들은. 장군들은……."

김 대위는 과부하에 걸린 기계처럼 말을 버벅댔다. 영감이 김 대위를 향해 제 양말을 벗어서 던졌다.

"멍청한 놈아, 뭐긴 뭐야. 지들 사리사욕 플러스 우월감 때문이지. 권력이나 재력만큼 사람 환장하게 만드는 게 남들이 자기를 우러러보는 거거든. 그거에 맛 들이면 절대 밑으로 내려가지 않으려고 발버둥을 치지. 남들이 다 나를 우러러봤는데 어느 날 하찮게 보게 되는 걸 버틸 수 있겠어? 그럴 바엔 차라리 스스로 목숨을 끊거나 괴물이 되고 말지. 뭐, 괴물이 된 인간들만 위에 가득한 게 지금의 시티가 아닌가?"

말을 바쁘게 하면서도 영감 또한 손을 놀리지는 않았다. 휴대폰을 분해해 후후, 칩을 입으로 불기까지 했다.

"영감님께서는 생김새는 시티 사람인데, 왜 러시아에 계신 겁니까?"

내내 침묵하던 차 중령이 불쑥 물음을 던졌다.

"나? 따지고 보면 나도 시티 사람이었지. 연합국이 무너진 사실을 안 뒤에 시티를 벗어나 러시아로 넘어와 자리 잡은 거고. 애초에 내가 면역체라서 아담이고 나발이고 솔직히 관심 없지만 뭐. 이건 곽가 저놈도, 박사도 아는 사실이고."

곽수환은 영감에게 다가가 분해한 휴대폰을 다시 순차적으로 끼워 맞췄다.

영감은 조력자였지만 세상에 제가 완벽하게 믿는 사람은 오로지 석화뿐이었다. 분해한 과정을 눈에 담고 있었기에 다시 맞추는 데 어려움은 없었다. 보아하니 기계 안에 피가 스며들어 먹통이 된 듯했다. 곽수환이 전원을 켜자 휴대폰에 불이 들어오기 시작했다.

"어이, 곽가. 내가 왜 아담 바이러스 면역체겠어."

잠금을 풀기 위해서는 비밀번호 여섯 자리를 눌러야 했다. 세컨드 마스터가 설정한 비밀번호 값이 뭘까 가늠하며 영감의 말은 한 귀로 듣고 한 귀로 흘려보냈다.

"나도 박사처럼 아담 바이러스 박사이자 제주도 출신이거든."

영감이 누런 이를 드러내고 웃었다.

"니들은 모르지? 시티의 박사들이 만든 괴물이 바로 저놈이라는 거."

◆ ◆ ◆

코피가 나오면 고개를 뒤로 젖히지 말아야 한다는 것쯤은 알지만, 고개를 가눌 수가 없었다. 목에 힘이 다 빠져 억지로 세우려고 해도 무너지고 넘어가기가 일쑤였다. 코에서 나오는 선명한 붉은 피가 목으로 역류하기도 하고 입으로 들어가기도 했다.

"흐윽……."

툭, 고개를 떨구니 흘러내리는 폭포처럼 셔츠가 시뻘건 피로 물들어 있었다. 입을 다물 수가 없어 느슨히 벌어진 입 밖으로 걸쭉한 피가 또다시 흘러내렸다.

"하아……."

동공의 초점을 다잡기가 힘들었다. 쿨럭, 피가 기도에 걸리자 기침이 터져 나왔다. 눈앞의 셔츠에 물감을 흩뿌린 듯 붉은 피가 점점이 튀어 있었다.

"석화야."

저를 다정하게 부를 사람은 곽수환뿐이었다.

최호언의 호칭이 마음에 들지 않았지만, 목구멍에는 피가 가득 차 그륵거리는 소리만 새어 나왔다. 최호언은 하얀 천으로 석화의 입술과 코를 닦아주었다. 어째서인지 손을 잘게 떠는 것이 느껴졌다. 너무나 괴로워 눈앞의 사람을 붙들고 고통을 분산시키고 싶었으나 두 손이 하얗게 바래도록 의자 손잡이만 쥐었다. 누군가가 시력을 앗아가는 것처럼 시야가 뿌옇게 흐려졌다. 컥, 석화가 다시 한번 피를 토해냈다.

"왜 이러는 거지."

최호언은 마치 이럴 리가 없다는 듯 혼란스러워했다. 피가 멈추지 않아 적혈구 수혈을 했음에도 석화는 오히려 피를 더 쏟아내고 있었다. 동공이 돌아가고 고개가 뒤로 확 꺾이자 최호언이 급히 석화의 고개를 숙이게 했다.

엄지와 검지로 코를 누르고 다문 입 사이로 손가락을 넣어 목에 찬 피를 뱉어내게 만들었다. 빗속을 전력 질주라도 한 사람처럼 석화의 몸이 축축했다. 그러나 갓 열탕에 들어갔다 나온 듯 몸의 열은 엄청났다. 이대로 죽을 수도 있겠다는 생각에 최호언은 난생처음 두려운 감정을 마주했다.

입고 있는 옷을 전부 벗기고 얼음을 쏟아부은 욕조 안에 석화의 몸을 뉘었다. 입술이 삽시간에 새파래졌지만 흘러내리는 피는 좀 전보다 줄어들었다. 최호언은 욕조 턱에 앉아 석화의 손을 쥐었다. 힘이 없는 손을 가져와 제 뺨에 대고 석화를 내려다봤다. 석화는 하나뿐인 자신의 형제이며 구원자이자, 아버지와 어머니가 남긴 최대의 유산이었다.

똑똑, 누군가가 욕실 문을 두드렸다. 최호언은 석화의 몸을 끌어내 아이를 달래는 것처럼 안았다. 자꾸만 기울어지는 얼굴도 어깨에 기대게 만들었다. 여전히 코에서는 미약하게 피가 흐르고 있었다. 얼음을 삽시간에 녹여버릴 정도로 높았던 열은 최호언의 체온만큼 낮아졌다.

"들어와요."

제복을 입은 유정경이 욕실 문을 열다 말고 움찔했다. 전라 상태인 석화의 뒷모습을 본 탓이었다. 죽은 건 아닐까 싶을 정도로 핏기 하나 없었다. 어쩐지 봐서는 안 될 것을 본 염탐꾼이 된 듯했다.

"마스터, 백신을 투약받은 이들을 찾아내 전부 처리했습니다."

"이채윤 소령과 양상훈 소령은?"

"별다른 움직임은 없었습니다."

"음, 그럼 조운과 김호일 대위는 곽수환 소령이 심어둔 사람이었다는 건가."

정예군을 편성할 때 최호언이 모두의 인적사항을 확인했는데, 그들 중 곽수환과 접점이 있던 군인은 없었다.

아니면 곽수환이 오래전부터 생각보다 판을 크게 벌이려고 준비했다든가. 그도 아니면 곽수환에게 협박을 받고 거짓 무전을 보낸 뒤에 죽었든가…… 모든 가능성을 열어둔 이유는 대위들 몸에 심긴 추적 칩 때문이었다. 그들의 신호는 세컨드 마스터가 있던 벙커가 아닌 강원도 연천쯤에서 끊겼다. 그 이야기는 시티 관할을 벗어났다는 소리이기도 했다.

"박사님은…… 괜찮으신 겁니까?"

유정경이 보기엔 마치 시체 같았다.

"별일 아니에요. 수혈에 거부 반응을 보인 것뿐입니다."

최호언은 석화의 머리카락을 뒤로 쓱 넘겨주었다. 이어 다시 열이 오른 석화의 몸을 욕조에 넣었다. 유정경은 순간 한 발 뒷걸음질을 쳤다. 핏물에 빠뜨렸다가 건져 올린 사람처럼 석화의 얼굴은 온통 피투성이였다. 최호언은 젖은 수건으로 석화의 얼굴을 꼼꼼하게 닦기 시작하며, 밖으로 나가라는 말 대신 턱짓을 했다.

"마스터, 감히 제가 한 말씀만 올려도 되겠습니까?"

"해봐요."

최호언은 아끼는 인형을 씻기기라도 하는 듯 손길이 퍽 다정했다.

유정경은 석화를 본 이후부터 손가락에 불쾌한 통증이 일었다. 곽수환이 분질러놨던 손가락이 제자리를 찾은 지는 오래지만 완전히 뒤틀어졌던 터라 움직임에 제약이 따랐다. 마스터의 정예부대가 곽수환을 놓쳤으니 이제 기회는 유정경에게 온 셈이었다.

"제가 곽수환 소령을 찾아서 죽여도 됩니까?"

"곽수환 소령을 죽인다고요?"

내내 무감각하게 반응하던 최호언이 관심을 보였다.

"원하신다면 생포해서 데려오겠습니다. 대신 제가 곽수환 소령을 생포해서 데려오면 컨트롤러 직위를 약속해주십시오."

아, 재미있네.

최호언은 하나도 재미없다는 투로 중얼거렸다.

"유정경 소령은 시티 클래스 A군에 속하죠?"

"그렇습니다만, 실전에는 두뇌가 더 중요하다고 생각합니다. 마스터가 허락만 해주신다면 정예군을 데리고 가서……."

"곽수환 소령이 유 소령보다 부족해 보여요?"

이번에야말로 유쾌한 듯했다.

"힘만 센 무식한 놈이죠. 계율 따위도 지키지 않는 범법자이고요."

"그렇다면 유 소령은 절대 곽수환 소령을 잡을 수 없겠군요."

"예?"

"적을 모르는데 어떻게 이길 생각을 합니까?"

걷어붙인 소매 밑으로 붕대 끝자락이 흘러나와 있었다. 최호언은 그 끝을 잡아당겨서 다시 고정했다. 석화가 총상을 입힌 팔뚝은 아직 아물어가는 중이었다.

"나가봐요."

유정경은 좀 더 말을 보탤까 하다 거수경례만 하고 뒤를 돌았다. 곽수환에게 멱살이 잡혀 과천지부로 내려가게 된 뒤로 진급은 반쯤 포기했건만, 사람 일은 이렇게 모르는 거다. 그 잘난 곽수환은 수배자가 되었다. 그 덕에 유정경은 여의도로 복귀할 수 있었고, 현 마스터의 눈에 들고자 온갖 더러운 일을 도맡아 해냈다.

생포된 석화가 고문이나 처형을 당할 줄 알고 입맛을 다신 게 조금 전이었는데, 오히려 입맛만 버렸다. 어째 곽수환이 애지중지 다루던 때와 크게 다름이 없어 보이는 건가. 아니지, 온몸의 피를 다 쏟아내는 듯했으니 어쩌면 실험체로 삼은 건가? 들리는 바에 의하면 석화 박사가 면역체라는 소문이 있었으니 말이다.

에덴동산 북부지부에 백신을 퍼뜨린 것도 그들이 구원자라고 부르는 석화였다.

"쓸데없는 짓을 하고 있어."

유정경은 여의도 쉘터 최상층을 벗어나고 나서야 담배를 한 대 물었다. 백신 같은 건 이 세상에 나타나서는 안 되는 물건이었다. 제복만 보면 세 살짜리 애도 오줌을 질질 싸는데 아무렴, 감히 백신이 나와 군을 우습게 보는 사람들이 생겨서는 안 되지.

유정경은 제대로 쥐어지지 않는 주먹을 노려보며 이를 갈았다.

◆ ◆ ◆

몸이 타는 듯 뜨거웠지만 맞닿아 있는 사람의 살갗은 시원했다. 석화는 그 익숙한 체온에 제 몸을 달래고만 싶었다. 그러나 손가락 하나 까딱할 수도, 눈을 뜰 수도 없었다. 오로지 후각만이 예민하게 살아 있었다. 콧등에 닿는 살갗에서 묵직한 향이 흘러들어왔다. 인위적인 향수 냄새는 제가 아는 그의 체취와는 달랐다. 석화는 의식적으로 상대에게서 떨어지기 위해 몸을 움직였다. 가위에 눌린 것처럼 여전히 꼼짝하지 못했다.

그날 지원팀이 계곡에서 수거해 온 시체는 단 두 구뿐이었다. 머리가 뚫린 운전병과 추락의 여파로 온몸이 으스러진 소령.

그 시체만으로도 지프에서 무슨 일이 일어났는지 훤히 짐작할 수 있었다. 석화는 분명 곽수환이 살아 있다는 사실에 안도 했지만, 시체가 인도된 이후로는 아무 소식을 접할 수 없었다.

도주로를 탐색하며 주변도 경계를 세워 살폈으나 여의도 쉘터로 이송된 뒤로는 모든 탈출구가 막혀버렸다. 단 하나의 가능성은 전처럼 낙하산을 달고 뛰어내리는 것이었다. 그러나 최호언이 마스터로 당선되면서 쉘터 내부도 전면 개편되었기에 모든 것이 다 초면이었다.

그렇게 며칠간 계속 빈혈이 인다고 생각했는데, 음식을 제대로 섭취하지 않았기 때문은 아니었다. 토하는 한이 있더라도 꾸역꾸역 무엇이든 입에 집어넣었으니까. 갑자기 코에서 무언가가 주르륵 흘러 손을 대봤더니 코피였고, 10분이 넘도록 지혈이 되지 않았다. 계속해서 피가 쏟아지니 석화는 곧 두 다리로 서 있을 수가 없어졌다.

최호언이 의료진을 불러 적혈구 수혈을 했지만 그때부터가 더 지옥이었다. 헤모글로빈 수치에 이상이 생겨 피를 쏟은 것이건만 오히려 수혈 이후에 더 많은 출혈을 봐야 했다. 혹시 수혈된 적혈구가 백신과 상극 반응을 일으킨 건가?

누군가가 저를 원심분리기에 넣고 돌리는 듯 온몸이 산산조각 나는 것만 같았다. 문득문득 정신이 나갔다가 돌아올 때마다 수액이 이동하는 감각이 소름 끼쳤다.

'혹시, 곽수환 소령의 피를 수혈받은 적이 있어요?'

'석화 박사. 석화야?'

'……지혈에 성공했습니다.'

'감염 우려가 있으니 전부 불태워요.'

웅웅, 사람들의 목소리가 동굴 속에서 두서없이 울리고 있었다. 고막이 제 기능을 잃은 듯 더는 아무 소리도 들려오지 않으니 정신마저도 아득해졌다. 이대로 눈을 뜰 수 없을까 봐 두려워한 것이 마지막이었다.

◆ ◆ ◆

"일어났어요?"

수액 조절기의 속도를 조금 늦춘 최호언이 다정히 웃었다. 검정 슈트는 마치 상복처럼 보여서 석화는 제 죽음이 얼마 남지 않았나 싶은 이상한 생각을 했다.

"배가 많이 고플 거예요."

최호언이 침대 상단의 버튼을 누르자 침대가 천천히 접혔다. 석화는 반 타의적으로 비스듬히 앉아 있어야 했다. 최호언은 컵에 담긴 유동식 수프를 가져다 댔다. 빨대가 꽂혀 있었지만 빨아들일 힘조차 없었다. 다행히 출혈은 멎었는지 내려다본 시트는 하얗고 깨끗했다.

석화가 아무런 반응을 보이지 않자 최호언은 라텍스 장갑을 낀 손을 입속에 넣었다. 따뜻한 물을 조금씩 흘려주니 마른 목이 천천히 풀려갔다.

수프가 담긴 스푼이 입술로 다가왔고, 석화는 입술을 벌려 천

47

천히 삼켰다. 기껏해야 목울대를 울리는 일뿐인데 온몸의 힘을
다 쏟아야 했다.

"이대로 일어나지 못하는 줄 알고 얼마나 걱정했는지 알아요?"

시선을 올리니 안도하는 최호언이 보였다. 알 수가 없다. 생
판 남처럼 살아온 사이인데 왜 저에게 저런 애착을 가지는지 이
해할 수도 없었다. 그가 이마에 손을 올리자 시원한 체온에 곽
수환 생각이 났다.

"……싫어요."

최호언이 갈라진 소리를 내는 석화에게 귀를 가져다 댔다.

수환이가 보고 싶어요. 보내줘요.

아무 말도 듣지 못한 듯 굽힌 허리를 펴고는 다시 수프만 입
에 떠넣었다.

"먹기 힘들면 호스라도 끼워서 넣어줄까요?"

유동식이라 괜찮을 텐데. 최호언이 동생을 위하는 형 행세를
했다. 석화는 스푼이 입술로 올 때마다 어떻게든 목 안으로 삼
켰다. 머그잔의 반도 채우지 못한 유동식을 먹는 데 걸린 시간
은 족히 한 시간 남짓했다. 최호언은 빨리 먹으라는 말이나 행
동 따위는 하지 않았고, 시종일관 석화가 수프를 다 먹는 데만
집중했다.

석화는 시계를 올려다봤다가 다시 눈을 감았다.

또다시 수액이 몸을 타고 흐르는 감각을 느끼며 잠이 들었고,
다시 눈을 떴을 때 손목은 주삿바늘 대신 밴드가 붙어 있었다.

천천히 몸을 일으키다 힘이 빠지는 바람에 고꾸라진 몸을 웅크렸다. 석화는 한참이나 같은 자세로 숨을 고르고 침대 밖으로 발을 내딛었다. 피를 많이 쏟은 탓인지 빈혈은 여전했지만 정신이 혼미한 수준은 벗어난 뒤였다. 한 치 앞도 보이지 않는 어두운 방을 손으로 헤쳤다. 벽을 발견하자 차가운 시멘트에 기대 앞으로 나아가기 시작했다. 느릿하게 걷고 또 걷다 보니 철로된 문고리가 손에 닿았다. 문고리를 돌렸더니 예상외로 문이 쉽게 열렸다.

문 밖의 천장에서부터 강렬한 빛이 시야를 찔러 손으로 가림막을 만들었다.

차차 빛에 익숙해지자 저 앞에 앉아 있는 최호언이 보였다. 날이 바뀌었음을 알려주듯 그는 셔츠에 면바지 차림이었다.

석화는 최호언이 있는 방을 차분히 눈으로 훑었다. 창가에는 다양한 화초와 수경재배 중인 식물이 보였고, 한편에는 화학 반응기나 샘플링 기계가 놓여 있었다. 아마도 연구실인 듯했는데, 최호언의 등 뒤로는 암막커튼이 쳐져 있었다.

석화는 걸어 나와 생수 통을 쥐었다. 컵이 보이지 않아 뚜껑만 따고는 목을 축였다. 최호언이 의자를 빙글 돌리더니 자리에서 일어나 석화에게 다가왔다.

"잘 일어났어요. 계속 누워 있으면 몸에 더 안 좋거든요. 기분은 좀 어때요?"

몸이 가벼운 건지, 무거운 건지 가늠되지 않았다. 물을 계속

해서 들이켜는 동안 바라본 최호언은 기분깨나 좋아 보였다.

"……얼마나 지났습니까?"

이곳에 시계는 있지만 달력은 존재하지 않았다.

"나흘쯤 됐죠."

최호언은 석화의 손목을 가볍게 쥐어 모니터가 있는 곳으로 데려갔다. 의자를 확 빼내고는 석화를 가죽시트 위에 앉혔다.

"함부로 다루지 마시죠."

가라앉은 석화의 목소리가 스산했다.

"석화 박사가 일어나길 내가 얼마나 초조하게 기다렸는지 몰라요."

최호언은 아무것도 개의치 않고 화면을 손으로 툭툭 건드렸다. 잔잔하던 표면에 균열이 일었다.

"어서 봐요."

다정하게 석화의 양어깨를 감쌌다. 현미경과 연결된 화면에는 얼핏 다이아몬드 모양을 닮은 바이러스가 보였다. 바로 아담 바이러스였다.

아담 바이러스에 감염된 사람이 공격적인 성향을 띠는 이유는 뇌에 있었다. 세로토닌은 사람의 공격성을 억제하는 신경물질로 알려져 있는데 아담 바이러스에 감염되면 세로토닌 분비가 중단되고, 전두엽의 기능 또한 상실된다. 아담들이 뼈나 살점이 날아가도 움직일 수 있는 건 뇌의 비정상적인 활동으로 고통을 느끼지 못하기 때문이다. 그렇기에 아담을 사살할 때

가장 효과적인 방법은, 머리를 박살내거나 심장을 뽑아버리는 일이었다.

석화가 개발한 백신은 아담 바이러스가 침투해도 혈액 내에서 활동이 중지되는 양상을 띠었다. 오양석 박사와 함께 세웠던 가설, 즉 조류에게 생성된 새로운 형질의 바이러스를 찾아내는 데 성공한 덕이었다. 현존하는 조류는 크게 둘로 나뉘었다. 신종인플루엔자와 아담 바이러스에 모두 감염된 종과 그렇지 않은 종.

조류가 아담의 시체를 파먹어도 감염이 되지 않는 경우는 전자에 속했다. 신종인플루엔자와 아담 바이러스는 혈액 내에서 동시에 활동할 수 없었다.

두 바이러스에 노출된 조류가 알을 낳으면 그 새끼도 마찬가지로 보균체가 되는데, 바이러스 DNA가 포함됐기 때문이다. 조류의 경우 인간보다 수명이 훨씬 짧기에 현 조류의 경우 대다수가 양 바이러스 보균자였다.

백신은 신종인플루엔자에서 반응 중지를 유도하는 항원을 찾아내 석 달에 걸쳐 생산할 수 있었다. 그러나 지금 이 모니터 안에서 활동 중인 아담 바이러스는 공격적으로 적혈구를 파괴했다. 평범한 사람이라면 감염된 지 얼마 되지 않아 뇌사에 빠질 수준으로 보였다.

그간 봐왔던 바이러스와 비교도 되지 않을 만큼 엄청난 파괴력을 지닌 셈이었다.

"이 혈액 샘플이 누구의 것인지 궁금하지 않아요? 바로 백신을 투여받은 사람의 혈액이죠."

최호언이 석화의 두 손을 그러쥐어 박수를 치듯 포갰다.

"그리고, 저 새로운 아담 바이러스는⋯⋯."

우리 석화 박사 몸에서 나온 것이고, 곽수환 소령의 혈액에서 발견된 것과도 동일하죠.

뒷목을 간질거리는 숨결도 신경 쓰이지 않을 정도로 최호언의 말이 충격적이었다.

"아버지는 그러셨어요. 아담에게서 자유로우려면 바이러스 그 자체를 품으면 된다고."

그는 기이하게도 눈을 빛내고 있었다.

"그것이 진정한 신인류죠."

◆ ◆ ◆

연합국 체제 아래 레인보우 시티가 세워지고 약 5년 뒤, 연합국은 제 힘을 잃고 와해됐다.

제 밥그릇이 두둑할 때야 남의 빈 밥그릇을 채워줄 여유가 있지만, 서로 자신의 나라를 돌보기에 급급하니 5년이나 유지된 것도 신기할 따름이었다. 각 국가가 제 정상궤도에 오를 때까지 불가침조약을 맺었고, 레인보우 시티도 자치정부로 거듭났다.

연합국이 존재할 때는 눈치가 보여 반인륜적인 실험을 자행하지 못했지만, 자치정부가 된 이상 무서울 것이 없었다. 레인보우 시티는 생존자 중 우수한 학자들을 모았다. 분야는 바이러스 혹은 생물학에 그치지 않았다. 역사학자, 고고학자들까지 모아두고 바이러스를 타파할 방법을 찾아 나섰다.

그들은 온갖 가설이란 가설을 세워 인체실험을 강행했고, 몇십 년간의 연구 끝에 한 가지 확실한 사실을 깨달았다. 아담 바이러스는 현 기술로 처치하지 못한다는 것이다.

레인보우 시티가 일부러 아담 바이러스를 변이시켰다는 반군의 주장은 어떻게 보면 터무니없는 말이었다. 백신조차 제대로 만들지 못하는 시티였다. 그런데 변이 바이러스를 만든다? 불가능에 가까웠다. 그러나 레인보우 시티의 마스터들은 그 소문을 부정하면서 한편으로는 이용했다. 변이 바이러스를 만들 능력이 있다는 건 그만한 기술력이 있다는 것을 입증했으니까.

'우리는 변이하는 아담 바이러스를 막을 기술이 없습니다'보다 '우리는 아담 바이러스를 변형할 수 있는 기술을 가졌지만, 백신을 만들어 도움을 주는 정부이니 함부로 도전하지 말라'가 사람들을 통제하기에 훨씬 효과적이었다.

물론 모든 진실을 알고 있는 연구자들에게 치료제 없는 바이러스는 엄청난 두려움의 대상이었다. 그들은 면역항체를 가진 자들을 찾아내려 했지만, 불특정 다수를 잡아와 마구잡이로 바이러스를 주입할 수는 없었다. 그리하여 레인보우 시티와 연구원들은 특정 대상을 정하기에 이르렀다.

어째서 제주도에서만 면역자들이 나왔는가? 그에 대한 답도 아주 단순명료했다. 제주도 거주민을 상대로 실험을 벌였기 때문이다. 나중에는 실험체로 삼은 토착민의 수가 줄었고, 외부에서 들어온 권력자들은 저들의 유토피아를 만들었다.

다양한 연구 자료를 바탕으로 유전자 편집이 시도된 건 에덴동산이 세상에 드러남과 거의 동시였다. 시작은 모두가 뜻을 같이했다. 원호 박사, 석화의 어머니와 곽수환의 부모까지.

그들은 후세대가 바이러스에서 자유로워지길 원했고, 지상낙원인 에덴동산을 근원으로 삼았다. 아이러니하지만 네 개의 강은 신을 믿지 않았다. 신이 있다면 인류를 말살할 파괴력을 가진 바이러스가 탄생하게 놔두지 않았을 테니까.

네 개의 강은 그들이 직접 신의 영역이라 불리는 생명의 창조에 도전했다. 수많은 배아가 희생됐고, 그보다 더 많게 장애를 가진 태아가 탄생했다.

"그때 말이지, 그 미친 짓을 하겠다는 소리를 듣고 나는 곧장 러시아로 올라갔지."

영감이 힙플라스크에 담긴 술을 벌컥벌컥 들이켰다. 영감 주변을 둘러싼 군인들은 마치 유령처럼 침묵했다. 할아버지 곁에 손주들이 옹기종기 모여 옛이야기를 듣는 설렘 따위는 없었다. 피할 수 있으면 피해야 할 진실만 쌓여갈 뿐이었다.

곽수환은 섣불리 휴대폰의 비밀번호를 누르지 못한 채 몸통만 거세게 쥐었다.

"연구원 놈들이 뭔가를 아주 대단하게 아는 것 같지? 아니, 그렇지 않아. 그랬다면 그 수많은 아이들이 죽지는 않았을 거야. 그중에서 멀쩡하게 태어난 놈들이 바로 지금 살아 있는 돌연변이들이지. 아주 우습게도 놈들이 그랬다더군. 돌연변이의 탄생은 신의 선물이자 기적이었다고."

영감이 뭐가 그리 웃긴지 끅끅 대면서 배를 잡았다.

"내 부모도 전부 바이러스 연구원 출신이었지만, 그들에게 반기를 들자마자 처형당해 죽었지."

유전자 편집을 통해 탄생한 자신과 석화 그리고 다른 돌연변이들. 아마 시작은 세컨드 마스터도 함께했을 것이다. 그러다 네 개의 강들은 뜻을 달리하게 됐고, 무슨 이유에선지 부모는 저와 동생을 숨겼다. 석화의 어머니인 이진연 또한 석화에게 진실을 알리지 않고 제 손으로 키워냈다.

네 개의 강이 갈라진 원인은 원호 박사에게 있을 가능성이 클 것이다. 그러나 곽수환은 그딴 것쯤은 아무래도 좋았다.

"내가 왜 곽가 네놈을 꺼림칙해했는지 이제 알겠어? 곽가, 너는 지옥에 갈 거다."

"저 영감이 감히!"

차 중령이 발끈하자 곽수환이 손을 뻗어 막았다.

"영감, 영감, 하지 마. 듣는 영감 기분 나빠. 그런데 나도 곰곰이 생각해보니 박사와 네가 무슨 죄가 있나 싶었지. 병신아, 이 상병신아. 쯧쯧. 그러게 누가 그렇게 빨리 떠나래."

"영감은 대체 왜 여기까지 따라온 건데."

나이 꽉 찬 영감이 자신들의 뒤를 따라왔다는 건 그가 전하고자 하는 사안이 목숨만큼이나 중요하다는 뜻이다. 그렇지 않고서야 저 괴팍한 노인네가 짐승이 위협하는 횡단 열차 길을 따라왔을 리가 없다.

"곽가, 네놈은 살면서 한번이라도 감기에 걸린 적이 있었나?"

쓸데없는 개소리 지껄이면 얼마 남지 않은 생명을 아예 없애줄 예정이었다. 그러나 몸이 먼저 굳어버렸다.

"흥, 없겠지."

영감의 말 그대로였다. 살면서 감기에 걸려본 적은 없었다. 그게 당연했고, 워낙 건강해서 그런가 보다 하고 중요하게 생각하지도 않았다.

"곽가, 시티가 너 같은 괴물을 만들었다는 말이야. 너는 모든 바이러스에게서 자유롭지. 그 이야기는 네놈이 모든 바이러스의 숙주가 될 수 있다는 소리이고."

곽수환은 그제야 확 손을 뻗어 영감의 멱살을 쥐었다. 자신보고 독이라고 했던 말이 자꾸 떠올라 손에 점점 더 힘이 들어갔다.

"그래서, 그게 뭐가 문제야."

"문제는 네놈이 잘 알고 있을 텐데. 나도 네놈들을 처음 봤을 때는 이 정도로 생각하지는 못했어. 그래서 수혈에도 문제가 없을 거라고 생각했고."

"수혈······?"

곽수환이 형형한 눈을 하고는 되물었다.

"그래서 박사는 지금 어디 있나."

◆ ◆ ◆

석화는 또다시 코피를 흘리고 있었다. 쉘터 내부의 병실에 고립되다시피 했으며, 커다란 비닐커튼이 침대 주위를 감쌌다. 정신을 차리고도 몇 번 또 까무룩 쓰러지는 바람에 또다시 시간이 얼마나 흘렀는지도 애매했다. 그래도 마지막으로 눈을 떴던 때보다 정신은 훨씬 더 선명했다.

흐르는 피를 그냥 두었더니 침대 시트에 뚝뚝 떨어졌다.

"아, 씨발, 야!"

석화를 감시하던 유정경이 소리를 냅다 질렀다. 옆에 있던 티슈 박스를 던지자 이마에 모서리가 찍혔다.

"저 병신 새끼, 저런 것도 못 잡아요."

접이식 의자에 다리를 꼬고 앉아 있던 유정경이 씹던 껌도 뱉었다.

"마스터가 되게 애지중지하데? 곽수환하고만 이런 거 아니었어?"

두 손을 포개 공기를 압축하는 소리를 냈다. 유정경은 그냥 지켜보기만 하라는 최호언의 지시를 깨고 석화에게 다가갔다.

없는 사람 취급하는 바람에 화가 나 손을 확 들었는데도 석화는 멍하니 코피만 쏟고 있었다.

전처럼 코피가 계속 나오는 건 아니었고, 멈췄다가 다시 가느 다랗게 흐르기도 했다. 석화는 그럴수록 눈과 귀가 희한하게도 더 밝아지는 것 같았다. 몸에 과도하게 도는 피가 밖으로 배출 되는 듯 개운한 느낌도 들었다.

"야, 너 무슨 병 있냐?"

석화는 언성을 높이는 유정경을 무시하고 최호언이 보여줬 던 바이러스를 떠올렸다. 저는 면역체였고 백신이 듣는 몸이었 다. 그런데 지금 이 몸 안에 신종 아담 바이러스가 있다고 한다. 더욱이 놀라운 건 제가 아담으로 변이하지도 않았다는 것이다.

석화는 한 가지 확고한 가설을 세울 수밖에 없었다. 그날 에 덴동산 북부지부에서 제가 맞은 피는 일반적인 아담의 혈액이 아니라는 가설 말이다.

'우리 석화 박사 몸에서 나온 거고, 곽수환 소령의 혈액에서 발견된 것과도 동일하죠.'

곽수환은 아담 바이러스에 감염됐던 적이 있었을 거다. 다만 그 자신에게는 아무런 문제가 발생하지 않았다. 아담 바이러스 가 휴면 상태로 잔존해 있었을 테니까.

곽수환이 그날, 아담의 피를 자신의 것으로 바꿔치기했을 가 능성을 배제할 수가 없었다. 그는 그만큼 제가 아담의 혈액을 투여하는 것을 원치 않아 했다.

석화가 티슈를 뽑아 코밑을 눌렀다. 이제 피는 멎어서 더 이상 흘러나오지 않았다.

여태 곽수환에게는 어떤 백신도 효과가 없었다. 그건 달리 말해 백신이 필요한 몸이 아니라는 표현이기도 했다. 하자 없는 돌연변이이자 신인류, 석화는 이제 그 말을 알 것도 같았다. 그리고 어째서 최호언이 곽수환을 종마라고 지칭했는지도.

그는 모든 바이러스에서 자유로웠다. 바이러스 면역 체계가 곽수환의 DNA 염색체에 포함되어 있으니, 그 자손은 전부 바이러스 면역을 가진 채 태어날 것이다.

곽수환의 유전자를 물려받은 자식들은 아담뿐만 아니라 현존하는 모든 질병에서 자유로울 거다. 그런데 지금 자신은 그의 혈액을 수혈받아 괴사하는 과정인지 융화되는 과정인지 알 수가 없었다. 단 한 번 러시아에서 곽수환에게 수혈을 받았을 때, 그때도 크게 앓았지만 무사했다. 앞선 수혈로 면역 체계가 생겼다면 두 번째도 무사할 가능성이 크겠으나 그날 동시에 맞은 백신에 문제가 있을 수도 있었다.

"야, 너 미쳤냐?"

생각을 정리하며 혼잣말을 중얼거렸더니 유정경이 머리채를 움켜쥐었다.

"······놔요."

"싫은데?"

"하아······. 나한테서 떨어져요."

위험하다고 석화가 손을 떼어내려고 하자 짝, 뺨에 불이 튀었다.

"이게 씨발, 나도 남자 새끼 구멍에 관심 없거든? 떨어져? 네 불알이나 떨어뜨릴까? 코피나 질질 싸대고 픽픽 쓰러지고, 남자 구실은 하냐?"

뺨을 우악스럽게 움켜쥐고는 이리저리 돌려봤다.

"이참에 내가 떼어줄까?"

밑을 잡으려고 하자 석화가 발버둥을 쳤다. 정말로 아래를 잡아 뜯을 기세로 손에 힘을 주었다. 손을 뻗어 아무거나 잡히는 것을 쥐어 던졌더니 이번엔 유정경의 얼굴에 티슈 박스 모서리가 부딪혔다. 연한 눈가가 찢기면서 붉은 줄이 갔다.

"아나, 씨발!"

"상처 만지지 말아요. 그 손으로……!"

이미 유정경은 제 눈가를 손으로 거칠게 비비고 있었다. 그러면 안 된다고 석화가 또다시 막으려 하자 뺨을 한 대 더 후려쳤다.

"어차피 일 터져서 마스터도 없겠다, 너 오늘 어디 한번 내 손에 뒤져봐."

석화는 절망에 가깝게 유정경을 바라봤다. 제 뺨을 쥐고 흔든 바람에 그의 손에는 피가 묻어 있었고, 비빈 눈가에도 저의 피가 번져 있었다. 석화는 이죽거리며 다가오는 유정경을 피해 몸을 뒤로 물렸다.

"이미…… 늦었어. 하지 말라고 했잖아요."

"어, 늦었지. 내 화를 가라앉히기에는 존나게 늦었어."

유정경이 주먹을 쥐고는 석화의 배를 후려치려 했다. 까서 볼 거 아니면 마스터도 모를 테고, 석화가 쪼르르 일러바칠 것 같지도 않았다.

젠장…….

곽수환의 입버릇처럼 석화가 중얼거렸다.

"뭐?"

너 방금 뭐라고 했냐면서 주먹을 휘두르려는 때였다. 바닥으로 뭔가가 뚝뚝 떨어졌다. 석화는 저기 떨어져 있으니 그렇다면 이 피는 저의 것이었다.

"어……. 어어?"

유정경이 코를 막더니 이내 흐르는 피를 믿을 수 없다는 듯이 손을 펼쳐봤다.

"뭐야, 이게……. 왜 이래."

석화는 제게 뻗어오는 유정경의 손을 피해 좀 더 침대 끝으로 붙었다.

"……야. 이거……. 쿨럭."

비틀거리면서 다가오는 유정경에게서 벗어나고자 석화는 침대 밖으로 뛰쳐나갔다. 뒤로 계속해서 물러나니 등에 비닐커튼이 닿았다. 한쪽에서 흐르던 코피가 이제는 양쪽에서 나기 시작했다. 유정경이 콸콸 쏟아지는 피를 두 손으로 막았지만 출혈은 계속됐다.

석화는 그 모습을 더 보지 못하고 바닥을 기어 비닐을 들었다. 유정경이 따라오는 소리에 황급히 나자빠지듯 나갔더니 기침과 함께 팍, 터진 피가 비닐에 뚝뚝 흘러내렸다.

석화는 다시 기다시피 해 문으로 향했다. 뒤를 돌아보니 피웅덩이에 쓰러진 유정경이 보였다. 석화는 문 옆에 놓인 세면대에서 제 얼굴의 피를 깨끗이 지워나갔다. 위험해. 피가 노출돼서는 안 된다. 셔츠도 벗어서 던지고 병실 옷장에 있는 긴 병원복을 꺼내 입었다.

문을 열었더니 복도에 군인들이 단 한 명도 보이지 않았다. 대체 무슨 일이지? 비상구를 향해 달려 나가는 때였다. 펑! 익숙하지만 듣고 싶지 않은 폭발음에 뒤를 돌았다. 복도 창밖으로 저 멀리 거센 불길에 휩싸인 건물이 보였다. 일렁거리는 불길이 시선을 사로잡았지만 석화는 고개를 돌려 다시금 비상구로 달려갔다.

문을 확 열어젖힌 순간, 제복을 입은 군인 몇 명이 보였다. 고개를 휙 쳐든 군인들 중 한 명은 잇몸이 다 드러날 정도로 윗입술이 찢겨 있었다.

저건 군인이 아니라 아담들이었다.

"위험합니다! 후퇴하세요!"

뒤에서 들려온 목소리에 문을 닫으려 했지만, 아담들이 밀고 들어온 게 더 빨랐다. 석화의 코에서 다시금 피가 흐르기 시작했다. 후퇴하라는 신호를 또다시 들었음에도 할 수 있는 건 없었다. 이미 아담이 코앞이었다. 잇몸을 드러낸 아담이 저에게 얼굴을 확 들이밀다가 이내 우뚝 멈춰 섰다.

……ㅂ.

……이브.

크륵거리는 짐승 소리에 뒤섞인 인간의 언어가 들렸다.

오늘로부터 약 세 달 전, 블라디보스토크.

곽수환은 석화의 두 손을 제 손으로 꽉 쥐고 있었다.

평소보다 체온이 낮은 석화를 불안한 눈으로 살폈다. 하얗게 질린 얼굴은 미동도 없으며 아무 표정도 떠올라 있지 않았다.

블라디보스토크에 체류한 지도 벌써 200일이 넘었다. 미친 영감을 만나 낡아빠진 연구소에서 둘이 같이 연구를 한 것까지는 좋았다. 무리만 하지 않았으면 했지만, 애초에 석화는 무리를 할 수 있는 체력도 없었다. 그렇다면 감기라도 걸린 걸까? 발열이나 기침 증상이 없으니 대체 석화가 왜 이러는지 알 수가 없었다.

그들이 거주하는 연구소는 아담 출현 전, 생물안전 3등급으로 인정받은 곳이었다. 연합국이 무너지고 레인보우 시티처럼 체제가 잡히지 않은 블라디보스토크는 약탈의 온상지가 됐다. 다만 이 안은 위험균을 취급한다는 경고 표지가 어딜 가나 눈에 띄어 웬만한 물건과 기계들은 무사했다. 제아무리 약탈자라고 해도 바이러스에 경각심을 가지고 있기 때문이었다. 물론 경고 표지가 없는 곳은 이미 약탈자들이 쓸어간 지 오래였다.

영감이 연구소 도서관의 문을 열고 들어왔다.

"의사는?"

곽수환은 석화만 본 채로 대뜸 물음을 날렸다.

말이 도서관이지 책과 책장은 땔감으로 털려 처음엔 먼지만 가득했었다. 곽수환이 저희들을 위한 방으로 새로 꾸민 터라 지금은 침대 매트리스나 책상만 봐도 여느 방처럼 그럴싸했다.

"의사는 어디 있냐고."

영감은 스테인리스 통을 옆구리에 끼고 있었고, 다른 쪽 손에는 주사기와 빈 팩을 들고 있었다.

"여기가 시티인 줄 알아? 의사는 무슨. 그리고 시발놈아, 내가 반 의사다."

영감의 말투는 러시아 억양이 섞여 있어 얼핏 사투리 같기도 했다.

"혹시 석 박사가 이상한 약이라도 주사한 거야?"

평소에 석화가 제 몸에 직접 임상실험을 했다는 것은 알지만, 저를 만나고 나서는 위험한 일은 피해갔었다. 그러니 그게 아니라면.

"이 미친 영감탱이 너냐? 네가 그런 거야?"

영감은 싸가지 없는 곽수환을 한 대 후려갈기고 싶었다. 늘 굶주린 눈으로 석화를 형형하게 바라보고 있는 것을 알기에 한숨만 쉬었다. 제아무리 레인보우 시티에서 저희 둘만 넘어왔다지만 곽수환의 집착은 타인이 보기에도 엄청났다.

혼자서는 연구소 밖으로 한 발짝도 못 나가게 하고, 동네 사람이 와서 먹을 것과 약품을 교환할 때도 팔짱을 단단히 끼고 석화의 뒤를 지켰다. 그런 놈이 석화가 정신을 못 차리고 있으니 저럴 수밖에. 영감은 나이도 한참이나 많은 제가 참아야지,

하고 석화의 곁으로 다가갔다.

"피가 부족해서 그래."

"피?"

석화의 하얗게 뜬 얼굴만 보면 흡혈귀 같기는 한데, 저 송곳니로 누굴 씹을 힘이나 있을지 모르겠다.

"시티에 있을 때야 영양 섭취를 골고루 잘했겠지. 박사가 저 몸을 하고도 나름 멀쩡히 산 이유가 뭐겠어. 네놈이 욕을 하는 시티에서 수석연구원으로 있었기 때문이지. 저 꼴을 해갖고 여기서 태어났으면 다섯 살도 못 넘기고 죽었어."

영감의 촌철살인에 곽수환은 할 말이 없어졌다. 제아무리 석화를 챙긴다고 해도 레인보우 시티에서 편히 살 때와 비교는 되지 않을 것이다. 그러니까 석화는 지금 겨우겨우 견디다 쓰러졌다는 소리였다.

"네놈 피를 수혈할 거야."

"그래도 돼?"

"왜, 안 되는 이유라도 있어?"

영감이 눈을 가늘게 떴다.

"네놈하고 박사 혈액형도 같겠다, 뭐가 문제야. 아니면 이대로 놔두든가. 그럼 정신을 차리든지 시름시름 앓다가 더 약해져서 고꾸라지든지 하겠지."

곽수환이 제 팔을 쓱 내밀었다. 영감은 장갑을 끼곤 혈기 왕성한 곽수환에게서 피를 빼내기 시작했다. 2리터를 뽑아도 날아다니고도 남을 놈 같았지만, 조금이라도 이상한 수작을 부리면 얼굴과 몸통을 분리하겠다는 기운이 물씬 풍겨왔다.

"먹을 걸 못 먹으면 피가 부족해?"

곽수환은 빈혈이 어째서 생기는 것이며 어떤 느낌인지도 알지 못했다.

"네놈은 박사가 햄스터라서 연방 땅콩이나 아몬드를 먹는다고 생각했어? 철분이 부족하니 저 살고자 어떻게든 먹는 거야. 네놈은 이해 못 하겠지만, 200년 전만 해도 다들 50, 60도 못 넘기고 죽었어. 특히 약하게 태어난 개체는 애초에 일찍 죽고 말았지. 뭐, 지금은 그렇게 퇴보해가는 중이지만 말이야. 결국에 신이 철퇴를 내린 거지."

"영감, 에덴동산 소개해줘? 신 운운하는 거 보니 잘 맞겠어."

곽수환의 정맥에서 바늘을 빼내는 영감의 손이 움찔했다. 영감탱이, 술 좀 작작 마시지. 수전증이나 있고 말이야. 곽수환은 피가 몽글몽글 솟는 제 팔뚝을 소독 솜으로 한 번 눌렀다가 바닥에 던져버렸다. 접이식 의자를 끌어와 석화가 누워 있는 침대 근처에 앉아 팔짱을 꼈다.

"시티는 왜 배신하고 나온 거야."

"충성한 적이 없는데 무슨 배신."

"그렇다면 굳이 돌아갈 필요가 있겠어? 왜 백신을 개발해서 돌아가겠다는 건가."

제 피가 석화에게 들어가는 걸 보고 곽수환은 묘한 기쁨에 사로잡혔다. 마치 자신의 피를 이은 아이를 직접 잉태하는 기분이었다. 이로써 석화와 저는 정말로 한 가족이나 다름없어진 거다.

"곽가, 백신도 이제 성공 단계에 접어들었겠다, 그냥 여기서 사람들에게 좋은 일 하며 사는 게 어떤가."

물어보면 곧잘 대답을 하는 석화와는 다르게 곽수환은 자신에 대한 이야기를 거의 꺼내지 않았다.

"나는 그래도 좋은데, 석 박사는 싫대. 더 자유롭게 살아야 한다나."

씁쓸해하는 곽수환과 다르게 영감은 오히려 석화의 마음을 이해할 것도 같았다.

곽수환은 무인도에 뚝 떨어뜨려 놔도 살아남을 놈이지만, 박사는 누군가의 보살핌이 없다면 죽고 말 거다. 그러다 문득 팔짱을 낀 곽수환을 돌아봤다.

"대체 두 놈은 어떻게 합이 맞은 거냐."

서로 석 박사, 소령님, 그렇게 부르니 박사와 군인이라는 건 알겠는데, 직종이 다른 둘이 함께 레인보우 시티를 벗어난 게 신기할 따름이었다.

"석 박사가 나한테 반해서 정액 달라고 졸졸 쫓아다니는 바람에 마음이 좀 동했어."

누가 들으면 석화가 곽수환에게 열렬한 구애라도 한 줄 알겠다. 여태 무식한 소령이 매끈한 흰 달걀 같은 박사에게 반해 생각 없이 따라온 게 아닌가 싶었는데.

실제로 이곳에서 주민들과 어떤 마찰도 없었기에 곽수환은 석화 몰래 담배나 피우러 다니고 술이나 빨러 다녔다. 그뿐이랴 호시탐탐 기회를 보며 석화에게 못 붙어서 안달이었다. 그런 날은 원래도 유령 같은 석화가 더 비실대며 연구실로 내려오고는 했다. 영감 눈에는 열심히 백신을 만들고자 연구실에 틀어박힌 석화와 달리 곽수환이 한량처럼 보였다. 그저 똑똑한 박사가 좋아 보디가드를 자청하는 놈팡이였다. 쯧쯧, 저런 화상이 뭐가 예뻐서 함께 있는 건지 박사 걱정에 늘 혀만 찼다.

하지만 곰곰이 생각해보니 레인보우 시티에서 블라디보스토크까지 맨몸으로 온 둘이었다. 중간에 약탈자들도 만났을 테고, 곰처럼 거친 육식동물을 수없이 마주했을 텐데 그들은 아주 멀쩡했다.

"시티에서 왔으면 철길을 따라왔을 텐데, 그 주변에는 곰이 자주 출몰하지. 그것도 사람 고기에 맛을 들린 놈들이고."

"한번도 못 봤는데."

"아담만큼 무서운 게 굶주린 짐승들이야. 그런데 한번도 못 봤다고?"

"우리가 운이 좋았나 보지."

"라즈보이니크도 운이 좋아 피했나?"

석화만 향해 있던 곽수환이 영감에게 고개를 돌렸다. 관심 갖지 말라는 듯 사나운 눈으로 돌변한 건 순식간이었다.

때마침 조용하던 침대에서 희미한 소리가 들렸다.

"……님."

곽수환은 벌떡 일어나 석화에게 다가갔다. 시체처럼 고요하던 석화가 드디어 앓는 신음이라도 내고 있었다.

"나 여기 있어. 괜찮아. 좀 더 자도 돼."

하얗기만 하던 얼굴에 조금씩 홍조가 도는 것도 같았다. 다가가 손을 만져보니 원래 체온처럼 조금씩 열이 돌아오고 있었다. 적잖이 안심한 곽수환이 석화의 이마를 커다란 손으로 쓸어주었다.

"네놈들 나타나기 얼마 전이었나. 라즈보이니크의 규모가 갑자기 줄어들었지. 제아무리 얼치기 약탈꾼들이라고 해도 저들끼리 의리는 대단하지. 한 놈이 죽으면 복수를 하겠다고 100놈이 몰려가는 무리야. 그런 놈들 수가 갑자기 줄었기에 다들 짐승한테 잡혀 죽었을 거라며 박수를 쳤는데……. 놈들이 가진 총기가 몇 갠데 짐승한테 죽었겠어."

곽수환은 석화가 다시 잠들었는지를 확인했다. 숨은 잘 쉬는지 코에 귀도 가져다 댔다.

"분명 사람에게 당한 게지. 그것도 한 놈한테."

석화에게 이불을 올려준 곽수환은 저보다 두 뼘이나 키가 작은 영감을 고압적으로 내려다봤다.

"그게 뭐."

마치 석 박사한테 입을 한번이라도 뻥긋하면 가만두지 않겠다는 눈이었다. 영감은 자신의 예상이 맞았다는 생각에 머리가 어찔했다.

"곽가, 네놈도 돌연변이였군."

그렇담 이것도 레인보우 시티의 놈들이 만든 폐해가 아니던
가. 기운이 넘쳐 날아다니는 놈과 비실거리며 멍해 있는 박사의
조합이라니. 영감은 속으로 쓰게 웃었다. 그래도 별 상관없겠지.
제가 너무 걱정하는 것이겠지. 영감은 무리 없이 수혈받는 석화
를 보고 역시 기우였나 싶었다. 그런데도 찜찜함은 가시지 않아
곽수환이 집어던진 솜과 함께 남은 혈액을 수거했다.

백신이 완성되자 개발법만 남겨둔 석화와 곽수환이 홀쩍 떠
나버린 바로 그날. 수혈 이후 가설뿐이던 곽수환의 혈액에서 특
이점을 발견했다. 그 어떤 백신도 효용이 없던 이유를 말이다.

빌어먹을 레인보우 시티가 정말 성공한 것이다. 곽수환은 그
냥 돌연변이가 아니었다. 다행히 곽수환의 혈액을 수혈받은 석
화도 떠날 때까지 별반 이상은 없었다. 그것으로 끝이면 다행이
었지만, 문제는 석화가 개발한 백신과 돌연변이들의 특성에 있
었다. 이 모든 진실을 알기까지 석 달이나 걸렸어도 여전히 확
신하지는 못했다. 일종의 가설일 뿐이었지만, 영감을 움직이게
하기에는 충분했다.

◆ ◆ ◆

석화는 숨을 삼켰다. 눈앞의 아담이 분명 이브라는 말을 했

다. 동물원에서 봤던 그들처럼.

크륵, 아담은 석화를 빗겨 반대편 비상구에 있는 군인들을 향해 맹렬히 달려가기 시작했다. 그러나 그들 중 한쪽 팔이 없는 아담 하나는 석화를 피해가지 않고, 직접 덤벼들었다.

"윽!"

크아, 끄어억! 온몸에 자상이 가득한 아담이 괴성을 지르며 석화의 얼굴을 짓씹으려 했다. 석화는 안 돼, 안 돼! 소리 없는 비명을 질렀다. 아담이 입을 벌리지 못하도록 턱을 손바닥으로 한껏 밀었다. 코에서는 여전히 피가 흐르고 있었다. 석화는 이를 악물고 있는 힘껏 아담을 밀쳐내고는 앞으로 기었다.

툭, 투툭. 피가 바닥을 적시고 그 뒤를 아담이 마찬가지로 뒤따라왔다. 한 팔로 바닥을 기어오며 핏물을 질질 흘리는 아담 피에 자신이 흘린 피도 가려져버렸다.

반대편 비상구로 달려가야 할까? 만일 멀쩡한 군인조차도 저 때문에 감염된다면……. 석화는 간신히 몸을 일으켜 투명한 창문에 등을 기댔다.

"켁. 케엑."

갑자기 목구멍에 뼈가 걸린 짐승처럼 아담이 목을 움켜쥐었다. 꾸엑 하는 구토 소리가 들리자마자 촤아악, 피가 바닥으로 쏟아졌다. 석화는 점차 번져오는 그 피를 피해 반대 방향으로 달리기 시작했다.

석화야!

그 순간이었다. 그럴 리 없으나 어디선가 곽수환의 목소리가 들려오는 것만 같았다.

환청일 것이 분명해 두 다리를 멈출 수가 없었다.

"흐읏."

석화는 고개를 젓고는 좀 전의 병실로 계속 내달렸다. 빠끔히 열린 문틈을 밀치고 들어가는 동안 심장이 마구 박동했다. 유정경이 살아 있는 건 아닐까? 저를 칼이나 총으로 공격하면 어쩌지? 두려워하며 문을 꽉 닫고 섰다.

투명한 비닐 안에는 여전히 나자빠져 있는 시체가 보였다. 이상하다. 제 몸에 신종 아담바이러스가 돌고 있다면 감염된 이들이 아담이 되어야 하는데 유정경도, 좀 전의 아담도 과도한 출혈을 일으키고는 움직이지 않았다.

석화는 유정경의 시체를 일부러 보지 않으려 노력하면서 드레싱 카트를 끌어왔다. 세면대 앞에 서서 코에서 나는 피를 계속 흘려보냈다. 지혈을 하고자 콧대를 꽉 누르고 흐느낌을 삼켰다.

괜찮을 거야.

출혈이 멈추자마자 석화는 피의 흔적이 어디에도 없도록 깨끗이 닦아냈다. 비누를 잡은 손이 떨리는 바람에 바닥에 떨어뜨리고 말았다. 마찰력이 거의 없는 비누가 바닥을 쭉 미끄러져 나갔다. 바닥에 엎드려 굴러간 비누를 주우려 할 때였다.

"!"

눈을 뜨고 꿈을 꾸는 것만 같았다. 비닐막 안에 나자빠져 있던 시체가 온데간데없었다. 석화가 황급히 몸을 일으키자 툭, 등에 스산한 무언가가 닿았다. 순식간에 얼어붙은 사람처럼 온몸이 딱딱하게 굳었다.

크으으- 목을 긁는 소리가 바로 귓가에서 들렸다. 석화는 그제야 튕기듯 앞으로 가 뒤를 돌았다. 붉은 피로 범벅된 유정경이 며칠 굶은 짐승처럼 입을 벌리고 질척한 피를 흘리고 있었다.

"유……정경 소령님?"

보통의 아담들처럼 흰자가 아주 탁했다. 석화의 부름에 고개를 들었지만 유정경은 그 자리에 서 있기만 했다.

탕! 타앙! 밖에서 터진 총성에 석화가 소스라치게 놀랐고, 유정경은 문 쪽으로 달려가기 시작했다. 완전히 아담화가 되었는지 지능을 잃은 채 문에 제 몸을 박는 중이었다.

그런데 왜 저를 공격하지 않는 건가…….

굶주린 짐승은 제 동족도 서슴지 않고 잡아먹으나 아담은 그렇지 않았다. 아담들끼리는 서로 공격을 하지 않는 게 바이러스의 특성이었다. 바이러스에 감염된 이들을 동족으로 인식한다기보다, 서로를 없는 것처럼 취급하는 데 가까웠다.

석화는 두 눈을 손으로 꾹 눌렀다. 이럴 때일수록 더 정신을 차려야 한다. 곽수환이 없다고 해서 다가오는 위험에 마냥 저를 내던져서는 안 된다. 떨리는 숨을 내뱉으며 두근거리는 심장을 가라앉혀나갔다.

앞서서 자신을 이브라고 부른 개체는 저를 무시하고 달려 나갔고, 다른 아담은 공격을 해왔다. 그러다 자신의 피에 2차 감염 징후를 보이곤 유정경처럼 엄청난 피를 토했다. 유정경이 일어난 시간을 따져보면, 그 아담도 지금쯤 몸을 일으켰을 가능성이 있었다. 그런데 유정경은 자신을 공격하지 않는다.

그건…….

내가 숙주라서?

석화는 절망적으로 중얼거렸다. 아직도 문에 제 몸을 부딪치는 유정경에게 조심히 다가갔다. 드레싱 카트에 놓여 있는 핀셋 하나를 들어 꽉 쥐었다. 쿵, 쿵 머리를 문에 박고 있는 유정경을 쿡 찔러봤다. 심장이 밖으로 튀어나오다 못해 온몸의 혈관도 전부 팽창하는 듯했다. 다시 쿡쿡 눌러도 유정경은 저에게 그 어떤 반응을 보이지 않았다.

홀스터에 꽂힌 권총을 빼내는 동안에도 유정경은 밖에만 관심을 두고 있었다. 석화는 피가 묻어 있는 병원복을 다시 벗고, 옷장에 있던 검은 바지와 검은 셔츠로 갈아입었다. 이 정도면 피가 묻어도 티는 나지 않을 거다.

권총을 허리 뒤춤에 꽂고는 내려놓았던 핀셋을 저 뒤편으로 던졌다. 챙, 날카로운 소리와 함께 핀셋이 바닥을 굴렀다. 유정경이 휙 고개를 돌려서 소리가 들린 곳으로 달려가기 시작했다. 석화는 그 틈을 놓치지 않고 다시 문밖으로 나왔다. 혹시 모를 상황에 대비해 문고리를 쥐고 2차 감염 증세를 보인 아담을 찾기 시작했다.

"저 새끼, 저거 뭐야! 저거 아담 맞아?!"

"아담은 맞는 것 같은데 저희도 잘 모르겠습니다! 아까부터 자기들끼리 싸우기 시작했습니다."

아담과 거리를 좁혀가던 군인들은 당혹감을 감추지 못했다. 그건 석화도 마찬가지였다. 열린 비상구에서 들어온 아담과 2차 감염이 된 아담이 서로 천적처럼 물어뜯고 있었던 것이다. 그 소란에 유정경이 밖으로 나오려 하자 석화는 완전히 밖으로 나와 쾅! 문을 닫았다. 휙, 앞서 있던 군인이 몸을 돌려 석화에게 총구를 들이댔다. 석화는 놀라 반사적으로 두 손을 펼쳐 들었다.

"석화 박사?"

마치 저를 알고 있는 듯한 군인이었다. 방독면을 쓰고 있던 군인이 제 얼굴을 까보였다.

"위험하니 다시 병실 안에 들어가 있어!"

"······이연태 중장님?"

이게 다 무슨 일이냐며 다그쳐 묻고 싶지만 석화는 입술을 꾹 다물었다.

"안으로 다시 들어가라니까!"

2차 감염된 아담은 다섯이나 되는 아담을 상대로 잘도 버티고 있었다.

"사살합니까?! 아담을 공격하지만, 저놈도 아담이 맞는 듯합니다!"

석화는 다시 안으로 들어갈 수가 없었다. 문을 여는 순간 유정경이 튀어나올 테니…….

"석화 박사! 빨리 안으로!"

"사살하세요! 신종 변이 아담입니다!"

석화는 목소리를 높였다. 이연태는 처음 듣는 석화의 큰 소리에 잠시 당황하더니 총구를 아담들에게로 돌렸다.

"허가한다, 전부 사살해!"

탕, 타타탕! 기관총에서 총알이 난사되기 시작했다. 신종 변이 아담과 비상구를 빠져나온 아담의 몸에 무수한 총알이 박히기 시작했다. 머리가 터져 바닥 벽면 어디 할 것 없이 뇌수가 튀었고, 총기를 난사하는 군인들은 으레 그랬던 것처럼 거리를 좁혀가며 확인사살을 했다. 마지막으로 비상구에 엎어진 시체를 끌어내 빈틈없이 문을 닫았다. 복도가 고요해지자 석화의 등 뒤에서 쾅쾅 하는 소리가 더욱 확실하게 들려왔다.

"병실 안에 아담이 있나?"

"네."

그래서 못 들어간 거군. 이연태가 고개를 끄덕이더니 석화를 붙잡아 옆으로 보내려 했다. 석화는 이연태의 손이 닿기도 전에 지레 놀라 제가 비켜버렸다. 원체도 특이한 행동을 자주 하던 석화였기에 이연태는 별 상관 않고 부하에게 문을 열라고 턱짓했다.

조준 자세를 취하고 3, 2, 1, 숫자를 셌다. 1에 맞춰 문이 열리고 이연태는 튀어나오는 유정경의 이마를 한번에 꿰뚫었다. 푸

슉, 곪은 수박이 터지는 소리가 들렸다. 군화로 툭 쳐서 시체를 확인한 이연태가 짧게 혀를 찼다.

"허, 유정경이잖아?"

병실 안에 또 다른 아담이 있을지 몰라 장전을 풀지 않았건만 이놈 하나였다.

"석화 박사, 이 안에 유정경이 혼자였어?"

석화는 고개를 끄덕거렸다.

"아담한테 감염된 걸 박사가 가둬둔 거고?"

이연태가 매서운 기색을 내비치며 석화의 상태를 살폈다. 석화가 백신을 개발했다는 소문은 익히 들어 알고 있지만, 물린 곳이 있는지 확인하려는 기색이었다.

"걱정 마세요. 안 물렸습니다. 그래도 다가오지는 마시고요. 제게 아담 피가 튀었을 수도 있습니다."

석화는 두 다리에 힘이 풀려 주저앉기 일보 직전이었지만, 간신히 버텼다. 그제야 이연태도 안심하고 방독면을 벗어 던졌다.

"그보다 석화 박사."

안도도 잠시, 이연태가 진지하게 석화를 불렀다.

"내가 애지중지하던 MK3, 내 방에서 훔쳐 갔지?"

"그건…… 곽수환 소령님이요."

언제 큰 소리를 냈느냐는 듯 석화는 기어들어 가는 목소리로 변명했다.

"그럼 공범이구만."

이연태가 호탕하게 웃었다.

◆ ◆ ◆

병실 안의 소파에 이연태 중장과 석화는 마주 본 채로 앉아 있었다. 석화는 제발 더는 출혈이 일지 않기만을 바랐다.

"대체 어떻게 된 겁니까?"

석화는 일부러 허리를 꼿꼿하게 세웠다.

"그건 오히려 내가 물어볼 말이지."

"예?"

"석화 박사는 마스터가 원하는 게 정확히 뭔지 알고 있나?"

최호언이 원하는 것? 신인류의 탄생인가? 만일 자신이 최호언이 말한 신인류라면 기존 사람들은 전부 죽고 말 거다. 어째서 제 몸속에서 아담 바이러스가 변이를 했는가. 그 원인을 알아내려면 바이러스의 진화, 아니 변화 과정을 돌이켜봐야 했다.

처음 러시아에서 곽수환에게 수혈을 받았을 때 저는 저체온으로 정신을 잃은 상태였다. 이후 고열에 시달렸고, 그건 제 안에서 아담 바이러스를 파괴하는 과정이었을 것이다. 곽수환은 아마 낮아졌던 제 체온이 올라왔다고만 생각했을 테고.

저조차도 곽수환에게 아담 바이러스가 있을 거라고는 생각지도 못했다. 그의 혈액에서 바이러스가 검출된 적이 없기 때문이었다.

그의 내부에 휴면 상태로 잠들어 있던 바이러스가 다른 혈액에 침투했을 때 다시 활동하는 건가? 문득 소름이 돋았다.

만일 곽수환이 S클래스 군인이 아니었다면 어땠을까. 그가 쉽게 다치는 사람이었다면 그의 피에 감염된 이들이 속출했을 것이다. 어쩌면 발견되지 말아야 할 곳에서 아담이 발견된 건 곽수환의 피에 감염된 이들이 있었기 때문이 아닐까 싶기도 했다. 이채윤과 양상훈뿐만 아니라 쉘터의 모든 이들은 곽수환이라는 시한폭탄을 안고 지낸 셈이었다. 그러다 다른 가설 하나가 더 떠올랐다.

만일 휴면 상태로 있던 아담 바이러스가 타인에게 옮겨가도 휴면 상태로 유지된다면? 혹시 어떤 자극이 주어져야 바이러스가 깨어난다면……?

그 가설이 맞는다면 그날 제가 맞은 백신이 촉매제가 됐을 가능성을 무시할 수 없었다. 그러나 어떤 쪽으로도 쉽게 정답을 내릴 수가 없었다. 그 오랜 시간 바이러스를 연구해왔지만, 여전히 저에게는 미지의 영역이나 다름없었다. 하긴 쉽게 정복되는 영역이었다면 세상에 어떤 병도 존재하지 않았을 테지만.

이연태는 한참이나 말이 없는 석화를 차분히 기다려줬다.

"최호언은."

석화는 뒤늦게 고개를 들었다.

"마스터의 자격이 없습니다. 레인보우 시티를, 아니 바이러스에 면역이 없는 사람들을 전부 죽게 놔두고 말 겁니다. 중장님,

중장님도 일전의 일을 잘 아시지 않습니까?"

에덴동산의 서펀트이자, 대대적 아담 감염 사태의 주범인 최호언.

이연태 또한 그날 식화의 말을 믿었기에 최호언이 끼림칙할 수밖에 없었다. 그 모든 게 최호언이 마스터가 되기 위해 벌인 일이라면 그는 당연히 실각당해야 했다. 이연태는 두 눈을 질끈 감았다. 오래전부터 레인보우 시티가 변해야 한다는 것은 누구보다 잘 알고 있었다. 상부는 고이다 못해 썩어 있었다.

최호언이 마스터가 되고 나서 이 도시가 아주 살 만해졌다는 것은 정리된 외곽만 봐도 쉽게 알 수 있었다. 그래서 알고도 모른 척을 했다. 썩은 곳을 도려내기 위해 대를 위해 소를 희생한 것이라며 스스로를 세뇌했다.

적어도 최호언은 자신의 사리사욕에 급급하지 않았고 시민들도 기존보다 훨씬 살기 좋아졌다고 하니, 저 또한 최호언을 따르는 게 잘못되지 않았다고 그렇게 다독였다. 심지어 석화의 말을 믿고 에덴동산에 반하는 방송도 내보냈던 게 이연태 자신이었다. 그런데 마스터는 자신을 용서했고, 곁에 두기까지 했다. 지금의 마스터는 전과 달리 사감으로 사람을 부리는 수장은 아니었다.

"석화 박사. 내가 아직 현장에서 활동하던 시절에 말이지, 곽 소령만큼은 아니지만 나름 잘나갔었지. 뒷배도 없어 스스로 올라가야 하니 진급에 반쯤 미쳐 있었거든. 석화 박사도 내가 그 누구의 라인에 서지 않았다는 건 잘 알고 있겠지? 그게 내 처세술이었고, 그 덕에 지금도 살아 있는 거겠지."

이연태는 말을 할지 말지 잠시 고심하는 듯 입술을 다물었다. 석화는 쓴 웃음을 입에 걸친 이연태를 물끄러미 바라봤다. 그의 의중을 이해 못 한 까닭이었다.

"오래전 어느 날……. 그린구역에서 아담이 발생했다는 제보가 들어온 거야. 부부와 아이, 셋이 함께 사는 가정집이었어. 집을 포위하고 안으로 진입했더니 불이 다 꺼져 있고 방에는 아무도 없더군. 그래서 지하부터 샅샅이 집을 뒤지기 시작했어. 마지막으로 다락방이 남았는데 그 안에서 아이의 울음소리가 났지. 나는 바로 그곳이라고 확신했어. 다급히 문을 박살내고 아이에게 달려가는 남자의 등에 총을 발사했고, 곧장 남자는 쓰러졌지. 아직도 부인의 비명 소리가 잊히지 않아. 자기 남편을 죽였다고, 나보고 살인자라고 하더군. 나는 아담을 죽였을 뿐이니 확인 사살을 위해 남자의 몸을 뒤집었는데…… 아담이 아니라 정말로 사람이었어. 군인들이 자신의 집을 포위하니까 겁부터 먹은 거야. 무슨 일이냐고 따졌다간 잡혀갈까 봐 두려웠겠지. 그래서 아이와 함께 다락방에 몸을 숨긴 것이겠고……. 그런데 아주 우스운 건, 아담 제보가 허위신고였다는 거야. 전날 다툰 옆집 사람이 앙심을 품고 그따위 신고를 한 거지. 내가 직접 그 남자를 처형했고, 나는 아무런 처벌을 받지 않았지. 석화 박사, 이게 정상인가? 나는 벌을 받지 않아도 됐던 건가?"

석화는 아무런 말도 하지 못했다. 그가 어째서 자신의 과오를 고백하는 것인지도 몰랐다. 이연태 중장을 만났을 때 무사히 살아서 나갈 수 있다고 기대했는데, 조금 전부터 불안한 감각이 날뛰기 시작했다.

"나는 적어도 전보다 지금의 마스터가 더 나은 사람이라고 확신해. 그였다면 그날 내게 죗값을 물었을 거야. 진실을 숨기기 위해 일가족을 죽이고 신고자의 가족까지도 전부 죽인 나를 살려두지 않았을 거야. 그랬다면 레인보우 시티는 조금 더 나아졌겠지?"

이연태 중장이 석화에게 총구를 돌렸다.

"미안하네, 석화 박사. 나는 돌아가기에는 너무 많은 강을 건넌 듯해."

석화도 허리춤의 권총으로 손을 뻗었다.

탕-!

총구가 불을 뿜는 소리가 들렸으나 불행히 제 것은 아니었다.

◆ ◆ ◆

목구멍 안쪽에 심지가 타들어가는 폭탄이 걸려 있는 기분이었다. 주먹을 쥔 곽수환의 손등에 푸른 힘줄이 꿈틀거렸다. 비가 그친 지 얼마 되지 않아 가뜩이나 흐린 두만강의 물은 더 짙은 진흙색을 띠고 있었다.

레인보우 시티와 러시아를 잇는 다리가 무너진 바람에 시티로 진입하려면 강을 곧장 건너가야 했다. 여의도 쉘터에서 보이는 한강대교보다 폭은 짧지만 강의 유속은 더 거셌다. 겉으로 보이는 물결은 잔잔해도 안이 거칠지 말라는 법은 없었다. 저혼자 강을 건너는 일은 어렵지 않았다. 다만 육로를 이용해 레인보우 시티 중심으로 가다 군인들과 마찰을 겪는다면, 시간이 턱없이 부족할 것이다. 영감의 말이 맞는다면 말이다.

곽수환은 강을 등지고 다시 지프에 몸을 실었다.

젠장, 젠장! 주먹으로 핸들을 후려치면서 이를 악물었다. 그러지 않고서는 거센 고함이 터질 듯했다.

'박사가 죽을지도 몰라. 아니, 죽었을지도 몰라.'

영감은 말도 안 되는 개소리를 지껄였다.

석화가 개발한 백신은 신종인플루엔자에서 추출한 아담 바이러스 반응 중지 항원이었는데, 문제는 제 피에 있다고 했다.

백신을 투여한 뒤 아담 바이러스에 감염될 경우 그 어떤 현상도 일어나지 않지만, 곽수환에게 있는 휴면 상태의 바이러스에 감염되면 이야기는 달라진다. 죽은 듯이 활동하지 않던 바이러스가 폭발적인 반응을 보이며 순식간에 적혈구를 파괴해 뇌까지 침투한다.

영감 새끼는 그 또한 바이러스의 신비라는 병신 같은 말을 지껄였는데, 과연 석화를 걱정해서 여기까지 왔는지 의심스러웠다. 그보다는 제 호기심이 더 먼저 작용한 것만 같았다.

곽수환은 하산 안쪽으로 지프를 몰며 속도를 최대로 높였다. 감염 때문에 석화가 죽었을 리 없다. 최호언에게 붙잡혀가기까지 분명 최소 반나절 이상은 자신과 함께 있었으니 아무런 문제가 없다고 생각하고 싶었다. 그래도 불안함에 눈이 붉어지다 못해 실핏줄이 다 터져나갈 듯했다.

라즈보이니크. 지금 상황에서는 그놈들의 주머니를 터는 수밖에 없었다. 이곳은 두만강 줄기의 하류였고, 동해까지는 불과 15킬로미터 안팎 거리였다.

배나 보트를 이용해 바닷길을 따라 레인보우 시티에 도착한 뒤 도로를 이용하면, 시간을 며칠 이상 단축할 수 있었다. 라즈보이니크 놈들의 주거지인 프리모르스키 크레이까지는 여기서 약 20분이었고, 거기서도 동해 바다로 빠지는 길이 있었다. 곽수환은 머릿속으로 레인보우 시티까지 가장 빠른 길을 계산하며 시간을 단축해나갔다.

빵, 빵빵! 하산의 건물에 대고 경적을 울리자 조운과 김호일 대위가 재빠르게 튀어나왔다. 그 뒤로 영감과 함께 차 중령도 모습을 드러냈다.

"시티로 내려갈 거야. 갈 놈들은 타고, 아니면 러시아로 올라가도 좋다."

어차피 조운이야 곽수환과 한 배를 타기로 했고, 김호일은 혼자 러시아에서 살아갈 자신도 없었다. 사실상 곽수환에게 목숨을 빚진 것이나 마찬가지였으니.

"따라가겠습니다."

김호일이 발목을 한 번 돌렸다. 다리가 나았는지 확인하는 모양이었다.

"영감은 못 돌아가. 나랑 가야 돼."

"쉽게 갈 거였으면 이렇게 내려오지도 않았어. 나도 고국 땅이나 오랜만에 밟아보자고."

영감은 이미 준비 만반인지 양어깨에 배낭을 하나씩 메고 있었다. 지프 트렁크에 배낭을 던지고 자연스럽게 조수석에 풀썩 앉았다. 항상 옆에 앉아 있던 건 석화였는데 그 부재가 영감 때문에 더 실감나버렸다.

"대장, 그럼 제가 대위들과 함께 뒤따르겠습니다."

"그렇게 해. 지프에 연료 남은 거 다 싣고."

차 중령도 급박한 사안인 줄 아는 터라 재빠르게 움직이기 시작했다. 건물 안에 남아 있는 연료와 통조림들을 싹 가져와 지프에 실었고, 나머지 대위들도 장전한 권총과 칼을 확인했다.

"그런데 대장, 어차피 지프는 버리고 가야 하지 않습니까?"

준비를 마친 차 중령이 의아하다는 듯 물었다.

"지금부터 양아치 놈들 족치러 간다. 바로 준다고 하면 안 죽일 거고, 안 준다고 하면 죽여서라도 뺏을 거고."

"양아치요? 제가 아는 양아치 말씀이십니까?"

차 중령을 비롯해 다른 대위들도 당황해했다.

"끌끌, 곽가 놈이 라즈보이니크 놈들 털려나 본데. 네놈 배 타고 시티로 내려가려고 하지?"

곽수환이 고개만 한 번 끄덕했다.

"그러니 시간 낭비 말자고. 조자룡하고 김 대위인가, 너희 S클래스지?"

"시티에서 판정받은 결과로는 그렇습니다."

조운은 차 중령처럼 대장이라는 말을 덧붙이고 싶었지만, 지금은 그럴 상황이 아닌 듯했다.

"그럼 알아서 살아남아. 러시아 도적놈들 회유 안 되면 한 놈도 빠짐없이 죽이고 보트 뺏을 거니까."

곽수환은 핸들을 한껏 감아서 프리모르스키 크레이로 내달리기 시작했다. 약탈자 놈들의 본거지가 여기서 가까워 처음에는 곽수환과도 큰 마찰을 일으켰다.

러시아에 도착해 산으로 들어가기 전 이곳 하산에 제일 먼저 터를 잡았는데, 순찰 돌던 놈들이 귀신같이 알고는 저희가 가진 음식과 차를 빼앗으려고 찾아왔었다. 목숨을 위협하는 두 놈 머리통을 박살내주니, 그다음 날 열댓 놈이 우르르 몰려와 총질을 해댔다. 물론 총알 아까운 건 아는지 한 놈당 겨우 세 발에 그칠 뿐이었다.

석화의 안전이 걱정돼 다른 곳에 대피해 있다가 밤이 되자 놈들 주거지로 쳐들어갔다. 먹을거리와 유통기한이 지난 의약품들을 되레 훔쳐왔고, 거칠게 반항하는 놈들 몇 명은 명을 달리할 수밖에 없었다. 또한 본보기로 몇 놈을 잔인하게 처리해놔야

뒤탈이 없기도 했으니까.

그날 밤, 석화에게 길가다가 주웠다면서 복숭아 통조림을 줬더니 뭐라던가.

'소령님, 너무 맛있어요.'

정말 석 박사다운 대답이었다. 돌이켜보니 괜스레 속이 상했다. 저는 밑바닥부터 살아온 인생이라 아무거나 잘 먹지만 석화는 아니었다. 그 맛있는 걸 저는 얼마 먹지도 않고 배부르다면서 자신에게 넘겨주기까지 했다. 씨발, 우리 석 박사 당연히 살아 있을 텐데, 이렇게 감상적으로 변하고 싶지는 않다.

비포장도로를 달려 마을 초입에 들어서니 여전히 풍경은 을씨년스러웠다. 오래전 폭격당한 건물들은 그대로 방치되어 있어 도시 전체가 폐허를 연상케 했다. 그중 멀쩡한 벽돌집 앞은 늑대 이빨과 뼈가 대롱대롱 매달려 있었다. 나무로 된 테라스의 흔들의자에 앉아 보드카를 들이켜던 배불뚝이 하나가 지프를 발견하더니 소리쳤다.

"블랴찌!Блядь!"(씨발!)

보드카를 들고 벌떡 일어나 집 안으로 들어가려는 놈의 발치 근처로 총을 발사했다. 악! 소리를 지른 놈은 술병을 움켜쥔 채로 인상을 콱 썼다. 저 대머리는 약탈꾼들의 우두머리였는데, 지프만 봐도 누군지 아는 기색이었다. 곽수환은 권총을 장전해 차문을 발로 차 열었다.

"블랴찌 뽐니쉬 미냐Блядь, помнишь меня"(새끼야, 너 나 알지)

곽수환이 너, 나 알지? 대충 비슷한 말을 했더니 대머리가 가래침을 걸쭉하게 뱉어냈다.

"빠숄 나 후이ₙₒшёл на хуй"(좆까)

"지 십새끼가 어디서. 영감, 좋은 말로 할 때 보트나 내놓으라고 통역 좀 해봐."

영감이 창밖으로 얼굴을 쓱 내밀고 통역을 하자 대머리가 이번엔 가운뎃손가락을 들었다. 동시에 집 안에 남아 있던 장정들도 총을 들고 뛰쳐나왔다.

"엎드려 있어."

곽수환은 다시 문을 닫고 기어를 넣더니 가속페달을 꾹 밟았다. 바퀴가 헛돌아가다가 곧장 놈들을 향해 돌진하기 시작했다. 투투툭! 놈들이 총을 쏴댔지만 지프의 방탄유리를 뚫지는 못했다. 곽수환은 망설임 없이 도망가는 우두머리를 향해 지프를 가져다가 박았다.

쿵! 대머리가 지프와 현관문 사이에 낀 채로 쿨럭, 피를 토해냈다. 곽수환은 다시 차문을 열고 뒤로 도망가는 놈들을 한 발에 한 놈씩 쐈다.

기어를 넣어 다시 후진하니 대머리가 주르륵 나무 바닥에 나자빠졌다. 곽수환은 그제야 지프에서 내려 군홧발로 저벅저벅 걸었다. 때마침 차 중령과 대위들도 도착해 후방에서부터 곽수환을 호위하기 시작했다.

곽수환은 대머리의 멱살을 잡아 들어 일으켰다. 크아아악! 괴

성을 터뜨리는 걸보니, 척추나 장기 어딘가가 제대로 망가졌을
게 분명했다.

"보트 내놔."

놈이 입술을 꾹 다물고는 어깨를 부르르 떨었다. 곽수환은 대
각선 방향에 있는 집 거실 창문으로 탕! 총을 발사했다. 동시에
아이의 비명 소리가 들렸다. 놈의 자식인지 어쩐지 모르겠으나
대머리를 걱정하며 창문에 붙어 숨죽이고 있던 아이였다.

"이번에는 제대로 쏜다."

총구를 아이에게 향하자 대머리가 곽수환의 바짓자락을 잡
고는 제 이마를 마구 비벼댔다.

"그러니까 보트 내놓으라고, 씨발!"

나도 이렇게까지 하고 싶지 않거든? 곽수환이 재장전을 하니
아이가 비명을 질렀고, 영감이 하얗게 질려 지프 밖으로 튀어나
왔다. 영감은 대머리를 붙들고 곽수환의 말대로 따르라고 다그
쳤다.

"수까!Cука!"(개자식!)

퉤, 욕설과 함께 핏물까지 뱉어낸 놈은 분에 못 이겨했지만
곧 고개를 끄덕했다. 키를 가져오라는 소리에 창문에 붙어 있던
아이가 재빨리 열쇠를 들고 나왔다. 곽수환은 트렁크에서 밧줄
을 꺼내고 우두머리를 조수석에 앉혔다. 몸과 두 팔을 붙여 밧
줄로 꽉 메고는 보트가 있는 곳으로 안내하라고 협박했다. 하는
수 없이 뒷좌석에 탄 영감은 탄식만 토해냈다.

"곽가, 마음 급한 것도 알고 박사 아끼는 것도 알지만, 선은 넘지 말어."

"어차피 넘은 지 오래야."

곽수환은 선착장으로 향하며 주먹을 쥐었다가 폈다. 레인보우 시티까지의 거리가 멀고도 멀었다. 일주일이 넘도록 정신을 못 차린 데다 그 이상으로 시간을 허비했다. 석화가 분명 저를 목 빠져라 기다리고 있을 텐데……

대머리가 알려준 방향으로 가니 은색 갈치처럼 날렵하게 생긴 보트가 보였다. 적어도 50노트는 되어야 오늘 내로 레인보우 시티에 도달할 수 있을 것이다. 곽수환이 나무다리에서 훌쩍 보트로 올라타 시동부터 걸었다. 불행 중 다행인지 보트를 울리는 엔진의 힘이 굉장했다.

"곽가! 이놈이 다 쓰면 부탁이니 꼭 돌려달래. 꼭 부탁한대!"

총 8인승으로 한때 러시아 부자가 소유하고 있던 초고속보트였다.

"빠숄 뜨이Пошёлты"(꺼져, 새끼야)

곽수환이 대머리를 향해 가운뎃손가락을 들어 보였다. 영감은 저건 러시아어를 욕만 배웠다며 고개를 저었다.

지프에 있던 식료품과 무기, 연료를 옮기고 나서야 내려갈 인원을 보트에 태웠다. 여전히 지프에 묶인 대머리가 뭐라뭐라 소리를 질렀지만, 곽수환은 무시하고 보트를 몰기 시작했다.

물보라가 얼굴을 후려치며 피부에 따갑게 달라붙었다.

우리는 혼자 남은 노루처럼 될 수는 없다. 그러니까 조금만 기다려. 너무 늦지 않게 갈게.

◆ ◆ ◆

"씨발! 이연태!!!"

뒤에서 권총을 장전한 남자의 목소리가 천둥처럼 울렸다. 이연태는 구멍 난 한쪽 어깨를 그러쥐고 있었다. 석화를 겨눴던 권총은 바닥에 떨어진 뒤였다.

삽시간에 하얗게 질린 이연태는 긴 숨을 내뱉으며 뒤를 돌아봤다. 곽수환은 한 번 더 총을 쏴 양쪽 어깨를 전부 못 쓰게 만들었다. 그가 발로 이연태 중장을 밀어치는 동안 석화는 말을 잇지 못한 채 입술만 떨었다.

두 눈을 커다랗게 뜨고 그를 봤다. 곽수환은 거칠게 숨을 몰아쉬고 있었다. 직접 두 눈으로 그를 보고 있는데도 실감이 나지 않았다. 우리는 떨어져 있던 시간보다 같이 있던 시간이 훨씬 많았는데, 마치 100년 만에 재회한 것만 같았다.

정말 곽수환, 곽수환이었다. 그를 부르고 싶었으나 여전히 목소리가 나와주지 않았다. 그가 무사했다. 항상 그랬듯이 곽수환이 저를 잘 찾아와줬다.

"자기, 내가 불렀잖아."

하지만 하는 수 없다는 듯, 석 박사 원래 둔한 거 안다는 듯 나무라며 웃었다.

"……수환아."

소파에서 몸을 일으킨 석화의 코에서 가느다란 피가 흐르기 시작했나. 곽수환이 일굴을 일그러뜨렸다.

황급히 달려가 석화를 안으려고 하자 석화가 소파 뒤로 몸을 피했다.

"오지 마요."

석화는 셔츠를 끌어올려 제 코밑을 꾹 눌렀다.

"괜찮아, 나야."

경기를 일으키듯 고개를 저었다.

"다가오지 마요. 피가 나서……. 안 돼요."

영감의 말이 개소리임을 증명하듯 석화는 살아 있었지만 곽수환이 안도한 것은 아주 잠깐이었다. 피를 흘리는 석화를 보니 오히려 제 피가 바짝 말라가고 있었다.

이연태는 양쪽 어깨에서 피를 쏟으며 소파에 간신히 몸을 기댔다. 재빨리 지혈을 하지 않으면 과다 출혈로 목숨이 위험해질 지경이어도 석화는 지켜볼 수밖에 없었다. 자칫 제 피가 이연태에게 스며들면, 그는 정말로 인간으로서 삶이 끝나고 만다.

"소령님, 저기 드레싱 카트에 지혈 스펀지가 있어요. 그걸로 중장님 출혈 좀 막아주세요."

"지금 그게 중요해? 석 박사도 피 나잖아."

"전 괜찮아요. 제가 할 수가 없어서 그래요."

딱딱하기만 하던 저 박사가 곽수환에게는 마치 어리광을 부리는 것만 같았다. 이연태는 마른기침과 함께 웃음을 토해냈다. 이대로 죽는다고 해도 큰 미련은 남지 않는다는 듯 출혈을 막지도 않았다.

곽수환은 드레싱 카트를 돌아봤다가 오히려 석화에게 성큼성큼 걸어갔다. 석화가 오지 말라며 외마디 비명을 질렀다. 그러나 곽수환이 껴안은 게 더 빨랐다. 석화는 두 손으로 셔츠를 꽉 붙들고 제 얼굴을 막았다. 곽수환은 석화가 싫어하는 행동인 줄 알면서도 힘으로 그 손을 끌어 내렸다. 석화가 고개를 확 내리자 곽수환이 제 얼굴을 더 밑으로 내려 턱에 입술을 대면서 올라왔다.

"!"

기겁한 석화가 안 된다고 발버둥 쳐도 아랑곳 않고 입술에 혀를 미끄러뜨렸다. 피가 곽수환의 입술에도 묻어났다. 그는 악문 이를 억지로 파고들어 말캉거리는 혀를 찾아내 빨아들였다. 곽수환은 석화의 몸을 으스러뜨릴 듯이 껴안고 입안과 입술을 전부 먹어치울 듯 사납게 키스했다.

아랫입술이 깨물리고 빨리는 동안 석화는 여전히 곽수환의 어깨를 주먹으로 치고 밀어내려고 온 힘을 다 짜냈다. 힘 차이가 있다고는 해도 석화가 계속 피하려고만 하니 곽수환이 숨을 씨근덕거렸다.

"바이러스고 나발이고 좆까라 그래. 난 석 박사랑 키스할 거야."

곽수환이 석화의 뒤통수를 손으로 감싸고 제 쪽으로 확 닿게 올렸다. 비스듬히 고개를 튼 곽수환이 점차 깊숙이 포개어 왔다. 석화는 숨이 가쁜 채로 곽수환의 등을 끌어안을 수밖에 없었다. 아무 문제가 없기를 바라면서. 거친 입맞춤에 그가 얼마나 자신을 걱정하고 불안해했는지도 알 수 있었다. 이제 어쩔 수 없었다. 석화는 반항하기를 그만두고 오히려 좀 더 곽수환에게 몸을 붙였다.

다행히 더 이상의 출혈은 없었고, 그는 상처 난 새끼를 돌보는 어미처럼 혀로 석화의 얼굴을 핥기도 했다.

"하……. 인간적으로 날 죽이든가…… 살리든가, 둘 중에 하나는 하지 그래."

이연태의 주변으로 피가 넓게 퍼져가고 있었다.

"뭐야, 아직 살아 있었어?"

곽수환이 싸늘하게 일갈했다. 석화를 죽이려고 했던 놈이었다. 마음 같아선 어깨가 아닌 대갈통을 박살내고 싶었지만, 석화의 눈앞에서 그딴 짓을 벌일 수는 없었다. 곽수환은 자신이 다짐했던 건 반드시 지키고 싶었다. 석화가 사람이 사람을 죽이는 일에 익숙해지지 않았으면 했다.

"새끼, 큭……. 어디 상관한테 반말이야."

곽수환이 드레싱 카트가 있는 곳으로 걸어가기 시작했고, 그 뒤를 석화가 곧장 붙어 따라갔다. 그가 괜찮은지 연방 얼굴과 눈동자를 확인하며 불안해했다. 곽수환이 지혈 스펀지를 들려

하자 석화가 그의 손목을 쥐었다. 석화는 그를 향해 조용히 말을 했다.

"소령님, 지금 제 피는 독이에요."

영감이 저에게 했던 소리를 이제 석화가 하고 있었다.

"대체 왜 키스한 거예요."

원망 섞인 말이 튀어나왔다. 석화는 그가 키스를 한 순간부터 반쯤 제정신이 아니었다. 곽수환이 석화의 허리를 끌어안더니 또 입술을 깊게 맞춰왔다.

"좋으니까 했지. 얼마나 보고 싶었는지 알아? 헬기에서 목이 터져라 불렀는데 쳐다도 안 보더라."

그가 저를 불렀던 게 어쩌면 환청이 아니었나 보다. 석화는 그런데도 고개를 저었다.

"제 안에서 아담 바이러스가 변이했어요. 아담 바이러스에 감염된 개체도 제 피에 또 감염이 돼요. 지금 제 피가 다른 사람들에게 노출되어서는 안 된다고요."

그리고 자신도 얼마나 더 버틸지 모르겠다. 불규칙적으로 코피를 흘리는 것을 보면 분명 제 몸에도 이상이 있다는 뜻이었다.

"아픈 데는?"

"……아프지는 않아요."

곽수환은 응급처치를 포기하고 싶었지만, 그랬다간 석화가 두고두고 마음 안 좋아할 게 분명했다. 그는 소독솜으로 손을 깨끗이 닦고 라텍스 장갑을 꼈다. 지혈용 스펀지가 들어 있는 주사기를 가져가 이연태의 어깨에 입구를 쑤셔 박았다. 악! 거센 비명이 터졌어도 아랑곳 않고 피스톤을 눌렀다. 상처 속으로 들어간 스펀지가 피를 머금고 부풀어 출혈을 막았다. 반대쪽도 처리하고 나서는 장갑을 벗어서 바닥에 던졌다.

"죽고 사는 건 이제 당신 운이야."

총알이 관통하지 않았기 때문에 탄환을 제거하는 수술이 필요했다. 지금은 말 그대로 출혈만 막은 응급처치인 셈이었다. 곽수환은 세면대에서 다시 얼굴과 손을 닦고 있는 석화에게 서둘러 다가갔다.

"나가자."

"어디로요?"

석화는 이런 몸을 해서 어디를 가냐고 되물었다.

"옥상으로."

그는 석화의 셔츠를 들어 꼬리뼈 근처에 꽂혀 있는 권총을 빼냈다. 장전해서 석화에게 넘기고 저는 이연태가 떨어뜨린 총을 주웠다.

"권총은 또 어디서 났어."

곽수환은 대견하다는 듯이 석화의 정수리에 쪽 입술을 맞췄다. 그는 병실 문을 열고 주변을 살폈다. 복도에는 죽은 아담들만 널브러져 있을 뿐 위협적인 대상은 보이지 않았다. 먼저 석화를 앞세워 내보내고 잠시 뒤를 돌았다. 정신을 잃은 채로 소파에 쓰러져 있는 이연태가 보였다.

'석 박사는 용서할지 몰라도 나는 안 해. 내가 조금만 늦었으면 상상하기도 싫은 일이 벌어졌을 테니까.'

겨우 식화를 찾아냈는데 눈앞에서 잃어버릴지도 모른다는 공포를 심어준 놈에게 자비를 베풀 생각은 없었다. 그는 일부러 문 밑의 도어스토프를 내려 문이 열리게 고정해두었다. 그래 봐야 1초나 될까 말까 한 순간의 행동이었지만, 앞서 내보낸 석화가 제 앞에 쭈그려 앉아 있었다. 석화는 곽수환을 쓱 올려본 다음에 도어스토프를 손으로 들어올렸다.

끼익, 문이 천천히 닫히기 시작했다.

"가요."

이연태가 아담에게 물려 감염돼 죽기를 바랐던 곽수환이었다.

"석 박사, 시티에서는 착하게 살면 1순위로 죽어."

곽수환이 석화의 손을 잡고 복도를 저벅저벅 걸어 나갔다. 아니, 저는 착한 게 아니다. 오히려 문을 닫음으로써 이연태 중장이 더 늦게 발견될 수도 있을 것이다. 다만 석화는 그가 제 손을 더럽히고 그걸 숨기고자 노력하는 게 싫었다. 러시아에서도 몇 번이나 그랬기에 일부러 모른 척했으나 제 눈치는 그의 생각보다 빠른 편이었다.

"업히자."

옥상으로 향하는 계단 입구에서 곽수환이 몸의 중심을 낮췄다. 석화는 얌전히 그의 목을 끌어안고 업혔다. 그의 시원한 체온이 느껴지자마자 손에 힘이 바짝 들어갔다.

"괜찮아요, 정말?"

"내 몸이 온갖 바이러스를 다 무효화시킨다는데 석 박사 피, 그것 좀 빨아 먹었다고 이상 안 생겨. 새 발의 피라고 알아?"

"그래도 바이러스가 변이했으니까……."

석화의 목소리는 풀이 죽다 못해 희미했다. 그래도 그를 이렇게 껴안고 있는 게 너무 좋아서, 이제 두 번 다시 헤어질 자신이 없어서 눈에 열이 올랐다.

"석 박사, 나 죽겠어."

계단을 뛰어올라가던 곽수환이 숨을 몰아쉬며 말했다. 석화가 깜짝 놀라서 그의 얼굴을 들여다보려는데, 곽수환이 다시 석화의 몸을 추슬러 올렸다.

"지금 자기 총구가 내 목젖 겨누고 있거든?"

석화는 권총을 쥔 채로 그를 끌어안고 있던 것도 잊었다. 얼른 총구를 다른 쪽으로 돌렸다.

"석 박사 그거 알아? 목젖을 아담의 사과라고 한대."

혀를 깨물까 봐 대답은 못 하고 고개를 끄덕했다.

"선악과를 처먹지 말라고 했는데 아담이 먹어서, 목구멍에 사과가 걸렸다더라."

곽수환이 연달아 계단을 세 개씩 뛰어올랐다. 그가 걱정하는 저 때문에 일부러 화제를 돌리려는 게 느껴졌다.

"그러게 왜 처먹지 말라는 걸 먹어서 낙원에서 쫓겨나고 그러냐고. 근데 생각해보니까, 에덴동산에서는 섹스 같은 건 못 했을 거 아니야."

짧게 호흡을 조절한 곽수환이 마지막 층을 남겨두고 더 빠르게 움직였다.

"에덴동산 새끼들 교리 중의 하나가 철저한 금욕이라는데, 결혼하고 나서도 한 달에 한 번만 잠자리를 가져야 한대. 최호언 새끼는 나랑 다르게 고자인가 봐."

옥상의 문을 밀치니 비가 올 듯 우중충한 하늘이 보였다.

"발기는 해요."

석화가 그의 어깨에서 내려오면서 대뜸 말했다.

"뭐?!"

"박사님!"

곽수환과 거의 동시에 이채윤이 소리쳤다. 헬기 밖에서 기관총을 들고 대기 중인 이채윤이 박사님! 계속 반갑게 소리쳤다. '브이' 자를 그리는 그녀 앞에는 레인보우 시티의 군인 대여섯 명이 무릎을 꿇고 있었다. 곽수환이 석화의 어깨를 잡고 충격적인 눈빛을 했다.

"그 새끼가 발기하는 걸 어떻게 알아. 설마 그 새끼가……"

"그냥 아침에 발기한 걸 봤어요."

"설마 정액 달라고 한 건 아니지?"

"제가 정액 달라고 졸졸 쫓아다닌 사람은 소령님밖에 없어요. 그때는 반한 건 아니었지만."

'석 박사가 나한테 반해서 정액 달라고 졸졸 쫓아다니는 바람

에 마음이 좀 동했어.'

그때 깨어 있었나. 제아무리 곽수환이라도 이건 좀 민망했다. 그래서 더 뻔뻔하게 아무것도 모르는 척 씨발놈이라며 최호언만 욕했다. 석화는 계속해서 곽수환의 상태를 면밀히 살폈다. 신종 아담 바이러스는 폭발적인 감염 속도를 보였기 때문에 정말로 곽수환에게는 무효로 작용할 수도 있겠다는 확신이 들었다.

그도 석화의 걱정을 고스란히 읽었기에 머리카락을 새집처럼 흔들어놓았다.

"석 박사, 정말로 걱정 안 해도 돼. 아담 바이러스가 수천 번 변이해도 나한테는 소용없어."

수천 명의 목숨을 제물 삼아 만들어진 몸이라.

쓰게 웃은 곽수환이 석화를 훌쩍 들어서 헬기에 태웠다. 총구를 군인들을 향해 겨눈 채로 곽수환과 이채윤도 헬기에 몸을 실었다. 그들은 허리에 줄을 채우고 나서야 문을 연 헬기에 걸터앉았다. 공중에 안착할 때까지 군인들에게 총구를 겨누는 일을 멈추지 않았다. 군인들이 손가락만 하게 보이기 시작하자 이채윤이 헬기 안으로 몸을 옮겼다.

"박사님, 똘수환 새끼 때문에 우리 다 좆됐다?! 하하하!"

이채윤이 마치 실성한 것처럼 웃었다. 그녀의 눈만큼은 웃고 있지 않았지만.

"예?"

석화는 'X' 자로 채워진 벨트를 두 손으로 붙든 채 물었다. 이채윤이 뭐라고 덧붙였지만 프로펠러 소리에 묻혀버렸다. 곽수환도 옆으로 다가와 앉는 동안에, 석화는 여전히 영문을 모르겠다는 얼굴을 했다. 이채윤이 다시 소리를 높였다.

"쿠데타라고!"

석화가 눈을 크게 뜨고 곽수환을 휙 쳐다봤다.

"전시 상황이야."

그렇게 됐어. 곽수환이 석화의 귀에 헤드셋을 씌웠다.

고개를 삐딱하게 꺾고서 두 손을 앞으로 깍지 낀 남자는 가면 안의 눈꺼풀을 느릿하게 내리깔았다가 떴다. 묘하게 권태롭고 지루해 보이는 자세였다.

"아담이 말하길, 이브가 열매를 내게 주었으므로 내가 먹었나이다. 신이 이브에게 묻길, 너는 어찌하여 그 열매를 아담에게 주었느냐. 이브는 답하길, 뱀이 나를 꾀어냈으므로 내가 먹었나이다 고했다. 그리하여 신이 뱀에게 말하길, 너는 이런 일을 저질렀으니 온갖 집짐승과 들짐승 가운데서 저주를 받아, 죽을 때까지 배로 기어 다니며 흙을 먹어야 하리라."

천장이 높은 예배당 중앙에서 연설을 토해내는 젊은 남자의 표정엔 신념이 가득했다. 그는 서펀트가 저를 지켜보고 있다는 사실에 좀 더 흥분해 평소보다 더 목청을 높이고 있었다.

"신의 분노로 에덴동산에서 쫓겨난 우리는 항상 고통을 받았지요. 아담 바이러스 또한 신이 내린 원죄! 간악하고 사악한 어리석은 인간들에게 신께서 최후의 심판을 내렸습니다. 그러나!

우리에게는 구원자가 있나니! 아담에게서 자유로운 구원자가 육신을 빌려 우리에게 모습을 드러냈습니다. 구원받은 북부지부의 형제자매님들은 간악한 무리의 질시로 삶을 달리했으나 모두 인간으로서 삶을 마감했으니, 이 또한 구원이 아니겠습니까?"

하얀 가면 속 최호언의 얼굴에는 곧 옅은 웃음이 스며들었다.

연구원들이 만들어낸 신흥 종교 에덴동산은 일종의 연막에 지나지 않았다. 그들은 연구에 타당성이 필요했고, 그것을 신의 뜻이라 덮어씌웠다. 수없이 많은 실험체가 필요했기에 에덴동산 신도들을 상대로 인두겁을 쓰고 백정 짓을 벌인 것이다.

신이 내린 원죄? 아담 바이러스를 어떻게 신의 철퇴라고 부를 수 있다는 말인가.

아담 바이러스는 언제고 일어났을 그저 오만하고 탐욕스러운 제약 회사의 실수일 뿐이었다. 사라예보 사건으로 세계대전이 발발할 줄은 그 누구도 몰랐던 것처럼 아담 바이러스가 전 세계의 인구를 비약적으로 감소시키리라고는 제약 회사조차 예측하지 못했다.

최호언은 네 개의 강이 만든 에덴동산이 자의식을 가진 듯 교리를 끊임없이 생성해내고 저들끼리 새로운 세계를 구축한 것이 퍽 신기했다. 저는 사실 구원자를 언급한 것 외에 딱히 한 것이 없기 때문이었다. 단 한 줄뿐인 희망이지만 그 끈을 놓지 않으려는 자들이 오히려 에덴동산을 더욱 굳건하게 만들었다.

사실상 에덴동산의 목적이 실험체를 공급하기 위한 사육장이었다는 진실을 안다고 해도 이제 와 저들의 믿음은 절대 무너지지 않을 거다.

최호언은 예배당 지하로 발걸음을 틀었다. 나선형의 계단을 따라 내려가 잠겨 있는 철문을 열쇠로 돌려 열었다. 안으로 들어가 다시 문을 잠그니 긴 복도에 불이 순차적으로 들어오기 시작했다. 저벅저벅 걸어 나가던 최호언은 하얀 가면을 벗어 끈을 손에 걸었다. 좁고 습한 공간이 익숙해 불현듯 그리운 아버지의 목소리가 떠올랐다.

'세컨드 마스터의 눈을 피하기 위해서 어쩔 수가 없었다. 너는 첫째니 이해해야 한다.'

왜 더는 어머니를 만나지 못하는지, 왜 레인보우 시티 밖에서 살아야 하는지 물었던 건 단 한 번뿐이었다. 아버지의 목소리에는 고저가 없었다.

'놈들은 시티를 지킬 돌연변이를 만들길 바랐지만, 그건 잘못된 일이지. 돌연변이들은 한낱 시티를 지키는 도구로서 사용될 자들이 아니야. 완벽한 돌연변이일수록 더더욱 시티에 소속되어서는 안 된다.'

'그럼 저는 완벽한 돌연변이인가요?'

'완벽한 건 비손과 기혼의 첫째 아들이지. 그 아이를 우리가 데려와야 하고.'

'저는 완벽하지 않나요?'

아버지는 대답하지 않았다. 대신 앙상한 팔뚝에 주삿바늘이 꽂혔다.

'첫째야, 너를 위해서다. 고통은 곧 진화의 시작이니까.'

수천 마리의 개미 떼가 현관을 갉아먹으며 진입하는 고통이 닥쳐왔다. 개미 떼가 지나간 자리는 뼈와 살이 통째로 사라지는 듯했다. 어깨를 이로 쥐어뜯으며 괴로워하자 아버지는 소년의 입에 재갈을 물렸다.

'전부 너를 위해서야.'

최호언은 아버지의 깊은 사랑을 깨닫곤 눈썹을 늘어뜨렸다가 곧 무표정하게 돌변했다.

좀 더 깊은 지하로 내려가자 또다시 복도의 불이 순서대로 들어오기 시작했다. 기괴한 울음소리는 투명하고도 단단한 유리창을 뚫고 들려왔다. 복도 양옆은 동물원 우리처럼 구역이 나뉘어 있었는데, 그 안에는 실험체가 들어 있었다.

최호언이 지나가는 동안 아무 반응을 보이지 않는 아담도 있었지만, 시각이 퇴화되지 않은 구역의 아담은 피에 젖은 손을 미끄러뜨리며 괴성을 질러댔다. 최호언은 그 어떤 곳에도 관심을 두지 않으며 목적지까지 걸어갔다.

그는 가장 끝 방에 다다라서야 움직임을 멈추고 몸을 돌렸다. 벽에 길게 세워진 의자를 끌어와 펼쳐 앉고는 다리를 꽜다. 넝마가 된 옷을 입은 남자는 등을 돌린 채로 모서리에 서 있었다.

천장에 나 있는 동그란 구멍이 열리고 철퍼덕, 전라의 사람 하나가 떨어졌다. 우리로 떨어진 사람은 눈앞에 최호언을 발견하자마자 유리창으로 내달렸다. 크악! 그보다 더 빠르게 모서리에 서 있던 아담이 그의 목을 물어뜯었다. 피가 솟구쳐 유리창에 점점이 묻어났다. 그러나 고통도 느끼지 못하는 듯 계속해서 최호언을 향해 손을 뻗었다. 위에서 떨어진 개체는 사람이 아니라 감염된 아담이었다.

방의 원주인은 침입자의 뱃가죽을 이로 물어뜯어 긴 내장을 빠르게 끄집어내고 두개골을 으깨 뇌수를 파먹었다. 마치 식탐 가득한 괴물처럼 보였다.

최호언이 그 모습에 홀린 듯 일어나며 유리창에 이마를 가져다 댔다. 방의 주인은 석화의 피를 주입받은 실험체였다.

"아버지 말씀이 전부 다 옳았어요. 고통은 곧 진화의 시작이라고."

고통스러워하던 석화를 생각하면 마음은 좋지 않았지만, 진화에 필수불가결한 것이 고통이라면 참아내야 한다. 저는 가족으로서 석화를 보듬어주고 안아주면 된다. 뜨거운 체온과 고통에 신음하는 숨은 분명 애처로웠다. 그런데 어째서 애잔함과 중첩될 수 없는 희열이 느껴지는 걸까.

아버지가 처형당했다는 소식은 너무나 슬펐지만 반대로 아버지의 뜻을 이어야 한다는 사명감이 더 먼저 있었다. 이제 그 무거운 짐을 동생과 함께 나눠 가질 수 있게 된 것이다.

[알립니다, 경보 발생.]

마더의 목소리를 고스란히 딴 경보음이 복도를 울리기 시작했다. 최호언은 고개를 들어 스피커를 바라봤다.

[경보 발생, 위기 1호 경보 발령합니다.]

그 소리에 청각이 예민한 방의 아담이 괴성을 지르며 날뛰었다.

[여의도 7, 10, 12, 15, 17그린구역 테러 발생. 위기 1호 경보 발령합니다.]

최호언은 차분히 자리에서 일어나며 무전기를 빼 들었다.

"무슨 일인가요."

'마스터!'

조언가는 기다렸다는 듯 그를 불렀다. 마스터의 무전이 있기 전까지는 그의 일정을 방해하지 말아야 한다는 룰 때문이었다.

'지금 당장 여의도에서 피신하셔야 합니다.'

"피신이요?"

그는 무심하게 대꾸하며 의자를 원래 자리로 되돌리는 일도 잊지 않았다.

'긴급 상황입니다! 이희찬 가문을 필두로 처리하지 않은 퍼스트와 세컨드 라인의 가문이 반란을 일으킨 것으로 추정됩니다.'

최호언은 천천히 들어온 길을 되돌아 올라갔다.

"여의도 쉘터부터 봉쇄하세요. 쉘터 위기 상황 1급 발령합니다. 서울 내 정예부대는 전부 여의도로 집결해 모든 다리의 길목을 차단하라고 전해요."

'명령 하달받았습니다. 저는 여기서 곧장 마스터를 방공호로

모시겠습니다.'

조언가는 최호언과 동행했기 때문에 입구에서 대기 중이었다.

"나도 여의도 쉘터로 갑니다."

'마스터!'

최호언은 무전을 끊어버렸다.

쉘터 위기 상황 1급 발령은 일종의 방역을 뜻했다. 쉘터를 봉쇄한 뒤 지하에 갇힌 아담을 풀어 적과 아군 할 것 없이 아비규환을 만들라는 명령이었다. 최호언은 손목시계를 내려다봤다. 적어도 두 시간이면 꼭대기까지 감염이 퍼질 테고, 최호언은 한 시간 안에 최상층에 도착할 수 있을 거라고 생각했다.

가면을 뒤집어쓴 그는 건물을 나와 뿌연 하늘을 마주했다. 비가 오기 전의 우중충한 날씨 때문은 아니었다. 여의도 하늘은 건물에서 치솟는 연기로 가득했다. 헬기 몇 대가 최호언의 머리 위를 연달아 지나가며 소음을 동반했다.

지프에서 뛰어내려 문을 연 조언가는 한껏 겁에 질려 있었다. 만일 반란이 성공해 저들이 레인보우 시티의 정권을 쥔다면 최호언 라인에 섰던 이들은 전부 죽은 목숨이었다. 기존의 수뇌부들에게 자비는 없었다는 것을 조언가는 누구보다 잘 알았다.

"마스터, 출발해야 합니다."

조언가는 하늘만 올려다보고 있는 최호언을 재촉했다.

"아무래도 늦은 것 같죠?"

최호언은 중얼거리며 고개를 내리더니 곧 지프에 올라탔다.

설마 포기한 건가? 싸워보지도 않고서? 조언가는 초조하게 최호언의 지시를 기다렸다.

"지금부터 상공의 헬기 전부 격추시켜요."

◆ ◆ ◆

'풍산, 진도, 삽살 총 세 대, 여의도 상공에서 격추당했습니다.'

"돌았어! 헬기를 격추시켜?"

이희찬이 신경질적으로 웃었다. 하긴, 반란이라는데 헬기가 아니라 비행기라도 격추시켰겠지.

"곽수환은?"

'한강 밤섬으로 이동 중인 것으로 짐작됩니다. 그곳에서 저희 군과 합류하기로 했습니다.'

이희찬 역시 현 마스터를 탐탁지 않게 여겼다.

차라리 퍼스트 마스터나 세컨드 마스터처럼 권력욕에 찌든 사람이었다면 대하기는 편했을지 모르나, 뭘 원하는지 속내가 보이지 않는 마스터이기에 일부러 확고한 거리를 두었다.

게다가 자신의 딸에게 전해들은 바도 있었다. 최호언이 서펀트이고, 마스터의 자리에 오르기 위해 어떤 짓을 벌였는지 말이다. 탐욕스러운 놈과 사이코 중에서 제가 모실 사람을 고르라면 차라리 전자가 나았다. 그렇기에 그녀는 여태 기회만 보며 웅크려 있었다.

'백신을 그쪽 가문에서 독점 배포하게 해주겠습니다.'

때마침 곽수환이 달콤한 제안을 해왔다.

바다에서 살아 돌아온 시체처럼 짠내를 풍기던 곽수환은, 당장에 선택을 하라며 형형한 눈을 했다. 곽수환이 러시아로 넘어간 후에도 차 중령을 통해 소식을 주고받았으니 백신 개발은 사실이었다. 이희찬의 머리가 재빠르게 돌아갔다.

'배포만? 개발법도 알려줘야 하지 않겠어?'

고민하는 기색을 보였더니 곽수환이 더 필요한 게 있으면 뜸들이지 말라고 다그쳤다. 대신 쉘터를 제외한 여의도 외곽 건물에 불을 질러달라는 부탁을 받았다.

'백신을 개발하지 못하게 막으려고 마스터가 석화 박사를 구금한 상태입니다. 박사를 구해 와야 백신도 대량생산할 수 있습니다.'

위험한 일에 발 담그는 건 사양이지만 무려 백신이었다.

철새, 하이에나. 명예가문들 사이에서 자신들을 부르는 별명이었다. 이희찬은 자존심이 센 사람이었다. 그간 가문들 사이에서 서러움을 받아왔기에 어쩌면 이번이 기회일지도 모른다고 생각했다.

"헬기에 탄 우리 애들은 다 탈출했어?"

그녀는 한숨을 숨긴 채 수화기에 대고 말을 이었다.

'부상자는 있지만, 사망자는 없습니다. 그보다…… 이번 사태의 주동자가 저희라는 소문이 퍼지고 있습니다.'

"뭐?"

이건 또 무슨 헛소리야! 이희찬이 더할 수 없게 인상을 구겼다.

'펭귄이요.'

"제대로 말 안 해?!"

'황제펭귄이 상공으로 날아올랐다. 펭귄의 날갯짓이 전국으로 퍼져나가며 백신을 배포하리라. 이 선전문구가 퍼지고 있습니다. 게다가 곽수환이 탄 헬기는 펭귄 마크를 가리지 않았습니다.'

그녀는 관자놀이를 꾹 눌렀다.

하, 어쩐지 쉽게 전부 넘겨준다 했어. 그 새끼가 잘도 날 이용했지.

게다가 채윤이까지 같이 데리고 갔으니 제대로 핏물에 발 담가버린 셈이었다. 그래도 놈 부모 덕분에 몸 건강한 채윤이를 가질 수 있었으니 이걸로 보답 한번 한 셈 치자고.

사람들을 이상한 방향으로 현혹시키는 에덴동산도 슬슬 밀 때가 됐다. 종교와 정권의 일체화라니, 지금 최호언을 막지 않으면 앞으로는 더 손쓸 수 없어질 거다. 이성으로는 이해하지만, 울분이 풀리지 않은 그녀는 쾅 소리가 나도록 수화기를 내려놓았다.

◆ ◆ ◆

"소령님."

"응?"

석화는 헬기 안에서 마구 날아다니던 종이 하나를 손에 쥐고 말했다. 마이크가 탑재된 헤드셋을 꼈기에 헬기 내부에 있는 사람들과 의사소통은 무리 없이 가능했다.

"펭귄은 못 날아요."

"그래?"

곽수환이 놀랍다는 듯 눈을 크게 떴다. 온갖 산짐승은 다 봤는데 그도 펭귄은 본 적이 없었다.

"그럼 날개는 뒀다가 뭐 해. 하긴 서펀트도 발기는 되는데 고자잖아? 아니 근데 그 씹새끼는 왜 아침발기를 보여주고 지랄이야."

하여간 저 새끼, 석화 박사님이 했던 말 때문에 제대로 뒤끝이 남았구만. 귀가 썩는다, 썩어.

이채윤이 제 헤드셋을 확 벗었다. 너무 솔직한 것도 독이 되는 법인가 보다.

"미안해요."

"자기가 왜 미안해. 최호언 새끼가 노출증 환자인 걸 어쩌겠어. 그렇지?"

절대 최호언 편을 드는 건 아니지만 그가 보여준 게 아니라 아침이라 그랬던 것뿐이었다. 석화는 아무래도 조금만 솔직해지는 게 좋겠다고 생각하며 헤드셋을 약간 빗겨 썼다. 그러고는 그의 말이 맞는다는 듯 그냥 한번 웃고 말았다. 그러나 혹시나 또 코피가 나지는 않을까 걱정돼 연방 고개를 숙일 수밖에 없었다. 그 불안함을 아는지 모르는지 곽수환은 석화의 머리를 쓱 끌어안아 걱정 말라는 듯 입술을 맞댔다.

밤 모양을 닮은 한강 밤섬의 한 곳에서 불빛이 깜빡 빛나고 있었다. 헬기가 불빛을 찾아가 착륙을 시도하자 프로펠러 밑으로 수풀이 소란스럽게 몸을 부딪쳤다. 완전히 안착하기 전에 기우뚱거리는 헬기 밖으로 곽수환과 이채윤이 뛰어내렸다.

먼저 나간 곽수환이 마중하듯 두 팔을 벌렸고, 석화는 미끄럼틀을 타듯 헬기 밖으로 주르륵 미끄러졌다.

"우리 형 용감하네."

여간 대견한 게 아닌지 석화의 어깨를 꽉 끌어안고 외쳤다.

"한강 줄기 따라서 곧장 여의도 쉘터 라인으로 날아!"

"여의도 쉘터 말씀이십니까?"

파일럿은 명령이 잘못된 것이 아니냐며 되물었다. 여의도 쉘터 옥상에는 비행물을 피격할 수 있는 소구경 대공포가 있기 때문이었다. 저 멀리 격추된 헬기에서 피어나는 불길도 봤기에 명령을 철회해줬으면 했다.

"쉘터 대공포는 내가 박살내놨으니까 그냥 믿고 날아! 합류 인원 보낼 때까지 과천 쉘터에서 대기해."

곽수환의 고함에 조종사가 고개를 한 번 끄덕했다.

헬기가 떠날 동안 풀이 공중으로 회오리쳐 석화는 손으로 눈가를 막았다. 밤섬의 11시 방향으로는 정박 중인 보트 다섯 대와 서른 남짓한 용병이 대기 중이었다. 헬기와 다르게 펭귄 마크는 꼼꼼하게 가려져 있었다.

본래 레인보우 시티는 어느 가문이든 사병을 거느릴 수 없지만, 황제펭귄가는 레인보우 시티 밖의 A급 이상 능력시들을 추려 용병으로 이용했다. 말이 용병이지 오합지졸인 시티의 B급 군인에 비할 바가 아니었다.

이채윤이 보트에 홀쩍 올라타더니 모터에 손을 올렸다.

"과천에서 합류해?"

"아니, 바로 영종도로 가."

한강 물길이 서해까지 이어진 데다 아라뱃길을 따라가면 거의 직진 코스나 마찬가지였다.

"영종도? 지금 거기 아담 밭인 건 알지?"

"왜, 무서워?"

"지랄."

이채윤이 백신 주사를 맞은 제 팔뚝을 툭툭 쳤다. 영감이 가져온 백신은 펭귄 용병들에게 투약해도 될 만한 숫자였다.

곽수환의 바이올렛부대원들도 앞서 백신을 맞은 상태였기에, 차 중령과 합류해 과천 쉘터를 장악할 수 있었다.

"공항철도로 들어가서 대기할까?"

"아니."

시간을 벌기 위해서는 레인보우 시티의 전술훈련과는 다른 방식을 차용해야 했다. 또한 감시자인 마더의 눈을 피하려면 추적 칩이 없는 사람들이어야 했고.

"여기 사병들 전부 시티 놈들은 아니지?"

"응, 아니야."

"여기서 시티 지도 있는 놈 있어?"

"예, 저희 다 가지고 있습니다."

보트에 몸을 싣고 있던 사병 하나가 손을 들었다. 가져오라는 말 대신 곽수환이 물속으로 저벅저벅 들어가 지도를 건네받았다. 이채윤이 있는 보트에 쭉 펼치고는 펜 형태의 손전등을 켜 지도를 비췄다. 반대편 손에는 군사용품으로 지급되는 매직을 들었다. 그는 영종도 내의 공항 중앙 지점에 쓱 동그라미를 그렸다.

"여기, 2공항의 제2등화제어소를 집결지로 해. 문제없이 진행된다면 우리가 가장 먼저 제주도로 이동해야 하고."

"제주도? 가서 뭐 하게?"

"거기가 시티 기술의 집약체잖아. 일단 영감도 보내놨고."

"영감은 또 누군데?"

이채윤은 아리송한 것투성이라는 듯 입술을 씰룩거렸다.

"러시아에서 백신 개발 도와줬던 영감인데, 이야기가 좀 길어."

"영감님이 왔어요?"

석화가 불쑥 끼어들었다. 석화가 아는 영감은 러시아 노인 한 명뿐이었으니까.

"그 영감탱이 원래는 시티 연구원이었대."

이채윤은 모르는 사람이니 눈만 멀뚱거렸지만, 석화도 놀라지는 않았다. 어쩐지 그럴 것 같았다면서 코피가 나지는 않는지 또다시 코만 훌쩍거렸다.

"그러니까 백신 개발을 도와준 영감을 제주도로 보냈다고? 백신을 제주도에서 개발하려고? 이거 엄마도 알아?"

이채윤이 말을 다다다 쏟아내니 골이 다 아플 지경이었다.

"당연히 알지."

동해로 넘어오자마자 거진항에서 저와 차 중령이 탈 보트를 한 대 더 훔쳤고, 그곳에서 두 팀으로 나눴다.

제주도까지의 여정을 설명하기 위해 두 대위와 영감에게 가지고 있던 지도도 넘겨야 했다. 보트의 기름을 채울 곳과 총기를 구비해둔 버려진 모텔을 지도에 체크했고, 대위들에게는 숨겨둔 총기와 수류탄을 빠짐없이 배에 실으라고 지시했다.

고가의 보트는 해역 정밀지도를 탑재한데다 어군 탐지기까지 갖춰져 있었다. 영감 일행은 무사히 우도로 향했을 것이다. 그러니 그 러시아 놈도 보트를 다시 돌려달라고 사정한 거겠지만.

"그리고 영종도로 가는 길에 여기, 신도 보이지?"

한강에서 서해로 빠져 영종도를 가기 전에 그 위에 떠 있는 섬이었다.

"여기도 사람이 숨어 사는데, 시티 사람들은 아니야. 시티한테 많이 배타적이니까 이왕이면 제복은 입지 말고 들어가. 가서 내 이름 대면 문제는 없을 거야. 거기 아저씨들 먹을 것만 주면 좋아 날뛰니까 먹을 거 있으면 좀 가져가고."

그는 섬 안에 있는 '(구)여객터미널' 위에 점을 콕 찍었다.

"보면 이 근처에 버려진 학교가 있거든? 지하로 내려가는 입구를 내가 철판으로 막아놨는데 너라면 충분히 치울 테고, 그 안에 돈하고 수류탄, 다이너마이트, 기관단총, 소총 웬만한 거 다 있어. 무기 부족할 테니까 알아서 나눠 쓰고 남은 건 우도로 전부 실어 나르면 돼. 제주도 본섬은 시티 군인들이 지키고 있으니까 무사히 우도에 도착할 때까지 전면전만큼은 피하자고. 제주도 본섬은 우리 애들만 가도 충분히 진압 가능하니까. 이해했지?"

석화는 곽수환의 어깨 너머로 설명을 들으니, 세컨드 마스터가 왜 그를 컨트롤러로 지정했는지 알 것도 같았다. 전시 상황에서 믿음직한 지휘관만큼 중요한 건 없다.

"똘수환, 너 설마 백신 개발하면 반란 일으키려고 준비했던 거야?"

이채윤이 지도를 접어 제복 안에 넣으며 기막혀 했다. 컨트롤러인 사실도 한참이나 숨겼기에 솔직히 배신감도 적잖이 들었다.

"나라고 백신이 개발될 줄 알았겠어? 한 마흔쯤 되면 한번 시도나 해보려고 했지."

"마스터 선거에?"

"가라."

곽수환이 이채윤의 보트를 두 팔로 힘껏 밀쳐냈다. 그 신호를 시작으로 보트가 연달아 목적지를 향해 달리기 시작했다. 그녀는 뭔가 더 할 말이 있는 눈치였지만, 시간을 더 지체할 수는 없어 보트 안의 생수병 몇 개를 섬으로 던졌다. 그러고는 재빨리 운선내를 쥐었다.

펄럭거리는 케이프를 여기서 보니 어디 여행이라도 떠나는 듯 여유로워 보이기까지 했다. 그러나 해가 저물면서 비가 내리기 시작해 곧 보트의 흔적은 물결조차도 남지 않았다.

물가에서 나온 곽수환이 풀을 밟고 서 있는 석화에게 쓱 뭔가를 내밀었다. 견과류를 물엿으로 뭉쳐놓은 바였다. 석화는 그제야 제가 뭔가를 먹은 지가 오래된 것 같다는 사실도 떠올렸다. 비닐까지 벗겨준 견과류바를 입에 넣고 씹으니 단맛이 확 퍼져 나갔다.

"맛있어요."

"그게 뭐가 맛있어. 배나 채우는 거지."

석화는 러시아 시절부터 뭔가를 주기만 하면 맛있다는 말을 종종했다. 어떻게든 구해온 정성이 고마워 하는 소리라는 것을 이제는 안다.

모두가 떠난 밤섬에 둘만 남자, 개구리와 맹꽁이 울음소리가 한데 섞여 들려왔다. 그 소리가 얼마나 큰지 귀가 다 먹먹할 지경이었다.

"우리는 어디로 가요?"

"지금은 안 가."

석화는 멀뚱히 서서 그를 쳐다만 봤다. 어둠 속에 파묻혀 있었지만, 사람들이 있을 때와는 다르게 그가 약해진 채로 괴로워하는 게 고스란히 느껴졌다.

"석 박사가 이렇게 된 건…… 전부 내 탓이야."

어째서 그가 저 자신을 탓하는 말을 하는지 석화는 알 것도 같았다. 피를 바꿔치기한 일 때문이겠지. 석화는 속으로만 조용히 웃었다. 곽수환의 탓이 아니라고 확신하지만 그냥 모른 체하기로 했다. 쉽사리 다가오지 못하는 그에게 먼저 다가갔다.

"소령님 아니었으면 나 벌써 수십 번이고 죽었을 목숨이었어요."

"석 박사는 둔해서 모르는 거야. 내가 멍청한 새끼였어. 다 나 때문이야."

고개를 한 번 젓고는 달싹거리는 입술을 뗐다. 석화는 지체 없이 곽수환의 입술에 가져다 댔다. 폭 하는 감촉이 느껴질 정도로 깊게 닿았고 석화는 혀를 내밀어 그의 아랫입술을 빨고 핥았다. 목석처럼 굳어 있던 곽수환은 석화의 혀가 안으로 파고들자마자 몸을 단숨에 끌어안았다.

"흐읏."

온몸의 장기가 뼈에 짓눌리는 듯 너무 거센 힘이라 입이 저절로 벌어졌다. 곽수환은 그 틈을 놓치지 않고 벌어진 입을 전부 삼키다시피 했다. 입이 달아서 더 애가 타 혀를 잘근 깨물고 빨아들이며 석화의 허리를 더욱 더 끌어당겼다.

"석 박사, 어디도 안 갈 거지? 나랑 같이 있을 거지?"

품에서 놓으면 금방이라도 사라질 듯 곽수환의 목소리가 불안하게 들렸다.

"하아, 저 아직 살아 있는데요."

곽수환은 그딴 말을 들으려고 한 건 아니라면서 욕설을 목 안으로 삼켰다. 그 묵직한 고통을 석화의 키스로 희석해나갔다.

"우리 정말 여기 있어요?"

석화도 그의 허리를 안은 채로 속삭였다. 섬이라고는 해도 육지와 가까워 여의도 쉘터가 보이는 거리였다.

"최호언이 원하는 게 나랑 같으니까."

최호언이 원하는 건 진화한 인류만 남기고 멀쩡한 사람들을 감염시켜 죽이겠다는 건데, 곽수환과 같을 리가 없다.

"최호언의 목적이 뭔지 알아요? 곽 소령님과 다를 거예요."

"그 사이코 새끼 목적은 모르지. 다만 놈이 석 박사를 원한다는 건 알아. 자기, 이건 진짜 별건 아니지만 괜히 나 신경 쓴다고 거짓말하는 걸지도 모르니까, 다시 한번 물어보는 거야."

대체 뭘 물어보려고 하기에 저렇게 긴 포석을 깔아두는지 의아했다.

"정말 그 새끼가 성적으로 이상한 짓 한 건 아니지?"

"……절 성적으로 보는 사람은 소령님밖에 없어요."

곽수환이 석화의 양 팔뚝을 잡고 빤히 쳐다봤다. 거짓말은 잘하지 못하는 석화였고, 눈빛은 평소처럼 무덤덤했다.

"내가 석 박사를 의심하거나 그런 거 아니야. 그 새끼 집착이 많이 이상하잖아. 내 말 알지?"

제 집착은 차치하고서라도.

그러나 지금 석화에게 중요한 건 그런 게 아니었다.

"소령님, 들어봐요."

이제 그런 이야기는 더 하지 말라는 듯 석화가 표정을 진지하게 굳혔다. 조금 전과 큰 차이는 없었지만 곽수환은 알 수 있었다. 이건 마치 이제 헛소리는 그만두라며 형에게 혼난 기분이었다.

"여태 변이한 아담 중에 딱 두 번, 이브를 말한 아담이 있었어요. 동물원하고 오늘 쉘터에서요. 언어를 내뱉은 걸 봐서는 완전히 변이하기 전인 개체들일 가능성이 커요."

석화는 그의 품에서 떨어지더니 무거운 뇌를 돌리려 남은 건과류바를 조금 빠르게 씹어 먹었다. 곽수환 역시 뻑뻑한 칼로리바 하나를 억지로 입에 넣어 삼켰다. 공복을 채우고자 뭔가를 먹어야 한다는 건 참으로 번거로운 일이었다. 이채윤이 던지고 간 생수병의 흙도 툭툭 털어내 하나는 석화에게 넘겼다.

석화는 웬일로 한번에 물을 절반이나 들이켰다.

"동물원에 있던 아담도 결국 최호언이 뿌린 가짜 백신을 맞았던 개체였잖아요. 그러니까……. 최호언이 사람들을 상대로 실험을 벌이는 게 틀림없어요."

"그럼 최호언만 뒈지면 끝나겠네."

바로 그게 내가 원하는 거고.

"아마 그걸로 끝은 아닐 거예요."

석화는 바닥에 떨어진 나뭇가지를 하나 주워 젖은 진흙이 쌓인 물가로 몸을 돌렸다. 곽수환이 갑자기 석화의 팔을 콱 쥐었다.

한껏 미간을 일그러뜨린 그는, 눈을 밑으로 내리깔았다가 뭔가 큰 결심을 한 것처럼 석화와 시선을 마주했다.

"우리 처음 만났을 때 기억해?"

"세화해변에서요?"

"그것도 있고."

그저 모지리인 줄로만 알았던 박사가 이렇게 제 인생의 전부가 되리라고는 전혀 몰랐다.

"군에 있으면서 실수한 적도 없고, 사과할 일도 없었거든. 근데 석 박사한테는 처음부터 미안했던 것뿐이더라."

'그리고. 그, 저기, 뭐냐. 그, 미안하게 되었습니다. 난 그쪽이 그렇게 한참 기절해 있을 줄은 생각지도 못해서.'

석화도 기억한다. 그는 자신을 기절시킨 일에 대해 사과를 했지만, 그때도 익숙해 보이지는 않았다.

"영감이 그러더라. 내 피 자체로는 문제가 없는데, 내 피를 수혈받은 사람이 백신을 맞으면 바이러스가 폭발적으로 활동한다고. 그래서 그 영감탱이가 그 말이 맞는지 확인하러 온 거래. 그러니까 내 탓 맞아."

곽수환은 결국 북부지부에서 피를 바꿔치기 했다는 사실을 돌려 말하고 있었다. 그로서는 이 말을 하기까지 큰 결심이 필요했을 것이다. 행여나 제가 원망이라도 할까 봐 두려워했을지도 모른다. 석화는 그의 커다란 몸을 껴안고 손으로 등을 툭툭 두드려주었다.

"다 알고 있었어요."

"뭐?"

"곽 소령님 잘못 아니에요. 수혈을 그때 처음 받은 것도 아니었잖아요."

문제가 없었다고 생각했기에 그도 마음 놓고 바꿔치기 한 것이다.

"영감님이 말한 가설은 저도 생각하고 있었어요. 근데 그랬다면 저도 몇 분 안에 변이를 했어야 해요. 그러니까 전 괜찮을 거예요."

석화는 저도 확신할 수 없었지만, 그에게는 확답을 주었다.

"괜찮은데 코피가 나."

"소령님 만나기 전에는 자주 쓰러지기도 했는데, 오히려 지금이 더 건강하잖아요. 지금은 달리기도 하는데 학습센터에 있을 때 생각하면 장족의 발전이에요."

지금은 코피도 안 나니 괜찮다면서 다시 나뭇가지를 들고 걸었다. 석화는 견과류를 씹으면서 진흙 앞에 쭈그리고 앉았다.

바를 입에 다 밀어 넣은 석화는 바닥에 '∞' 기호 하나를 그렸다.

"고환이야?"

같이 쭈그려 앉은 곽수환이 석화를 봤는데 미묘하지만 웃고 있었다. 1년이 넘도록 둘만 붙어 다녔으니 어느새 유머에도 익숙해진 건가 싶다가도 곽수환은 괜히 했다는 생각이 들었다. 그래도 저렇게 웃는 모습을 보니 마음은 적잖이 놓였다.

"소령님, 우리가 백신을 조류가 가진 신종인플루엔자에서 찾아냈잖아요. 이 모양이 우리 백신의 주요 요소라고 치면……."

그 옆으로는 아담 바이러스를 뜻하는 모양인 '◇(다이아)'를 그렸다.

$\infty + ◇ =$ 반응 중지

"백신과 아담 바이러스가 만났을 때는 분명 바이러스 활동이 중지되는 효과가 있었죠, 그런데……."

이번에는 끝이 잘린 뫼비우스띠 모양인 비례기호를($\propto$) 예시로 그려봤다.

$\infty + ◇ + \propto$(곽 소령님 체내 바이러스) = 발열, 폭발적인 적혈구 수치 저하, 과다출혈 → 변이

석화가 진흙 위에 열심히 글을 정리했다.

"저는 과다 출혈에서 변이로 넘어가는 과정에서 진행이 멈췄

어요."

석화는 화살표 가운데를 작대기로 찍 길게 그었다.

그가 죄책감을 가질까 봐 그간 말하지 않았던 사실도 이제는 고해야 할 것 같았다.

"제가 처음 러시아에서 곽 소령님의 피를 수혈받았을 때 발열이 있었거든요. 수혈 부작용 현상인가 생각했는데, 어쩌면 제가 면역체인 것과 관련이 있을지도 몰라요. 그래서 지금 변이 아담 바이러스를 품고도 아직은 무사한 거고요."

그게 발열이었다고……. 곽수환은 또 한번 제 어리석음에 화가 날 지경이었지만, 석화의 손에서 나뭇가지만 건네받았다. 하얀 손바닥에 거뭇한 흙이 묻어나 있어 툭툭 털어내주었다.

"그래서 우리가 제주도로 가야 하는 거야."

세컨드 마스터의 실험실이 있던 우도 말이다.

◆ ◆ ◆

석화는 풀잎 위에서 까무룩 잠이 들었다가 눈을 떴다. 혹시 피가 났나 얼굴 여기저기를 손으로 매만졌지만 축축한 건 빗물 때문이었다.

"내가 깨울 건데 왜 벌써 일어났어."

분명 바닥에 누워 잤다고 생각했는데 그의 단단한 허벅지에 머리가 뉘어 있었다.

"소령님도 좀 자요."

석화가 몸을 일으켜 등에 묻은 풀잎을 툭툭 털어냈다. 곽수환은 무슨 신호라도 기다리는 사람처럼 여의도 쉘터 방향을 향해 있었다.

"버틸 만해. 48시간도 안 자본 적 있는데 이 정도야, 뭐."

딱히 허세처럼은 보이지 않았다.

"제주도는 어떻게 가요?"

"날아서."

그가 잠기운을 물리치는 석화를 웃으며 바라봤다.

"지금쯤이면 우리가 여의도를 빠져나갔다고 생각할 테니, 여의도로 집결한 군인들도 분산됐을 거야."

석화가 눈을 두어 번 깜빡였다. 저희의 최종 목적지가 어디일지 최호언도 확신하지는 못할 거다. 단지 군인들이 몰린 여의도를 빠르게 빠져나갔을 것이라 예상하겠지.

"그리고 펭귄하고는 다르게 올빼미랑 부엉이는 상황이 여의치 않으면 바로 발 뺄 가능성이 커. 그래서 시간을 최대한 아껴야 해."

펭귄가문이야 제가 목줄을 잡아놨으니 빼려야 뺄 수도 없을 테지만, 나머지 올빼미가와 부엉이가는 제 손이 닿기엔 멀었다. 그들을 끌어들인 것도 이희찬이었으니 그녀가 그 두 가문의 목줄을 쥐고 있기를 바랄 뿐이었다. 만일 최호언을 끌어내리지 못한다면, 앞으로 황제펭귄 마크는 레인보우 시티에서 찾아볼 수도 없을 테니까.

"남아 있는 백신은 황제펭귄 이름으로 마구잡이로 뿌리는 중이야. 최호언만큼이나 이희찬도 시민들이 좋게 보는 편이거든."

곽수환이 고개를 끄덕이는 석화의 손목을 쥐었다.

"석 박사. 나 믿지?"

"믿어요."

"난 돌아오겠다고 약속하면 꼭 지키는 사람이야. 항상 잘 찾아왔잖아. 그렇지?"

'석 박사, 어디도 안 갈 거지? 나랑 같이 있을 거지?'

그렇게 말한 사람이 오히려 저에게서 멀어지려는 것만 같았다. 어디를 가든 같이 가자는 말을 하고 싶었지만, 그랬다가는 둘 다 위험해질 거다. 석화는 일부러 덤덤히 물었다.

"우도는 저만 가요?"

"우리가 할 일을 하자는 거야. 난 최호언을, 석 박사는 영감을 만나서 문제를 해결해야지."

곽수환의 말이 맞다. 운명에 순응할 필요는 없지만, 각자 자기에게 주어진 역할에는 충실해야 했다.

"비밀번호 6자리는 경우의 수가 얼마나 되지?"

곽수환은 제 주머니에 있는 휴대전화를 꺼냈다.

"100만……이요?"

"그럼 이건 석 박사한테 맡겨야겠다."

그가 휴대전화를 석화에게 넘겼다.

"세컨드가 있던 방공호에서 가져온 거야. 나머지는 최호언이 박살낸 것 같지만."

석화는 두 손으로 단단한 기계를 붙들었다.

"비밀번호가 일정 횟수 이상 틀리면 아예 안 열릴까 봐 시도도 안 해봤어."

저라고 세컨드 마스터가 설정한 비밀번호를 알 리는 없었다.

"……우도에 가면 힌트가 있을지도 모르겠네요."

세컨드 마스터의 저택이 있던 곳이니까.

곽수환은 조금 풀이 죽은 석화의 어깨를 확 끌어안았다.

"이거 봐봐. 가지고 놀다가 신기한 거 발견했다?"

휴대폰의 전원을 켜니 다행히 배터리가 아직 한참 남아 있었다. 잠금을 풀지 않은 채로 화면을 쓱 넘기자 카메라가 작동했다. 그는 이어서 카메라 렌즈도 전환시켰다.

"사진은 찍히더라고. 한번 웃어봐."

석화는 화면에 비친 저 자신이 퍽이나 어색하고 낯설었다. 곽수환이 씩 웃기에 저도 따라 입매를 슬쩍 올렸다. 찰칵, 사진이 찍히니 하단에 조그만 창이 떠올랐다. 곽수환이 그 부분을 눌러서 석화에게 찍힌 사진을 보여줬다.

"우리 석 박사 사진발 잘 받네."

사실 어둡기만 했고, 저 멀리로 아직 불타는 건물이 있어 인물은 제대로 보이지도 않았다. 곽수환은 다시 전원을 끄고 석화에게 휴대폰을 돌려주었다.

솔직히는 같이 찍은 사진이 한 장도 없어 이 기계에라도 남기고 싶은 마음이 더 컸다. 남들은 눈치 못 챌 만큼 미세하지만, 석 박사 우울해하는 얼굴도 싫었고.

차악, 촥.

물살이 부자연스럽게 헤쳐지는 소리에 석화는 곽수환의 옆에 바짝 붙었다. 곽수환도 소리가 들린 방향을 향해 서니, 어둠을 헤치고 다가오는 검은 덩어리를 확인할 수 있었다.

"어기야 디어차, 어기 여차."

점차 검은 물체가 가까워지고, 시동이 꺼진 보트 위에서 부지런히 노를 젓는 사람이 보였다.

"뱃놀이 가잔드아~"

노래까지 흥얼거리는 통에 곽수환의 목에는 힘줄이 바짝 섰다.

"새끼야! 빨리 안 와?"

윽박지르니 검은 인영이 노를 더 크게 저었다. 노로 물의 깊이를 잰 남자는 보트 밖으로 훌쩍 뛰어내려 선체를 직접 끌고 오기 시작했다.

"……양상훈 소령님?"

제복이 아닌 일상복 차림의 양 소령이었다.

"하하, 박사님, 오랜만에 뵙는 기분이네요. 일전에는 정말 죄송했습니다."

그때는 어쩔 수 없는 일이었다고 양상훈이 고개를 꾸벅했다. 석화도 다 이해한다면서 고개를 젓는 순간에 몸이 획 들렸다.

"동 트기 전에 서둘러 서해로 진입해."

곽수환은 석화의 다리가 젖을세라 번쩍 안은 몸을 보트에 올렸다.

"군산 유람선 터미널에 헬기 정박해 있으니까 중간에 해남에 들러서 점검하고 다시 날아."

"알았으니까 숨이나 쉬고 말해라."

"급해, 새끼야."

석화는 보트 의자에 앉아 벨트를 채웠다. 아쉬운 마음을 내보이며 곽수환의 발목을 붙잡을 수는 없기 때문이었다.

벨트가 단단한지 확인하던 곽수환이 갑자기 양상훈의 팔을 확 낚아챘다. 반팔을 입은 양상훈의 팔뚝에 하얀 붕대가 감겨 있었다.

"이거? 칩 빼내느라고. 희찬이 아줌마가 돌팔이 의사 데려오고 신호 분산시키느라 고생 좀 했다, 야. 너 오래 살겠더라?"

"뭐가."

"아줌마가 네 욕 한 바가지로 하던데."

"할 만했지."

그래도 일이 잘만 성공하면 이희찬은 오랜 숙원을 이루는 거다.

"네 말대로 부산까지 총 열 부대 분산시켜놨는데, 곧 상부 명령 번복될 거다. 번 시간이 길어야 하루일 거야."

"고맙다."

"뭘, 썩어도 컨트롤러니까."

양상훈은 컨트롤러 지위를 이용해 각 구역에 부대를 두만강과 압록강 라인으로 나누어 올려 보냈다. 서울 과천구역은 최호언의 직속 연락이 닿았을 테니 열외로 쳤지만.

만일 한반도 끝에 닿은 군인들이 연합국이 없다는 것을 알게 된다면 나름의 쾌거를 거두는 셈이었다. 백문이 불여일견이라고 하지 않았나.

"혹시나 석 박사한테 코피가 나도 닦아주지 마. 네 상처에도 절대 피가 닿지 않게 하고."

곽수환은 석화가 듣지 못하게끔 조용히 속삭였다.

"알았어."

정확히 무슨 이유인지는 모르겠지만 양상훈은 흔쾌히 대답했다. 곽수환은 이제 석화가 앉아 있는 곳까지 물살을 헤치며 걸었다.

"3일이야. 늦어도 3일이면 다시 합류할 거야."

"우도에서 기다릴게요."

그 말을 끝으로 석화는 입술을 꾹 다물었다. 안 그랬다가는 약한 소리가 나올 것만 같았다.

"모터 켜고 달려라."

"분명 조용히 오라던 새끼가 너였다?"

"그랬지. 모터 끄고 노 저으라는 소리가 아니라 위치를 다른 놈들한테 말하지 말라는 거였고."

"새끼야, 그럼 그렇다고 말을 해야지! 여기서부터 한 7킬로미터는 노 저어 왔는데."

양상훈이 씩씩거리면서 억울함을 토해냈다.

"일있으니까 가라. 양상훈이, 알지? 난 너 믿는다."

"씨발놈. 나는 항상 너 믿었다, 너는 아니겠지만."

곽수환이 씩 입꼬리를 올리고 양상훈의 등을 확 밀었다. 양상훈이 보트의 옆 라인에 손을 얹고 훌쩍 뛰어 올라탔다. 시동을 걸자 모터가 맹렬하게 돌아가기 시작했다. 거센 물결이 곽수환의 다리를 휘감았다.

다시 만난 지도 얼마 안 됐는데 석화를 제 손에서 떠나보내야 한다는 사실이 끔찍했으나 지금은 참아야 할 때였다. 보트가 어둠을 질러가는 그 사이 곽수환이 외쳤다.

"자기야! 내가 존나게 사랑하는 거 알지?"

석화가 돌아보는 것 같았지만, 어두워서 확실하지는 않았다.

만일 10년 전으로 돌아가 자신에게 이런 날이 올 거라고 알려준다면 분명 비웃음만 당했을 거다. 낯간지러운 말을 입에 담을 놈이 아니었으니까. 그런데 막상 입 밖으로 내뱉으니 낯간지럽기는 무슨, 하루에도 수천 번은 말할 수 있을 것 같았다.

어떤 시국에도 사랑은 꽃 피웠다니까.

쉘터 방향으로 몸을 틀어 물속으로 걸어가며 셔츠를 뒤집어 벗었다. 셔츠를 물에 흘려보내고 가슴께까지 물이 닿았을 때 숨을 크게 들이켰다.

곽수환은 곧 물살을 가르면서 한강을 질러가기 시작했다.

◆ ◆ ◆

[나흘 전부터 배포되기 시작한 황제펭귄 마크를 단 선전물은 전부 거짓 선동 자료입니다. 백신은 개발된 바 없습니다. 황제펭귄, 올빼미, 부엉이가문은 전부 시티를 위협하는 반군이 되었습니다. 레인보우 시티는 시민의 안전을 가장 최우선으로 생각합니다. 레인보우 시티를 믿으십시오.]

라디오와 확성기를 통해 같은 방송이 수없이 반복되고 있었다.

황제펭귄을 선두로 나머지 두 가문 또한 사활을 걸었다. 그들은 직접 백신을 투약한 뒤 아담에게 물리고, 그 아담을 죽이는 무리한 일까지 선보이며 게릴라전을 뛰었다.

'이번 백신은 진짜다.'

'레인보우 시티의 연구원이 개발했으며, 시티는 백신의 배포를 막기 위해 연구원을 사살하려 했다. 그에 세 가문은 연구원을 지키기 위해 나설 수밖에 없었으며, 정말 시민들을 위하는 건 황제펭귄이다!'

확인되지 않은 소문이 퍼져나가는 건 순식간이었다.

'백신을 받으려면 어떻게 해야 합니까? 백신 숫자가 턱없이 부족한데요?'

누군가는 가진 자들에게만 백신을 배포하는 게 아니냐며 따졌고.

'백신을 대량생산하기 위해서는 최호언을 마스터의 자리에서 끌어내려야 합니다. 마스터가 대량생산을 막고 있어요.'

누군가는 진실을 외쳤다. 혼돈의 니홀간 시람들은 정답을 알지 못한 채 쏟아지는 유언비어와 소문에 휩쓸렸다. 그러나 그들 대부분은 백신이 진짜기를 바랐고, 이번에야말로 아담에게서 자유로워질 수 있을 거라 기대했다.

여의도 쉘터 옥상에 선 최호언은 불길이 진화된 건물을 눈으로 훑었다. 동은 오래전에 텄지만 구름에 빛이 가려 시야가 희끄무레했다. 세 가문의 저택과 그들이 운용하던 공장도 군인들 손에 초토화된 지 벌써 만 하루가 넘었다.

레인보우 시티 중심으로 식자재를 배급하던 황제펭귄의 공장이 가동을 멈추었지만, 시민들은 비상식량을 늘 구비해두고 있으니 한 달은 무리 없이 버틸 수 있었다. 지금 당장은 어려워도 시간을 두고 레인보우 시티 자체에서 공장을 돌리면 그만이기도 했다.

다만 황제펭귄 공장은 생선, 옥수수, 복숭아, 소고기, 돼지 통조림을 주로 만들었는데, 그들의 사육장은 알려진 바가 없었다. 소나 돼지는 아담 바이러스에 감염이 되는 개체로 보안유지를 위해 위치조차 철저히 비밀에 부쳤다. 한동안은 육류를 대량생산할 길이 막혀버린 것이다.

명예가문들이 지금 같은 힘을 가지게 된 건, 기존의 두 마스터가 각자 자기편을 만들기 위해 그들에게 권한을 주었기 때문이었다. 체제를 군건하게 유지하려는 수뇌부와 가문을 번영시키려는 자들이 만나 이룩된 게 지금의 레인보우 시티였다.

최호언은 마스터가 되고 난 후 명예가문을 차츰 축소해나가려 했다. 그마저도 각 가문들의 반발이 거세 무리하게 밀고 나갈 수는 없었다. 모든 가문이 등을 돌린다면 제아무리 마스터라고 해도 제 위치를 보존하기는 힘들었다.

[가짜 백신을 레인보우 시티의 각 지역 센터로 가져오는 시민에게는 포상금이 주어집니다. 모두가 하나 되어 반군을 몰아내야 합니다.]

메아리처럼 울리는 방송을 뒤로한 최호언은 최상층의 마스터 룸으로 차분히 걸었다. 전염병 방지를 위해 시체는 전부 소각했지만, 복도는 아직 피비린내가 가시지 않았다. 최호언은 룸 앞에 서서 인식 패드에 손을 얹었다.

[개방합니다. 환영합니다, 마스터.]

이중으로 된 문이 차례로 열렸고 조언가와 장군들은 이미 원탁에 앉아 있었다.

세상은 아담이 나타나기 이전에 비해 인구수가 턱없이 줄었기 때문에 병력도 똑같이 축소될 수밖에 없었다. 레인보우 시티의 전체 장군 수는 약 300명에서 150명, 50명으로 순차적으로 줄었고, 현재는 대장, 중장, 소장, 준장 모두를 포함해 40명 안팎이었다. 그중 대장은 총 세 명으로 두 명이나 이 자리에 와 있었다.

마스터가 자리에 와서 앉기만을 기다릴 뿐, 그들 중 누구도 먼저 입을 떼는 자는 없었다. 최호언은 조언가가 빼준 의자에 앉아 깍지 낀 손을 테이블에 올렸다.

"보고하세요."

여의도 전역을 책임지고 있는 대장이 자리에서 일어났다.

"여의도 내 20층 높이의 아파트 다섯 채, 식료품 창고 일곱 곳이 전부 전소했고, 인명 피해는 확인된 바 없습니다. 반란군이 방화를 한 것으로 추정됩니다."

"석화 박사와 곽수환 소령의 움직임은?"

"여의도를 벗어나 서해 방향으로 이동한 것만 포착됐습니다. 지금은 시티를 벗어났을 것으로 예상합니다."

"좋습니다."

여의도부대의 대장은 사태의 심각성을 전혀 인지하지 못하고 있었다. 반란군이야 밀어내면 그만이고, 반기를 드는 시민들은 처형하면 끝이라고 생각했다.

그가 간과한 게 있다면, 일전에도 반군의 활동은 꾸준히 있어 왔지만 이 정도 세력의 가문이 뭉친 적은 없다는 것이다. 게다가 현재는 백신이라는 막강한 무기까지 있었다.

"제가 여러분들을 제 사람으로 삼기로 한 이유가 뭔지 압니까?"

"저희가 마스터에게 충성하는 충직한 부하이기 때문입니다."

"아닙니다. 멍청해서예요."

모멸감에 장군의 얼굴이 붉게 달아올랐다. 레인보우 시티를 통솔하는 마스터이지만 그래 봐야 저보다 수십 살이나 어린놈이었다.

"마스터! 말씀이 너무 지나치신 것 아닙니까?"

"최 장군, 그쪽이야말로 마스터께 말이 지나칩니다!"

조언가가 버럭 언성을 높였다. 원탁에 앉아 있는 다른 이들은 마스터의 눈치만 보기 바빴다.

"솔직히 여의도가 이 꼴이 난 게 누구 때문입니까? 그리고 양상훈이에게 컨트롤러 지위를 준 것도 마스터 아니십니까? 놈이 군을 와해시켜놓은 탓에 애꿎은 시간만 버리지 않았습니까?"

"인정해요. 양상훈 소령이 그 정도로 용감할 줄은 몰랐죠. 그런데 저는 분명 양상훈 소령을 감시하라 지시했고, 그 역할은 최 장군의 몫이었죠."

아무리 컨트롤러라지만 대장인 제가 소령 따위의 뒤나 캐고 다니는 것이 영 못마땅했던 그였다.

"제가 애들을 데리고 가서 가짜 백신을 배포받은 지역과 세 가문과 관련된 자들을 싹 다 쓸어버리겠습니다. 그럼 일단락되겠죠."

"최 장군은 저 바깥 사람들이 만만하고 바보 같아 보이죠? 대다수의 시민들은 이번 백신이 진짜일 거라고 곧 확신하게 될 겁니다. 진짜가 맞으니까."

마스터의 폭탄 발언에 장군들과 조언가는 하나같이 할 말을 잃은 기색이었다.

"지금…… 진짜 백신이라고 하셨습니까?"

조언가는 큰일이라는 표정을 했다.

레인보우 시티는 통세와 강압으로 유지해온 곳이었다. 그걸 가능하게 했던 건 바로 아담이라는 존재였다. 그 아담이 더는 두려운 존재로 작용하지 않는다면, 시민들은 필연적으로 통제를 거부할 것이다.

"물론 개발된 백신은 기존 아담 바이러스 백신입니다."

최호언이 리모컨을 들어 벽면의 화면을 밝혔다.

"그에, 신종 변이 아담 바이러스도 함께 출현했죠."

송출된 화면에 떠오른 건 아담을 살해하는 아담이었다.

◆ ◆ ◆

석화는 마더를 통해 송출된 지도부들의 모습을 눈도 깜빡하지 않고 지켜봤다. 토악질이 나올 것만 같았다.

백신이 진짜라는 말에 절망했다가 변이 바이러스가 발생했다는 소식에 기뻐하는 수뇌부라니…….

"끌끌, 어째 하나도 변한 게 없어. 아니지, 변했으면 시티가 망하고 새로운 체제로 들어섰겠지."

곁눈질로만 보던 영감이 보드카를 병째로 들이켰다. 영감의 한쪽 손은 수전증이 엄청났는데, 알코올중독 현상이 아니라 전기 고문을 당하고 나서 생긴 후유증이었다.

"똘똘이 박사, 기분은 좀 어떻고?"

영감이 석화의 팔뚝을 주름진 손으로 잡았다. 체온은 여전히 평범한 사람보다 더 높았다.

"안 좋습니다."

"대답이 시원해서 좋아. 그래, 오늘 코피는 몇 번이나 쏟았어?"

"아직 괜찮습니다."

석화는 자신이 변이 아담 바이러스를 품고도 무사한 이유가 남들과 다른 체온에 있지 않을까 했다. 물론 영감도 그럴 수도 있겠다는 애매한 대답을 주었다. 늘 그랬듯 가설을 뒷받침해줄 진실을 찾아내는 게 저희가 할 일이었다.

"이 씨발놈은 뭔 부귀영화를 누리겠다고 이리도 쌓아놨어. 싹 태워버리든가 해야지."

영감은 세컨드 마스터가 모아둔 값비싼 광물과 식수, 금괴를 비롯해 레인보우 시티의 지폐를 질린 듯 바라봤다. 지금 그들이 있는 곳은 우도가 아닌 해남 밑의 작은 섬, 당사도였다.

무인도가 된 당사도에는 버려진 폐가가 대부분이었는데, 그 중간에 조립식 컨테이너 주택이 낮고 넓게 들어서 있었다. 세컨드 마스터 가문이 만들어둔 방공호가 아닌, 세컨드 마스터 자신이 오랜 시간 타인의 눈을 피해 구축해놓은 연구소였다. 또한 연구원들이 백정 짓을 벌였던 곳이기도 했기에 폐가 뒤 모래 더미에는 누구의 것인지도 모를 뼛조각들이 쌓여 있었다.

석화는 휴대폰을 켜서 보안을 해제하고 사진첩을 열어봤다. 그와 같이 찍은 사진을 물끄러미 보다가 옆으로 사진을 넘겼다. 잘못 찍어 화면이 번진 것도 몇 장 있었고, 그의 정면 얼굴도 한 상 나왔다. 마치 사기 나 보고 싶으면 심심힐 때마다 보라는 듯 자신만만하게도 씩 웃는 듯했다. 이렇게 그를 보고 있으면 불안한 기분도 한결 나아지고는 했다.

"곽가 놈이 주둥이는 싸가지라도 얼굴 하나는 잘생겼지."

"실물이 더 잘생겼어요."

영감이 고개를 절레절레 흔들었다.

석화와 영감은 김 대위만 이 당사도에 남겨두고, 조운과 양상훈은 다시 레인보우 시티로 올려보냈다. 곽수환에게 최종 위치가 바뀌었다는 소식을 전해야 했다.

석화는 이곳 마더 시스템을 통해서 반란군들의 소식을 접할 수 있었다. 곽수환 역시 반란군들과 합류했을 테니 분명 무사할 것이라고 확신했다. 여태 반란군이 진압되거나 잡혔다는 소식은 들어본 바 없었으니까.

다시 암전시킨 휴대폰을 마더 통제 시스템 데스크 위에 올려두었다. 현재 여섯 개의 모니터에서는 각 쉘터의 모습이 실시간으로 송출되고 있었다.

마더는 세컨드 마스터가 구축한 인공지능이었지만 분명 구멍은 있었다. 그렇기에 일전에 최호언도 마더 시스템을 해킹할 수 있었던 것이다. 세컨드 마스터가 평생에 걸쳐 구축한 마더는 총 두 종류로 이곳 마더가 가장 초창기 모델이었다. 명령을 하달받지는 못하나 감시와 메시지를 송출하는 기능은 아직 건재했다.

세컨드 마스터는 제가 거머쥘 수 있는 기술은 모두 취한 뒤 시민들에게는 그 어떤 것도 베풀지 않았다. 마더 시스템의 구축을 도운 박사들도 소리 소문 없이 사라진 것은 이미 유명했다. 마스터들은 안전을 이유로 통신을 통제했고, 지식인의 증식을 막았다. 때문에 레인보우 시티의 문맹률은 약 70퍼센트에 달했다.

시간을 확인한 석화는 제 팔뚝에서 피를 뽑아 다섯 개의 유리관에 나눠 넣었다. 이 위험한 피가 어디에도 흘러나가지 않도록 팔뚝도 소독솜으로 꾹 눌렀다.

쾅!

갑작스러운 굉음에 석화가 어깨를 움찔했다. 뒤를 돌아보니 영감도 마더 통제 시스템 위의 화면을 응시하고 있었다. 이 폭발음의 근원지는 당사도가 아니라 여의도 쉘터를 비추는 모니터였다.

석화는 나머지 화면도 여의도 쉘터로 변경해 최상층 복도와 옥상을 띄웠다. 옥상은 잠잠했기에 50층 밑으로 화면을 바꾼 때였다. 무장을 한 단체가 최상층으로 재빠르게 진입하는 게 보였다. 그들의 등에는 하나같이 황제펭귄 마크가 새겨져 있었고, 불행히도 복도는 음성 지원이 되지 않았다.

그중 가장 끝에서 걸어가던 남자의 뒤태가 지나치게 익숙했다. 그는 무장을 하지도 않고 아래위로 검은 옷차림이었다. 어깨에 기관단총만 멘 남자가 고개를 획 돌렸다.

석화는 곽수환과 실제로 눈이 마주친 기분을 느꼈다.

"소령님……."

감시카메라 렌즈를 빤히 바라보던 그가 총을 장전해 발사한 순간, 화면이 암전됐다.

같은 날, 9시간 전. 웨이하이 시.

음모오, 음모오오오.

나름 음모를 짜고 있기는 한데 말이야. 곽수환은 저 밖에서 들리는 우렁찬 소 울음소리에 기함을 토했다. 소똥 냄새는 또 얼마나 지독한지 마스크 안쪽까지 파고들었다.

건장한 성인 50명은 수용할 막사는 소똥에 용병들의 땀 냄새로 덧칠되어 있었다. 그래도 아담 썩는 냄새보다는 낫다는 게 곽수환의 생각이었다.

이희찬은 팔짱을 낀 채 곽수환을 불만스레 바라보며 이야기를 들었다.

"레인보우 시티 병력은 약 1만, 어중이떠중이들을 제외하면 쓸 만한 군은 1,000명 내외일 텐데, 모든 병력을 여의도에 집중할 수는 없을 겁니다. 대신 최호언이 여의도를 중점적으로 사수하려고 하는 만큼 S급 놈들이 포진해 있죠."

밤중에 한강을 건넌 곽수환은 쉘터의 상황을 의아하게 지켜봐야 했다. 아담을 풀어서 쉘터를 괴멸 직전으로 만든 게 최호언인데, 놀랍게도 군인들은 시체밭이 된 쉘터 방역에 힘을 쏟고 있었다. 그곳 쉘터를 버리고 다른 곳으로 이동해도 충분하건만 그러지 않았다는 말이다.

"최호언이 왜 제주도가 아닌 여의도를 사수하려 할까?"

이희찬도 그 점을 의아해했다.

"아마도 뱀의 구덩이가 거기 있을 테니까요."

마스터 최호언은 제주와 우도에 있는 기존 상류층들을 처형하거나 육지로 이동시켰다. 제주도에 일정 병력을 두어 육지와 같이 통제했으며, 그 본인은 레인보우 시티 중심에서만 활동했다. 수뇌부들의 우려에도 마스터 관저를 우도에서 여의도 쉘터로 이전했으니, 최호언이 가장 중점적으로 생각하는 지역이 바로 여의도인 셈이다.

"혹시 그 새끼, 지금 내가 생각하는 그런 병신 같은 짓을 벌이려는 건 아니지?"

"뭐, 병신 같은 짓은 맞을 겁니다. 중심 기관을 섬에서 육지로 이동한 것만 봐도 그렇고. 섬보다 육지가 바이러스를 퍼뜨리기는 용이하잖습니까."

"아담 바이러스를 퍼뜨리려고 한다고?"

그때 또 한 번 소 울음소리가 길게 이어졌다.

과천 쉘터에서 바이올렛부대원들과 접선해 인천을 들렀다가 날아온 곳이 바로 소 돼지 사육장이었다. 컨트롤러였던 곽수환조차도 알지 못하던 장소였는데, 인천에서 서해를 질러가면 길쭉하게 튀어나와 있는 옛 중국 땅이었다.

선박으로는 꼬박 하루면 도착하지만 이희찬은 사육장의 위치를 숨기기 위해 도축한 육류를 곧장 들여오지 않고, 포항까지 우회해 하선하게 했다.

그녀는 애초부터 연합국이 와해되었다는 사실을 알고 있었다. 옛 연합국 땅의 일부분을 점거하는 대신 반경 3킬로미터 내 주민의 안전을 보장하기로 약속했고, 황제펭귄 가문이 심혈을 기울여 형성한 요새를 넘어온 아담은 여태 없었다. 어찌 보면 그녀는 작은 성의 영주나 마찬가지였지만, 돈줄인 시티가 있기 때문에 가능한 일이었다.

곽수환이 소 울음소리에 미간만 구기고 있자 테이블을 내리 쳤다.

"지나친 억측이 아니냐는 거야. 설마 그 새끼가 아무리 미친 놈이어도 그렇게까지 하겠어?"

"이 소령은 자연 돌연변이가 맞습니까?"

"뭐?"

"유전자 편집을 통해 태어난 아이가 아니냐고 묻는 겁니다."

"시티에 자연 돌연변이가 있긴 하나?"

이희찬이 너도 그렇지 않느냐며 비꼬았다.

"최호언 정신에 나사가 빠진 건 익히 알고 계실 테고, 놈이 원호 박사의 아들인 것도 압니까?"

그녀는 팔짱을 낀 채로 몸을 딱딱하게 굳혔다.

"……원호 박사?"

"예, 놈이 원호 박사의 아들입니다. 원호 박사가 에덴동산을 구축한 인물 중 하나이고, 아시다시피 돌연변이들을 만들어낸 박사이기도 했죠."

최호언이 그자의 아들이라고……? 그녀는 연합국이 망한 건 알았으면서 정작 레인보우 시티의 내부는 들여다보지 못했다.

"놈이 왜 서펀트겠습니까? 원호 박사의 뜻을 이어받은 거죠."

"잠깐만."

그녀가 그제야 팔짱을 풀고 제 이마를 짚었다.

"그럼 최호언이 너랑 석화 박사에게 집착하는 이유는 또 뭔데?"

레인보우 시티를 떠난 곽수환과 석화를 찾고자 혈안이 되어 있었다는 것을 안다. 단순히 수배자를 쫓기 위함이었다면 저 둘이 시티에 나타났을 때 살려두었을 리가 없다.

"그 새끼가 집착하는 건 내가 아니라 석 박사고, 분명 내가 석화와 같이 있을 거라 생각하니까 나도 찾은 겁니다."

"그러니까 왜? 돌연변이들 모아서 제 군대라도 만든대?"

"차라리 그러면 다행이죠. 완전한 돌연변이들만 놔두고 전부 죽일 셈인가 보던데."

이희찬이 하, 바람 빠지는 소리를 냈다.

"너, 원호 박사가 왜 처형당했는지는 알아?"

"반군이라서?"

그는 너무도 당연한 물음이라는 듯 대꾸했다.

"대외적으로 알려진 이유는 그렇지."

이희찬은 두 손으로 지끈거리는 제 머리를 꾹 누르며 말을 이었다.

"원호 박사는 누구보다 돌연변이 연구에 심취해 있었어. 제 부모가 아담 바이러스에 감염됐었거든. 곽 소령. 너나 나나 아담 바이러스가 세상에 나타나기 이전의 삶을 겪어본 적이 없어. 그런데 원호 박사는 양 시절을 전부 겪은 거야. 그러다 보니 바이러스가 없는 세상을 누구보다 꿈꿨고, 또 어쩌면 바이러스보다 더 강한 세대가 탄생하기를 바랐던 거겠지."

원호가 살아 있었다면 여든쯤 되지 않았을까. 그렇다면 그는 아담이 없을 때의 삶도 살았을 터였다.

"제 부모를 직접 제 손으로 죽였다지? 상상해봐, 지금이야 아담에 대해서 자세하게 알려져 있지만, 그때는 그런 정보가 있었겠어? 어느 날 부모가 갑자기 괴물로 변해서 달려드니 저 살자고 죽였을 텐데."

상상해보라니……. 곽수환에게는 충분한 현실이었다. 곽수환은 덤덤한 얼굴을 가장하고 허벅지를 단단히 쥐었다.

"아마 그때부터 머리가 반쯤 돌아버렸겠지."

"사감은 됐으니까, 왜 처형당했는지 이유만 말해요."

건방진 언사에 이희찬은 혀만 찼다.

"그 인간이 돌연변이들을 상대로 아담 바이러스를 심었어. 그뿐인 줄 알아? 에볼라처럼 치사율이 높은 바이러스를 갓 태어난 아이들에게 주입해 실험한 게 들켰지. 그걸 밝혀내고 연구직에서도 물러난 사람이 바로 이진연 박사였어."

그렇다면 원호는 그 당시 처형을 당했어야 한다. 그러나 이진연이 연구직에서 물러난 이후로도 오랫동안 박사로 활동했다.

"그런 놈을 왜 그때 안 죽이고 살려둔 겁니까?"

"시티에서 원호 박사를 단숨에 죽이기는 아까울 노릇이었고, 솔직히 시티는 돌연변이들이 어떻게 죽든 말든 알 바 아니었지. 오히려 원호의 연구를 지지하는 이들도 있었으니까. 결국, 원호가 처형을 당한 건 오 박사 때문이야."

"……오 박사? 오양석?"

그 영감 때문이라고? 곽수환은 도통 이해가 가지 않는다는 얼굴을 했다.

"그래, 오양석 박사. 원호의 미친 짓거리를 오양석 박사도 알게 됐지. 오양석은 정도였어. 백신을 개발하기 위해 비인간적인 짓은 저지르지 않았다는 말이야. 그런데 그 아들은 아니었어. 원호의 사상에 심취했고, 그 바탕에 에덴동산이라는 종교적 신념이 있다는 걸 알게 된 거야. 오 박사는 제 아들을 끌어들인 이가 원호라고 확신했으니, 제 한쪽 팔을 떼어내는 심정으로 그를 반군으로 밀고했지. 시티도 덩치를 키운 에덴동산을 눈엣가시로 여긴 데다 때마침 원호가 늙어버려 이용가치도 다 됐겠다, 처형하기 딱 좋은 시기가 무르익은 거지."

피곤한 기색이 역력한 그녀가 막사 의자에 털썩 앉았다.

'이 미련한 친구야. 왜 말을 안 했어. 왜 이제야 나를 후회하게 만들어.'

'내 지은 죄가 크이. 지은 죄가 크니 죽어도 싸지, 암.'

'곽 소령 자네에게도 미안한 것투성일세.'

술을 마실 때마다 횡설수설하면서 질질 짜던 오양석이었다. 그저 늙은 영감의 술주정이자 넋두리라고만 생각했는데…….

원호가 대체 무엇을 이야기하지 않았기에 오양석이 후회했던 걸까. 그리고 자신에게 미안한 것은 또 뭐였고.

"채윤이도 내 아이라서 무사할 수 있었던 거야. 감히 내 아이에게 실험할 수는 없었을 테니까. 너야말로 네가 자연 돌연변이라고 생각하는 건 아니지?"

"곽재원 박사, 강손은 박사에 대해서도…… 알고 있었습니까?"

그녀는 가볍게 다물고 있던 입술을 벌려 한숨을 흘려보냈다. 그들은 임신을 반쯤 포기했던 저에게 채윤이를 안겨준 레인보우 시티의 박사들이었다.

"알고 있다마다. 그런데 강손은 박사가 제 아이들은 모두 죽었다고 했지. 그런데 그게 아닌 것을 오양석 박사가 네 후견인이 되었을 때 예감했고."

세상에…….

말을 하다 만 이희찬은 지금껏 간과해왔던 것을 알아차리고는 두 손을 모아 콧등에 가져다 댔다. 기도하는 모습과도 비슷했지만, 지금은 탄식에 가까웠다.

"곽수환 소령. 넌 분명 시티 밖에서 왔다고 했지? 두 부부가 미래를 보장받았어야 할 아이들을 밖에서 키운 거야. 시티 사상에 반감을 가진 부부라서 그런 줄로만 알았는데…… 아니야, 네가 열쇠였던 거야."

그녀가 반대편에 앉아 있는 곽수환의 얼굴을 꼼꼼히 뜯어봤다. 돌이켜 떠올리려고 해도 두 박사의 얼굴이 잘 기억나지 않았다. 둘 다 훤칠한 인상이었다는 것만 어렴풋하게 남아 있을 뿐이었다. 그들이 왜 아이들을 레인보우 시티 밖으로 빼돌렸는가? 그녀는 당시에 그 이유가 둘째 아이에게 있다고 여겼다. 불치병을 안고 태어났으니 레인보우 시티에서 처리할 거라고 생각했기 때문이었다. 그래서 아이들을 레인보우 시티 밖에서 키웠다고 생각했건만 그 추론은 틀렸다.

그들이 남긴 첫째 아이가 지금 여기에 있었고, 진정으로 레인보우 시티를 위협하는 존재가 되었으니까.

"생각해보면 세상일은 참 희한하지. 모두가 인류는 핵으로 멸망할 거라고 말했어. 그런데 보렴. 눈에 보이지도 않는 바이러스 때문에 인류의 존재 자체가 위태로워졌지. 맞아, 눈에 보이는 위협은 차라리 대비라도 할 수 있지. 이제 보니 두 박사는 모두의 눈을 가리는 데 성공했구나."

"그게 무슨 말입니까?"

"네 부모는 너를 지키기 위해서 널 시티 밖으로 보낸 거야. 네가 완벽한 돌연변이였기 때문이지. 너조차도 네가 완벽하다고 자신하지 않니?"

부모는 진실을 은폐하기 위해 곽수환을 레인보우 시티 밖으로 내보냈다. 곽수환이 완전한 돌연변이임을 알았기 때문에.

만일 원호나 레인보우 시티의 수뇌부들이 그 사실을 알았다면, 곽수환은 시티의 산 제물이 되었을 것이다. 연구 자료로서 산 채로 몸을 뜯기고, 수없는 피를 쏟아냈을 거다.

그 또한 알게 되어버렸다. 한때는 부모를 원망했지만, 어떤 날은 동생이 거치적거려 제가 자유롭지 못하다고 생각했지만.

"내가 희생한 게 아니라 나 때문에 동생이 희생당한 거였어."

혼잣말을 중얼거린 그는 눈조차 깜빡하지 못했다.

"비단 동생뿐일까?"

더없이 애석한 말투였다. 그러나 위로라고 부르기엔 냉정했다.

"오양석이 석화 박사를 굉장히 아낀 건 알고 있니? 그 양반이 석화가 그저 수석연구원이라 아꼈다고 생각해? 오양석 박사는 이미 진실을 엿봤기 때문일 거야. 어쩌면 전부 짐작했음에도 자신의 일이 아니니 오랫동안 침묵했을지도 모르지. 그 양반도 제 아들이 그렇게 되고 나서야 발 벗고 나섰지 않니?"

"……."

"석화 박사가 왜 그렇게 약할까. 그가 하자 있는 돌연변이라서? 그런데 어째서 이진연 박사가 직위까지 박탈당하면서 내부 고발을 했을까. 그리고 넌, 어떻게 하자가 없을까."

그들은 레인보우 시티의 암묵적 동의하에 갓 태어난 석화에게 실험을 자행한 것이다.

석화의 몸뚱이를 제물 삼아 탄생한 게 바로 저였다.

"……석 박사도 압니까?"

"그걸 왜 나한테 물어. 석화 박사는 나보다 네가 더 잘 알 텐데. 그래도 이진연 박사가 제 아이에게 사실을 말했을 거라고 보진 않아. 만약에 나였다면 그랬다는 이야기야."

석화에게 3일 안에 가겠다는 약속도 지키지 못했다. 분명 목이 빠져라 기다리고 있을 텐데 제가 할 수 있는 일이 없기에 러시아 영감에게 보내야만 했다. 꽉 쥔 주먹 안의 살이 하얗게 짓눌렸다.

미치광이 연구자 새끼들이 무슨 짓을 벌였든 상관없다. 남은 목표는 석화의 안전과 더불어 최호언을 없애는 일뿐이고, 다른 생각들은 불필요했다. 석화에게 가는 길에 방해만 될 뿐이다.

곽수환이 막사 천막을 들치고 나가니, 바이올렛부대원과 용병들이 불에 달군 철판에 소와 돼지고기를 뒤섞어 구워 먹고 있었다. 비위도 좋다. 소똥 냄새가 천지인데 오랜만의 고기라며 익지도 않은 살점을 입에 쑤셔 넣는 중이었다.

"문길이 새끼야, 작작 좀 먹어라. 배 속에 기생충 굴 생기겠다."

철판 중앙에서 맨손으로 고기를 먹던 문길이 억울한 얼굴을 했다.

"대장, 왜 저한테만 그러십니까! 저보다 종문이 새끼가 더 처먹었어요!"

나름 고상하게 젓가락질을 하던 종문이 저게 선임만 아니었어도, 하고 이를 가는 게 눈에 선했다.

"죽은 줄 알았는데 살아 있어서 기특해서 그런다. 그만 처먹고 전부 안으로 들어와."

종문과 문길은 최호언이 공격한 1조에 속해 있었는데, 다행히 도주에 성공해 차 중령에게 합류할 수 있었다. 그 외 나머지 동료는 그날 죽었기에 군번줄도 회수하지 못했다. 곽수환은 막사로 들어오는 종문과 문길의 짧은 머리를 거친 손길로 쓱쓱 쓰다듬었다.

마지막으로 들어오는 차 중령에게 그가 애써 웃으며 말했다.

"최호언 잡는 데 성공하면 펭귄한테 한 자리 달라고 해. 나름 개국공신이 되는 건데 그 정도는 해주겠지."

"대장은요?"

"나? 글쎄."

곽수환은 부대원들의 어깨를 한 번씩 툭툭 두드려주고 한쪽에 매달린 레인보우 시티의 지도 앞에 섰다. 이희찬도 막사에 들어오는 용병들에게 사기를 북돋는 말을 건네고 있었다. 막사의 천막을 거둬두었어도 건장한 체구들로 꽉 차니 숨이 턱턱 막혔다.

"개개인 전력은 우리가 더 막강하지만, 숫자가 부족하니 그쪽 용병들하고 우리 바이올렛부대원들이 같이 작전에 들어갈 거다. 불만 있는 놈들은 일단 넣어두고."

딱히 불만이 있어 보이는 얼굴들은 아니었다. 더위에 헉헉댈 뿐이지.

"가장 먼저 여의도 쉘터를 접수할 건데, 마더도 정상화됐을 테니 1층부터 올라가는 건 무리다. 그러니 58층으로 곧장 진입한다."

"벽 타고 올라갑니까?"

용병 하나가 손을 들고 물었다.

"저 새끼가! 대장 말씀하시는데 감히 어딜!"

"그럼 58층을 어떻게 가냐고!"

용병도 문길에게 눈을 부라렸다.

"다 시끄럽고. 헬기로 여의도 쉘터까지 이동, 목적지에 도착해서도 곧장 착륙은 하지 않는다. 대신 헬기 한 대를 희생할 거다."

한마디로 헬기 한 대를 쉘터에 가져다 박겠다는 소리였다.

"창대야."

곽수환은 헬기 조종이 가능한 제 부대원을 불렀다.

"예, 대장."

"네가 1조 헬기 맡고, 58층 라인으로 헬기 고도 고정시켜놓고 먼저 뛰어내려야 한다, 알지?"

"걱정 마십쇼. 나는 헬기에서 뛰어내리는 거 한두 번 해봅니까?"

"창대 너는 무사히 낙하한 뒤에 밤섬으로 가서 대기해. 그리고 그사이 다른 놈들은 각 헬기에서 내려서 바로 합류한다. 1조부터 3조는 바로 58층으로 진입하고, 4, 5조는 옥상 막아놓고 엄호해. 그리고 6, 7조는 스나이퍼로 구성해서 헬기에서 전방위 지원해."

용병들은 공중 침투훈련을 제대로 받아본 적이 없기에 과연 제대로 해낼까 미심쩍었지만, 지금으로서는 이 방법이 가장 빠르고 확실했다.

"그리고 최호언을 발견하면 그 즉시 사살해도 좋다. 다른 장군들도 마찬가지야."

"곽 소령 말이 맞아. 우리가 반란을 성공적으로 진행하려면 최호언의 목을 따는 수밖에 없어. 일이 다 끝나면 전부 시티 시민으로 승격시켜주고, 한 자리씩 약속할게. 내가 구두 약속이라도 항상 지켰던 거 기억하지?"

그렇기에 황제펭귄 수하에 있던 거라며 용병들이 수긍했다.

"58층에 무사히 진입하면, 전방 정찰은 차 중령과 같이 1조가 맡고 2, 3조는 사수로서 활동한다. 후방은 내가 맡는다."

퉁, 막사 입구 밖에서 이채윤이 커다란 스테인리스 박스를 발로 걷어찼다. 박스 뚜껑을 여니 그 안에 기관총과 권총들이 일렬로 쭉 놓여 있었다. 총기류를 지급하는 동안 곽수환은 이희찬에게 다가갔다.

"이 소령은 두고 갑니다."

"나도 보낼 생각 없었어."

"여기에 두면 전력 낭비죠. 아무래도 제가 우도까지 가려면 시간이 좀 걸릴 것 같으니 대신 이 소령을 보내야겠습니다. 상황 전달도 할 겸요."

"석화 박사 걱정돼서 똥줄 탄다고 솔직히 말하지 그래?"

곽수환이 그답지 않게 겸연쩍다는 듯 눈썹을 긁었다.

"걱정 마. 채윤이는 내가 바로 우도로 보낼게. 근데 너 혹시, 또 나 속이는 거 있는 건 아니지? 이번에는 뒤통수치지 마라?"

"누굴 사기꾼으로 압니까."

그가 남은 기관단총 하나를 들어 어깨에 멨다. 군용 헬기들이 안착해 있는 들판까지 걸어가던 곽수환이 목소리를 키웠다.

"아담은 발견 즉시 사살해. 백신 맞았다고 깝치지 말고, 절대 물리거나 피에 노출되어서는 안 된다. 절대로."

최호언이 석화의 피를 가지고 어떤 짓을 벌였을지 모르기에 곽수환은 놈들에게 단단히 일러두었다.

순차적으로 헬기가 오르고, 곽수환이 마지막으로 올라탄 헬기가 공중에 떠오르기 시작했다. 소 떼들이 한가롭게 풀이나 뜯고 있는 모습이 낯설었다. 그러나 의외로 석 박사는 이런 한적한 시골을 좋아할지도 모른다. 곤충이나 벌레도 곧잘 구경하던 석화니까. 전부 마무리하고 일이 끝나면 석화 데리고 산에 들어가서 살까.

곽수환은 잠시나마 즐거운 상상에 저도 모르게 입매를 올렸다가 곧 시선을 바다로 돌렸다. 석화의 희생을 바탕으로 제가 완전해졌다는 사실 같은 건 완전히 지우고 싶었다. 그렇다고 석화가 저를 원망하진 않겠지만 진실을 알리고 싶지도 않았다. 체력이 좋은 저를 늘 부러운 눈으로 쳐다보는 것을 알기 때문이었다.

연구원들이 미친 짓만 하지 않았어도 석화는 충분히 강했을지 모른다. 저조차도 이렇게 울분이 터지고, 원호의 시체를 찾아내 갈가리 찢어 욕보여도 부족한데 석화가 이 사실을 알면 분명 절망할 거다.

빌어먹을 새끼들.

곽수환은 이미 죽은 놈들에게도 저주를 퍼부었다.

◆ ◆ ◆

인천공항의 불길은 아직 꺼지지 않았다. 이채윤과 합류해 사육장으로 넘어가기 전, 공항에 남아 있는 모든 비행기를 전소시켰기에 열기는 여전했다.

아담 밭인 인천공항에 멀쩡한 비행기가 있다는 건 최호언이 이곳을 도주로로 삼을 수 있다는 뜻이었다. 100퍼센트 확실한 건 아니지만 일단 도주로가 있다면 전부 차단하는 게 맞았다.

공중급유가 불가능했기에 공항 도로에서 기름을 한번 더 채우고 여의도 쉘터로 날았다. 현재 최호언의 위치는 확인되지 않으나 놈이 아끼는 여의도 쉘터를 점거하면 굴에서 얼굴을 드러낼 수밖에 없을 거다. 쉘터 내부에 머물러 준다면 감사한 일이고.

곽수환은 허리벨트를 단단히 고정하고 밧줄이 이어진 카라비너를 옆구리에 달았다. 귀가 먹먹해질 만큼 높은 고도에 들어서자 저격총을 장전했다. 8배율 스코프로 옥상을 살핀 그는 쉘터 수비군이 렌즈에 들어오자마자 총을 발사했다. 그 신호에 맞춰 스나이퍼들이 타 있는 헬기에서도 총성이 터졌다. 쉘터 옥상을 지키던 군인들이 하나둘 쓰러졌고, 위험 요소가 보이지 않자 저격총을 뒤로 던졌다.

1조 헬기가 옥상으로 고도를 낮추자 대원들은 헬기에서 곧장 쉘터로 뛰어내렸다. 헬기와 연결된 빗줄은 일정 높이까지만 지원됐기에 허리춤에 매달린 자동 후크를 떼어내고 나서야 옥상에 안착할 수 있었다.

곽수환이 손짓하자 나머지 조의 헬기가 분산됐고 1조 헬기가 쉘터를 향해 돌진하기 시작했다. 헬기의 앞머리가 유리창을 박살내는 그때, 발밑에 지진이 이는 듯한 흔들림이 일었다. 쉘터를 뒤흔들 정도로 엄청난 굉음이 터지고 화기가 느껴졌다. 차 중령이 창대는 무사히 낙하했다며 오케이 사인을 보냈다.

위이잉, 위이잉, 쉘터에서 비상 경고음이 울리고 있었다. 곽수환은 옥상 문을 연 채로 주변을 엄호하며 나머지 대원들이 내리기를 기다렸다.

탕, 타앙! 밑에서 총을 발사하는 군인들을 피해 문 옆에 등을 댔다. 열어둔 옥상 문밖으로 총알이 여기저기 박혔다. 곽수환이 차 중령에게 턱짓으로만 밑을 가리켰다. 그가 기관총의 총구만 문안으로 넣고 발사하자 차 중령이 직접 문 앞에서 군인들을 저격하기 시작했다. 그사이 용병과 대원들은 헬기에서 내릴 수 있었고, 앞서 지시한 대로 1조부터 쉘터 안으로 진입했다.

[침입자 발생, 침입자 발생, 화재 발생, 쉘터 57층, 58층을 곧 폐쇄합니다. 카운트 30, 29, 28.]

저격 자세를 유지하며 계단을 내려가던 1조는 쓰러진 군인들 사이에서 부상당한 소령 한 명을 발견했다. 총을 주우려 하기에 차 중령은 발로 툭 쳐서 계단 밑으로 떨어뜨렸다.

변절자 새끼들.

1조는 옆구리를 움켜쥔 채로 핏물을 토해내는 소령을 지나쳐 걸었지만, 뒤에서 총성이 터졌다. 돌아보니 소령을 사살해 죽인 용병이 어깨를 들었다가 났다.

"같은 식구였다고 봐주기 없기입니다?"

"맞는 말이야."

후방을 지원하던 곽수환이 제 대원들을 향해 말했다.

전방 조가 58층에 진입하자 곽수환도 뒤따랐고, 복도를 걸어 나가던 도중에 뒤를 돌았다. 마더에게 읽혀봐야 좋을 게 없다. 그는 감시카메라를 향해 서서 총구를 들이댔다. 이어 망설임 없이 감시카메라를 박살냈다.

대원들과 용병들은 58층의 각 회의실과 비품실, 강당의 문을 열어 반항하는 장군들을 닥치는 대로 사살했다. 그중 싸울 생각이 없다며 백기를 든 사람들은 반은 죽고 또 반은 살았다. 용병이 먼저 발견하면 죽었고, 곽수환의 부대원이 먼저 발견하면 포박했다. 그래서 전방 조에 저희 부대원들을 넣은 것이지만, 변수는 어쩔 수 없었다.

마더의 판단에 따라 57, 58층이 폐쇄되었기 때문인지 정리된 군인 외에 더는 다른 군이 보이지 않았다. 마지막으로 남은 마스터 룸을 1조가 둘러쌌고, 2조와 3조는 좌우를 엄호했다.

"조준 준비."

곽수환이 명령하자 1조의 기관총구가 마스터 룸의 방탄유리 창을 조준했다.

"사격해."

투투툭, 투툭! 탄환이 연달아 발사되는 소리가 복도를 울렸다. 방탄유리는 깨지는 게 아니라 차 유리처럼 갈라지는 형태였다. 어느 정도 균열이 갔을 때 충격을 주면 유리문은 떨어져 나가기 마련이다. 2조가 탄환을 넘겨 새 탄으로 갈아 끼우고 적어도 200발 이상이 박히자 드디어 유리에 균열이 가기 시작했다.

[1급 비상 상황 발생, 마스터 룸의 제1입구가 곧 무너집니다.]

이번에는 마더가 한 박자 늦었다. 이미 첫 문은 무너지고 두 번째 방탄 매직미러도 박살나기 일보 직전이었다. 유리에 금이 가자 유리에 비친 1조 군인의 얼굴도 마치 박살이 난 것처럼 쪼개졌다. 곽수환이 발사를 중지시키니 탄피가 데굴데굴 굴러가는 소리만이 고요함을 질러나갔다. 인원을 전부 뒤로 물러나게 하고 그가 균열이 간 유리를 발로 두세 번 걷어찼다. 끄극, 끅. 기묘한 소리가 틈새로 새어 나오고 있었다.

휙, 동그랗게 뚫린 구멍에서 손이 빠져나왔다. 유리에 긁힌 팔뚝에서 피가 바닥으로 뚝뚝 떨어졌다. 뭔가를 잡으려는 듯 손가락을 마구 흔들어대는 모습이 기괴했다. 쑥, 팔이 빠지자 구멍으로 붉은 눈이 보였다. 부대원들과 용병들이 침을 꿀꺽 삼켰다.

"씨발, 저게 뭡니까. 대장."

분명 아담이었다. 곽수환은 부대원들을 돌아보며 지시했다.

"다들 물러나. 사격 준비."

철컥, 총을 장전하는 소리가 순차적으로 들려왔다. 그 순간 문이 앞으로 쏟아졌다. 제복 차림의 장군들이 괴성을 지르면서 달려 나오기 시작했다.

"전부 사살해!"

총구가 불을 뿜으면서 탄환이 맹렬하게 발사됐다. 온몸이 벌 집이 되어가면서까지 달려드는 아담의 기세가 엄청났다. 대장, 준장 할 것 없이 모두가 아담으로 변이되어 있었다.

크아아악! 곽수환은 피를 흩뿌려대는 장군의 앞을 막아 대신 피를 뒤집어쓰고 머리뼈를 박살냈다.

"씨발! 용병 니들 대가리 제대로 조준 안 해?!"

그는 늘어진 장군의 몸을 앞세우고 쏟아져 나오는 아담의 머리를 권총으로 저격했다. 대체 얼마나 이 안에 들어 있던 건가.

"절대 물리지 마라!"

"어차피 백신……."

"입 다물고 죽이기나 해!"

입구에 시체가 쌓이고 그들의 군화로 핏물이 번져나갔다. 아담은 적어도 스물. 다행인 건 문에서 튀어나오는 터라 동선이 확실히 읽힌다는 것이었다. 곽수환은 확인 사살을 위해 홀쩍 시체를 넘어서 마스터의 룸으로 들어갔다. 방금까지 회의라도 한 건지 깨진 컵에서 흘러나온 음료와 물이 바닥에 흥건했다. 시체들 중에 당연히 최호언은 보이지 않았다. 그는 주변을 둘러보다가 책이 꽂혀 있는 서재로 향했다. 안의 책들을 전부 밖으로 끄집어내 인식 패드를 발견해냈다. 툭 손을 가져다 대니 붉은 불이 점멸했다.

[보안 해제 불가, 보안 등급이 낮습니다.]

최호언 새끼도 분명 이 안에 있다가 패닉룸을 통해 도주한 듯했다.

"쥐새끼 같은 놈."

차 중령이 곽수환을 대신해 이를 갈았다.

"대장!"

밖에 있는 문길의 다급한 외침에 곽수환이 다시 입구로 달려갔다.

"아담이 몰려옵니다! 비상구가 열렸습니다!"

곽수환과 차 중령도 복도로 합류해 총구를 들이밀었다. 개방된 비상구에서 아담들이 악귀같이 밀려들어 오기 시작했다. 두두두! 달려오는 아담의 머리를 정확히 조준하는 일이 쉽지만은 않았다. 그에 몇 놈이 코앞까지 달려들기도 했다. 설상가상으로 34, 35, 36, 엘리베이터 전광판의 숫자도 삽시간에 바뀌기 시작했다.

[1급 비상사태 해제, 전층 비상구 개방 완료. 엘리베이터 가동 정상화 완료. 각층 엘리베이터 개폐는 수동 작동이 되지 않는

이상 마더가 관리합니다.]

총소리에 마더의 방송이 섞여 들렸다.

"돌겠군."

곽수환이 피를 닦아냈다. 그는 통신을 책임지고 있는 용병에게서 무전기를 낚아챘다.

"5조, 6조, 지금 당장 쉘터 1층으로 내려가서 전부 문 폐쇄해! 아담들 밖으로 못 나가게 막아!"

'돼져, 이동합니다.'

그는 나머지 조들에게도 명령했다.

"우리도 옥상으로 이동한다. 후방은 내가 지원하니 1조부터 차례대로 올라가."

부대원들이 옥상 비상구를 향해 후퇴를 시작했고, 엘리베이터 문이 열리자마자 아담들이 또 한 차례 쏟아졌다. 기관총의 탄환이 바닥을 드러내니 그는 개머리판으로 달려드는 아담의 머리를 박살냈다.

"대장! 올라오십시오!"

차 중령의 외침에 곽수환이 뒤도 안 보고 소리쳤다.

"그냥 가, 새끼야!"

곽수환은 비상구 문을 닫으려 했지만, 마더가 강제 개방을 한 탓에 닫히질 않았다. 힘으로 닫을 수는 있어도 잠그지 않으면 무용지물이었다.

"왜 혼자 상대하고 그러십니까."

아까 소령을 죽인 용병이 히죽 웃었다. 놈이 곽수환 옆에서 아담을 향해 총을 갈겨댔다.

"내가 올라가라고 했다?"

돌아보니 놈의 뺨에 길게 상처가 나 있있다. 너, 이 새끼. 그 말을 꺼내기도 전에 어깨가 박살난 채 기어온 아담이 놈의 다리를 물었다.

"윽, 씨바알!"

놈이 아담의 머리를 연거푸 발로 으깼다. 이제 바닥을 기어오려는 놈들 외에 새로이 달려오는 아담이 더는 없었다. 대신 엘리베이터는 다시 밑으로 내려가고 있었다. 곽수환은 옥상으로 올라가려는 용병의 멱살을 잡아 끌어왔다. 바지를 걷어 올려보니 아담에게 물려 핏자국이 선명했다.

"뭡니까!"

놈이 신경질적으로 반항하며 다시 위로 올라가려고 했다.

"잠깐 기다리라고."

"뭐요?"

"물렸으니까."

"저도 백신 맞았거든요?"

"너 뺨에 상처는 언제······."

곽수환이 멱살을 틀어쥔 채로 묻는데 그의 손등에 툭툭, 피가 묻어나기 시작했다. 놈이 코에서 피를 쏟기 시작한 것이다.

어? 용병은 제 코에서 흐르는 피를 믿을 수 없다는 듯이 닦아냈다.

"……이거 뭐야."

백신이라며.

혼란스러운 눈을 한 용병이 곽수환을 쳐다봤다. 눈의 흰자위가 붉게 물들어가고 있었다.

설마 니들이 속인 거야? 그 말을 꺼내기도 전에 쿠에엑, 피를 분출하듯 토해냈다. 곽수환은 놈을 바닥에 던지고 권총으로 조준했다. 쉘터의 아담을 발견한 순간부터 내내 꺼림칙했던 이유를 이제 확실히 직감했다. 이 아담들은 전부 신종 변이 아담인 듯했다.

탕! 곽수환은 용병의 숨통을 단 한 방에 끊었다. 그는 권총을 쥔 손으로 제 이마를 꾹 눌렀다.

최호언…….

속에서부터 터져 나오기 일보 직전인 고함을 애써 꾹 내리눌렀다.

[엘리베이터 개방합니다.]

밑으로 내려갔던 엘리베이터가 다시 열렸고, 제복을 입은 아담 몇몇이 그륵거리는 소리를 흘려댔다. 아무런 자극이 없으니 놈들을 실은 엘리베이터 문이 다시 닫혔다. 곽수환은 비상구의 철문을 억지로 끌어내 닫았다. 이 쉘터를 막지 못하면 레인보우 시티는 이번에야말로 괴멸할지 모른다. 일단 쉘터 내의 마더 시스템을 박살내는 수밖에 없다. 그는 재빨리 계단을 뛰어올라 옥상으로 나왔다.

뒷주머니의 무전기를 꺼내 5, 6조에게 무전을 보냈다.

"입구 폐쇄 완료했어?"

'예, 폐쇄가 안 되는 입구는 전부 차량으로 막아두었습니다.'

"시티 지원군 도착하기 전에 지금 바로 P포인트로 이동해."

P포인트는 영종도 위의 섬인 동검도를 뜻했다.

'감지, 이동합니다.'

"니들도 전부 P포인트로 이동해. 그리고 어디서든 아담을 발견하면 그 즉시 사살하고 절대 물리지 마라."

"대장은 안 갑니까?"

"나중에 합류할게."

다가오는 차 중령에게 더 오지 말라며 피를 닦아 내렸다.

마더 통제실은 지하 2층에 있으니 그곳까지 내려가야 했다. 아니나 다를까, 헬기가 저 멀리서부터 날아오는 게 보였다. 저희의 적이자 레인보우 시티의 지원군이었다.

"차 중령, 쉘터 장악하면 방송 띄울 테니 놓치지 마라."

"예, 대장."

차 중령은 새롭게 장전한 기관단총과 권총 한 자루를 넘기고 지체 없이 헬기에 올라탔다. 2조 인원은 용병 한 명이 빈다는 것을 눈치챘지만, 굳이 찾지는 않았다. 죽었는지 살았는지도 모를 한 명을 구하고자 모두의 목숨을 내놓을 수는 없기 때문이었다.

곽수환도 저희 측 헬기가 여의도를 빠져나가는 것을 보고는

169

다시 쉘터로 내려갔다. 그는 달려드는 아담을 제 힘으로 박살내며 총알을 아꼈다. 툭, 엘리베이터 앞에 서서 내려가는 버튼을 눌렀다. 투명한 버튼은 핏물에 번져 있었다. 전광판의 숫자가 삽시간에 모습을 달리하며 58층을 향해 왔다.

[58층, 개방합니다.]

곽수환은 문이 열리자마자 허탈하게 웃었다. 그 안에 가득 차 있는 아담들이 살아 있는 인간을 발견하자마자 악귀처럼 손을 뻗었다. 좁은 박스는 총소리로 가득 찼고, 뼈가 박살나는 소리가 이어졌다. 그의 거친 숨 또한 끊이지 않았다.

◆ ◆ ◆

석화는 아무 소리도 내지 못한 채 눈만 부릅뜨고 있었다. 아무리 강하다고 해도 그는 사람이다. 심하게 다치면 죽고 마는 사람이다. 화면을 바라보기가 너무 힘이 드는데 눈을 떼어서는 안 되기에 그의 이동경로를 하나하나 확인했다.

이곳 마더는 화면 송출과 메시지 전송 기능만 심어져 있으니 그가 메시지를 받을 수 있는 구역에 도달하기만을 기다렸다. 아담의 시체를 밖으로 빼내고 엘리베이터에 올라탄 그가 어딘가로 내려가고 있었다. 만일 최호언이 쉘터에 남아 있다면 제 위치가 발각될 수도 있을 테지만, 석화는 침묵하고 있을 수 없었다.

그에게 메시지를 전송하기 위해 키보드를 두드렸다. 자꾸만 손이 말을 듣지 않아 한 자 한 자 꾹꾹 눌러 써야 했다.

총기를 점검하고 있는 그가 어서 엘리베이터 버튼 위의 내부 스크린을 봐주기를 바랐다.

[소령님, 양상훈 소령님과 접선은 아직인가요? 쉘터에 있는 아담은 신종 아담이죠?]

석화는 애타게 그를 들여다봤다. 텔레파시라도 통할 수 있다면 얼마나 좋을까. 석화는 초조하게 화면 속의 그를 손으로 훑었다.

[하, 씨발. 최호언 개좆같은 새끼.]

엘리베이터는 음성 수집이 가능했기에 그의 거친 목소리가 들려왔다. 머리카락을 뒤로 넘기던 그의 동공이 어느 순간 멈췄다.

'소령님……?'

그가 인상을 쓰고 화면을 들여다봤다. 지금이었다. 그가 확실히 화면을 인지했다. 석화는 얼른 메시지를 작성했다.

[저예요, 석화. 여기서는 메시지 전송만 가능해요. 소령님 지금 어디 가는 거예요? 최호언은 쉘터를 떠났을 가능성이 커요. 감시카메라 있는 곳을 다 살펴봐도 최호언이 보이지 않아요.]

곽수환은 고개를 삐딱하게 하고 계속 화면만 들여다보고 있었다.

[뭐야……. 이거 함정이야?]

그가 인상을 찌푸리는 게 느껴졌다. 그는 충분히 함정이라고 생각할 수도 있었다. 석화는 재빨리 자신과 그만이 알 수 있는 메시지를 작성했다.

[사향노루 향이 좋았어요. 나머지 한 마리도 잘 지내고 있을까요?]

화면을 향해 서 있던 그가 휙 뒤를 돌아 감시카메라를 보았다.

[큰일 날 뻔했네. 마더 조지러 가던 길이었는데, 하마터면 우리 석 박사 연락 못 받을 뻔했잖아.]

곽수환이 석화를 향해 웃고는 머리 위로 하트까지 그렸다. 분명 저를 안심시키려고 하는 행동인 줄 알기에 심장 한쪽이 지끈했다.

[피범벅인 채로 사랑 고백하면 좀 그런가? 자기 무사한 거 맞지? 내가 자기가 너무 보고 싶어서 미친 건 아니지?]

석화는 울컥거리는 마음을 간신히 내리눌렀다. 늦기 전에 다시 메시지를 작성하기 시작했다.

[지금 전 우도에 없어요, 소령님.]

그가 비상 버튼을 눌러 엘리베이터의 움직임을 멈추게 했다.

[쉘터에서 아담들이 나오면 대혼란에 빠지게 될 거예요. 지금 올빼미랑 부엉이가 백신을 대량생산하고 있어요. 제 메시지가 해킹당할 수도 있어서 장소는 말씀 못 드리고요.]

[석 박사는 안전한 데 있는 건 맞아? 몸은?]

[안전한 곳에 있어요. 몸도 괜찮고, 저도 보고 싶어요.]

석화는 가장 하고 싶었던 말을 마지막에 써 넣었다. 메시지를 본 그가 화면에 이마를 슬쩍 대었다가 떼어냈다. 마치 그의 체온이 와 닿는 것만 같았다.

[석 박사, 최호언이 안 보인나고 했지? 그 새끼가 신종 아딤 바이러스를 들고 나갔으면 이 쉘터만 막는다고 해결되지 않아. 그러니까 그 새끼도 여기 있어야 돼. 마스터룸에 패닉룸이 있던데 내가 보기엔 최호언이 아직 쉘터 안에 있을 가능성이 커. 아마도 밖으로 빠져나가려고 전 층을 개방한 걸 거야.]

생각해보면 1급 위기 상황에서 마더가 전 층을 개방했을 리 없다. 누군가가 보안 시스템에 접속해 조작을 한 거다.

[일단 지하 2층에 내려가서 마더 시스템을 종료할게. 그럼 메시지도 못 받지?]

[그럴 거예요.]

마더와 마더가 연결되어 있어 송출이 가능하기 때문에 한쪽이 끊기면 더 이상 메시지를 보낼 수 없었다. 갑자기 책상으로 피가 뚝뚝 떨어졌다. 코피가 기어코 다시 나기 시작한 것이다. 석화는 재빨리 천으로 코를 틀어막았다.

[쉘터부터 폐쇄할 건데, 석 박사 위치를 정확히 아는 아군이 있는 건 맞지?]

석화는 코에서 손을 떼고 얼른 키보드를 두드렸다.

[두 명이요.]

당사도에 있다고 말을 하고 싶어지는 바람에 석화는 주먹을 쥐었다가 폈다. 적에게 제 위치를 노출해서 좋을 것이 없다. 석화는 육지로 올라간 양상훈과 조운이 그와 꼭 접선하기만을 바랐다. 단 세 글자만 적으면 제가 있는 곳을 그가 쉽게 찾을 수 있을 텐데, 그럴 수 없다는 현실에 속이 답답했다.

[3일 만에 간다고 했는데 그 약속 못 지켜서 미안.]

시간을 더 지체할 수는 없는지 그가 엘리베이터를 다시 가동시켰다.

그가 제게 미안할 일은 언제나 아무것도 없었다. 내내 내리누르던 울컥함이 기어코 터져버려 다시 메시지를 작성했지만, 엘리베이터의 문이 열려버렸다. 그는 안으로 덤벼드는 아담의 머리통을 잡아서 바닥에 내리꽂고 군화로 짓이겼다.

금방 찾아갈게. 그 말을 끝으로 박스 밖으로 나간 그가 지하 복도를 달리기 시작했다.

석화는 화면을 바꿔 지하 2층의 감시카메라를 찾았다. 불행하게도 전부 암전된 상태였다. 엘리베이터의 조명만 깜빡거렸고, 마지막으로 적은 메시지도 화면에 꺼졌다가 들어오기만을 반복했다.

그가 보지 못했어도 괜찮다. 그의 마음과 똑같다는 제 마음은 말로 전하면 될 일이다. 석화는 몸을 돌려 분리된 컨테이너의 실험실로 재빠르게 걸어갔다. 코피를 쏟는 제 몸의 열을 재고, 보드에 현재 시간과 체온을 체크했다. 통계로 따져보니 코피가 날 때의 체온이 평소보다 높았다. 석화는 케이지 안의 쥐를 유심히 살폈다. 사람이 살지 않는 당사도지만, 다행히 쥐는 존재했다. 김 대위가 잡느라고 애는 좀 먹었지만 말이다.

제 피에 노출된 쥐들은 전부 아담 바이러스에 감염됐고, 마찬가지로 출혈을 일으켰다. 그러나 기존 아담과 다른 진이 있다면 더 빨리 육체의 움직임이 정지한다는 것이었다. 쥐는 반나절도 못 버티고 폐사했다. 보통의 바이러스는 숙주가 빨리 죽기를 바라지 않는다. 그럼 신종 아담 바이러스는 사람이나 동물을 숙주로 생각하지 않는다는 건가?

그렇다면 숙주는…….

오로지 저 자신뿐이라는 가설에 다다랐다. 바이러스가 제 몸에서 변이했으니 충분한 가능성이 있었다.

자살.

그 두려운 단어가 뇌리를 스쳤다. 제가 죽으면 더 이상 바이러스가 퍼져나갈 일은 없지 않을까.

"똘똘이 박사! 나와봐!"

밖에서 영감이 석화를 불렀다. 이 실험실은 위험구역이기 때문에 영감조차도 함부로 들어오지 못한 까닭이었다.

"30분 안에 나갈게요."

석화는 장갑을 벗고, 해수를 담수로 걸러주는 샤워부스 안으로 들어갔다. 고개를 숙여 눈을 뜬 채로 머리부터 찬물을 맞았다.

최호언에게 얼마나 많은 샘플이 있을지는 모르겠지만, 감염된 사람이 하루 이상 버틸 수 있다는 보장은 없다.

치사율이 높으면 그만큼 감염 경로도 짧아지니 만일 제 몸에서 바이러스를 제거하는 일에 성공한다면, 신종 변이 아담 바이러스의 감염도 막을 수 있을 거다.

어느덧 코피가 멈춘 석화는 맨몸으로 나와 자신의 체온을 다시 확인했다. 예상대로 체온이 낮아지니 코피가 멎은 것이다. 출혈 빈도수가 처음보다 현저히 줄어들었기 때문에 석화는 제 안의 바이러스를 종잡을 수가 없었다. 더불어 현재 헤모글로빈 수치 또한 정상에 가까워지고 있었다. 매시간 혈액을 검사해보면 변이 바이러스의 움직임도 둔해지는 양상을 띠었다.

그런데도 제 안의 바이러스는 여전히 감염성이 있으니…….

불현듯 고개를 퍼뜩 들었다. 몸의 물기를 전부 제거하고 새 옷으로 갈아입은 뒤 마지막으로 실험실을 점검했다. 석화는 평소보다 빠른 걸음으로 영감이 있는 컨테이너의 문을 열었다.

"영감님."

쉘터의 카메라가 송출되는 화면을 보던 영감이 코를 찡그렸다.

"뭐야, 곽가한테 말투 옮았어? 혹시 속으로는 미친 영감이라고 생각하는 거 아니야?"

여의도 쉘터를 비추는 모든 카메라는 전부 암전 상태로 돌변해 있었다. 곽수환이 마더 시스템 종료에 성공한 듯싶었다. 한 발 늦어버렸다. 석화는 영감에게서 조금 떨어진 상태로 말을 꺼냈다.

"소령님의 피가 필요해요."

키스를 하면서 그의 생채기 어디에라도 자신의 피가 노출되어 그는 감염이 됐을 가능성이 높았다. 그러나 곽수환에게서는 그 어떤 반응도 일어나지 않았다. 곽수환은 바이러스의 숙주가 될 수 없는 몸이자 현존하는 바이러스를 무효화시킬 수 있는 진화된 인류였다. 어쩌면 지금 저에게 곽수환이 백신으로 작용할 수도 있었다. 자신이 이 신종 변이 바이러스의 하나뿐인 숙주라면 말이다.

휴면 상태의 아담 바이러스가 백신에 의해 깨어나 몸에서 출혈이 시작됐을 때, 최호언은 적혈구를 수혈했다.

어쩌면 첫 출혈은 제 몸이 바이러스를 이겨내기 위한 일종의 저항 작용이었을지도 모른다. 그 사실을 입증하듯 지금까지도 저는 아담으로 변이되지 않았으니까. 과천에서 아담 바이러스에 감염됐을 때도 엄청난 고열에 시달린 뒤에야 정신을 차릴 수 있었다. 오히려 수혈 때문에 더 극심한 거부 반응이 일어났던 거다. 그런데 누구의 적혈구를 수혈받았던 걸까……. 혹시 최호언일까.

지금 중요한 건 그게 아니었다. 석화는 관자놀이를 툭툭 두드리고는 영감을 향해 조금 전의 생각을 차분히 꺼내놓기 시작했다. 고개까지 몇 번 끄덕거리며 이야기를 듣던 영감이 피식 웃었다. 석화의 이야기가 끝나자마자 의자에서 일어났다.

"그 가설도 일리는 있지. 그런데 전제가 틀렸어."

"예?"

"곽가가 최후의 돌연변이는 맞는데, 석화 박사도 돌연변이잖나. 나 같은 범인이었다면 이미 아담 바이러스에 감염된 순간 변이됐겠지. 그런데 박사를 봐. 여전히 사람이지."

반대편 책상으로 걸어간 영감이 노트 하나를 꺼내 올려두었다. 그 역시 석화의 체온을 체크하고 있었다. 그것도 러시아에서부터 말이다. 석화는 곽수환에게 첫 수혈을 받은 이후부터 미세하지만 차츰 체온이 낮아지고 있었다.

"곽가가 왜 다른 이들보다 낮은 체온을 갖고 있느냐? 그게 곽가가 제 몸을 지키기 유리하기 때문이지."

"체온이 낮으면 면역력은 오히려 더 저하됩니다."

"홍, 면역력이 강하면 아담 바이러스에 안 걸리나? 그렇게 따지면 메르스, 에볼라, 콜레라, 온갖 질병은 전부 다 이겨내겠어. 제아무리 면역력이 강하다고 해도 감기 한 방에 나가떨어지는 게 인간이야. 그러는 박사는 체온이 그렇게 높은데도 왜 골골대나."

인간은 36.5도의 가장 기본적인 체온을 유지하지만, 곽수환은 약 34도 그리고 석화는 대체로 38도를 유지했다.

"박사의 높은 체온이 돌연변이 진화에 도움이 되지 않는다고 생각했기 때문에 곽가는 그렇게 된 거야."

어쩐지 영감은 연민을 담아 석화를 바라보고 있었다.

"지금 똘똘이 박사의 체온도 변하고 있지. 여태 멀쩡한 걸 보면 변이 바이러스에도 내성이 생기기 시작한 거라고밖에 볼 수 없어. 박사가 숙주가 아니라 아담 바이러스를 뿌리 뽑을 수 있는 백신 그 자체가 될 수 있다는 소리기도 하고. 달리 말해 아담 바이러스의 최종 진화는 여기까지라는 뜻이야. 이미 높은 치사율이 말해주지 않나."

석화는 영감의 노트를 내려다보다가 중얼거렸다.

"최호언도 높은 치사율에 대해서 알고 있을까요?"

"원호의 아들인 데다 놈도 박사라며. 내 다른 놈들은 다 그렇다 쳐도 원호 그 인간만큼은 더 상종 못 했어. 듣기론 제 아이조차 실험대에 올렸다니까 말이야. 그러면 제 아버지한테 복수를 해야지, 왜 애꿎은 시티를 망가뜨리려고 해."

"최호언은…… 원호 박사를 원망하지 않습니다."

부산에서의 기억을 돌이켜보면, 최호언은 오히려 원호를 애틋하게 생각했다.

"하긴 원망도 뭘 알아야 하지. 실험체로 쓰이던 어린 녀석들을 나도 몇 번 봤지만, 그 불쌍한 녀석들은 원망조차 없더라고. 정확히는 감정이 결여된 거지. 안타까운 일이지만 그런 놈이 마스터가 된 이상 가만 놔둘 수는 없지. 놈은 분명 제 아버지가 이룩하지 못한 일에 사활을 걸 거야. 그게 놈이 사는 이유이자 목적이 됐을 테니까."

쯧쯧, 진짜 정작 미치광이 박사는 돌연변이 연구원들이었다면서 혀를 찼다.

원호가 최호언을 상대로 무슨 실험을 벌였는지는 모른다. 그렇다고 해서 그 어떤 안타까운 감정이 샘솟는 것도 아니었다.

최호언은 가족에 대한 결핍을 자신에게 보상받고 싶어 하는 것일지도 모르겠지만, 저에게 가족은 어머니와 곽수환뿐이었다.

"영감님."

"그 영감 소리 좀! 듣는 영감 듣기 싫어."

"할아버지."

영감이 입을 떡 벌렸다.

"최호언이 저를 찾으려 할 겁니다. 제가 이 변이 바이러스의 숙주라고 생각할 테고, 백신 개발도 막으려 할 테니까요. 그런데 영감님의 말이 맞는다면 제게서도 곧 감염력은 사라지겠죠."

"하루가 다르게 출혈이 줄어들고, 변이 바이러스의 활동도 줄고 있잖나. 이 상태라면 하루 이틀이면 해결될 거야."

석화는 까맣게 변해버린 화면을 향해 섰다. 곽수환이 무사하기만을 이곳에서 바라는 제가 너무 한심했다.

[아……. 그게 좌표였구나.]

석화와 영감이 동시에 화면을 돌아보았다. 화면은 여전히 까맣지만, 여의도 쉘터에서 들려온 음성이었다.

[석화 박사님, 세컨드가 남긴 좌표를 풀었나 봐요.]

저 느긋한 목소리는 분명 최호언의 것이었다.

마더가 정상화된 건가? 설마, 곽수환이 최호언에게…….

석화는 생각하기도 싫은 가정에 손만 재빨리 놀려 화면을 전환했다. 다른 화면을 다 뒤져봐도 쉘터는 여전히 어둠에 감싸여 있었다.

[박사님, 내 말 잘 들어요. 서둘러 도망쳐야 해요. 이희찬이 석화 박사님을 죽이려고 용병을 보냈거든요. 석화 박사님이 변이 아담 바이러스의 숙주라는 사실이 그들에게 전달됐어요.]

치직, 퍽. 스피커가 터지는 소리와 함께 완벽한 정적이 찾아들었다.

◆ ◆ ◆

마더 시스템 통제실인 지하 2층은 거대한 반딧불이의 무덤 같았다. 통제 센터에 일렬로 놓인 서버는 녹색 빛과 붉은 빛이 점멸하고 있었다.

손전등으로 주변을 비춘 곽수환은 천장에 이어진 사람 몸통 두께의 케이블을 확인했다. 그는 쉘터의 모든 문을 강제 폐쇄할 수 있는 방법을 찾아 나섰다. 수배자이니만큼 마더 시스템에 접속할 권한은 없지만, 어딘가에 수동으로 쉘터를 관리할 수 있는 부분이 있을 터였다. 인공지능이라고 해도 완벽하지는 않아서 마더는 늘 사람의 손을 거쳐야 했다.

휙, 손전등을 돌린 순간 사람 형체의 무언가가 어둠 속으로 사라졌다. 곽수환은 그 방향을 향해 다시 손전등을 비췄다. 제 키만 한 서버만이 돌아가는 중이었다. 그는 서버에 매달린 케이블을 전부 뽑아내며 조금 전에 인영이 지난 곳으로 달려갔다.

삐, 삐, 삐–

외부의 침입에 경고 시스템이 울렸다. 분명 이쪽으로 달려갔는데 외부인은 보이지 않았다. 대신 벽에 매달린 네모난 박스를 발견할 수 있었다. 평범한 누전 차단기처럼 생겼으나 크기는 그 이상이었다. 쥐고 있던 권총을 발사해 잠금장치를 박살내고 철판을 뜯어냈다. 구역에 따른 개폐 장치 버튼이 전부 'ON' 상태로 올라가 있었다. 곽수환이 재빨리 'OFF' 모드로 내리자 경고 시스템이 다시 한번 울렸다.

[수동 모드 전환. 수동 모드 전환. 지금부터 쉘터 폐쇄에 들어갑니다.]

그는 쉘터가 폐쇄된다는 알림을 확인하자마자 서버와 연결된 전선을 뽑거나 칼로 끊어내기 시작했다. 끊어진 전선에서는 불꽃이 튀며 전류까지 찌르르하게 흘렀다.

[서버 이상이 감지됩니다. 긴급 점검을 요합니다.]

곽수환은 거대한 지하 2층을 돌며 통제실을 박살내기 시작했고, 목이 잘려나간 뱀처럼 발버둥 치던 전선을 타고 불이 붙기 시작했다. 마지막으로 구렁이 몸통만 한 천장의 케이블을 기관단총으로 연사해 연결을 끊었다.

[서버 통제 기능을 상실합니다. 이제부터 쉘터의 모든 시스템은 수동으로 전환, 치직.]

지하를 울리는 마더의 목소리는 그것을 끝으로 더 이상 들려오지 않았다. 불길에 펑, 하고 기계가 터지기 시작했다. 여기서 더 지체할 수는 없었다. 그는 숨을 들이켜 폐를 부풀린 채로 입구를 향해 달려 나갔다. 뒤에서 이는 뜨거운 불길이 길을 밝혀 시야에 막힘은 없었지만, 문이 있는 곳으로 코너를 돌자마자 권총을 들이댔다. 어깨가 잔뜩 굽은 남자 한 명이 문에 서서 제 머리를 쿵쿵 박고 있던 탓이었다. 심지어 남자는 알몸이었다.

문을 열지 못하는 것을 보니 아담 같기도 했지만, 어떤 반응도 보이지 않으니 다짜고짜 총을 갈길 수는 없었다. 곽수환은 그대로 달려가 놈의 목을 확 낚아챘다.

"이건 뭐야."

동공이 있어야 할 곳이 휑하니 뚫려 있었다. 억지로 눈알을 파냈다기보다 마치 녹은 것처럼 유리체가 흘러내린 흔적만 남아 있을 뿐이었다.

"……은 진화의 시작이지만 길을, 찾을 수 없어."

속삭이는 목소리에는 힘이 하나도 없어 시체가 말을 하면 이렇지 않을까 싶었다. 곽수환은 알몸의 남자를 잡은 채로 서버실을 나왔다. 뜨거운 열기에 곧 철문도 달궈졌고, 마더가 수동 시스템으로 전환된 이상 스프링클러도 작동할 생각을 하지 않았다. 그는 목덜미를 쥐고서 엘리베이터가 아닌 계단을 향해 저벅저벅 걸어 올랐다.

쯧, 그가 혀를 찼다. 아담이라면 말을 구사할 리도 없을 텐데 이 괴상한 몰골은 뭘까 싶었다.

"새끼야, 너 어디서 왔어."

"……아주 깊은 굴……?"

일반적인 대화가 통하지 않는 상대라는 건 한눈에 봐도 알 수 있었다. 곽수환은 놈을 계단에 던져두고 올라가려다가 짜증스러운 얼굴을 했다. 아직 살아 있는 놈을 버리고 가기엔 저 밑에서 올라오는 불길이 거슬렸다. 그는 남자의 몸을 들쳐 메고 지하 2층부터 위의 주차장까지 단박에 뛰어 올라갔다.

지프가 듬성듬성 서 있는 주차장에 다행히 아담이 보이지 않았다. 위로 올라가 봐야 아담 밭일 테니 알몸의 남자는 이곳에 내려놓을 수밖에 없었다.

최호언 씹새끼는 대체 어디 있는 거야. 목을 그릉거리듯이 내뱉은 곽수환이 폐쇄된 비상구를 바라봤다. 58층에서 뛰어내리지 않는 이상 빠져나갈 입구는 1층밖에 없을 텐데, 놈도 밖으로 나가려면 필시 아담을 상대해야 한다. 곽수환이 발걸음을 옮기자 바닥에 내려둔 남자가 발목을 붙들었다. 아담으로 변해 이를 드러내려는 것이면 그대로 대가리를 박살내주려고 했다.

"서펀트를 찾아?"

고개를 들었지만 눈알이 없어 어디를 보는 건지도 몰랐다. 곽수환은 남자의 목덜미를 콱 움켜쥐었다.

"그 새끼 어디 있어."

"고통은…… 곧 진화의 시작이라고 했어. 이브는 모두를 행복하게 해줄 거랬어. 그럼 나는 언제 죽을 수 있을까?"

횡설수설하는 놈을 밀쳐내고 갈 수도 있었지만 곽수환은 마음을 달리 먹었다. 헛소리 말고 최호언에 대해서나 말하라고 윽박지르고 싶은 충동을 잘라냈다. 오랜 시간 군대에 몸담고 있으면서 이런 식으로 정신 나간 놈들을 종종 볼 수 있었는데, 그들은 대체로 고문 후유증을 겪는 이들이었다. 놈도 그에 가까워보였다.

"우리는 이브를 기다려. 아담은 우리를 시험해. 당신이 구원인 이브인가?"

남자는 얌전히 목을 내어주는 양처럼 고개를 쭉 들었다. 구원 같은 소리하네. 원래 이브는 제약 회사가 내건 백신의 이름이었다.

"너, 최호언이 이렇게 만든 거지? 내가 복수해줄 테니까 어디 있는지나 말해봐."

이런 상대는 협박하는 것보다 회유하는 쪽이 좀 더 다루기 효율적이었다.

"고통을 끝내줄 구원자. 이제 그만 아프고 싶어."

남자는 비어버린 제 눈에 손가락을 넣어 휘적거렸다. 이건 아무리 곽수환이라고 해도 눈살이 찌푸려졌다. 질척거리는 소리가 들린 뒤에 안에서 뭔가가 딸려 나왔다.

"내가…… 마지막이야. 다 죽었어. 모두가 나갈 수 있는 순간만을 기다렸어. 김 박사가…… 김 박사가 나빠. 김 박사가! 우리를 꼬셨어! 아아!!! 속지 말았어야 해. 배가 고팠어도 참았어야 해!"

발작을 일으키는 남자는 눈물을 흘리지도 못하면서 제 눈을 손으로 가렸다. 놈이 말하는 김 박사는 아마도 서펀트의 수하이자 제 눈앞에서 자살을 했던 연구원일 것이다. 에덴동산 신도였던 소녀에게 아담 바이러스를 넘겨주기도 했던 그놈 말이다. 안된 일이지만, 곽수환은 더는 건질 것이 없다고 생각해 몸을 일으켰다. 그러자 남자가 눈 안에서 빼낸 무언가를 곽수환에게 내밀었다. 남자의 손에 들려 있던 건 작은 앰플 용기였다.

"실험실에서 나온 건 이게 마지막이야. 우리를 아프게 하는 건 더 없어."

"실험실이 이 지하에 있었어?"

곽수환이 받은 앰플을 내려다보며 물었다.

"살려달라고 소리쳐도 소용없어. 너희는 우리를 밟고 서서 웃고, 즐기고, 모든 걸 누렸잖아. 아니야, 너희는 잘못이 없어. 미안해. 아니야! 그래도 잘못이 있어! 모르는 것도 죄라고 했어!"

곽수환은 유리 용기를 손으로 꾹 감쌌다. 등잔 밑이 어둡다는 말을 그제야 실감했다. 최호언이 여의도 쉘터를 놓지 못한 이유가 바로 여기 있었다. 남자는 놈이 파놓은 뱀의 구덩이에서 나온 생존자였다.

김 박사가 에덴동산의 일원이었음을 쉽게 눈치채지 못했던 건 놈이 쉘터 밖으로 나가 이상행동을 보인 적이 없기 때문이었다. 애초부터 나갈 필요가 없던 거겠지. 바로 이 여의도 쉘터 지하에서 실험이 벌어졌을 테니까.

저희가 서펀트와 접선하기로 했던 날이자 불쌍한 소년이 스스로 아담이 되기를 선택했던 날, 여의도 쉘터에 아담 감염이 일어날 수 있었던 이유도 이 지하에서 감염자를 올려 보냈기 때문일 거다.

그 시작은 이 쉘터에 오래 몸담고 있던 원호일 가능성이 컸다.

"곽수환 소령이 당신을 이용하는 겁니다."

남자가 갑자기 자리에서 벌떡 일어나더니 곽수환의 셔츠를 붙잡았다. 이 새끼가 제 이름을 어떻게 아나 싶어 앙상한 팔목을 잡아 비틀었다.

"윽, 신종 변이 아담 바이러스의 숙주가 바로 석화 박사입니다. 곽수환 소령은 진실을 은폐하기 위해 모두를 죽음에 이르게 할 겁니다."

예의 바르지만 무성의한 누군가의 말투를 흉내 내고 있었다.

"너 이 새끼, 방금 뭐야."

곽수환이 목덜미를 잡아 올렸다. 얼굴이 금세 시뻘겋게 변한 남자가 간신히 목소리를 긁어냈다.

"석화 박사는…… 지금 당사도에 있습니다. 전부 서펀트가 말했다. 그자가 구원자를…… 죽이고 말 거야."

흐으윽, 남자는 또다시 두 손을 펼쳐 제 두 눈을 가렸다.

설마 마더 시스템 통제실에 최호언이 있었던 건가? 아니, 그랬다면 마주치지 못했을 리 없다. 시간상 그 새끼가 먼저 밑으로 내려가 쉘터를 전면 개방했던 거다. 지금쯤이면 쉘터를 빠져 나갔을지도 모른다는 사실에 자리를 박차고 일어났다.

콰아앙! 거센 폭발 소리와 함께 쉘터가 번개를 맞은 듯 뒤흔들렸다. 뒤이어 지하주차장으로 급격하게 다가오는 엔진 소리를 들을 수 있었다. 남자는 바닥을 벌레처럼 기며 귀를 틀어막았다. 끼기긱, 스키드마크를 새기며 내려오는 한 대의 지프를 향해 곽수환이 총구를 겨눴다. 브레이크를 밟은 지프는 몇 미터 거리쯤에서 멈춰 섰다. 창밖으로 고개를 빼든 놈이 소리쳤다.

"병신 새끼야! 지금 뭐 하냐!"

타앙, 곽수환의 옆으로 탄환이 지나가고 곪은 수박이 터지는 익숙한 피격음이 들렸다. 소리친 건 양상훈이었지만, 총을 발사한 건 조수석의 조운이었다.

그는 천천히 시선을 내려 텅 빈 눈을 한 채 뒤로 넘어간 남자를 봤다. 입술을 굳게 다물고는 몸을 숙여 남자의 눈꺼풀을 닫아주었다. 살갗이 한번 내려가기만 했을 뿐 다시 비어버린 눈을 드러내 보였다.

"저 미친 새끼! 지금 아담한테 제사 지내냐? 빨리 안 타?!"

알몸에 눈 밑으로 굳어버린 피를 보니 충분히 아담으로 착각하고도 남을 만했다. 그래, 어차피 그냥 놔뒀어도 죽을 목숨이었다. 곽수환은 애써 감상을 털어내며 지프로 달려갔다. 조운이 뒷좌석으로 이동하니 곽수환이 조수석에 앉았다.

"밖에 아담들 있었냐?"

"아니?"

"시티 군은?"

"이동 중인가 봐. 헬기가 전부 밑으로 날아가던데."

최호언 새끼가 탈출에 성공했다는 확신이 더 굳어졌다.

"근데 나 여기 온 거 안 놀랍냐? 반응이 왜 이래."

"우리가 최호언보다 먼저 도착해야 돼. 가자, 석 박사한테."

"안 그래도 그거 말하려고 온 거야. 야! 박사님이⋯⋯."

"당사도로 갈 거니까 출발부터 해, 새끼야."

그는 유리 용기를 제 가슴팍 주머니에 툭 꽂아 넣었다. 당사도는 대체 어떻게 알았냐며 양상훈은 운전을 하면서도 곁눈질을 했다.

"설마 박사님하고 연락됐어?"

"이희찬이 당사도로 사람을 보냈을지도 몰라."

'근데 너 혹시, 또 나 속이는 거 있는 건 아니지? 이번에는 뒤통수치지 마라?'

그녀의 우려는 곧 현실이었다. 곽수환은 석화의 몸에 일어난 진실을 말하지 않았다. 말해봐야 좋을 것이 없는 데다 제가 아는 이희찬이라면 레인보우 시티의 위험 요소가 될 수 있을 석화를 없애고도 남았다.

"그럼 다행인 거 아니야?"

"석 박사를 사살하라고 지시했을 거야."

제기랄, 큰일이라는 양상훈이 지프의 속도를 더 빠르게 올렸다. 폐쇄된 지하주차장의 문을 수류탄으로 부쉈는지 쇠로 된 철창이 박살 나 있었다. 게다가 슬슬 지하에서 불길이 위로 번지고 있어 매캐한 연기가 쉘터를 먹어치우기 시작했다.

"배로 가면 늦는다. 헬기로 가자."

"대장."

뒤에서 조수석 등받이를 붙들고 있던 조운이 끼어들었다.

"이건 박사님께서 전하신 겁니다."

조운이 내민 건 세 번에 걸쳐 접힌 종이였다. 급히 펼치니 금이 간 부분이 조금 찢어져버렸다.

저예요, 석화.

엘리베이터 메시지도 그 비슷하게 시작하더니 편지의 시작도 너무나 석화다웠다.

러시아에서 했던 약속 기억하죠? 만일 우리가 만나지 못하게 되면 사향노루가 있던 곳으로 와요. 살아요. 우리 무조건.

어머니가 남긴 '살아'보다 더 강렬한 생의 욕구를 불러일으키는 말이었다. 저 혼자가 아닌 우리였음에.

◆ ◆ ◆

"어이, 똘똘이 박사."

최호언의 음성은 분명 여의도 쉘터에서부터 들어왔다. 그러나 몇 층에서 들어온 것인지 확인할 수도 없었고, 쉘터와 연결된 모든 연락망이 차단되어버렸다. 패닉룸을 통해 도망갔다고 했으니 곽수환이 뒤쫓지 못했을 수도 있지 않을까. 그럼 곽수환은 무사할까?

'박사님, 내 말 잘 들어요. 서둘러 도망쳐야 해요. 이희찬이 석화 박사님을 죽이려고 용병을 보냈거든요.'

그 말을 곧이곧대로 믿어야 하는 건가.

"석화야!"

석화는 영감의 고함에 퍼뜩 정신을 차렸다.

"그놈 말 믿는 건 아니지? 좌표 이야기만 꺼냈지 당사도라는 위치까지 정확히 말하지는 않았잖아. 내 말 무슨 뜻인지는 알지? 그리고 황제펭귄이 왜 너를 죽이려고 하겠어."

한마디로 또 다른 함정일 수도 있다는 뜻이었다.

"이간질을 했을 가능성은 충분해요. 최호언은 제가 신종 아담 바이러스의 숙주라는 걸 아니까요."

분명 세컨드 마스터가 남긴 휴대폰에 있던 건 당사도의 좌표였다. 최호언은 좌표를 풀었냐고만 했지 영감의 말대로 정확한 위치를 언급하지는 않았다. 그렇다고 해서 최호언이 제 위치를 알지 못할 것이라 확신하느냐? 그 역시 아니었다. 연결된 마더를 통해 이곳을 찾아냈을 가능성도 무시하지 못했다.

"영감님, 이동해야겠습니다."

"어디로?"

"백신 개발법은 이미 모든 쉘터로 전송했으니 여기서 우리가 할 일은 끝냈어요. 하루 이틀이면 올빼미와 부엉이도 제작한 백신을 배포할 테고요. 지금으로선 신종 아담의 숙주인 저만 사라지면 돼요."

이곳에 도착하자마자 백신 개발법을 가장 먼저 퍼뜨렸다. 과천 등 지방 쉘터에 잔존해 있던 올빼미와 부엉이 가문 출신 연구원들은 가문의 지원을 받아 개발에 들어갔다. 그들 또한 레인보우 시티에서 부르는 반군이 되었으나 다른 말로는 의인들이었다. 영감이 무작위로 뿌린 백신을 미리 받아봤기에 레인보우 시티가 거짓으로 점철된 것을 확신할 수도 있었다. 그리고 연합국이 무너졌다는 소문은 군인들에 의해 레인보우 시티 전역으로 퍼져나가는 중이었다.

"이미 쉘터에 신종 아담이 퍼졌다며! 그럼 이미 늦은 게 아니겠어."

곽수환은 분명 쉘터를 폐쇄한다고 했다. 그렇기에 석화는 곽수환을 믿었다.

"저와 같이 일단 섬을 나가요. 섬을 전부 불태워야 합니다."

영감은 세 치 혀에 속는 거라며 불만스러워 했지만, 김 대위의 생각도 석화와 같았다.

김 대위는 총 다섯 개의 컨테이너에 차례대로 기름을 들이부었다. 석화도 기름통 하나를 건네받고 자신의 실험실로 향했다.

케이지 안의 감염된 쥐들은 전부 폐사된 채였지만, 그 위에도 기름을 꼼꼼하게 뿌렸다.

석화는 영감이 준 노트와 휴대폰도 함께 챙겨 배낭을 멨다. 컨테이너 밖으로 나와 성냥에 불을 붙여 안으로 집어넣고는 얼른 문을 닫았다. 남은 컨테이너도 전부 불길에 휩싸이고 있었다. 이제 이 작은 섬 전역은 한바탕 방역에 들어가게 될 테니, 저희들도 서둘러 이곳을 빠져나가야 했다.

김 대위가 군용 헬기 연료를 챙겨 엔진을 가동시켰다.

"박사님, 어디로 이동합니까?"

이렇게 또 곽수환과 엇갈리게 되겠지만, 양상훈과 조운이 무사히 그와 접선했기만을 바랐다. 하루에서 이틀이면 제 몸의 바이러스가 잠재워질 거라던 가설 또한 믿고 싶었다. 석화는 헬기 조수석에 앉아 헤드셋을 썼다. 지금껏 곽수환이 저의 안전을 하나부터 열까지 돌봐줬다면 이제는 저 스스로 살아남아야 했다. 그렇게 약속했으니까.

석화는 레인보우 시티의 지도를 펼쳐서 어느 한 곳을 가리켰다. 당사도 섬 위에 위치한 육지, 해남이었다.

"해남 말씀이십니까?"

"해남의 달마산이요."

곽수환의 보물창고가 있던 곳을 말했다. 제주와 쉘터에서만 살던 석화가 알고 있는 가장 안전한 장소는 곽수환과 함께 다녀왔던 곳뿐이었다.

"절 달마산에 내려주시고, 대위님은 영감님과 함께 올빼미와 부엉이 가문에게 접선해 안전을 보장받으세요. 그들이 백신을 만드는 곳 위치는……."

석화는 어느 한 구역에 'X' 자를 표시했다. 성남에서 가까운 거리에 있던 버려진 과학연구소. 일전에 곽수환의 부대원들과 그곳에서 합류하기로 했으나 최호언에게 뒤를 붙잡힌 바람에 수포로 돌아갔던 장소였다.

"과천 쉘터에서 마지막으로 보내온 연락에 따르면 대략적으로 여기일 가능성이 커요. 만일 과학연구소에 사람이 없다면, 김 대위님."

"예, 박사님."

"세컨드 마스터가 숨어 있던 방공호 아시죠?"

"물론입니다."

김 대위는 그곳에서 곽수환에게 목숨을 빚졌기 때문에 장소를 정확히 기억했다.

"그 방공호로 가세요. 최호언이 내부를 불태웠지만 잠시 몸 숨기기는 나쁘지 않을 겁니다. 그리고 백신이 전부 배포되면 최호언도 실각하게 될 테니 라디오에 집중하세요. 체제 변화에 성공하면 황제펭귄이 가장 먼저 방송을 장악할 가능성이 높습니다."

김 대위는 알았다면서 고개를 끄덕이다가 문득 의아한 기분이 들었다. 자신은 군의 명령을 따라 움직이는 레인보우 시티의 군인이었다. 예전이었다면 허여멀건 박사의 명령 따위는 무시했겠지만, 어쩐지 지금은 그가 든든한 상부처럼 느껴졌다.

석화는 영감이 뒷자리에 제대로 탔는지 확인했다. 영감은 배낭을 앞으로 메고 벨트를 채우는 중이었다. 그 배낭에도 백신 몇 개가 남아 있던 터였다.

"이제 출발해요."

"꽉 잡으십시오!"

김 대위는 헬기의 고도를 급격하게 높이기 시작했다. 바람이 마구 이는 프로펠러 밑으로 불길이 거세게 일렁거렸다. 섬은 떠나는 헬기를 잡아먹기라도 하듯 불로 된 손끝을 뻗었다. 석화는 짠 내 나는 바닷바람이 폐부에 가득 찬다고 느꼈을 때 이륙에 완전히 성공했음을 실감했다.

만일 양상훈과 조운이 접선에 성공한다면 곽수환은 당사도로 오게 될 것이다. 어쩌면 이 좁은 섬에서 이희찬 가문과 곽수환 그리고 최호언의 삼파전이 벌어질 수도 있었다. 곽수환은 또다시 저를 지키고자 크게 다칠지도 모른다. 그렇다면 가장 큰 원인인 제가 떠나면 되는 거다. 백신이 배포되고 황제펭귄이 정권을 잡으면 그를 무사히 만날 수 있을 테니까.

같은 날, 두 시간 뒤.

"뭐라고?"

이희찬은 전화기의 스피커에 대고 소리를 질렀다.

'우도는 완전 폐허야. 우도뿐인 줄 알아? 제주도도 싹 다 박살 났어! 생존자들 못 나가게 하늘길이랑 뱃길도 다 막혔다고. 그 새끼 대체 뭐 하자는 거야? 엄마가 말한 당사도도 싹 다 불탔어. 몇 번을 말해!'

"그럼 석화 박사는? 찾았어?"

'거긴 사람이 있던 흔적도 없어. 제주도, 당사도 싹 다 헬기나 배도 없다고!'

"알았어, 알았으니까 진정하고. 넌 다시 성남으로 올라가서 연구소에서 나오는 백신부터 배포해."

그녀는 전화를 종료하고 군사회의실을 서성거렸다. 부산 쉘터는 이미 황제펭귄 일가가 접수한 상태로 마더 시스템도 전면 종료시켰다.

부산지역을 수호하던 박 장군은 황제펭귄이 유리한 고지를 차지할 거라 예상했기에 그녀의 손을 잡을 수밖에 없었다. 그 역시 연합국이 무너진 것을 이 근래 알았기에 충격에서 쉽게 벗어나지도 못했다. 레인보우 시티는 군의 수뇌부들에게도 안 대를 씌워놓고 있었다. 그보다 제주도를 쑥대밭으로 만들었다 니…… 최호언이 중심 기관을 모두 육지로 이동시켜놓고 기가 막힌 짓을 벌인 것이다.

놈의 목적은 정말로 레인보우 시티를 망가뜨리는 데에 있어 보였다.

"곽수환 이 자식은 지금 대체 어디 있는 거야."

여의도 쉘터는 전면 전소되어 아직도 불타고 있었으며, 우려와는 다르게 그 부근에서 새로운 아담이 발견되지는 않았다. 곽수환의 지시에 따라 P포인트로 이동하던 이들도 부산 쉘터가 접수됐다는 소식에 여기로 합류했으나 정작 대장은 만날 수 없었다.

"설마 석화 박사가 최호언에게 잡혀간 건 아니겠지?"

차 중령이 초조해하는 이희찬에게 다가갔다. 군사회의실에는 박 장군을 비롯해 차 중령도 함께였다.

"최호언이 박사님을 납치했다면, 김 대위나 러시아 박사의 시체도 당사도 어딘가에 있었을 겁니다. 그런데 흔적도 없다는 건⋯⋯."

"그 세 사람이 직접 불태우고 피신한 걸 수도 있겠지."

이희찬이 말을 이어받으며 고개를 끄덕였다.

최호언이 메시지를 보내온 건 사실이었다. 마더 시스템을 종료하기 전, 부산에 있는 이희찬에게 석화가 신종 변이 아담 바이러스의 숙주라는 연락을 걸어온 것이다. 석화가 있는 위치 또한 당사도라고 덧붙였다. 물론 이희찬은 서펀트의 말을 곧이곧대로 믿지 않았다.

만일 석화가 변이 바이러스의 숙주라면 곽수환이 이 사실을 속인 꼴이 되는데, 놈이 뭔가를 감추고 있다는 것쯤은 그녀도 충분히 예상했다. 방탕함이라는 가면을 뒤집어쓰고 컨트롤러로 활동하던 곽수환이 그간 무언가에 집착하는 모습을 보인 적은 없었다. 돌연변이들은 하나같이 집착특성을 가지고 있음에도 말이다. 곽수환이 집착하는 것은 오로지 석화뿐이었다. 그러니 석화 박사가 위험 요소라고 해도 이희찬은 박사를 죽여 없앨 생각이 전혀 없었다. 곽수환을 적으로 돌려봤자 좋을 일이 하나도 없다는 것을 안다. 게다가 서펀트의 말에 놀아나고 싶지도 않았다.

"나도 지금 사활을 걸 수밖에 없다고."

까딱 잘못하면 제 식구들의 목이 전부 잘려나갈 거다.

"아마도 위치가 발각되었다고 생각해서 섬을 방역하고 떠난 것 같습니다. 부산 쉘터를 접수한 것을 알면 박사님들도 이쪽으로 합류하지 않을까요?"

"방송을 들었다면 말이지. 그리고 우리한테 했듯이 최호언이 또 어떤 이간질을 했을지는 모르잖아?"

현재 이 지역의 라디오 방송은 황제펭귄의 지휘 아래 송출되는 중이었다. 그녀는 한껏 줄여놓았던 라디오의 볼륨을 높였다.

[……지금은 전시 상황입니다. 시민들은 안전한 집 혹은 은신처에서 대기하십시오. 황제펭귄 마크가 새겨진 백신이 배포되고 있습니다. 우리는 자랑스러운 레인보우 시티의 시민으로서 진실을 바라봐야 합니다. 어제부로 연합국은 무너졌으며 레인

보우 시티는 자치정부의 길로 들어섰습니다. 두려워할 것은 없습니다. 백신의 배포로 자유와 평화를 되찾을 수 있습니다. 현마스터 최호언은 시민들의 눈을 가리고 부와 권력을 탈취하기위해 백신 개발 사실을 숨겼습니다. 마스터의 자격이 없는 자를더 이상 지지해서는 안 됩니다. 자랑스러운 시민 여러분, 백신이 안전히 배포될 때까지 결코 집 밖으로 나오지 마십시오.]

어제부터 연합국이 무너졌다니?

박 장군이 불신을 담아 이희찬을 봤다. 이 여자 역시 전 수뇌부들과 똑같지 않은가 싶은 눈이었다. 그녀는 한숨을 대놓고 내뱉었다.

"박 장군, 때로는 완벽한 진실보다 적당한 거짓을 말할 때가더 효율적인 법이에요. 연합국이 아주 오래전에 사라졌다는 진실이 알려지면 더 큰 혼란이 일어날 겁니다."

적어도 나는 다르다. 사리사욕을 위해 아담을 이용하지는 않는다. 이희찬이 확고하게 제 의사를 전달하려고 했다.

"시작은 곽수환 그 자식의 꼬드김에 속아 이용당했지만, 이렇게 된 이상 난 변방의 영주가 되는 대신 중앙의 중심이 되기를택했어요. 난 레인보우 시티가 쇠퇴하기를 바라지 않아요. 시티가 잘살아야 우리 가문도 잘살죠. 안 그래요?"

"내 목숨 살고자 그쪽에게 편승한 것이지만, 마스터를 제거하지 않는 이상 혼란은 계속 야기될 거요."

"아니, 박 장군은 이미 알고 있어요. 내가 기존의 마스터들보다 낫다는 걸. 그리고 마스터 제거는 제 몫이 아니죠."

이희찬은 자신만만하게 웃었지만 속으로는 불안함을 숨기고 있었다. 최호언의 목을 친 사람은 다름 아닌 곽수환이있다. 그런 놈이 대체 어디서 뭘 하는 건지 모르겠다.

"대장급이 나만 빼놓고 다 죽었다고 해도 아직 남은 장성들이 있소. 위에서 명령이 떨어지면 군인들끼리 전면전이 시작될 텐데, 난 그게 가장 큰 걱정이라는 말입니다."

군의 핵심 인사들은 여의도 쉘터에서 목숨이 날아간 터였다.

박 장군의 부하들이 부산부터 위로 올라가며 쉘터를 장악하는 중이었지만, S클래스가 포진해 있는 서울이 문제였다. 아직 최호언의 명령을 하달받지 못한 듯 각 쉘터의 군인은 수성에만 집중하는 중이었다. 그들이 직접적으로 나선다면 레인보우 시티는 걷잡을 수 없이 엉망이 되어버릴 것이다.

"곽수환이도 그걸 모를 리가 없죠. 지금껏 최호언의 명령이 떨어지지 않았다는 건 곽수환이 놈을 옥죄고 있다는 뜻 아니겠어요?"

"이보시오! 일을 이렇게 벌여놓고 너무 낙관적인 것 아닙니까?"

"그건 희찬 님 말씀이 맞을 겁니다. 아시다시피 다른 사람도 아니고 저희 대장 아닙니까."

박 장군이 매서운 눈으로 차 중령을 노려봤지만 그는 물러서지 않았다.

"바보 같은 세컨드 마스터가 제 명줄 줄어드는 줄도 모르고 호랑이들을 키워놨지."

"저희를 키운 건 대장입니다. 목숨도 수도 없이 빚졌고요."

"감히 어디 중령 따위가!"

가뜩이나 머리 아픈데 이딴 신경전은 딱 질색이었다. 이희찬이 책상을 탁 내리쳤다.

"박 장군, 최호언이 실각하면 제 일을 도운 차 중령이 몇 계급이나 특진할 수도 있어요. 장군이 될 수도 있다는 말이에요. 솔직히 박 장군도 사리사욕을 꽤나 채우셨잖아요? 갑자기 최호언이 여의도로 불러들이니 이상함을 감지하고 여기에 남아계셨던 것 아닙니까?"

박 장군은 반박할 도리가 없어 말을 아꼈다. 황제펭귄이 백신을 배포한다는 사실을 알고 있었기 때문에 섣불리 움직이지 않았던 건 맞았다. 게다가 이희찬이 질 싸움에 뛰어들 사람이던가? 아니라는 것을 이 수십 년간 겪어왔다.

최호언이 마스터가 되었듯 레인보우 시티의 수장은 언제든 바뀔 수 있지만, 이희찬의 가문은 그 누가 마스터가 되든 변함없이 건재했다. 그 말은 황제펭귄 가문에게 마스터 이상의 권력과 재력이 있다는 것을 입증했다.

삐익, 삐, 삐.

군사회의실의 유선전화가 울리기 시작했다. 세 사람의 시선이 그곳으로 향했고, 이희찬이 곧장 수화기를 낚아채 들었다.

RAINBOW CITY

#5

연합국이 활동할 당시 각 시티는 인류의 보존을 위해 핵 혹은 탄도 미사일의 소유권을 포기해야 했다. 레인보우 시티도 연합국에 소속되면서 군사무기를 상당수 파기할 수밖에 없었다.

아담의 감염도 막지 못했는데 연합국에 소속된 시티 간에 핵전쟁까지 벌어진다면, 인류가 이룩해온 모든 것이 수포로 돌아가고 인류의 존속도 장담할 수 없었다. 더욱이 무기를 단속할 수밖에 없었던 건 인간의 이기심과 충동성 때문이었다.

연합국 초기, 아담에 감염된 러시아 시티의 장군은 자살 직전 눈엣가시로 여기던 수장이 있는 도시를 향해 대량의 미사일을 발포했다. 죄 없는 사람들이 죽었고, 혼돈 속에서 아담은 더 날뛰었다. 그 사건 이후 연합국은 군사법을 재정비해 오히려 퇴보하기에 이르렀다. 그 어떤 군사무기로도 아담을 완벽히 제거할 수는 없으니 인류의 존속을 우선순위에 둠에 따라 대량살상무기가 상당수 자취를 감춘 것이다.

[……황제펭귄이 부산, 대구 쉘터를 안전하게 보호합니다. 우

리는 백신 개발에 성공했습니다.]

지프를 타고 헬기가 있는 곳까지 달리던 중이었다. 양상훈에게서 운전대를 건네받은 곽수환은 전차 격차가 벌어지는 헬기를 향해 욕지거리를 내뱉었다. 저 안에 최호언이 타 있을지도 모르는 데다 헬기가 이동하는 곳은 당사도일 가능성이 높았다. 지상에서 헬기를 격추시키려면 미사일 혹은 대공포가 필요하지만, 그 또한 사격이 가능한 위치에 있어야 했다.

여기서 당사도까지 날아간다면 중간에 기름을 채워야 할 테니, 족히 반나절은 걸릴 거다.

"과천 쉘터로 지금 연결돼?"

"예, 지프 무전기와 전파탑 중계로 연결됩니다."

조운 대위가 곽수환에게 무전기를 넘겼다.

"과천 쉘터 들리나? 나 곽수환이다."

'감지 완료. 말씀하십시오, 대장.'

과천 쉘터는 아직 곽수환의 S급 부대원 몇몇과 황제펭귄 용병들이 장악하고 있었다.

"지금부터 하늘에 보이는 헬기 전부 격추시켜. 비상 헬기 제외하고 전부 띄워서 시티 군 헬기 추격해."

'카피 댓.'

무전기를 원위치에 꽂고는 광주의 11그린구역으로 차를 몰았다. 대학 캠퍼스로 사용되던 곳을 개조해 군사무기를 관리하는 무기고였다.

중간에 다른 곳에서 헬기를 탈 수 있었으나 과천 쉘터의 헬기와 맞물려 난장판이 되는 일은 피해야 했다. 위에서 공중전을 벌일 동안 저희들은 육로를 이용해 미친 듯이 지프를 몰았다. 젠장 맞게도 쉘터에서 나온 뒤로 어느새 두 시간이나 넘어가고 있었다.

석화의 안전이 걱정돼 머릿속은 터지기 일보 직전이었지만 이럴 때일수록 냉정해야 한다는 사실을 잘 알고 있다. 흥분은 일을 그르치게 한다. 그런데도 핸들을 쥐고 있는 손등의 힘줄은 터질 듯 붉거져 있었다.

"신분을 확인해주십시오! 차를 정차하십시오!"

레인보우 시티 소속 군용 지프를 향해 경비초소가 경고했다. 속도를 줄이지 않으니 확성기를 든 군인이 직접 나와 섰다. 곽수환은 그대로 지프를 밟아서 질러나갔다. 침입자다, 막아! 외치는 소리와 함께 두두둑, 총알이 지프에 박혔다. 그는 아랑곳 않고 곧장 총탄이 날아오는 감시탑으로 차를 몰았다.

양상훈과 조운 대위도 감시탑을 향해 총을 휘갈겼고, 그 밑에 차를 세우자마자 그들은 아파트 5층 높이의 탑을 달려 올라가기 시작했다. 일단 감시탑부터 장악해야 헬기를 가지고 나갈 수가 있었다. 곽수환이 발로 문을 걷어차고 안으로 기관단총을 넣어 난사했다. 총알이 여기저기 팅기는 소리와 함께 비명도 함께 터졌다. 곽수환을 엄호하던 양상훈은 계단 밑에서 거리를 좁혀 오는 군인들에게 소리쳤다.

"뒈지기 싫으면 그대로 있어! 니들도 생각이라는 걸 하라고! 씨발! 백신도 개발됐겠다, 상황 보면 몰라? 컨트롤러한테 총 들이대는 군기 빠진 새끼들이 어디 있어! 여기 책임자 새끼 누구야!"

양상훈이 소리를 지르며 군번줄을 떼서 밑으로 던졌다. 밑에서 권총을 조준한 준장 한 놈이 쓱 모습을 드러냈다. 발로 군번을 툭 쳐서 보더니 목소리를 크게 냈다.

"백신이 진짜입니까? 황제펭귄이 시티를 장악했고, 마스터는 우릴 버리고 도주한 겁니까?"

"그렇다니까! 귓구멍 처 막혔어?! 라디오에서 나오는 말들 다 진짜라고!"

양상훈과 조운이 놈들을 상대하는 동안 곽수환은 감시탑으로 들어가 대공포의 탄환과 총기를 전부 저 밑으로 집어던졌다. 그러고는 수화기를 들었다. 벽면에 각 쉘터 전화번호가 붙어 있었기에 그는 그중 부산으로 전화를 넣었다.

'예, 말씀하십시오.'

"이희찬, 쉘터에 있으면 바꿔."

부산에 없다면 대구로 전화를 넣을 셈으로 다짜고짜 내뱉었다.

'누구십니까?'

"곽수환 소령이니까 이희찬 바꾸라고."

그는 빠르지만 위협적으로 말을 내뱉었다.

'전화 연결합니다.'

미리 고지를 받았는지 곽수환이라는 말에 상대는 이희찬에게 신호를 연결했다.

'여보세요.'

"납니다, 곽수환."

'……세상에! 너 이 새끼 지금 어디야?! 어디서 뭐 하고 있어!'

"최호언 새끼 말 믿고 석 박사 죽이라고 당사도로 사람 보냈습니까?"

곽수환이 윽박지르자 이희찬이 기가 막혀 했다.

'너 장난해? 내가 그런 수작에 넘어갈 거라고 생각하냐고! 그리고 그게 사실이든 아니든 뭐가 중요해. 새끼야, 어차피 너랑 나랑 한 배 탔어! 석화 박사 살리러 채윤이 보냈는데, 제주도는 난장판인 데다 당사도도 싹 다 불탔대. 그 안에 박사 일행은 없고 시티 군들도 보이지 않는다니 박사가 직접 빠져나간 거 아니겠어?'

석화가 당사도를 빠져나갔다고……?

'너 지금 어디냐고!'

"광주 11그린구역 무기고는 탈취 성공했으니까, 양상훈이랑 조운은 여기다 두고 갑니다. 이쪽으로 군인 몇 보내요."

'넌 박사 찾으러 가겠다는 거야? 박 장군 우리 쪽으로 회유했으니 일단 너도 이쪽으로 와서…….'

"씨발, 내가 헬기 다 조지라고 명령했는데 분명 헬기 타고 이동했을 것 아닙니까!"

쾅! 천둥이 곧장 눈앞에 내리꽂는 듯한 섬광이 터졌다.

'뭐야, 지금 이게…….'

수화기 반대편에서도 이희찬은 말을 잇지 못하고 있었다. 마치 곽수환이 보는 것을 똑같이 보는 듯한 반응이었다. 저 멀리서 거대한 불길이 하늘로 치솟았다가 밑으로 지글지글 들끓었다. 폭발이 얼마나 강렬했으면 이렇게 떨어진 거리에서도 폭발음이 선명히 들렸다.

'곽 소령……. 지금.'

"11구역 무기고 감시탑에서 3시 방향, 원인 모를 폭발이 발생. 일단 화재 진압팀 보냅니다."

'곽 소령, 아니 곽수환, 잘 들어. 지금 거기뿐만이 아니야. 지금 각지에서 폭발이 일어났다고 연락이 들어오는데, 그 폭발이 일어나는 위치가…… 돌겠네, 다 도시 중심이야. 게다가 방금 부산도 폭발했어.'

각 지역의 도시 중심에서 대형 폭발이 일어났다는 건 누군가가 미리 그곳에 폭탄을 설치했다는 뜻이다.

"……에덴동산지부."

곽수환이 중얼거렸다.

'지금 들어오는 보고에 따르면 부산도 에덴동산지부에서 폭발이 시작됐어. 일단 우리도 화재 진압부터 할 테니까, 넌 최호언이든 그쪽 병신 새끼들이든 다 죽여서 없애! 그 씹새끼들 내가 용서 못 해.'

곽수환은 수화기를 내려두고 감시탑의 확성기를 들었다.

"잘 들어. 레인보우 시티의 대장군은 현재 부산 쉘터에 계신 박우환 장군만 살아계신다. 박 장군님과 컨트롤러의 명령을 전달한다. 현 시각, 각 전역의 에덴동산지부에서 폭발이 발생했다. 우리 광주지역도 마찬가지다. 화재 진압 지원팀은 지금 당장 폭발 장소로 이동하고, 아담 발견 시 무조건 사살하라. 대피소로 이동하는 시민들 사이에 절대 아담이 껴서는 안 되니 명심들 해. 그리고 에덴동산 신도들은 전부 체포 대상이다."

그는 총을 챙겨 계단 밑으로 뛰어 내려갔다. 양상훈이 무기고의 책임자와 이야기를 나누는 중이었다.

"양 소령, 당사도행은 취소야. 부산에서 군인들 지원 나올 테니까 무기고 수호하고 있어. 화재 진압팀 구성해서 내보내고, 이희찬은 내가 오해한 거니까 계속 공조하고 연락도 계속 받아."

"야, 너는?"

그때 감시탑에서 전화벨이 울렸다. 둘을 대신해 조운이 뛰어 올라가니 곽수환은 말을 이었다.

"석 박사가 영감하고 김 대위랑 당사도를 빠져나간 것 같아."

"뭐?"

"위치가 발각됐다고 생각했나 봐."

"그럼 방송 듣고 부산으로 가지 않을까?"

"아니, 우리 석 박사가 조심성이 좀 많잖아."

안 그럴 거라며 그가 쓰게 웃었다. 조심성이 많은 건 좋은데 오늘만큼은 덜 조심했으면 좋겠다는 황당한 생각이 들었다. 물론 석화가 이희찬을 완벽히 신뢰하지는 않을 테니 그야말로 헛생각이었다. 그렇다고 현 상황에서 석화가 곧장 러시아로 올라갔을 것 같지도 않았다.

만일 제가 석화라면…….

자신이 신종 변이 아담 바이러스 숙주라고 생각한다면, 분명 사람이 없는 곳으로 갔을 것이다. 석화가 알고 있는 장소이며, 당사도에서 가깝고 사람이 없는 은신처는…….

"해남."

"뭐?"

양상훈이 재차 묻기도 전이었다.

"대장!"

감시탑에서 조운이 소리쳤다. 곽수환이 올려다보니 조운이 수화기를 들어 보였다. 녀석이 부를 정도면 급한 회선일 거다. 그는 한달음에 감시탑으로 뛰어올라 수화기를 건네받았다.

"곽수환입니다."

'곽가! 나야, 나! 어이구, 이렇게 연락이 되다니! 곽과 네놈이 이렇게 반가울 줄이야.'

"영감?"

곽수환도 순간 귀를 의심했다.

'그래, 나야. 네놈이 말하는 영감탱이. 곽가 당사도로 가면 안 돼.'

"영감은 지금 부산이야? 석 박사는 어디 있어?"

'아니, 우린 지금 목포야. 여기도 박 장군 쪽이 접수했더라고. 쉘터로 연락하니 황제펭귄이 이 번호를 알려주지 뭔가. 우리도 석 박사 말 듣고 올빼미랑 부엉이한테 접선하러 가는 도중에 부산 쉘터를 장악했다고 들었어. 석 박사는 자기가 있으면 이희찬이 저를 제거할 수 있어서 위험하니까 우리만 따로 가라고 했는데……'

"그러니까 석 박사는 어디다가 놔뒀냐고!"

도무지 침착할 수가 없었다.

'가던 도중에 우리가 다른 헬기에서 공격을 받았어. 나도 김 대위도 죽을 뻔했지 뭔가. 헬기 추락 전에 김 대위가 나를 데리고 뛰어내렸고 석 박사는 혼자 내렸어. 낙하산을 무사히 펼치는 것도 봤는데…… 엇갈려버렸어.'

"김 대위 있으면 바꿔봐, 빨리."

수화기가 곽수환의 손에서 부서지기 일보 직전이었다.

'곽 소령님, 김 대위입니다. 박사님을 달마산에 내려드리려고 했는데 헬기가 그 전에 공격을 당했습니다.'

"공격한 상대는 확인했어? 혹시 과천 쉘터 마크가 붙어 있던 헬기야?"

'아닙니다. 서울 측 헬기 같았습니다. 그리고 추락 위치는 대략 달마산 반경 10킬로미터입니다. 거기서 시차를 두고 뛰어내린 탓에 박사님과 떨어져버렸습니다. 정말 죄송합니다.'

쾅, 수화기를 내려놓고 그는 앞뒤 보지 않고 곧장 지프로 달려갔다.

"야! 곽수환!"

"해남으로 간다. 석 박사 구하면 연락할 테니까 이희찬이랑 공조하고 있어."

낙하산을 직접 펼치고 뛰어내린 적이 있던 석화이니 무사히 안착했을 거다. 그렇게 생각하지 않고는 몸이 삽시간에 불타올라 재가 되어버릴 것만 같았다. 달마산이라면, 석화는 지금 제 보물창고를 찾아 올라가고 있을지도 몰랐다. 그 안에는 일정 이상의 식료품과 무기가 있으니 꽤 버틸 수 있을 거라고 생각했던 거다. 운 좋게 차량을 구할 수 있으면 운전을 해서 갈 테니 곽수환은 석화를 믿었다. 한정된 지역이나 넓은 땅에서 석화를 찾는 일은 쉽지 않을 것을 알기에.

◆ ◆ ◆

"하아, 하아."

석화는 숨을 몰아쉬면서 걷고 또 걸었다.

제 몸에서 이렇게 땀을 흘려본 적이 있던가. 옷은 한껏 흐르는 땀으로 마를 일이 없었다.

레인보우 시티 헬기의 공격을 받은 뒤 자신이 먼저 뛰어내렸고, 이후에 영감과 김 대위가 탈출한 것을 봤으나 육로로는 거리 차이가 꽤 날 듯해 그들과 합류할 수 없음을 예상했다.

석화는 아슬아슬하게 달마산 근처에 떨어졌지만, 산은 눈에 보이는 것보다 훨씬 더 멀리에 있었다. 석화는 낙하 위치도 숨길 겸 낙하산을 걸어다가 근처 폐가에 집어넣었다. 수리가 되지 않은 이정표에 덩굴들이 얽혀 있어 길 찾기가 더 힘들었다. 그래도 위로 걷고 또 걸었다. 목이 바짝 마르다 못해 입술과 혀가 갈라지는 것만 같았다.

석화는 버려진 시골집으로 들어가 주변을 살폈다. 먹을 것은 아무것도 없었지만 다행히 우물이 있었다. 달려가서 내려다보니 우물은 말라붙은 지 오래된 듯 물비린내조차도 풍겨오지 않았다. 사막의 신기루를 마주했을 때 이렇게 절망스러울까. 무기력함이 몰려와 모든 것을 내려놓고 이대로 누워서 잠들고만 싶었다. 두 다리는 너무 무거웠고, 아까는 또 한 번 코피를 쏟아야 했다.

백신도 개발됐으니 레인보우 시티도 황제펭귄이 무사히 가꾸어 나가지 않을까? 이대로 잠들면 모든 것이 편해질 것만 같았다. 바닥에 누워 하늘을 올려다보는데 별 하나 보이지 않았다. 달조차도 가리고자 먹구름이 몰려오고 있었다.

석화야.

곽수환의 목소리가 들렸다. 그럴 리 없다는 것을 알면서도 석화는 뻗어 있던 몸을 간신히 일으켰다. 지하수를 끌어올리는 펌프로 다가가 있는 힘껏 펌프를 움직였다. 어디서 이런 기운이

났을까 싶을 정도로 수십 차례나 펌프질을 한 끝에 물이 쏟아지기 시작했다. 석화는 제 몸에 그 차가운 지하수를 끼얹었다. 벌컥벌컥 물을 마시다가 사레가 들려 한바탕 기침을 쏟아내며 몸을 웅크렸다.

소령님, 너무 힘들어요.

약한 소리가 저절로 새어 나오는 것을 억지로 막았다. 석화는 집 안으로 들어가 먼지와 쓰레기로 뒤덮인 바닥을 뒤지기 시작했다. 쿨럭, 먼지를 한 움큼 마시면서 쓸 만한 플라스틱통 두 개를 찾아냈다. 안을 물로 닦아내고 지하수를 가득 담아 뚜껑을 잠갔다. 배낭에 물을 넣고 다시 물로 입을 축였다. 마음 같아서는 위를 물로 가득 채우고 싶었지만, 너무 많이 마시면 걷는 데 지장이 생길 것을 알았다.

먹구름이 몰려와 달을 완전히 가리니 주변이 더없이 어두컴컴해졌다. 배낭에서 손전등과 권총을 꺼내 앞을 비추면서 이정표도 몇 번이고 확인했다. 들짐승이 달려들지 않기를, 행여 아담이 이곳에 없기를 바라면서 걷고 또 걸었다.

사람이 아무도 살지 않는 도시를 홀로 걷고 있으니 이루 말할 수 없는 고독감이 밀려왔다. 마치 세상에 저 혼자만 남은 듯해, 권총의 총구를 제 머리에 겨누고 싶었다. 그럴 때마다 석화는 휴대폰을 켜서 사진첩을 들여다보고 끄기를 반복했다. 주변에서 아직 쓸 만해 보이는 차량을 발견해도 무용지물이었다. 차에 남은 기름은 다 털린 뒤였다.

조금씩 물을 마시면서 걷던 석화는 기어코 산의 초입에 도착했다. 부엉이의 울음소리가 저 산에서부터 이 밑으로 흘러 내려와 마치 산에 들어오지 말라며 경고하는 듯했다. 괜찮다, 어차피 새일 뿐이야. 러시아처럼 늑대들이 돌아다니는 건 아니니까.

석화는 마음을 굳게 먹고 손전등의 밝기를 최대한으로 줄였다. 산을 타면서 자빠지거나 구르지 않도록 신중을 기하는 바람에 오르는 속도가 현저히 느렸다. 헬기장이 있던 곳은 도보로 한 시간이면 충분했지만, 석화였기에 적어도 두 시간은 걸렸다. 행여 몸에 상처라도 나서 누군가를 감염시킬까 봐 조심할 수밖에 없었다.

곽수환은 소식을 들었을까? 이희찬은 정말 저를 죽이려고 할까? 최호언은 어디 있지? 석화는 생각을 정리하지 못한 채로 앞만 보며 산을 탔다. 하아, 숨을 길게 내쉬며 고개를 들어보니 희미한 불빛이 컨테이너에서 새어 나오고 있었다.

"!"

손전등으로 앞을 비추자 절대 찾을 수 없을 것 같던 곽수환의 컨테이너가 저기 보였다. 한달음에 달려서 문을 열고 뻗어 자고 싶었다. 그런데도 두 다리는 느릿느릿하게만 움직였다. 불이 들어온 것을 보니 저보다 곽수환이 먼저 알고 온 듯했다. 석화는 급격하게 안심이 되는 바람에 호흡이 더 가빠졌다. 눈가가 자꾸만 뜨거워져서 물통에 있는 물을 제 머리에 뿌렸다.

소령님, 저 왔어요. 수환아. 나 왔어.

그를 부르고 싶었지만 목소리가 나오지 않았다. 석화가 간신히 손을 뻗어 컨테이너의 문고리를 쥐었다. 그와 동시에 먹먹한 귓속으로 거친 엔진 소리가 들려왔다. 풀을 짓밟고 올라오는 지프의 강렬한 불빛에 석화가 손으로 눈을 가렸다.

레인보우 시티 군인가? 여기는 어떻게 알았지? 석화가 황급히 문고리를 돌려 여는 때였다.

"석화야!"

그의 목소리가 선명하게 들려왔다. 그러나 컨테이너 안은 아니었다. 석화는 놀라 뒤를 돌았고, 지프를 박차고 나오는 곽수환을 발견할 수 있었다.

이번엔 신기루가 아니죠?

소령님, 맞죠?

"당장 거기서 떨어져! 석 박사한테서 떨어지라고, 씨발!"

달려오는 그가 왜 화를 내는 건지 모르겠다. 그런데 그 일그러진 얼굴이 꼭 울 것같이 느껴졌다. 석화도 곽수환에게 달려가고 싶었지만, 이제는 몸이 꼼짝도 하지 않았다. 아니, 누군가가 저를 뒤에서부터 옭아매고 있는 탓이었다.

석화를 붙든 남자는 여전히 부드럽게 웃고 있었다. 컨테이너 안에 있던 사람은 바로 최호언이었다.

한 꺼풀 막에 싸여 있던 시각과 청각이 예민하게 되돌아오기 시작했다. 갈증을 호소하는 목도 따끔거렸다. 총구를 들이민 곽수환의 뺨을 타고 흘러내리는 땀이 선명히 보일 정도로 모든 감각이 일깨워졌다.

"여긴, 어떻게……."

"한때는 러시아로 올라간 줄도 모르고 전국을 뒤졌죠. 전부 불태워 없앨 수도 있었는데 그냥 두었어요. 집은 늘 홈 스윗 홈 이잖아요?"

석화는 속삭이는 최호언의 말을 한 귀로 흘려보내며 총구의 방향을 뒤로 슬쩍 돌렸다. 쉽게 거리를 좁혀오지 못하는 곽수환 또한 석화를 눈도 떼지 않고 바라봤다.

"곽 소령님도 우리 가족의 일원이 되겠어요? 그럴 만한 자격은 충분하죠. 나와 내 동생의 희생으로 완전해졌으니 나는 곽 소령을 증오하지만, 충분히 품을 수도 있어요. 나는 장남이잖아요?"

"아윽!"

최호언은 석화의 양 손목을 억지로 그러쥐어 가슴께로 올렸다. 최호언의 허벅지로 향했던 총구는 어느새 곽수환에게 향해 있었다.

안 돼……!

철컥, 최호언이 대신 권총의 공이를 쳤다. 방아쇠에서 검지를 빼려고 했지만 자칫 잘못 움직이다가는 곽수환에게 총이 발사될 것만 같았다.

곽수환의 세상에는 온통 석화만 존재하는 듯 여전히 눈도 깜빡 않고 계속 석화만 바라봤다.

"도심에 폭발사건이 일어났어. 모든 에덴동산지부에서 폭발이 일고 대형 화재가 발생했지. 이대로라면 시티 전역이 불길에 휩싸일 거야."

대체 최호언은 어디까지 간 셈인가. 레인보우 시티를 전부 망가뜨리고 싶은 걸까. 석화는 얼굴을 일그러뜨렸다.

"저 새끼는 가족 놀이 같은 걸 하고 싶은 게 아니야. 그걸 핑계 삼아 사이코 짓을 벌이고 있는 거지."

툭, 투툭. 석화의 어깨로 뭔가가 떨어졌다. 하늘이 도와 비가 오는 건가 싶었지만, 방울이 떨어지는 면적은 어깨에 국한되어 있었다.

"이런."

최호언이 코피를 흘렸다.

"감염……된 겁니까?"

석화는 곽수환을 본 채로 최호언에게 물었다.

피를 흘리던 자신의 열을 식혀주고 안아주었던 때 분명 최호언의 팔뚝에 상처가 있었다. 제 피가 붕대 안으로 스며든 건 어찌 보면 당연한 일이었다.

"다만, 아주 느린 속도로 진행이 되고 있죠? 전부 진화에 희생을 해준 이들 덕분이죠."

최호언이 한 발짝 앞으로 다가온 곽수환을 향해 총구를 좀 더 반듯하게 세웠다. 이러다간 제 손으로 곽수환을 쏘고 말 것만 같았다.

일이 왜 이렇게 됐지? 조금만 늦게 올라왔다면 더 먼저 곽수환을 만날 수 있었을까? 컨테이너로 가지 않았다면 최호언에게 붙잡힐 일은 없었겠지?

이토록 자신의 무기력함이 뼈저리게 저주스러웠던 날은 없었다.

왜 나는 최호언을 뿌리칠 힘이 없지?

아주 오랜 시간 동안 잠재되어 있던 열등감이 석화의 내부에서 피어오르고 있었다. 군인들이 껄끄러웠던 건 그들의 육체가 부러웠을 따름이었고, 그 누구도 곁에 두지 않고 혼자 지냈던 건 짐이라고 손가락질 받고 싶지 않아서였다. 나는 이렇게 태어나고 싶어 태어났나? 제가 사랑하는 사람을 제 손으로 쏘게 돼도 반항조차 할 수 없는 현실은 너무도 불합리했다.

"이 상황을 어떻게 타개해야 할까, 많은 고민이 될 겁니다. 우리 곽 소령님은 어려울 것 하나 없이 살았으니까. 그런데 석화 박사님, 불쌍한 내 동생은, 육신의 고통에서 벗어나고 싶은데도 그럴 힘이 없죠."

최호언은 힘을 더 주어 곽수환을 확실히 겨누게끔 만들었다.

"들어봐요, 박사님. 곽 소령을 만들기 위해 시티가 우리 박사님 몸에 온갖 간악한 짓을 벌였어요. 처음은 나였고, 다음은 동생이었죠. 원래대로였다면 우리 동생님도 이렇게 아프고 힘이 없지 않았을 거라는 말이죠."

"석 박사, 저 새끼 미친놈인 거 알지?"

곽수환이 저딴 말은 듣지도 말라며, 오로지 자신만 쳐다보라며 눈을 형형하게 떴다.

"아버지가 그랬어요. 석화 박사님은 처음부터 아담 바이러스에서 자유로웠다고. 그런데 오로지 아담 바이러스만 면역이 있었던 겁니다. 곽 소령님의 부모가 우리들 어머니 모르게 석화 박사님 몸을 실험체로 삼았어요. 제 아이를 완벽하게 낳기 위해서, 석화 박사님에게 실험을 한 거예요. 곽수환 소령과 그의 부모만 아니었어도 박사님은 실컷 걷고, 뛰고, 남들보다 더 건강했을 겁니다."

뱀이 속삭였다.

"저자의 완벽한 신체가 부러워요? 우리의 희생 없이는 불가능했을 텐데?"

석화는 최호언을 다시 한번 돌아봤다가 곽수환을 향했다. 석화의 눈이 불안함으로 흔들리는 것은 착각이 아니었다. 선악과를 먹으라 유혹하던 뱀의 속삭임에 넘어간 이들처럼 석화 역시 귀를 열었다.

"사실이에요?"

석화는 무덤덤하게 물었으나 겨눠진 총구보다 더 예리한 칼날같이 찼다.

"소령님도 알고 있었어요? 언제부터요?"

수분이 사라진 목소리는 잔뜩 갈라져 있었다.

"처음부터…… 알았어요?"

곽수환은 부정하고 싶었다. 저 새끼 말은 다 거짓이라고, 석 박사는 실험체 같은 게 아니었다고 외치고 싶었으나 목소리를 낼 수가 없었다.

"곽수환 소령이 석화 박사에게 잘 대해준 게 당연해요. 그에게는 부채 의식이 있거든요."

"석 박사, 나한테 부채 의식 같은 게 있어 보여? 나 이기적인 새끼인 거 누구보다 잘 알잖아."

두려웠다. 석화의 눈에 저를 향한 불신이 들어서는 것만 같았다.

"나도 안 지 얼마 안 됐어. 그런데 그건 내 탓이 아니잖아."

저를 미워하지 말라며 비굴해지고 있었다. 그게 왜 네 탓이 아니야? 석화의 눈이 추궁해오는 듯했다.

"걸핏하면 쓰러지고, 다른 사람들에게 짐이 되고…… 나 원래 안 그래도 되는 사람이었어요?"

"그럼요, 누구보다 건강하게 태어났어요."

'석화야. 그 누가 뭐라 하든 너는 실패작이 아니야. 유프라테스가 낳은 완벽한 아이지.'

어머니의 말이 전부 사실이었다.

총을 쥔 손이 떨렸다.

"도와줄 수 있어요. 내가 복수해줄 수 있어요."

툭, 투툭, 여전히 최호언에게서 흘러내리는 피는 어깨를 적셨다.

"우리 형제를 이렇게 만든 시티는 싹 다 불로 태워 없애고,

육신이 끝나는 날까지 우리의 집에서 함께 살아요. 저자야말로 시티가 낳은 최대의 수혜자이자 우리의 피와 고름이죠. 없애야 해요."

'그자야말로 썩어빠진 레인보우 시티의 수호자이죠.'

서펀트가 말했다. 뱀이 너를 힘겹게 한 것을 죽여 없애고 아늑한 곳에서 살자고 유혹했다.

반항하고자 총을 꽉 쥐고 있던 석화의 손에서 힘이 빠졌다. 제 몸을 늘어뜨리고 곽수환을 겨누는 대로 놔두니, 방아쇠에 대신 최호언의 손가락이 걸렸다. 온몸에 힘을 잔뜩 뺀 석화가 최호언의 등에 기댔다. 나의 이브, 나의 구원자. 끝은 얼마 남지 않았다. 최호언이 석화를 소중히 제 품에 담았다.

탕!

총성이 울리고 새들의 날갯짓 소리가 함께 섞여들었다. 그러나 총알은 곽수환이 아닌 어둠에 가려진 나무 어딘가에 박혔다.

석화야!

석화는 곽수환이 저를 부르는데도 뒤돌아보지 않았다. 방심했던 최호언이 총을 쏘는 순간 그를 밀쳐내고 산을 타고 올라가기 시작한 것이다. 석화는 속으로만 중얼거렸다.

달려, 달려! 빨리!

흙에 미끄러져 다리의 근육이 비명을 지르는 것 같았어도 절대 멈추지 않았다. 앞으로 두 번 다시 달릴 수가 없게 되어도 좋다. 도망가야 해. 한 치 앞도 보이지 않는 산을 오르고 또 오르는 동안 뒤에서는 몇 번 더 총성이 터졌다. 석화는 그래도 뒤돌아 보지 않았다.

그는 분명 오해했을지도 모른다. 제가 그를 원망한다고 생각할 수도 있었다. 자신이 최호언에게 잡혀 있어 봐야 또다시 짐 밖에 되지 않으니 뱀의 말에 현혹되는 척을 했던 것뿐이다. 제 몸이 이렇게 된 데에 곽수환은 아무런 잘못이 없다. 그런데 그가 오해할까 봐, 상처받았을까 봐 터질 것 같은 폐보다 가슴이 더 아팠다.

하아, 하아. 석화는 손에 잡히는 것을 아무거나 잡고 기어올랐다. 바닥에 다닥다닥 붙어 있는 바위를 붙잡고 오르고 또 올라 몸을 간신히 바로 세웠다. 저 멀리로 붉은 기둥이 일렁거렸다. 분명 불타고 있는 건 도심이라고 했는데, 저 멀리 사람이 살지 않는 폐허에서도 불길이 치솟고 있었다. 도심의 불길이 여기까지 번진 건가? 아니면 누가 불을 질렀을지도 몰라. 석화는 제 얼굴을 손으로 마구 닦아 내렸다. 땀인 줄 알았는데 코에서 그리고 기침하는 입에서 피가 나고 있었다.

아무래도 영감님이 틀렸나 봐요. 몸이 자꾸만 독을 흘려요.

석화는 커다란 바위 뒤로 돌아가 배낭을 벗고 몸을 움츠렸다.

◆ ◆ ◆

석화를 뒤쫓으려는 최호언에게 곽수환이 총을 발포했다. 놈도 달려오는 곽수환에게 총을 쏘다가 지나치게 좁혀진 거리 탓에 권총을 바닥에 던졌다.

"넌 내가 쉽게는 안 죽여."

죽을 때까지 말하지 않으려고 했던 진실을 내뱉은 뱀새끼의 혀를 뽑아내고 눈알을 파내서 흙바닥을 기게 만들 거다. 주먹에 얼굴을 정통으로 맞은 최호언이 낄낄대고 웃었다.

"곽 소령님도 진짜 알고 있었어요? 아, 말하면 안 되는 거였구나. 아까 봤어요? 석화 박사님 많이 충격받았던데."

곽수환이 다시 주먹을 놈의 아가리에 꽂으려는 순간 뻑 소리가 나면서 나무가 패었다. 중심을 낮춰 주먹을 피한 최호언이 곽수환의 옆구리를 쳐올렸다. 갈비뼈를 울리는 충격에 뒤로 물러나자 몸을 밀어서 뒤로 자빠뜨렸다.

"다 싫어서, 도망갔나 봐요. 하긴 나도 용서가, 안 되는데."

위로 올라탄 최호언이 말을 끊어가며 주먹을 내질렀다. 곽수환은 그동안 가드를 세웠지만, 그럼에도 팔뚝의 뼈가 찌릿찌릿했다. 분명 어딘가에 금이 갔을지도 몰랐다. 최호언이 다시 한 번 힘을 밑으로 쏟는 순간 곽수환은 턱을 후려갈겼다. 큭, 제대로 맞아 균형 감각을 잃은 최호언이 손으로 바닥을 짚었다. 곽수환은 우악스럽게 머리채를 쥐어서 뾰족하게 튀어나온 돌에 최호언의 머리를 가져다가 찧어댔다. 퍽, 퍽, 콰직, 뼈가 상하는 소리와 함께 살점과 피가 함께 튀었다.

"지옥에서 니 애비도 못 알아볼 정도로 뭉개줄게. 감염됐으면 곱게 뒈질 것이지 주둥이를 함부로 놀려? 감염 속도 늦추려고 몇 놈이나 희생시켰어? 쉘터를 빼곡하게 채울 만큼은 되나?"

몸의 모든 힘줄이란 힘줄은 전부 불거져 터지기 일보 직전이었다. 저따위 간사한 혀에 식화가 놀아닐 리가 없다고 믿고 싶었다. 놈의 뼈를 잘게 다지고 마지막으로는 혀를 뽑아버릴 것이다. 머리채를 확 밀쳐놓고 최호언의 팔을 꺾기 위해 발을 들었다. 들끓는 분노를 가르듯 총성이 들린 그때였다.

푹, 회전하는 무언가가 옆구리를 스쳤다. 또다시 총성이 터졌고, 빗겨나간 탄환은 바닥에 박혔다.

"마스터를 지켜!"

강렬한 빛이 그들이 있는 방향을 겨눴다. 적어도 여섯은 되어 보이는 군인들이 총을 발포하기 시작했다.

총알이 스쳐간 옆구리에서 피가 울컥울컥 새어 나왔다. 곽수환은 최호언의 목에 팔뚝을 단단히 걸어 제 앞으로 끌어당겨 방패로 삼았다. 최호언은 뭐가 그렇게 웃긴지 연방 웃음만 내뱉었다.

"하아……. 그거 알아요? 석화 박사가 얼마나 자기 자신의 무력함에 치를 떠는지? 근데 그게 전부, 다 곽수환 소령 때문이었네?"

곽수환도 모를 리 없다. 석화는 언제나 무력한 몸을 함부로 대하는 것을 극도로 싫어했다.

"곽수환! 투항해라! 마스터를 풀어주고 투항하면 목숨은 살려주겠다!"

마스터의 정예군은 최호언을 쏠 수는 없기에 더는 다가오지 못한 채로 소리쳤다. 붉은 점이 이동해 곽수환의 팔뚝에 다다랐다. 그가 반대편 팔로 다시 최호언을 조이자 조준점이 사라졌다. 자칫하면 최호언의 쇄골이 뚫릴 수도 있는 상황이었다.

옆구리에서 흐르는 피가 이제는 바지까지 적시고 있었다. 여기서 시간을 더 끌어봐야 제 손해다.

"그거 아니고."

최호언의 하얗고 가지런하던 이가 피로 잔뜩 물들어 있었다.

"석화 박사의 몸에, 내 적혈구를 수혈했는데……. 곽 소령과 나는 상극이거든."

퉤, 최호언이 피를 뱉었다.

"그래서 석화 박사의 출혈도 멈추지 않는 겁니다. 어쩌면 죽을 수도 있어, 병신아. 네 애비처럼."

화기에 사로잡혀 있던 곽수환의 얼굴에 한기가 드리웠다.

윽, 한껏 집중해 조준점을 겨누던 정예군이 곽수환의 팔뚝에 총알 한 방을 박는데 성공했다. 곽수환은 이를 악문 채로 목을 조른 팔을 풀지 않았다. 거리를 더 좁혀오는 놈들을 보다가 뒤쪽의 컨테이너를 확인했다. 최호언을 붙들고 뒤로 이동하자 놈들도 똑같이 다가오기 시작했다.

"후우, 이제 좀 살 것 같네요."

어지러운 정신이 돌아온다며 한숨을 내뱉은 최호언이 곽수환의 팔뚝에 손가락을 박아 넣었다. 총상을 손가락으로 마구 헤집는 최호언의 목을 꺾어버릴 셈이었으나 놈은 양 팔뚝을 움켜쥐어 힘으로 막아냈다. 힘을 쓰는 만큼 옆구리에서는 피가 울컥울컥 쏟아졌다. 젠장, 곽수환은 놈의 목덜미를 쥐고 컨테이너 안에 처박았다.

탕, 타앙! 등을 보인 순간 총성이 터졌고 곽수환이 컨테이너의 문을 닫자마자 최호언이 덤벼들었다. 적어도 한 발 이상이 등에 박혔는지 몸에서 피가 빠져나가는 게 더 여실히 느껴졌다. 곽수환은 벽에 매달린 권총을 찾았지만, 올라타 목을 조르는 최호언을 막기에 급급했다.

그의 가슴팍에서 콰직, 무언가가 깨지는 소리가 났다. 안에 있던 용액이 흥건하게 가슴을 적시고 앰플 뚜껑이 굴러 떨어졌다. 최호언은 그것을 알아본 듯 눈을 키웠다. 깨진 이마는 하얀 뼈까지 드러나 있어 괴기스럽기도 했다. 그야말로 아담이 따로 없었다.

"이런, 쉘터 내부에 생존한 실험체가 있었나요?"

"큭, 빌어먹을 새끼."

"그 불쌍한 실험체들은 전부 석화 박사가 자신들을 구원해줄 거라고 생각했어요. 고통받는 그들에게도 뭐, 한낱 구원의 희망 같은 건 있어야 하잖아요? 아버지가 내게 동생의 소중함을 알려줬듯이, 아담의 백신이 이브였듯이, 석화 박사가 그들만의 희망이었다는 건데, 그들이 생각하는 구원의 뜻이 뭔지는 압니까?"

몸을 한껏 숙이고는 귓가에 속삭였다.

"휴거. 즉 죽음이지. 이 시티를 없애고 고통을 끝내줄 자가 바로 구원자인 겁니다. 충분히 그럴 수 있었는데……."

최호언이 목을 더 거세게 졸랐다.

태어나 지금까지 곽수환은 약했던 적이 없었다. 지킬 사람만 없다면 저 스스로는 그 누구보다 강했다. 두려울 것 하나 없었던 자신이 처음으로 육체적 한계에 맞닥뜨렸다.

툭, 투툭, 최호언의 코에서 흘러내린 피가 팔뚝에 스며들었다. 이채를 띠고 있던 눈에 흐릿함이 번져나가는 틈을 놓치지 않고 놈에게 올라타 주먹을 내질렀다. 밖에서는 한바탕 총성이 울리고 있었다. 바람을 찢는 헬기와 사이렌 소리도 들려왔다. 컨테이너에 총알이 박혀 철판이 구겨지는 그때, 최호언이 곽수환의 옆구리를 걷어차고 앞으로 튀어 나갔다.

총상을 입은 곳에 어마어마한 통증이 닥쳐왔지만, 곧장 권총을 낚아채 놈을 따라 나갔다. 헬기에서 쏟아져 나오는 빛이 숲을 밝혔다. 황제펭귄 마크를 단 헬기였다. 빛의 사각지대로 피해 있는 정예군들은 헬기를 격추시키기 위해 사격을 했다.

"곽수환 소령! 우리에게 합류해라! 올빼미와 부엉이의 지시로 합류한 우태안 대령이다!"

밑에서부터 올라오는 군인은 백신을 맞고 세 가문에 합류한 자들이었다. S클래스로 구성된 마스터의 정예군들은 각자 쪼개져 곽수환에게 합류하려는 반란군을 막았다. 최호언은 석화가 사라진 방향을 향해 달려 올라가고 있었다. 곽수환도 멈추지 않고 놈을 뒤쫓으며 총을 발사했다. 새들조차도 더는 이 근처에 머무르지 않는지 총성과 프로펠러 소리만이 산을 메웠다. 피가 군화 속에 고여 마치 빗물을 머금은 듯 발바닥이 축축했다. 그러나 더는 고통조차 느껴지지 않았다.

온통 바위로 덮여 있는 산을 뛰어오르며 곽수환이 소리쳤다.

"석 박사! 숨어 있으면 절대 나오지 마!"

이 소란에 석화가 얼굴이라도 내밀까 봐 초조했다. 제가 아는 석화라면 분명 어딘가에 숨어 있을 것이다. 뱀새끼 말대로 제가 싫어서 도망간 게 아니라 오히려 짐이 될까 봐 도망쳤을 거다. 석화는 늘 그랬다. 자신보다 약하면서 저를 보듬어주는 사람이었다.

뒤늦게 합류한 헬기 한 대가 정상으로 날아가고 있었다. 레인보우 시티의 헬기였다. 뒤따르는 황제펭귄 헬기가 사격을 하는데도 동체는 막힘없이 위를 향하고 있었다. 젠장, 젠장! 곽수환은 아이처럼 울부짖고만 싶었다. 이러다 정말 석화를 잃어버릴 것만 같아서. 몸에서 힘이 자꾸만 빠져나가는 게 느껴졌지만 그는 어느 때보다도 더 빠르게 몸을 움직였다.

정상에 다다르기도 전에 최호언이 보였다. 하나뿐인 산길에서 석화를 발견하기란 그리 어렵지 않았던가. 바위 앞에 서 있는 최호언은 석화를 붙들고 있었다. 코피를 흘리는 석화는 지금 당장 쓰러져도 이상할 것 같지가 않았다. 석화는 마치 앞이 보이지 않는 사람처럼 동공의 초점을 잡지도 못했다.

"소령님…… 괜찮아요?"

제 꼴은 생각도 안 하고 자신을 걱정하는 석화를 보니 무력감에 정신이 나가버릴 것 같았다. 석화가 울고 있었다. 아무리 힘들어도 괴로워도 울지 않던 사람이 저를 보며 운다.

"왜 이러는 거예요. 대체 왜 이렇게까지 합니까."

석화가 최호언에게 붙들린 채 물기에 섞인 핏물을 바닥에 떨궜다.

"왜라니? 석화 박사도 나와 같은 마음이었잖아요. 시티가 사라지고, 이 모든 흔적들이 사라지면 우리의 고통도 없어질 거라고."

최호언은 작은 몸에 링거를 주렁주렁 단 채로 제 손가락을 잡았던 동생을 기억한다. 자기를 실험실 안에서 빼내달라고, 저를 아프게 한 것들을 전부 없애달라고 형도 똑같이 아팠지 않느냐며 울음조차 제대로 내지 못했던 아기를 기억했다.

"우리라고 하지 마……."

석화는 한번도 고통스러웠던 적이 없다며 힘을 주어 부정했다. 헬기에서 줄을 타고 내려온 정예군과 곽수환의 뒤로 선 반란군이 서로에게 총구를 겨눴다. 일촉즉발의 상황에서 그 누구도 먼저 총구의 불을 뿜지는 않았다. 그랬다가는 전부 죽는다는 것을 알고 있기 때문이었다. 그들은 털을 바짝 세운 짐승들처럼 서로를 탐색하기만 했다.

"곽수환!"

헬기에서 내린 양상훈과 이채윤의 목소리가 바로 뒤에서 들려왔지만, 그는 돌아보지 않았다. 씨발! 너 죽어, 미친 새끼야! 그들은 적을 향해 총구를 겨누면서도 곽수환을 걱정했다. 빌어먹게도 피를 너무 많이 흘렸는지 귀가 먹먹했다. 피가 아니라 온몸의 오감이 밖으로 빠져나가고 있었다. 어쩌면 억지로 붙들어둔 영혼이 새어나가는 것인지도 모른다.

"백신이 진짜이고, 내가 그것을 속였기 때문에 반란이 일어났다죠?"

최호언이 반란군들을 향해 소리쳤다.

"백신이 진짜라고 확신합니까?"

"닥쳐! 석화 박사님한테 뭔 짓이라도 해봐!"

이채윤이 한 발짝 앞으로 다가갔다. 최호언은 다 허물어져 가는 석화의 몸을 부축해 팔을 들었다. 그러고는 제 정예군 한 명도 잡아 끌어왔다. 피가 차갑게 식는다. 곽수환은 저 새끼가 지금 무얼 하려는 것인지 직감했다.

곽수환을 엄호하러 다가온 양상훈은 제 동료의 총상을 지혈하기에 너무 늦은 것을 깨달았다.

"수환아, 곽수환. 박사님보다 네가 먼저 죽겠다, 새끼야. 너 지금 꼴이 어떤지 알아?"

양상훈이 울듯이 얼굴을 엉망으로 구겼다.

"……내가 항상 신세 져서 미안한 거 알지?"

그는 석화를 바라본 채로 양상훈에게 나직하게 말했다. 말할 때마다 수명이 단축되는 기분이었다.

"씨발놈아. 곧 죽을 것처럼 말하지 마라."

"부탁 하나만 더 하자. 석 박사 데리고 도망가라."

"뭐?"

곽수환의 목소리가 희미하게 흘렀다.

"모두가 석화를 노리게 될 거야. 부탁해."

"그게 무슨 소리야."

나직한 비명과 함께 석화의 팔에 상처가 생겼다. 최호언이 석화의 팔뚝에 칼날을 박아 넣은 것이다. 한 줄기 피가 팔뚝을 타고 뚝뚝 흘렀다. 당장 뛰쳐나가 놈을 갈기갈기 찢어버리고 싶었지만 그랬다가는 석화를 영영 구하지 못할 것이다. 냉정하기가 너무 힘이 들었다. 뇌가 텅 비어버리는 듯 이성적인 판단이 자꾸만 흐려져 갔다.

"마, 마스터?!"

최호언이 저를 지키던 정예군의 팔에 석화의 피가 묻은 칼을 찔러 넣었다.

"큭!"

"뭘 걱정해요. 내가 모를 거라 생각했어요? 당신도 백신을 맞았잖아요? 그리고 왜 다들 그런 표정입니까? 모두 백신을 믿는 것 아니었어요? 뭐가 두려워요?"

숨겨둔 선물을 꺼내 드는 아이처럼 최호언은 흥분한 기색을 숨기지 않았다. 최호언의 말이 맞다. 반란군들은 백신이 진짜라는 믿음 아래에 뭉쳤다. 그렇게 세 가문도 손을 잡을 수 있었으며 거기엔 반란의 타당성도 존재했다. 그러나 만일 백신이 가짜라면……

"컥, 캑, 쿨럭."

석화의 피에 노출된 정예군이 갑자기 분수처럼 피를 토해냈다. 그 누구도 말을 하지 않았지만 공기마저 경악에 물들었다. 그러나 아직, 아직이다. 지금은 아니야.

울컥, 곽수환은 제 몸에서 쏟는 피를 재차 깨달으며 석화만을 눈에 담았다. 여전히 동공에 초점도 제대로 세우지 못한 채 간신히 정신을 붙들고 있는 게 느껴졌다.

석화 형, 아프지? 조금만 참아. 조금만.

"이런, 백신이 효과가 없나 보군요."

애석하다는 투로 말한 최호언이 석화의 손을 번쩍 들어올렸다.

"박사님께서 백신을 개발하셨다는데, 여기 박사님 몸에 새로운 아담 바이러스가 심어져 있어서 그런가 봐요. 다들 속은 겁니다. 새롭게 변이한 아담 바이러스의 백신은 없어요. 안 믿기면 누구 시험해보실 분 계신가요?"

피로 붉게 물든 이가 드러났다. 반란군의 동요는 확실했다. 올빼미와 부엉이에게 합류했던 대령이 무전기를 들었다. 백신이 효용이 없다는 소식을 전달하기 위해서. 대령이 사격 준비 신호로 손을 올리자 확장된 동공들이 석화를 향했다.

철컥.

저건 바이러스다. 백신이 듣지 않는 새로운 변이 아담 바이러스의 숙주다.

레인보우 시티의 군인들과 시민들은 바이러스로 너무도 오랜 시간 동안 고통받았다. 변이 아담 바이러스는 혐오를 넘어서 공포를 느끼게 하기 충분했다. 피를 토해낸 뒤 자빠져 있던 정예군이 몸을 기이하게 일으켰다. 아담이다! 사살해! 총구는 또다시 그쪽을 향했다. 두두두두둑! 아담이 되어버린 정예군의 몸에 벌집이 생기고 곽수환이 있는 힘을 다해 소리쳤다.

"양상훈, 지금!"

최호언을 향해 달려가는 순간부터 양상훈이 곽수환을 엄호하기 시작했다. 몸에 총상을 입고도 제 편을 물어뜯는 아담에 의해 정예군 몇 놈 또한 변이를 시작했다.

"박사를 죽여! 아담부터! 아니 박사부터 죽여!"

헬기를 향해 석화를 들쳐 메고 달려가는 최호언의 등에 곽수환이 권총을 쐈고, 총알이 제대로 박혔다. 그런데도 놈은 멈추지 않았다.

양상훈은 허공에 반쯤 떠 있는 헬기의 프로펠러를 향해 기관총을 쉴 새 없이 난사했다. 터엉, 프로펠러 한쪽이 부러져 헬기가 방향을 잃고 바닥으로 앞머리를 처박았다. 맹렬히 돌아가던 프로펠러가 바닥의 바위를 긁으며 제 몸을 산산조각 냈다. 프로펠러 조각이 이리저리로 튀어 아군 적군 할 것 없이 몸에 처박했다.

최호언에게 붙잡혀 있던 석화는 절규 속에서 제 이를 악물었다. 몸이 반쯤 접혀 어깨에 들쳐진 상태로 흔들린 탓에 구역질이 치솟았다. 정신 차려. 지금 죽는 한이 있더라도 정신 차려야 해. 이대로 휩쓸릴 수는 없다. 그래야 수환이도 살아. 석화는 고개를 들어 시야에 떨어진 권총 하나를 발견했다. 곽수환과 양상훈이 달려오는 장면이 아주 느리게 느껴졌다. 손을 뻗어 권총을 낚아채고 싶었으나 그곳까지 손이 닿지 않았다. 최호언의 등이 삽시간에 피로 물들어 슈트가 몸에 축 달라붙었다. 헬기가 폭파되며 섬광을 비추는 그때 그의 허리 벨트에 꽂힌 권총이 보였다.

석화는 손을 뻗어 권총을 재빨리 꺼내들었다. 그리고 공이를 쳤다. 생의 마지막 힘을 내듯 숨을 크게 들이켰다. 최호언의 총상을 쥐고 있던 권총의 손잡이로 내리쳤다. 석화는 최호언의 팔에서 힘이 풀리는 틈을 타 그를 밀쳐내 바닥을 굴렀다. 한껏 팽창된 동공으로 저를 내려다보는 최호언과 눈이 마주친 순간이었다. 망설이지 마. 내부의 속삭임도 동시였다.

탕-! 가슴을 향해 방아쇠를 당겼다. 눈을 두어 번 깜빡거린 최호언의 입가에서 붉은 피가 터졌다. 바닥에 주저앉은 석화에게 고꾸라진 최호언이 손을 뻗었다. 퍽, 날아온 프로펠러 조각이 최호언의 어깨에 박혔다. 반쯤 잘려나간 팔이 너덜거린 채로 뻗어와 소름이 돋았다.

이브, 내 구원자, 내 안식.

붉은 눈은 집착을 가득 담고 여전히 제게 손을 내밀었다. 석화는 뒤로 물러나지도 못한 채 꼼짝없이 그 시선에 붙들려 있었다. 레인보우 시티가 만들어낸 괴물이 죽어가는데 어째서 통쾌하지 못한 것인가. 그때, 확 누군가의 커다란 손이 나타나 눈을 가렸다. 몸을 감싸 안는 그 온기가 익숙했다. 곽수환이었다. 그런데 그의 몸이 무언가에 타격을 받는 듯 몇 차례나 경련했다.

"미안해. 나 때문에 석 박사가 아팠던 거야."

곽수환의 목소리가 전에 없이 희미했다. 그의 손바닥이 축축하게 젖어 들어갔다. 네 잘못이 아니라고 말하고 싶은데도 목소리가 나오지 않아 고개만 저었다.

"그래도 살아야 해. 자기 나 믿지?"

곽수환의 온몸이 흠뻑 젖어 있었다. 몸의 모든 구멍에서 피를 쏟아내는 듯 핏물에서 갓 올라온 듯, 전신이 피투성이였다. 그러나 그는 아무것도 보지 못하도록 석화의 눈을 가린 채였다. 석화는 그의 손을 하얗게 바래도록 두 손으로 붙들었다. 그에게서 떨어지게 되면 영영 이 품에 돌아올 수 없을 것만 같았다.

"살아."

그가 저를 누군가에게로 밀었다.

소령님, 수환아, 부르고 싶은데 목이 메어서 끅끅거리는 숨만 내뱉어졌다. 곽수환 때문에 아픈 적은 단 한번도 없었다. 자신의 희생으로 그가 완전해질 수 있었다면, 내 사랑하는 사람이 완벽해질 수 있었다면, 그것은 희생이 아니라 축복이었다. 그를 두 눈에 담고 싶은데 저를 안고 달리는 남자 때문에 얼굴이 제대로 보이지 않았다. 남자가 공중에 떠 있는 헬기의 끈을 잡자, 몸이 허공에 떠올랐다. 곽수환이 누구보다 강한 사람이라는 것을 안다. 아는데, 그의 몸을 흐르는 모든 피를 이 산이 전부 먹어 치우려는 것만 같아서, 이번은 정말 마지막 같아서…….

수환아!

소리쳤지만 거센 프로펠러 소리에 석화의 목소리는 묻혔다.

곽수환은 헬기가 무사히 떠오른 것을 보고 뒤를 돌았다. 아담과 군인들의 시체가 바닥에 즐비했고, 살아남은 사람은 혼이 빨려버린 듯한 이채윤과 대령 그리고 몇몇 반란군이 전부였다. 그들을 이제 반란군이라고 부를 수 있을까? 하아, 긴 숨이 흩어졌다. 석화에게 다시 돌아갈 수 있을까? 저 답지 않은 절망 또한 함께였다.

대령이 소리쳤다.

"마스터를 구해라! 곽수환 소령은 아담 바이러스 숙주를 보호하고 도주시킨 죄로 즉결처분한다."

이제 모든 총구는 저를 향해 있었다. 이것이 종국이었다. 레인보우 시티에 위협을 몰고 온 이단아이자 반란군은 이제 저 혼자가 되어버렸다.

"곽수환……. 어쩔 수 없어. 여기서 끝내야 해."

이채윤이 말했다. 대령은 동료에 대한 마지막 예우를 지켜도 좋다는 듯 그녀에게 암묵적으로 처형을 허가했다.

탕!

그녀는 손만 옆으로 뻗어 대령의 관자놀이에 권총을 발사했다. 그것을 신호삼은 곽수환은 바닥에 널브러져 있는 아담을 들어 몸을 막고 살아 있는 군인들을 사살하기 시작했다. 이채윤이 후방에서, 곽수환이 전방에서 열 명 남짓한 군인의 숨통을 끊었다. 반란은 성공해야 한다. 그래야 이채윤의 가문도 살아남는다. 최호언을 다시 마스터의 자리에 올릴 수는 없다. 죽이지 않으면 죽는다. 넘어진 군인 몇몇의 상처에 아담의 피가 스며들어 감염되니 아군적군 할 것 없이 아비규환으로 변했다. 곽수환과 이채윤은 서로를 제외하고 이 자리에 있는 모든 이들의 숨통을 끊어 놨다.

하아, 하아……. 곽수환은 시체의 산에 서서 숨을 몰아쉬었다. 이채윤은 죽은 군인들의 시체를 한데 끌어다 놓고 확인사살을 했다.

곽수환이 긴 소총을 지지대 삼아 최호언 앞에 무릎을 꿇고 앉았다. 최호언은 아직 숨이 붙어 있었다.

"……참 끈질기다. 너도, 나도."

최호언의 눈에 총기는 없었다. 서서히 죽어가는 게 보였다. 곽수환 자신 역시도 생명이 끊어져가는 것을 느꼈다. 방금 제가 낸 목소리조차 들려오지 않았으니.

곽수환은 몸에 힘이 들어가지 않아 무릎을 꿇은 채로 총을 장전했다. 그리고 최호언을 향해 겨눴다.

너희들에게 안식할 곳은 없어.

최호언이 동공을 올리더니 저주를 내뱉었다.

석화가 변이 아담 바이러스의 숙주인 이상 레인보우 시티에는 돌아올 수 없을 것이다. 사람들과도 함께할 수 없을 거다. 그래서 저는 살아야 했다. 저만큼은 살아서 석화의 곁에 있을 거다.

탕-

최호언을 향해 총을 발사했고, 곽수환의 숨도 함께 끊겼다.

THE
LAST SCENE

마스터 최호언 사망일로부터 150일 뒤, 레인보우 시티 자치정부 발표일로부터 151일 뒤.

백신 '이브' 전 국민 배포 완료로부터 60일 뒤인 오늘.

현現 협력국 러시아 하산Xacah

땔감을 안고 가는 사람의 입가로 하얀 입김이 뭉개졌다.

한번에 많이 들 수는 없어서 두세 조각씩 옮겨놓은 땔감의 양은 겨울을 날 정도로는 부족했다. 그래도 가을부터 부지런히 마른 장작을 모아둔 덕인지 아껴서 떼다 보면 이번 겨울을 무사히 나지 않을까 싶었다. 산장 안으로 돌아온 석화는 벽난로 안에 땔감 두 개를 툭툭 얹었다. 부지깽이로 재를 쑤시니 아직 살아있는 불씨가 피어올랐다.

석화는 찬장을 열어 통조림 하나를 꺼냈다. 통조림 따개의 톱니바퀴를 돌려서 캔을 여니 고소하고도 달콤한 옥수수 냄새가 올라왔다. 접시에 툭툭 덜고 딱딱하게 말라비틀어진 즉석밥을

245

함께 먹었다. 그러다가도 커튼을 열어둔 산장 창문을 멍하니 바라봤다.

그럴 리 없지만 석화는 눈 안으로 차가운 바람이 들어온다고 생각했다. 눈이 시렸다. 눈꺼풀을 질끈 감았다가 뜨니 망막을 뿌옇게 감싸던 물기가 사라졌다.

석화는 덤덤하고도 차분하게 식사를 계속했다. 식탁에 놓여 있는 이가 빠진 과도는 평소처럼 시선을 사로잡았다.

'살아.'

그럴 때마다 곽수환이 말했다.

석화는 오랜 시간에 걸쳐 식사를 마치고 낡은 소파로 걸어갔다. 소파 앞의 테이블에는 산에서 나는 약재들이 수북했다. 흙을 털어내고 약재를 가위로 자르다가 또다시 창밖을 바라봤다.

산장 안에는 적어도 반 년 치 먹을거리가 있었다. 근처에 계곡이 있어 물을 조달하기도 어렵지 않았다. 대신 주방 안쪽에 켜켜이 쌓여 있던 부탄가스는 슬슬 바닥을 드러내고 있었다. 반 년 치 식량이라고 했지만 원체도 많이 먹는 편이 아니라 그보다 두 달은 더 버틸 수 있을 듯했다.

러시아로 홀로 올라온 뒤 석화는 혼자 사는 법을 배웠다.

그중 가장 어려운 것이 있다면 혼자서 머리카락을 자르는 일이었다. 지금도 대충 잘라둔 앞머리가 거슬렸지만 아직 정리하기는 일렀다. 석화는 자리에서 일어나 곽수환이 산장에 남겨두고 간 큐브를 손으로 돌렸다. 그는 이런 일을 예견했던 걸까? 아니, 어쩌면 우리가 살았던 모든 곳에 혹시나 싶어 대비를 해뒀을지도 모른다. 항상 준비성이 좋은 그였으니까.

창밖을 멍하니 바라보던 눈에 잠시 활기가 돌았다. 사향노루 한 마리가 산상을 배회하고 있던 것이다. 문을 열고 나가면 후다닥 도망가버리고는 해 그저 이곳에서 바라만 볼 수밖에 없었다.

어둠이 산장을 찾아올 무렵 일렁거리던 촛불을 후 불어 껐다. 불빛을 따라 늑대가 몰려들면 하루 종일 집 안에 갇혀 있어야 했다. 석화는 권총을 침대 옆에 두고 몸을 웅크렸다.

그날 헬기에 매달려 이동한 석화는 곧장 양상훈과 함께 지프로 갈아타야 했다. 지프의 무전에서는 석화 박사를 사살하라는 지시가 끊임없이 내려오고 있었다. 올빼미와 부엉이 가문은 대령이 남긴 무전을 통해 석화가 변이 아담 바이러스의 숙주임을 알아버렸기 때문이다.

도심 곳곳은 불타고 있었으나 양상훈은 아무런 말도 없이 지프를 위로 몰기만 했다. 그렇게 반나절이 지나고 또다시 무전이 울렸다.

'변이 아담 바이러스의 유일한 숙주인 석화 박사는 발견 즉시 사살하라. 마스터 최호언이 사망했으며 백신은 예정대로 개발해 배포한다.'

다행히 비가 와 도심의 불길은 더 크게 일지 않았고, 불행히 무전에서는 계속 석화를 죽이라 종용했다. 러시아와 한껏 맞닿은 곳까지 도달한 밤이었다. 석화는 지프에서 권총 두 자루와

먹을거리를 챙겨 홀로 레인보우 시티를 벗어났다. 자신의 도주를 도와준 양상훈도 위험해질 수 있으니 동행은 여기까지였다.

두만강 강폭이 좁다지만, 수영해서 건너갈 수도 없는지라 석화는 너덜거리는 다리를 스스로의 힘으로 기어 건넜다. 철교 중심이 파이고 철로가 강을 향해 고개를 숙였다고 해도 석화 한 사람의 무게쯤은 끄떡없었다. 대신 갈 때는 곽수환과 함께였지만 돌아올 때는 혼자였다.

헤어지던 날까지 양상훈과는 아무런 말도 나누지 않았다. 그래도 석화는 느낄 수 있었다.

그는 아마도 곽수환이 죽었을 거라고 생각했던 것 같다. 반대로 석화는 죽음에 대한 생각을 멈췄다. 깊이 생각하고 싶지 않았다. 만일 곽수환이 살아 있다면 자신을 죽이라는 무전을 듣고 가만히 있을 리 없었으니까.

그는 늘 그런 사람이었다. 자기 자신보다 저를 더 우위에 두었고, 목숨을 내놓고서라도 저를 살리는 사람이었다. 이토록 고독하고 외롭지만 그가 살린 목숨이었다. 그래서 제 맘대로 함부로 버릴 수도 없으니 살아야 했다.

◆ ◆ ◆

석화는 반쯤 졸고 반쯤 눈을 뜨는 밤을 지새웠다. 동이 트자마자 권총을 챙겨 두꺼운 옷으로 갈아입었다. 며칠에 걸쳐 썰어둔 약재와 직접 만든 연고도 지프에 실었다.

습관적으로 지프 거울에 제 얼굴을 비춰봤지만 코피는 멈춘지 오래였다. 또한 체온은 예전과 달리 일반인에 가까웠다. 이따금 출혈하던 몸이 안정을 찾은 건 산장에 도착하고도 일주일이 넘었을 때였다. 차라리 죽었으면 했다. 석화는 고개를 젓고는 지프를 몰아 밑으로 내려가기 시작했다.

지프는 그와 살았던 하산의 건물에서 가져올 수 있었다. 라즈보이니크라고 불리던 근처의 약탈자 우두머리는 듣자 하니 차에 묶인 채 아사했다고 했다. 차에 묶인 걸 보고도 아무도 구해주지 않았기 때문이라고 했는데, 그 이후로 약탈자들이 사람들을 괴롭히는 일은 없었다. 석화는 밑의 지역에 모여 사는 사람들에게 약재와 연고를 주고는 약간의 기름과 옷가지를 얻을 수 있었다.

사람들은 다들 석화가 벙어리 약사인 줄 알았다. 제 몸이 아직 어떤 상태인지 확신할 수 없기 때문에 사람들과 만나는 일을 최소한으로 줄인 탓이었다. 석화는 꾸벅 인사를 하고는 다시 산장으로 차를 몰았다. 석화에게 호의를 내비치는 사람들도 분명 있었지만, 그가 가지고 있는 권총 때문에 또 쉽사리 다가가지는 못했다. 몇 달 전만 해도 남녀 가리지 않고 하반신을 휘두르는 러시아 놈 하나가 석화에게 달려들었다가 총에 맞을 뻔한 적도 있었다. 그 이후로는 아무도 산장 가까이에 다가가지 않았다. 밤에 침입하려고 해도 늑대가 많으니 함부로 산장에 접근하는 이들도 없었다. 석화에게 늑대는 두려운 존재였지만 반대로 저를 지켜주는 아군이기도 했다.

석화는 집으로 돌아와 입구와 창문에 깨진 병이 잘 꽂혀 있나 확인했다. 그리고 침대에 드러누웠다.

오늘도 또 똑같은 하루가 지나가고 있었다. 다른 게 있다면 곽수환이 없는 151일이라는 것이다.

내일은 그가 없는 152일째가 될 것이다.

◆ ◆ ◆

그럴 리가 없는데 밖이 소란했다. 어둠은 물러난 지 오래였기에 커튼 사이로 빛이 어른거렸다.

석화는 몸을 일으켜 경계심을 갖고 슬쩍 커튼을 젖혔다. 아마도 밑의 사람들이 계곡으로 물을 뜨러 온 모양이었다. 석화는 안심하고 싱크대로 걸었다. 물물교환 해온 비누로 얼굴을 깨끗하게 닦았다. 심이 마모된 칫솔로 이도 닦고 아침을 먹기 전에 라디오를 챙겼다.

석화는 레인보우 시티와 가장 가깝고 신호가 잘 잡히는 곳으로 걸었다. 옆구리에 권총은 늘 잘 있었다. 라디오의 안테나를 길게 빼 들고는 신호를 찾았다.

레인보우 시티는 슬슬 안정기에 접어드는 중인지 이따금 자리만 잘 잡으면 시티의 방송이 들려오고는 했다.

[치직, 직, 직, 투표는 공정하게 진행되었습니다. 레인보우 시티에……. 치직, 시티의 시민이며, 각 지역의, 치직, 오시어 시민 등록을 해주십시오. 치직.]

방송에서 사람들을 세뇌하는 선전 따위는 사라진 지 오래였다. 석화는 한쪽 주머니에 있던 휴대폰을 꺼냈다. 방전이 되어서 이제는 곽수환의 사진조차 볼 수 없었다.

비밀번호를 풀지 않았다면, 당사도로 가지 않았다면……. 석화는 이 휴대폰을 볼 때마다 그런 생각을 했다. 세컨드 마스터가 설정한 비밀번호는 끝까지 그다웠다. 어머니를 향한 애틋함이나 자식에 대한 미안함 같은 건 없었다. 그가 설정한 비밀번호는 'Agate'였다. 그가 그렇게도 사랑한 마노 광물 말이다. 단어를 이진법으로 치환해 끝의 숫자만 따면 11101이었다. 비밀번호 여섯 자리를 전부 채워야 한다는 것 또한 함정이나 마찬가지였다.

세컨드 마스터가 집착한 것은 오로지 광물뿐이었으니, 어쩌면 그 유전자가 남아 자신도 돌에 집착한 것일지도 모른다는 생각을 했지만 이제는 돌조차도 모으지 않았다.

이제 와 생각하지만 곽수환의 집착특성은 어쩌면 번식이 아닐까 싶었다. 완벽에 가까운 유전자를 가진 곽수환이니만큼 번식을 통해 진화를 거듭해야 할 임무를 타고났을지도. 돌이켜보면 그는 제가 정액을 달라고 할 때도 대충 웃어넘겼을 뿐 실질적으로 넘겨준 적이 없었다.

레인보우 시티가 만들어낸 완벽한 돌연변이.

그렇기 때문에 그는 일종의 반항심으로 그의 집착특성을 깨닫고 스스로를 통제한 것일지도 모르겠다.

[……칙, 합니다. 기지국을…… 것이며, 공정한 교육을, 치직, 합니다. 황제펭귄, 지원합니다. 우리의 백신은 완전합니다.]

석화는 라디오를 끄고 자리에서 일어났다. 다시 산장으로 돌아가 연고를 만들고 약재를 정리할 생각이었다. 비척비척 걸어가는 석화는 살아 있었으나 죽어 있었다.

처음 몇 달은 곽수환의 꿈을 꿨다. 돌아온 그와 재회하고 몸을 맞대는 꿈에서 깨고 나면 더없이 살기를 그만두고 싶어졌고, 이후로는 그가 꿈에도 나타나지 않았다.

'살아.'

그 말은 주박처럼 붙었고, 저주처럼 저를 붙잡아두었다.

석화는 산장으로 내려가다가 또다시 사람들의 소란스러운 목소리에 발걸음을 멈췄다. 그들이 다 떠난 뒤에 산장으로 갈 생각이었다. 어차피 훔쳐갈 것은 식량밖에 없었다. 아니나 다를까, 한참 후에 산장으로 내려오니 집 안이 엉망이었다. 누군가가 식량을 훔쳐간 데다 약재도 바닥에 늘어져 있었다. 분해할 것도 없었다. 그런 단순한 감정 따위는 이미 남아 있지도 않으니까.

석화는 바닥을 치우고 쓸고, 또다시 창문을 바라봤다. 눈 안으로 시린 바람이 불어왔다. 뿌연 시야 사이에 사향노루가 서 있었다. 석화는 웬일로 밖으로 나가 사향노루를 보고 싶었다. 저만 보면 도망가는 녀석이지만 문을 열었는데도 가만히 서 있었다.

석화는 보뽀를 어깨에 두르고 현관 옆 나무 테라스에 앉았다. 바작, 역시나 사향노루가 산속으로 뛰어 들어갔다. 바작, 바작, 노루는 가만히 있는데 마른 나뭇잎이 밟히는 소리가 들렸다.

석화는 시선을 노루의 반대쪽으로 돌렸다. 그러자 노루가 산속 깊숙한 곳으로 더 뛰어 들어갔다. 석화의 시선이 닿은 그곳에는 제복을 입은 남자가 걸어오고 있었다. 한쪽 어깨에는 배낭을 메고, 바닥에 떨어진 마른 가지들은 그에게 아무런 장해도 되지 못하는지 걸음에 막힘은 없었다.

그는 눈이 마주친 순간부터 한시도 눈을 떼지 않고 석화를 향해 걸어왔다. 의자에서 일어난 석화의 등 뒤로 모포가 떨어졌다. 주울 생각도 하지 못한 채 그를 바라봤다. 이제는 환상까지 보는 건가. 아니면 더는 살지 않고 죽어도 된다고 허락해주러 그가 온 건가.

곽수환이 석화의 앞에 와서 섰다.

석화는 감히 손을 뻗지 못했다. 그랬다가는 그가 신기루로 변하고 꿈에서 깰 것만 같았다.

"나 왔어, 형."

숨을 들이켰다.

그의 목소리가 이랬던가? 제 기억에 그의 목소리는 늘 시원했는데, 지금은 잔뜩 가라앉아 있었다. 뿌옇게 흐려진 눈에 그의 얼굴이 그리움으로 가려져 제대로 보이지 않았다. 시야를 가린 물기를 눈을 깜빡여 털어내도 여전히 쌓이기만 했다.

"내가 좀 많이 아팠어. 믿어져?"

그는 조금 겸연쩍게 웃었다.

"미안해, 늦어서."

"……."

"미안해, 혼자 둬서."

"……."

덤덤하게 이야기한 곽수환은 웃다가 곧 무표정하게 얼굴을 굳혔다. 저처럼 숨을 들이켠 그는 더는 울음을 참지 못하겠다는 듯 아이처럼 얼굴을 일그러뜨렸다.

"석 박사, 석화야, 석화 형."

그가 모든 이름으로 석화를 불렀다. 석화를 향한 세상의 모든 부름이 전부 자신의 것인 듯이.

석화는 그제야 울고 있는 그를 끌어안았다. 러시아의 차가운 공기를 머금은 그의 뺨을 제 뺨으로 어루만졌고 기억만큼이나 단단한 그의 몸을 한껏 감쌌다. 곽수환도 참지 못하고 석화의 몸을 제 품에 가뒀다.

그들은 틀렸다. 고통은 진화의 시작이 아니다.

모든 바이러스에서 자유롭다고 한들 그것이 진정한 신인류도 아니었다. 바이러스는 또다시 변이할 테고, 완전한 돌연변이라 불리던 그 역시 목숨을 잃을 뻔했지 않나. 언제나 세상에 완벽한 진화란 없다.

진화의 시작은 생존에서 비롯됐다.

생존하고자 하는 사람에게는 다양한 이유가 있었다. 가족, 친구, 혹은 연인, 그들을 위해 생에 집착했고, 레인보우 시티의 사람들도 그들과 삶을 함께하기 위해서 죽음을 물리치고 살아남았다. 저도 살아 있기에 그를 만날 수 있었고, 그는 살았기에 자신에게 돌아올 수 있었다.

석화에게는 곽수환이, 곽수환에게는 석화가 바로 생존의 이유였다.

그래서 그들은 또 한번 진화할 수 있었다.

"……수환아."

갓 태어난 아이가 첫 소리를 내듯 석화는 152일 만에 처음, 그의 이름을 불렀다.

"잘 돌아왔어."

에필로그

곽수환은 최호언이 죽고 나서 일주일 만에 정신을 차렸다.

그러나 깨어난 곽수환은 더 이상 그들이 알던 곽수환이 아니었다. 가만히 있어도 손을 덜덜 떨었으며 누군가가 떠넘겨주는 음식도 잘 삼키지 못했다. 심지어 석화에 대한 이야기를 꺼내도 아무런 반응을 보이지 않았다. 다들 곽수환이 지나친 총상에 백치가 되었다고 생각했다.

양상훈은 자신이 석화를 제대로 보필하지 못했다면서 곽수환에게 사죄했지만, 누가 뭐라고 하든 그는 늘 정신을 놓은 사람 같았다.

여전히 죽도 삼키지 못해 턱밑으로 줄줄 흘렸고 움직이지 못하는 몸은 근육이 퇴화해 말라갔다. 러시아 영감은 레인보우 시티에 남아서 백신과 불에 타버린 연구소들 재건에 힘썼지만, 곽수환을 볼 때마다 혀를 찼다. 보통 사람이면 이미 죽고도 남을 만큼 피를 쏟았다. 곽수환은 심장이 멈춘 채로 실려 왔고, 의료진이 한 시간에 걸쳐 사투를 벌인 끝에 그의 심장은 미약하게나

마 박동하기 시작했다.

심장이 다시 뛰기 시작했을 때 곽수환의 몸에 남은 피는 다섯 살 아이 수준도 되지 못했다. 영감은 아마 피가 돌지 않아 뇌가 잘못되었을 거라고 말했다. 그래서 백치가 된 것이라고.

황제펭귄 이희찬은 레인보우 시티의 정권을 잡았으나 백치가 된 곽수환을 버리지 않았다. 곽수환에게 중장 직급을 하사했으며, 다른 가문들에게 석화 박사는 죽었다고 발표했다. 아이러니한 일이었다. 백신을 개발해 사람들을 아담에게서 자유롭게 해준 박사는 그 어떤 보답도 받지 못했다.

한 달이 지나고 두 달째 되었을 때 곽수환은 손을 떨지 않게 되었다. 그는 그때부터 천천히 몸을 움직이기 시작했다. 혼자 밥을 먹었고, 쉘터 밖으로 나가 걷고, 또 어느 날이 되자 달렸다.

또 어느 날은 새벽녘부터 훈련실에 들어가 운동을 했으며 퇴화된 근육을 일깨웠다. 그러나 그 누가 말을 걸어도 여전히 반응을 보이지 않았다. 그저 다시 전처럼 몸을 만들고 건강해지는 데만 집중하는 로봇처럼 다른 외부의 자극에는 꿈쩍도 하지 않았다.

그렇게 다섯 달째 되던 날이었다.

오전 식사 시간이 지났는데도 곽수환이 보이지 않았다. 그를 돌보던 양상훈이 혹시나 싶어 훈련실에 가봤지만, 내부는 조용했고 식당에 가도 곽수환은 없었다. 곽수환의 방에 가보니 옷장이 반쯤 열려 있었다. 설상가상으로 곱게 다림질해 걸어둔 레인보우 시티의 제복이 없어져 있었다. 뭔가를 챙겨 간 듯 배낭과 책상 군데군데 비어 있는 자국만 남아 있을 뿐이었다.

양상훈이 놀라 통제실로 달려갔다. 혹시 백치가 되어버린 녀석이 무슨 짓이라도 벌이는 건 아닌지 걱정된 탓에 주변의 감시카메라를 전부 확인했다.

정적만 흐르는 밖을 보니 이미 이곳을 벗어난 지는 꽤 된 듯했다. 양상훈은 녹화된 감시카메라의 시간을 앞으로 돌리고 나서야 곽수환을 찾아낼 수 있었다.

이른 아침, 쉘터 밖으로 누군가가 성큼성큼 걸어 나가고 있었다. 자세는 올곧았고, 가야 할 방향에 확신 또한 있는지 걸음걸이에 막힘이 없었다. 그가 향하는 곳은 군용 지프가 있는 주차장이었다. 양상훈은 감시카메라를 올려다보는 곽수환과 시차를 두고 눈을 마주했다. 전처럼 씩 하고 한 번 웃은 그는 주머니에서 꺼낸 종이를 물끄러미 내려다봤다. 그리고 아주 소중한 보물이라도 되는 듯 다시 곱게 접어서 제복 안쪽에 넣었다.

그가 훌쩍 쉘터 철조망을 뛰어넘었다. 이내 한쪽 어깨에 배낭을 메고 떠나는 남자의 뒷모습만 잔상처럼 남았다.

여태 잘못 알고 있었다. 곽수환은 제 몸을 정상으로 돌리는 데 집중한 게 아니었다. 눈을 뜬 그 순간부터 지금까지 곽수환의 모든 정신은 석화에게 가 있었던 것이다. 그래서 이곳에는 떠나기 위한 몸을 만들고자 하는 껍데기만 남아 있었다.

양상훈은 곧 지프 한 대가 사라졌다는 소식을 들었지만, 추적을 지시하지 않았다.

그 둘이 그들의 고향인 레인보우 시티로 돌아오기를 이곳에
서 기다릴 뿐이었다.

끝.

{ 레인보우 시티 }

RAINBOW CITY

Rainbow city

외전

NO MAN
IS AN ISLAND

No man is an island

#1

RAINBOW
CITY

서걱서걱, 약재 썰려 나가는 소리가 규칙적이었다. 말린 오가피나무 가지는 일정한 모양으로 잘려 나갔다. 작두를 사용하는 손놀림이 예사롭지 않았다.

첫날은 고된 삶의 끝을 고하듯 둘이서 하루 종일 잠에 빠졌고, 그 이튿날도 마찬가지였다. 그러나 이틀째에 먼저 일어난 건 석화였다.

곽수환은 어제 처음 석화가 작두를 사용하는 것을 봤을 때 과장을 조금 더해 심장이 튀어나오는 줄 알았다. 손이라도 잘리면 어쩌려고, 전전긍긍하던 그였다. 정작 석화는 작두 장인처럼 느리지만 한 치의 오차도 없이 나뭇가지를 잘랐다. 결국 그는 이부자리를 박차고 나올 수밖에 없었다.

석화는 걱정하지 말라는 듯 그를 다시 침대에 눕혔다. 러시아까지 올라오는 며칠 동안 잠 한숨 자지 못한 곽수환이었다. 충혈된 눈을 하고서도 잠들지 않으려는 곽수환의 곁을 지킨 것도 다름 아닌 석화였다.

얼마나 잔 걸까. 곽수환은 벌떡 일어나 석화를 찾았다. 바로 정면의 책상에 석화가 앉아 있었다. 여전히 무표정하지만 살아 있으며 손을 뻗으면 온기가 녹아들어 오는 석화가 저기 있었다.

석화 또한 곽수환을 바라봤다. 원래는 침대 뒤쪽에 놓여 있던 책상을 그가 자는 동안 옮겨놓은 것이다. 그렇게 한번도 시야에서 그를 놓지 않았다.

우리는 지금 실재하는 건가? 일어나면 또 서로의 빈자리에 신음할 꿈은 아니겠지.

아마도 같은 생각을 했을 것이다. 서로가 없던 151일은 너무도 길었다. 계절이 바뀌었고, 서로의 생사조차도 확신하지 못했다.

러시아에서 했던 약속 기억하죠? 만일 우리가 만나지 못하게 되면 사향노루가 있던 곳으로 와요. 살아요, 우리. 무조건.

조운이 건네주었던 석화의 메시지. 곽수환은 그 한 장의 종이만을 이정표 삼아 러시아로 향했다. 석화가 이곳에 없었다면 저희들이 함께했던 모든 곳을 찾아 헤맬 생각이었다. 그래서 만일 석화가 세상에 존재하지 않는다면, 곽수환도 살 이유가 없었다. 어떠한 일이 있더라도 탄환 한 발은 무조건 남겨두기로 했다.

석화는 삐걱거리는 의자를 뒤로 밀고 일어났다. 여기로 다가올 줄 알았는데 싱크대로 가 버너에 불을 켜고는 갑자기 바닥에 쭈그려 앉았다. 세로로 긴 나무 장판을 손으로 들어올려 그 밑에 숨겨둔 소시지 통조림을 꺼냈다. 집을 털어간 도둑들이 여기까지는 발견하지 못한 덕이었다.

곽수환이 침대를 서둘러 나가 석화에게로 걸어왔다.

석화는 소시지를 찌그러진 냄비에 다 털어 넣었다. 저를 돌아보지 않는 석화를 억지로라도 보게 만들고 싶었다. 어깨를 움켜쥐려던 손에서 힘을 빼고 곧 석화의 허리를 둘러 껴안았다. 저조차도 모르게 두 팔에 힘이 들어가 버렸다.

"나 좀 봐봐."

석화는 껍질이 터지기 시작한 소시지를 젓가락으로 휘적거릴 뿐이었다.

툭, 곽수환의 팔뚝에 물기가 떨어졌다. 석화의 몸이 간헐적으로 떨리더니 몸에 열이 오르는 게 느껴졌다. 곽수환은 석화의 어깨에 턱을 묻고, 뜨거워진 귀에 뺨을 비볐다.

울지 마.

첫날 저도 애들처럼 울어놓고는 석화를 달랬다. 천천히 석화의 몸을 돌렸더니 얼굴은 온통 눈물에 젖어 엉망이었다. 두 손으로 뺨을 닦아도 마를 일은 요원했다. 곽수환은 석화를 품에 가득 끌어안았다. 그럼에도 여전히 믿기지가 않아서 한껏 마른 등과 애처롭게 떠는 어깨를 두 팔로 교차해 그러쥐었다. 이대로 스며들어 하나가 될 듯이 석화를 갈구했다.

"왜 이렇게 말랐어. 내가 먹을 거 많이 준비해놨는데, 다 어디

간 거야?"

"……훔쳐갔어요."

약탈당한 건 불과 그가 왔던 날의 일이었지만, 석화는 말하지
않았다.

"어떤 새끼야. 내가 조져줄게."

너무나도 그다운 말에 석화는 진정 그가 실재함을 믿을 수 있
었다. 석화도 곽수환의 등을 힘주어 감쌌다. 얇은 셔츠 아래로
전과 다르게 울퉁불퉁한 부분이 만져졌다. 총상의 흔적임을 깨
닫고, 그의 가슴에 얼굴을 더 짓눌렀다.

"자기 그렇게 울면 내 셔츠에 자국 남는다, 볼래?"

어깨를 움켜쥐고 떼어내자 석화가 얼굴을 묻은 곳을 따라 눈
물 자국이 우습게 물들어 있었다. 냄비의 물이 다 졸아 타는 냄
새가 났다. 곽수환은 한쪽 손만 뻗어 불을 끄고 냄비 손잡이를
쥐었다.

한시라도 떨어져 있기 싫다는 듯이 석화를 옆구리에 끼고 냄
비를 식탁에 내려놨다. 제 체격에 비하면 보잘것없던 석화였
지만 떨어져 있던 시간 동안 더 말라 있었다. 지금 당장 소시지를
먹을 사람은 제가 아니라 석화였다. 저는 쉘터에 있으면서 평상
시보다도 훨씬 많은 양의 식사를 했다. 몸을 만들기 위함이었기
에 맛 따위는 느끼지도 못했다. 151일 동안은 뭘 먹어도 다 똑같
았다. 어쩌면 석화도 그랬을 것이다.

곽수환은 마른 수건으로 석화의 얼굴을 꼼꼼히 닦고는 식탁

의자에 앉혔다. 소시지 다섯 개 중 세 개를 석화의 그릇에 놓아주고 나머지는 제 앞으로 놨다. 즉석밥도 다 털어갔는지 먹을 거라고는 소시지뿐이었다. 곽수환이 몸을 일으키자 석화도 같이 일어났다.

"지프에 좀 다녀올게."

"같이 가요."

석화는 서둘러 모포를 어깨에 둘렀다. 털 부츠를 신는 것을 보고 곽수환이 의아한 얼굴을 했다가 이내 옅게 웃었다. 한없이 높기만 하던 석화의 체온이 전보다 떨어진 것은 그 또한 알 수 있었다. 그럼에도 여전히 평범한 사람보다는 다소 높은 편이었다.

곽수환은 딱히 걸칠 게 없어서 제복 코트를 다시 입었다. 밖은 하얀 눈발이 바람에 나부꼈다. 모자를 쓸 정도는 아니라 손을 잡고 옅게 깔린 눈을 밟았다. 늘 한 쌍의 발자국만 남았는데 이제는 두 명분이 됐다. 석화는 저희들이 지나온 길을 연방 뒤돌아봤다.

산장까지 지프를 끌고 오지 못한 이유는 기름이 다했기 때문이었다. 도보로 10분, 산의 중턱쯤에 곽수환이 타고 왔던 지프가 서 있었다. 지프 어디에도 레인보우 시티의 마크는 보이지 않았다. 차체를 빙 둘러보자 곽수환이 변명 아닌 변명을 했다.

"훔친 거 아니야. 버려진 거 타고 온 거지."

육로를 돌아오는 대신 곽수환은 바닷길을 선택했다. 레인보우 시티에서 동해의 항구까지는 지프로, 거기서는 보트로 달려온 것이다.

그는 트렁크를 열어 스케이트처럼 날이 달린 널따란 판을 끄집어냈다. 나무판 위에 트렁크 한편에 있던 식량과 식수 같은 것들을 차곡차곡 실어 올렸다. 추운 러시아에서는 바퀴 달린 핸드카트보다 날이 달린 썰매가 끌기에 더 용이했다. 저걸 곽수환이 레인보우 시티에서부터 가져왔다고 보지는 않는다. 물론 식량은 전부 레인보우 시티산이었지만, 지프만큼은 이곳에서 훔친 게 맞는 듯했다.

"훔친 거 아니라니까."

속마음을 어떻게 알았는지 곽수환이 쪽, 석화의 이마에 키스했다. 석화는 제 이마로 손을 가져다 댔다. 입술의 감촉을 재차 곱씹으며 머릿속으로 회상하는 것은 역시 상대가 되지 않는다는 것도 알았다. 기억력이 좋은 편인데도 이런 살갗의 감촉은 진짜 곽수환이 아니면 체감할 수가 없었다.

쌓아올린 물건을 밧줄로 단단히 둘러맨 그는 그 끈을 어깨에 얹었다. 석화도 밀어서 도와주려고 나무 썰매 뒤에 서 있었다.

"썰매 타본 적 있어?"

"없어요."

"그럼 거기 올라타 봐."

곽수환이 박스를 차곡차곡 쌓아놓은 판 앞을 가리켰다.

"뒤에서 도와줄게요."

"타는 게 도와주는 거야."

나 이제 그렇게 힘없지 않은데……. 석화가 입안에서 말을 뭉뚱그렸다.

"내가 태우고 싶어서 그래. 우리 석 박사 무게 오랜만에 좀 느껴보려고."

오랜만에. 그 말에 석화는 망설임 없이 판 위에 올라탔다. 박스에 엉덩이를 붙이고 떨어지지 않도록 그의 어깨로 연결된 밧줄을 쥐었다.

"그럼 곽베리안허스키 출발한다?"

그게 뭔지는 모르겠지만.

"가요."

스윽, 슥. 눈이 쌓인 길을 그가 오르기 시작했다. 행여 석화가 앞으로 고꾸라질까 봐 느린 걸음으로 산장을 향해 올라갔다.

"나…… 죽었을 거라고 생각했어요?"

한 발 한 발 눈을 밟던 그가 움찔했지만 잠깐에 지나지 않았다. 입에서 나온 하얀 김이 눈발에 휘감겼다.

"형은 나 죽었을 거라고 생각했어?"

석화는 팽팽한 밧줄이 손에 배길 정도로 쥐었다. 어젯밤 그의 제복을 정리하는데 권총 한 자루가 나왔다. 그리고 탄환도 단 한 개였다. 탄환은 본래보다 훨씬 묵직해 죽음의 무게가 실려 있는 듯했다. 석화는 제가 죽어도 따라 죽지 말라는 말 같은 건 하지 못했다. 남겨짐이 얼마나 고통스러운 일인지 그가 없는 동안 뼈저리게 겪었다.

하아, 석화는 일부러 입김을 길게 내뱉었다. 곽수환은 혹시 석화가 힘들어하는 건가 싶어 급히 뒤를 돌아봤지만, 상기된 뺨에는 생기가 맴돌았다.

스윽, 스윽, 눈을 헤치는 썰매 날 소리가 듣기에 좋았다. 아무도 없는 세상에 드디어 곽수환과 자신만 남아 있었다. 에덴동산이 존재한다면 이런 게 아닐까. 석화에게 에덴동산은 장소가 아닌 곽수환이라는 사람이었다.

움직일 때마다 조금씩 흐트러지는 그의 머리카락으로 눈이 스며들었다. 제복을 입은 뒷모습은 제주도에서 처음 봤던 그날처럼 단단해 보였다.

"소령님."

"나 이제 중장이라던데."

"파격적이네요."

무려 5계급이나 특진을 했다니.

"계급장 떼어놓고 왔으니까 그냥 곽수환이야."

"그럼 나도 그냥 석화죠. 그동안 라디오도 자주 들었어요."

사실 레인보우 시티가 어떻게 돌아가는지 궁금한 것보다 곽수환의 이야기가 나올까 싶어 들었을 뿐이었다.

"많이 안정됐다더라."

"소령님도 시티에 있다 왔잖아요."

"시티가 어떻게 돌아가고 있는지는 몰라. 관심도 없었고. 그래서 계급장 뗀 거야."

나는 석 박사한테 가는 것만 생각했어.

그의 등만 봐도 들리는 듯했다.

무려 다섯 달이었다. 그가 자신에게 바로 오지 못한 이유는 지 등 곳곳에 남은 총상이 대신 말해줬다. 달마산이 그의 피를 전부 먹어치우려고 했던 기억도 생생했다. 그래서 그가 살아 있을 거라는 희망을 갖기가 무척 힘들었다.

"······바이러스는."

"다 왔다. 재미있었지?"

곽수환이 어느새 도착한 산장을 가리켰다. 시원하게 웃는 그의 얼굴에 석화도 마주 웃었다. 여전히 희미하게 입꼬리가 올라가고 말았을 뿐이지만 감정은 충분히 와 닿았다.

둘은 산장 문을 열어두고 실어온 짐을 하나씩 옮기기 시작했다. 곽수환이 다 하겠다는 것을 말리고, 상대적으로 무게가 가벼운 부탄가스는 석화가 날랐다.

적어도 둘이서 한 달은 버틸 수 있는 식량과 생필품들이 차곡차곡 싱크대 옆에 쌓였다. 툭툭, 석화의 머리카락에 묻은 눈을 곽수환이 털어주었다. 제복 코트도 탁 털어낸 그가 식탁으로 오라며 손짓했다. 그는 물을 끓여 즉석밥과 레인보우 시티에서 가져온 레토르트 미역국을 봉지째 담갔다. 봉지 겉면은 미역과 소고기가 푸짐하게 담긴 사진이 장식하고 있었다.

석화가 미역국 사진에만 시선을 주자 곽수환이 투덜댔다.

"과대광고야. 저 정도로 푸짐하진 않아."

그러나 말한 것과 다르게 봉지를 찢어 미역국을 더니 건더기가 엄청났다. 곽수환은 즉석밥도 석화에게 내밀었다. 그간 통조림만 먹었던 석화인지라 한식에 저도 모르게 군침을 삼켰다. 이럴 줄 알았으면 김치도 가져올걸. 곽수환은 뒤늦게 후회했다.

곽수환이 먹을 준비를 끝내자 석화는 미역국 그릇에 즉석밥 반을 뚝 잘라 넣었다. 수저로 밥알을 풀고 한 입 떠먹었다.

"맛있어요."

곽수환은 제 그릇에 있던 건더기까지 석화에게 넘겨주었다.

"소령님도 먹어요."

"석 박사 살찌는 게 먼저야."

석화는 오랜만에 먹는 밥다운 밥을 꼭꼭 씹어 먹었다. 요즘은 웬만해서 체하진 않지만 급히 먹었을 때는 또 모르는 일이다. 곽수환은 잘 먹는 석화를 보면서 괜히 서글프기도 하고 대견하기도 했다. 석화 혼자 이곳에서 다섯 달을 얼마나 힘겹게 보냈을지 생각하면 목구멍에 사과가 박힌 듯 숨쉬기 갑갑했다. 곽수환은 괜히 제 목젖을 손으로 쓸어내렸다.

석화 스스로 잘라놓은 것으로 보이는 앞머리는 고개를 푹 숙였음에도 눈을 가릴 수준은 아니었다. 그래도 밥을 다 먹고 나면 제가 제대로 다듬어줄 생각이었다. 곽수환은 석화가 데워준 소시지 절반을 뚝 잘라 먹었다. 더럽게도 맛이 없었다. 전분이 대량 들어간 소시지는 고기 함유량도 턱없이 적었다. 푸석푸석한 풀을 뜯어 먹는 소가 된 기분이었다. 그런데 석화는 이런 걸

몰래 숨겨두고 있었다. 이게 뭐라고.

"……맛있어요?"

"응, 맛있어."

곽수환은 일부러 또 반쪽을 한입에 욱여넣었다.

"그거 맛없는 건데."

"근데 왜 숨겨놨어?"

"유통기한이 길어서요."

핫, 곽수환이 목구멍에 걸린 사과를 뱉어내듯 기함을 토했다.

"석 박사 나 엄청 울컥했었는데, 그게 다 억울해졌어."

석화는 크게 푼 미역국밥을 그의 입에 가져다 댔다.

"아껴둔 건 맞아요. 육류 좋아하잖아요."

"이게 무슨 육류야."

그럼에도 씹은 소시지를 꿀꺽 삼키고 석화가 내민 국밥도 먹어치웠다.

"짜다, 너무 데웠나 봐."

"그래도 맛있어요."

쩌적, 장작이 갈라지는 소리에 석화가 퍼뜩 뒤를 돌았다.

"마저 먹고 있어요."

수저를 내려놓은 석화가 자리에서 일어나더니 급히 어딘가로 이동하기 시작했다. 문까지 열고 나가서는 그 옆의 나무 테라스에서 비닐을 걷어냈다. 당연한 수순처럼 따라붙은 곽수환은 석화가 뭘 하는 건지 몰라 돕지도 못했다. 바라보기만 하니 석화는 품에 마른 장작을 안고 돌아오는 중이었다.

"불 꺼지면 다시 키우기 힘들어요."

안으로 들어온 석화는 벽난로 속에 장작 두 개를 획획 던져 넣었다. 부지깽이까지 들어 쑤셔서 불을 내 새로운 장작과 기존의 것을 뒤섞었다. 그리고 그 근처에 놓아둔 커다란 양동이에 계곡에서 떠온 물도 퍼 담았다. 이러면 얼음 같던 물이 미지근해져 씻기에 좋았다.

곽수환은 석화의 뒤를 주인 기다리는 강아지처럼 따라다니는 수밖에 없었다.

다시 식탁으로 돌아온 석화가 수저를 들었다. 여전히 먹는 속도는 느린 데다 장작까지 가져왔으니 밥알은 이미 다 불어 있었다. 곽수환은 먹지 않은 제 미역국에 석화가 남겨놓은 즉석밥을 다시 말았다. 석화의 것과 바꿔치기 해 뭐라고 하기도 전에 후루룩 마셔버렸다.

그러고 보니 산장에는 제가 준비해놓은 게 아닌 러시아 제품으로 보이는 낡은 코트와 기름병들이 제법 있었다.

"약재를…… 내다 팔았어?"

"연고랑 해열 성분 있는 것들이요. 여긴 아직 정상화되기 전이라 의약품이 턱없이 부족하거든요."

"사람들이 해코지는 안 했고?"

그가 뭘 걱정하는지 안다. 석화는 허리춤에서 권총을 꺼내 올려두었다. 이제 곽수환이 있기에 꼬박꼬박 챙기지 않아도 될 테지만, 그간의 버릇이 사라지는 건 아니었다.

"권총이 있어서 안전했어요. 밤에는 늑대들이 지켜줬고요."

"……일찍 오고 싶었어."

"알아요. 힘들었을 거라는 것도."

"내가 뭐가 힘들어. 내 인생에서 힘든 건 하나도 없어."

그의 허세를 알기에 석화는 더는 부정 않고 수저를 들었다.

곽수환은 식사를 하는 석화를 턱을 괴고 바라봤다. 그러다 인상을 와작 썼다.

"나 되게 못된 새끼다."

"왜요."

"그냥. 석 박사가 다른 사람들하고 어떻게 지냈는지 질투나 하고 있잖아. 석 박사가 제대로 봤어. 나 개자식 맞는 거 같아."

석화는 피식하고 답지 않게 눈까지 길게 접으며 웃었다.

"아무하고도 말 섞은 적 없어요. 곽 소령님 오고 나서 처음으로 대화해보는데."

그가 오기 전까지 동떨어진 섬처럼 살았다.

"질투 나면 이제 어디도 가지 말아요."

그 섬에 들인 건 오로지 곽수환뿐이었다.

곽수환은 할 말을 잃고서, 차분히 식사를 이어가는 석화를 볼 수밖에 없었다.

곽수환에게 석화는 형이지만 지켜주고 싶은 존재였다. 그러나 정작 레인보우 시티를 구한 건 석화였다. 제 목숨 또한 석화가 구했다. 석화에게 가기 위해 생존하고자 하는 절박함이 없었다면 아마 저는 그날 죽었을 것이다. 체력은 바닥이어도 심지만큼은 단단한 석화였기에 이 험난한 러시아에서도 지금껏 살아남을 수 있었던 거다.

제가 모르는 151일의 석화가 여기에 있었다. 그러나 제가 아는 석화도 여기에 존재했다.

"존나게 사랑해."

제 마음을 감히 말로 표현할 수 있을까.

곽수환은 질 낮지만 누구보다 깊은 애정을 담은 언어로 말했다.

"그때도 들었어요."

석화는 여의도 밤섬에서 헤어지던 날을 말했다.

'자기야! 내가 존나게 사랑하는 거 알지?'

"그때도 화답했는데 못 들었죠?"

"뭐라고 했는데?"

석화는 그릇을 두 손으로 받치고 남은 국물을 마셨다.

"알려줘."

곽수환은 석화의 손목을 잡았다.

"싫어요."

딱 석화였다.

◆ ◆ ◆

어둑한 밤이 내려앉았는데도 불을 끄지 않은 건 처음이었다. 곽수환이 산장 군데군데 촛대에 불을 훤히 밝혔다. 이러면 산짐승들이 몰려드는데, 걱정을 하던 석화는 그가 있기에 곧 안정감을 되찾을 수 있었다.

안 그래도 늑대 무리들이 어슬렁어슬렁 내려와 산장 주위를 맴돌았다. 집 안에 사람이 있는 걸 확인한 늑대 한 마리가 창으로 달려들었다. 창 테두리에 놓아둔 박힌 병 조각에 찔려 깨갱하고 물러나더니 발바닥을 혀로 삭삭 핥았다.

"저게 뭔가 했는데."

스티로폼에 깨진 유리를 촘촘히 박아둔 건 짐승이 다가오지 못하게 하기 위함이었다. 그간 석화가 살아온 행적들을 볼 때마다 심장의 피가 다 빠져나가는 듯했다. 고독만이 석화의 동반자였을 것이다.

곽수환은 늑대 보란 듯이 창가 근처에서 석화의 머리카락을 잘라주었다. 앞머리는 살짝 다듬어만 줬고, 뒷머리는 조금 더 많이 잘라내야 했다. 석화 스스로 뒷머리까지 손대기는 힘들었는지 아무렇게나 방치되어 있었다.

머리를 어찌 잘라주는지도 모른 채 눈을 감은 석화는 무방비 그 자체라 장난기가 솟았다. 두 손을 석화의 머리카락 안에 넣었다. 잘린 머리카락을 흔들어 털어내주고 두피를 꾹꾹 눌렀다.

기분이 좋은지 멍하게 벌어진 입에서 야한 숨이 터져 나왔다.

"큰일이야, 자기 두피로도 밝히면 어떻게 해."

오르가즘을 닮은 쾌감이 온 건 사실이었다. 조금 더 지압해
주지…… 석화는 그의 손이 떨어져 나가자 아쉬워했다. 산장에
물을 끌어올릴 수도 시설은 없었다. 모든 물은 계곡에서 조달해
야 했기에 벽난로 근처에 있는 양동이의 물이 그나마 미지근했
다. 석화가 바닥의 잘린 머리카락을 빗자루로 쓰는 동안 곽수환
은 몇 번에 걸쳐 물을 데웠다. 자신은 찬물로 씻으면 그만이라
석화가 씻을 양만 준비하는 중이었다.

"뭐 해요?"

"목욕 준비."

"뜨겁게 안 해도 돼요. 양동이에 있는 물이면 충분한데."

"나 있잖아. 나 있을 때는 그 꼴 못 봐."

산장에서 유일하게 시멘트로 마감된 곳은 벽에 샤워기가 매
달려 있었다. 물이 무리 없이 공급될 적에 사용하던 것이라 샤
워기조차 녹이 슬어 있었다. 그는 잘 사용하지 않아 바싹 건조
된 나무 목욕통을 시멘트 바닥에 옮겨두었다.

물로 헹구어낸 목욕통 안에 뜨거운 물을 연방 퍼부었다. 전에
이곳에서 함께 살았을 때도 목욕 준비는 늘 곽수환의 몫이었다.

낮에 떠다 두었던 계곡 물이 욕조에 가득 찼다. 손을 넣어 온
도를 확인한 곽수환은 석화의 셔츠를 뒤집어 벗겼다. 벽난로의
불길은 여전했지만, 차가운 공기와 닿자 살갗에 소름이 오소소

돋아났다. 석화가 추위에 떨세라 얼른 전라로 만들어 목욕통에 들어가게 했다. 석화 스스로 충분히 할 수 있는 일이었고 여태 찬물로도 잘 씻어왔지만, 오늘은 그가 하는 대로 놔두었다.

따끈한 물에 몸을 담그니 눈가가 저절로 풀어졌다. 참방참방, 손으로 물장난까지 칠 만큼 행복감이 대단했다.

"들어와요."

"나 들어가면 박살나."

두 사람을 수용하기에 욕조가 좁아 보이기는 했다.

"자기, 구정물 나온다."

"그럴 리 없어요. 매일 씻어요."

석화는 몸을 웅크려 목까지 잠그고 반박했다. 감기 걸리면 어쩌려고 매일 씻었어. 곽수환은 석화의 어깨를 물로 닦아주며 머리를 욕조 가에 걸쳐두게 했다.

"머리 감겨줄게."

벽난로 앞 양동이를 통째로 들고 와서 그 안의 물로 석화의 머리를 적셨다. 딱딱한 비누에 거품을 내어 석화의 머리를 꾹꾹 마사지했다. 이 동그란 머리통 안에 담긴 뇌가 백신도 개발하고 약재도 만들고, 뭔가 신기했다.

"기분 좋아?"

"……좋아요."

"얼마나?"

곽수환은 삭삭 머리를 긁어주면서 생색을 냈다.

"나도 해주고 싶을 만큼."

말로는 설명하기 힘들 정도라면서 달아오른 얼굴을 했다. 그는 한동안 풀어진 석화의 모습을 기분 좋게 보다가 바가지에 물을 퍼서 머리를 헹구어냈다.

목 아래는 따뜻하고 머리는 시원하니 이대로 잠이 와도 이상하지 않았다. 그는 석화가 잠겨 있는 물속에 손을 넣어 팔과 가슴 그리고 사타구니까지 손으로 닦아냈다. 말랑거리는 허벅지를 만질 때는 손목에 툭툭 발기한 성기가 부딪혀왔다. 곽수환은 그런데도 눈치채지 못한 척 이번에는 등을 닦았다.

"왜 모른 척해요?"

"뭐가."

"발기했는데."

곽수환은 제 귀에 위험한 유혹이라는 듯 목덜미만 잘근 깨물었다.

"아는데, 이제부터 혹사시킬 거니까 원망 안 받게 잘해주려고. 일단 환심부터 사는 거야."

석화는 제 겨드랑이 사이로 들어온 곽수환의 손목을 붙들었다. 아래로 가져가 문지르니 그의 팔에 힘줄이 불거졌다.

"환심 다 못 샀는데, 전부 석 박사 탓이야."

그가 한 손으로 셔츠를 뒤집어 벗어버리고 몸에 양동이의 물을 뿌렸다. 몸에서 아지랑이 같은 열기가 솟아오르는 듯했지만, 그 근원은 욕조에서부터였다. 곽수환은 손에 그러쥔 비누로 몸을 닦았다. 여러 번 마찰하니 거품도 같이 일었다. 그는 석화를 통에서 일으켜 하얀 거품이 가득한 손으로 문질렀다.

"내가 얼마나, 얼마나 만지고 싶었는지 알아?"

"……나도."

석화는 그를 껴안았다. 바짝 일어난 젖꼭지가 비누로 미끌미끌한 그의 상체에 비벼졌다. 만지지 않아도 성기가 바지를 뚫을 듯해 석화가 대신 그의 버클을 풀었다. 브리프 안에 갇혀 있는 게 갑갑해 보였다.

주르륵, 비누 덕에 미끄러지듯이 주저앉아 그의 바지와 브리프도 단숨에 끌어내렸다. 퉁, 튀어올라 뺨을 때리는 좆의 기세가 엄청났다. 곽수환이 저보고 항상 밝힌다고 했는데 석화는 인정하지 않을 수가 없었다. 거품이 일어난 손으로 그의 것을 만져주자 더욱 부피를 키웠다. 단단한 허벅지 사이로 손을 집어넣는 때에 곽수환이 팟 하고 웃었다.

"고환 만지고 싶어서 그러지."

번쩍 석화를 일으켜서 입술에 쪽 했다.

"그거 알아? 맹수들도 고환이 잡히면 꼼짝 못 한대. 혹시라도 곰이 덤벼들면 고환부터 낚아채."

"……불가능해요."

석화는 손을 내려서 차가운 그의 고환을 움켜쥐었다.

"윽, 난 그거 아니더라도 이미 석 박사한테 옴짝달싹 못 하는데."

그는 급소가 잡혀 순순해진 짐승처럼 부드럽게 감싼 몸에 물을 끼얹었다.

거품이 몸을 지나가며 발목에 간신히 매달렸다. 뜨거운 물이 지나간 자리에는 그의 손이 남아 있었다. 그래서 추위가 느껴질 리 없었다. 머리카락에서 흘러내린 물방울 때문에 석화의 얼굴이 축축했다. 입술 또한 젖어 있어 곽수환의 입에 맞부딪히니 습한 소리가 났다. 입이 달았다. 혀가 뺨을 자극할 때마다 타액이 솟았고, 이 타는 듯한 갈증은 서로에게서만 채울 수 있었다. 탄탄한 가슴에 석화는 저도 모르게 젖꼭지를 문질렀다.

"애 달아 죽겠다."

곽수환은 한 팔로 강하게 허리를 둘러 안았다. 마른 옆구리를 지나온 그의 또 다른 손은 젖꼭지를 움켜쥐었다.

"하읏!"

딱딱하게 심이 솟은 것을 엄지와 검지로 굴리고 콱 잡아 들어 올리기까지 했다. 얼얼한 자극은 단순한 아픔이 아니었다.

석화는 그의 목에 두 팔을 걸어 입술을 더 깊숙하게 포개었다. 물에 달궈진 전신이 아직 식지 않은 것인지 여전히 뜨거웠다. 또다시 물을 퍼서 서로의 몸에 뿌리자 거품은 이제 어디에서도 찾아볼 수 없었다.

곽수환이 석화의 몸에 커다란 수건을 둘렀다. 펭귄 마크가 그려진 뽀송뽀송한 천이었다. 석화를 만나면 이 부드러운 천으로 꼭 몸을 닦아주고 싶어서 챙겨온 것이었다. 석화가 그 사실을 알면 자리 차지하는 걸 굳이 왜 가져왔냐면서 시큰둥하게 반응하겠지만, 정작 포근한 수건의 감촉이 좋은지 손으로 쓱쓱 만져보기까지 했다. 그동안 너무 많이 빨아 꺼끌거리다 못해 해진 수건만 쓴 탓이었다.

그는 목욕을 준비하기 이전부터 이미 용의주도했다. 수건보다도 더 보들보들한 새 침대 시트에 석화를 내려두었다. 쪽, 쪽, 입술에서 목덜미로 키스를 하며 껍질을 벗기듯 조금씩 수건을 열어갔다.

쇄골을 가린 수건을 벌리면서 안의 살점을 핥았고, 그다음은 붉어진 젖꼭지였다. 제가 잡아당겨놓은 탓에 다른 쪽보다 좀 더 부풀어 있었다. 미안함에 사과라도 하듯 그가 사악 혀로 돌기를 핥았다. 또 한 번 더 혀를 내리눌러 문지르고는 한가득 입에 물었다.

아! 석화는 제 가슴이 떨어져 나갈까 봐 그에게 더 붙었다. 두 번 다시 닿지 못할 것이라 생각했기에 나중에는 회상도 못 했던 그와의 행위였다.

"그거 알아? 나 자위 한번도 안 했어."

젖은 가슴에 나직한 목소리가 흩어지고 쪼옥, 다시 가슴을 빨아 올렸다.

"형은 했어?"

가슴에 턱을 대고 올려다보는 남자가 새삼 잘났다. 석화는 그의 시원한 눈매를 손으로 덧그렸다.

"하려다가…… 눈물 나서 못 했어."

"그게 뭐야. 이거 잡고 있다가 울면 이상하잖아."

밑에서부터 올라온 손이 수건 안의 성기를 그러쥐었다.

"우리 석화 형은 안 이쁜 데가 없지, 왜. 고추도 이쁘고 허벅지도 맛있고."

확 아래로 내려간 그가 수건 안의 허벅지를 잘근 깨물었다. 연약한 살점이 떨어져 나가는 충격에 몸을 퍼뜩 떨었다. 그의 입에서 빨리고 깨물린 허벅지가 금세 붉게 올라왔다.

마음 같아선 전부 다 먹어치우고도 남을 곽수환이었다. 누가 뭐라고 해도 좋다. 함께할 날을 얼마나 기다렸는데. 그는 석화의 다리에 뺨을 비비다가 도톰한 귀두를 입에 넣었다. 석화의 모든 몸을 통틀어 가장 부드럽고 연한 살갗이 입에서 녹아내려갔다.

더욱 단단해지기 시작한 것을 쪽쪽 빨아들여 선액까지 먹어치우고 회음부로 손을 미끄러뜨렸다. 달뜬 신음 소리가 야했다. 곽수환은 제 좆을 움켜쥐면서 더 세게 석화의 성기를 빨았다.

"그, 금방 나올 것 같아."

그럼 안 되지.

곽수환이 평 소리가 들리도록 입을 떼어냈더니 다리가 파들파들 경련했다. 석화는 약간 원망 섞인 눈을 하고 있었다. 체력 분배해주는 거라고 중얼거린 그가 허리에 걸쳐진 수건을 완전히 벗겨냈다. 벌써부터 빨리고 깨물린 몸이 울긋불긋했다.

촛대의 불이 흔들릴 때마다 석화의 몸에 내려온 그림자도 일렁거렸다. 바람 한 점 불지 않아도 물결처럼 요동치는 그림자는 석화의 나신을 어루만졌다. 그마저도 질투심이 난다면 머리가 반쯤 돌아버린 게 틀림없다.

석화는 제 몸을 구석구석 바라보는 곽수환 때문에 열기가 더 치솟아버렸다. 그가 이렇게 형형하면서도 가라앉은 눈을 할 때면 묘한 이질감도 같이 들었다. 겉으로는 건들거리지만 속으로는 차가운 불을 숨기고 있던 컨트롤러였을 때처럼.

그러나 그의 실제 모습이 어떻든 그는 제 곽수환이었다.

바짝 일어나 있는 그의 좆을 손으로 감싸자마자 입이 끈끈해졌다. 석화는 홀린 듯이 입술을 벌려 그의 몸을 넘어뜨렸다. 혀를 슬쩍 내밀어 쿠퍼액을 핥으려 하는데 그가 팔뚝을 움켜쥐었다. 한쪽 눈을 짓궂게 찡그린 곽수환이 자기도 입을 벌려 보였다. 마치 빨아주겠다는 듯 음란한 혀에 석화는 망설임 없이 그의 위에 올라타 제 뒤를 내주었다.

그가 침대 상단에 등을 비스듬히 기대는 바람에 석화의 엉덩이가 위로 더 떠 버렸다. 혀를 내밀어 눈앞의 귀두를 핥았더니 선액이 끈끈하게 달라붙는다. 석화는 앞만 입에 문 채로 그가 자신의 것을 뜨겁게 삼켜주기만 기다렸다.

"흐웃······."

예상과 달리 그는 회음부를 핥아 올렸다. 성기를 가볍게 쥐고 혀는 구멍으로 쓱 미끄러뜨리기까지 했다. 오랜만의 자극이 생경했다.

"그냥 물고만 있을 거야?"

그가 웃는 게 느껴졌다. 석화는 눈을 감고는 그의 좆을 좀 더 깊이 들이밀었다. 목구멍을 열어서 빼는 방법을 일전에 깨우쳤는데 지금은 쉽사리 열리지가 않았다. 컥, 하고 기침이 나와 숨을 고르고 다시 물어야 했다.

귀두가 천장을 긁을 때마다 아래도 움찔거렸다. 입이 마치 또 다른 성기가 된 것 같았다. 안쪽을 열어서 넣는데 그의 좆이 휘어지지 않으려고 목구멍을 찔러댔다. 제가 주는 감각에 단단해지는 허벅지가 만족스러웠다. 석화야, 나 그럼 못 참아. 낮은 숨을 뱉어내는 곽수환이 밖의 늑대처럼 그릉거렸다. 갑자기 손가락이 거칠게 안을 파고들었다. 푸하, 익사 직전의 사람처럼 석화가 입을 떼어냈다. 넣은 것만큼이나 빠져나오는 데도 한참이었다.

"아, 아파요."

그는 안을 넓히려는 다분한 의도로 엉덩이를 깨물고 빨면서 손가락도 멈추지 않았다. 처음부터 아래를 헤집는 손이 거침없었다. 그런데도 석화는 쥐고 있는 좆을 커다란 사탕처럼 입 여기저기로 굴렸다. 하, 진짜. 허리를 탁 쳐올리니 잡고 있던 손이 미끄러져버려 좆이 깊숙이 처박혀버렸다.

우욱, 눈이 붉어지고 가슴이 마구 요동쳤다. 마찬가지로 놀란 그가 상체를 일으켜 석화를 살폈다.

“괜찮아?”

“괜찮······. 쿨럭.”

말을 하다 말고 기침을 토해냈다. 곽수환은 석화를 제 위에 포개어 등을 두드려줬다. 다행히 맞닿아 있는 성기는 풀이 죽는 법이 없었다. 곽수환이 슬쩍슬쩍 허리를 움직이자 석화의 기침도 잦아졌다. 성기는 뱃가죽을 찔러 올리기도 하고 두 개가 마구 맞물려 마찰하기도 했다. 석화도 그에 맞춰 천천히 움직였다.

“천천히 할 테니까 맞춰줄 수 있지?”

빨리 해도 되는데······.

석화는 제가 그를 따라가지 못하는 게 아쉬웠다.

“할 수 있어요.”

툭툭, 다시 등을 토닥여준 그는 석화를 침대에 엎드리게 했다. 석화는 두 팔로 지탱해 엎드려서 뒤를 돌아봤다. 곽수환이 걱정 말라는 듯 등에 입술을 맞췄다. 이어 손가락을 빼는 듯 질척한 소리가 들렸고, 그 손이 엉덩이 사이를 가로질렀다. 아까처럼 안으로 푹 들어오는 바람에 시트를 그러쥐었다. 석화는 입을 벌린 채 탄성만 토해냈다. 그가 당장에 도톰한 부분을 찾은 탓이었다.

손을 굽혔다가 펴면서 전립선을 긁어주자 눈앞에서 섬광이 터지고 있었다.

“아, 아훗.”

좋은데 벗어나고 싶은 상반된 감각에 반사적으로 손이 뒤로 향했다. 잘근, 그가 탓하듯 또다시 엉덩이를 깨물었다. 더는 꼼짝도 못하게 두 다리를 한데 감싸고 푹푹 소리가 나도록 아래를 쑤셨다.

"아! 아, 안 돼. 아홋."

계속해서 전립선을 짓누르며 손가락을 점차 더 늘려갔다. 석화는 시트를 그러쥔 손만 허우적거리며 흐느꼈다. 허리 아래가 밧줄에 꽁꽁 묶인 것처럼 옴짝달싹도 할 수 없어 적잖은 두려움도 들었다. 머리가 쭈뼛 서고 몸 안에서 요동치는 쾌감은 손끝 발끝으로 내달렸다. 그 끝에서도 분출되지 못한 쾌감은 또다시 온몸을 돌며 숨겨진 신경마저 일깨웠다.

신경들이 타닥거리면서 전신을 불태우다가 겨우 몰려간 곳은 성기였다. 석화는 흔들리는 성기에서 찔끔, 액을 뱉어냈다.

"아! 소령님! 나, 안 돼……. 놔줘요. 놔줘요."

쿨쩍쿨쩍, 이번에는 손가락 세 개가 늘어난 아래를 휘저었다. 곽수환은 등까지 빨갛게 물든 석화를 바라보면서도 멈추지 않았다.

"기분 좋으라는 건데 왜. 응? 안 좋아?"

"조, 좋아. 근데……. 아웃, 못 참겠어."

"뭘 못 참겠어?"

곽수환은 제 쪽으로 석화의 두 허벅지를 확 더 잡아당겼다. 쪽쪽, 등과 꼬리뼈에 쉴 새 없이 키스를 하면서 손을 놀렸다.

"응? 말해줘야 알지."

일부러 더 과감히 아래를 빙글 돌렸더니 왈칵, 하고 석화가 시트를 적셨다. 석화가 이를 물고 앓는 소리가 들렸다.

못 참아서 싼 거야?

푸흐, 살갗에 닿은 곽수환의 입술에서 바람이 샜다. 그는 계속해서 전립선만 괴롭혔다. 이러면 금세 지쳐버린다. 석화는 저를 억지로 붙든 그의 두 팔에 제 손을 박았다. 얼굴은 시트에 비벼져 이제 엉덩이만 바짝 들려 있었다.

"억지로, 아흐."

"억지로라니, 내가 힘으로 함부로 하는 거 아닌데."

"……하잖아."

"그래?"

그가 하반신을 옥죄었던 팔을 풀었다. 석화의 몸도 풀썩 침대와 하나가 되듯이 일자로 엎어졌다. 그런데도 뒤의 손가락은 아직도 안에 들어와 있었다. 성기가 애매하게 눌려서 밑으로 향하는 바람에 갑갑했다. 석화가 허리를 슬쩍 들어 올리자 그도 또다시 손을 움직였다.

아윽, 허리에 힘이 빠져 성기를 올리지도 못하고 또 엎어져야만 했다.

"후, 이거 봐. 또 질질 싸면서."

묽은 액으로 축축해진 허벅지에 그가 좆을 문질러댔다. 기세가 얼마나 흉흉한지 겨우 몇 번 만에 허벅지가 욱신거렸다.

"아!"

크게 안을 휘젓던 손이 예고도 없이 확 빠져나갔다. 허전해진 아래가 움찔대며 원래대로 수축하기 시작했다. 곽수환은 빠끔히 벌어진 틈을 놓치지 않고, 제 귀두를 꾸욱 밀어 넣었다.

"아웃! 아, 아파."

아래가 동그랗고도 팽팽하게 벌어지고 있었다.

"후. 괜찮아, 천천히 넣을게."

그는 엎드려 있는 석화의 위에 팔을 내리누른 채로 속삭였다. 점차 안으로 성기가 진입할 때마다 그와 닿는 살갗의 면적도 늘어났다. 그래서 석화는 힘들다는 소리도 하지 못했다. 느릿하고도 차분히 안을 늘려오는 시간이 지독히도 길었다.

그의 음모가 닿았을 때 수직으로 좆이 꽂히니 배꼽이 밀려나는 듯했다. 그는 완전히 삽입을 하고 나서 길게 펼쳤던 팔을 반으로 접어 지탱했다. 제 몸의 무게를 석화에게 전부 실을 수는 없었다. 가슴팍에 경련하는 등이 고스란히 와 닿았다.

"하아, 자기 나 조루 됐나 봐."

근 다섯 달 동안 쌓여 있던 정액이 방출되고 싶어 난리였다. 아니, 그보다 이러고 있는 순간이 기적 같았다.

"기절하면 어떻게 하지?"

그가 머리카락에 대고 입술을 놀렸다. 석화는 흐린 눈을 떠 눈앞의 팔뚝을 감쌌다.

"안 해요. 체력 많이…… 생겼, 아!"

허락을 기다렸다는 듯 좆을 빈틈없이 넣은 그가 허리를 탁탁 내리눌렀다. 내벽이 그의 것을 감싸고 있어 잔뜩 부어 있는 전립선이 또다시 혹사당했다. 이러다가 닳아 없어지는 게 아닐까, 차라리 그랬으면 좋겠다고 생각했는데 그럴수록 쾌감은 더욱 선명해졌다.

하으, 하으웃. 석화가 아래에 힘도 주지 못한 채 팔뚝에 얼굴만 문댔다. 곽수환도 거친 숨을 내뱉으며 자꾸만 힘이 들어가는 턱 대신 아래를 더 거칠게 놀렸다. 자칫하다가는 석화의 연한 살을 거세게 깨물 것만 같았다. 내 거다. 진짜 내 석화였다.

"후, 안에 더 깊숙이 할까? 그래도 돼?"

"아, 아니. 안 돼."

석화는 손으로 제 성기를 움켜쥐었다. 아랫배에도 팔이 닿아 그가 들어올 때마다 불룩불룩 튀어나오는 걸 느낄 수 있었다.

"수환아……."

더 깊이 박으면 안 된다고 말도 잇지 못했다. 채 삼키지 못한 침이 입술에 흥건했다.

"하아, 알았어."

콩, 석화의 뒷머리에 그가 제 이마를 박았다. 뒤로 삽입을 하니 처음부터 너무 깊었나 보다. 곽수환은 좆을 빼지 않은 채 정상위로 체위를 바꿨다. 한 바퀴 휘저어지는 동안 석화가 여간 곤란해하는 게 아니었다. 아마 내벽이 짓눌리다 못해 비틀리는 모양이었다. 제 아래를 쥐어짜는 탓에 흥분이 정점에 달한 건 곽수환도 마찬가지였다.

그는 석화를 달래주듯 아랫배를 손으로 둥그렇게 매만졌다. 긴장한 석화의 몸에서도 조금씩 힘이 풀리고 있었다.

"우리 형, 진짜 체력 좋아졌네. 나 몰래 웅담 먹은 거야?"

제가 곰을 어떻게 잡는다고. 말이 되는 소리를 하라는 눈이었다.

석화는 벌린 허벅지가 뻐근해 차라리 그의 어깨에 두 다리를 올렸다. 쪽, 쪽, 그는 애타는 시선을 숨기지도 못하고 복숭아뼈를 혀로 굴렸다. 허리를 슬슬 움직이던 곽수환이 기어코 박차를 가하기 시작했다. 석화는 성기를 그에 맞춰 흔들었다. 참고, 또 참다가 더는 사정감을 이겨낼 수가 없었다.

할 것 같아, 수환아. 나 할 것 같아.

"오늘은 안 돼."

곽수환이 두 손목을 확 들어올려 위로 제압했다. 동시에 퍽퍽 아래를 망가뜨릴 듯이 움직이며 고환까지 함부로 쳐댔다. 조금만 만지면 할 것 같은데, 요도가 지글지글 불타는 것만 같았다. 약간이라도 조금만이라도 만져달라고 사정 아닌 사정이 입에 매달렸다. 그의 거센 움직임에 흔들린 성기가 뱃가죽을 때렸다. 그 자극만으로도 성기에서 정액이 왈칵 튀었다. 그런데 사출은 한 번으로 그치고 다른 액만 찔끔 쏟고 말 뿐이었다.

만져, 만져줘. 못 나와. 말이 되지 못하는 신음으로 석화가 몸을 뒤틀었다. 곽수환은 잔뜩 수축한 내벽을 비집고 들어가며 여러 번이나 콱콱 틀어박았다. 귀두 홈을 구멍에 걸쳤다가 앞으로 밀려날 정도로 삽입해온 순간이었다. 배 안의 좆이 요동치며 그가 화악, 뜨거운 뭔가를 마구 쏟아냈다. 석화는 커다랗게 벌린 입을 뻐끔거리지도 못했다. 화인이라도 박는 듯 데이는 것만 같았다. 대체 얼마나 가득 채우려는 건지 사정은 끝도 없이 이어졌다.

후우, 그가 숨을 길게 토해냈다. 석화는 얼른 빼달라며 발로 그를 밀었지만 소용없었다. 오히려 허리를 일으켜서 석화의 몸을 반으로 접다시피 했다. 사정이 끝나고도 풀이 죽지 않은 성기는 오히려 조금 전보다 더 단단해지고 있었다. 허리가 위로 들려버려 그가 싸질러 놓은 정액이 더 깊숙이 스며들었다.

"바로 간다."

그래도 되지? 애교를 피우는 말투에 석화는 숨을 몰아쉬는 게 고작이었다. 그가 허리를 뒤로 빼내니 정액이 몽글몽글 좆을 따라 새어나왔다. 푸욱, 다시 처박을 때 석화가 밭은기침을 했다. 곽수환이 벌린 입안으로 혀를 얽어왔다. 기침과 키스가 함께 뒤엉켜서 엉망이었다. 몸이 더 접혀서 그의 것을 물고 있는 구멍도 더 팽팽하게 벌어졌다.

"그동안 내가 얼마나 참았는지 알아? 자기 사정하면 바로 뻗잖아."

"하아……. 할 수 있어."

사정해도 버틸 수 있다면서 석화가 호언장담했다. 저는 이제 옛날의 제가 아니라는 듯이. 석화는 빵빵해진 것 같은 아래에도 익숙해지려고 노력했다.

"앞으로 더 많이 먹고, 더 체력 기르자. 좋은 거 내가 많이 해 줄게. 나도 많이 하고 싶어."

섹스는 보통 첫 판으로 끝이 나고는 했었다. 심지어 불발도 있었다. 전보다 마르기는 했어도 지금 석화는 혼절할 수준으로 보이지는 않았다. 어떻게든 저를 따라오려고 부단히도 호흡을 맞췄다. 그리고 솔직한 석화이니 정 싫었으면 거부를 했을 거다.

곽수환은 기분 좋게 해주겠다면서 허리를 빙글 돌렸다. 아주 천천히 내벽을 둥그렇게 밀어내면서 석화의 얼굴을 살폈다. 정액 덕분에 안이 매끄러워져서인지 뺨이 아까보다 더 상기되어 있었다.

좆을 길게도 빼냈던 그가 쿠욱, 하고 전립선을 밀며 들어왔다. 석화가 재빨리 제 성기를 쥐었다. 이번에는 곽수환이 막을 새도 없었다. 몇 번 흔들자 어쩐 일로 기세 좋게 정액이 튀어 올랐다.

곽수환은 제 가슴팍에 부딪혀오는 사정액을 손으로 모아 혀로 쓱 핥아 먹었다. 아직 사정을 하는 틈을 타 아래서 위로 때려 박았다. 내벽은 사정의 여운에 빠듯해져 있었다. 닫히려는 안을 억지로 파내듯 쑤셔 박자 석화가 흐느끼면서도 연방 신음했다. 물컹해지는 성기를 쥐어 그가 손바닥으로 마구 문질렀다.

"아! 아, 안 돼! 아윽!"

한껏 예민해진 귀두에서 왈칵왈칵 전립선액이 쏟아졌다. 가혹하게도 삽입을 해오는 뒤와 앞의 자극에 정신을 차릴 수가 없었다. 하반신은 더 이상 제 것이 아니었다. 제가 조절할 수 없으니 오로지 곽수환에게만 달려 있었다. 이렇게 엉망이 되어버리는 쾌감에 익숙해져도 되는 걸까.

곽수환은 숨이 턱까지 달아올라 몸 어디 할 곳 없이 붉게 물든 석화에게 키스했다.

기분 좋지? 나도 기분 좋아. 씨발, 너무 좋아서 뒈질 것 같아.

석화는 이제 그의 감탄사에 딴죽을 걸 수도 없었다. 이 정도면 많이 버텼다. 간신히 그의 등을 끌어안고 있던 손이 툭 미끄러졌다.

◆ ◆ ◆

아니나 다를까, 석화는 앓아누웠다.

곽수환은 벽을 보고 반성하는 대신 석화를 향해 있었다. 엉덩이 안쪽의 열이 엄청났기에 차가운 수건을 그 밑에 대주었다. 앓는 신음 소리가 나올 때마다 연방 등을 쓸어주고, 열이 내렸을 때서야 곽수환도 한숨 자고 일어날 수 있었다. 그는 눈을 뜨고도 한참이나 석화의 옆자리를 지켰다. 잡티 하나 없는 둥근 이마 밑으로 눈꺼풀은 미동도 없었다.

꿈도 꾸지 않고 깊은 잠을 자는 듯 석화는 고른 숨만 내쉬었다. 곽수환은 진부하게도 제 뺨을 후려쳐보고 싶었다.

"우리 형, 진짜 맞지."

나직하게 속삭여도 석화는 눈뜨지 않았다. 예전에도 잘 자는지 서화의 코에 손을 가져다 대보고는 했는데, 지금은 그럴 필요가 없었다. 전처럼 시체 같은 안색은 아니었다.

딱딱한 팔베개가 별로인지 석화는 불편한 기색으로 머리를 뒤척였다. 팔 대신 머리를 살짝 받쳐서 접은 수건을 내려두었다. 몸이 아직 아픈 건지 그 잠깐의 움직임에도 석화는 약하게 신음했다. 편히 잘 수 있도록 침대를 벗어나 의자에 앉아 또 한참을 쳐다봤다. 러시아 영감도 그랬지. 제가 석 박사를 쳐다보는 눈이 형형했다고. 누군가가 지금 제 모습을 본다면 석화보고 도망가라고 할지도 몰랐다. 그만큼 엄청난 집착을 담고 있을 테니까.

"누가 감히 도망가라고 해. 내가 얼마나 잘해주는데."

어제의 미안함이 남아 있는지라 혼자서 허세를 부렸다.

석화가 일어나면 닭죽을 해 먹일 생각이었다. 여기 어디에도 닭은 없으니 백숙을 해줄 수는 없고, 아쉬운 대로 쌓아둔 식량 중에서 레토르트 닭죽을 꺼냈다. 행여 부스럭거리는 소리에 석화가 깨지는 않을까 봉지를 들고 굳어버린 자세를 취했다. 쓱 돌아보니 아직 한창 꿈나라였다.

닭죽 말고 또 몸에 좋은 게 뭐가 있으려나. 이번에는 조금 덜 조심하면서 박스 안을 뒤적거렸다.

둘이서 먹을 식량은 충분했고 부족하면 제가 산짐승을 잡아서 조달할 수도 있지만, 목표는 레인보우 시티로 내려가는 것이었다. 저는 석화와 함께 있으면 어디든 좋다. 그러나 석화는 고향에 대한 애착도 있어 보였다. 솔직히 다른 것 다 제치고서 보상 심리가 제일 크게 작용했다.

레인보우 시티를 구한 게 누군데 석화는 이렇게 다 쓰러져가는 산장에서 살고, 누구는 호의호식하고. 그 꼴은 못 본다.

쾅쾅!

인상을 와작 구긴 그가 소리가 난 곳을 돌아봤다. 불청객이 또 문을 두드리기 전에 성큼 가서 문을 열어젖혔다. 말아 쥔 주먹을 들고 있던 여자가 눈을 크게 떴다. 그녀는 다른 한 손에 말린 햄까지 들고 있었다.

"뭐야."

금발 머리의 여자는 러시아인으로 보였다.

"누구세요? 선생님은 어디 계시죠?"

그녀는 미남 약사 선생이 나올 줄 알았는데, 엄청난 장신의 남자가 나오니 경계심을 잔뜩 세웠다. 저도 모르게 산장 안으로 시선을 던졌다. 혹시 약사 선생을 이 남자가 죽이거나 해코지했을까 봐서였다.

"뭐냐고."

당연히 서로가 서로의 말을 알아들을 리 없었다. 그러나 약사 선생님이 침대에 누워 있는 것을 봤기에 조금은 안심했다.

"선생님이 가져다준 연고 덕분에 엄마 상처가 많이 좋아졌어요. 이건 감사한 마음에 가져온 거예요."

곽수환이 말라비틀어진 햄을 내미는 여자를 팔짱을 끼고 내려다봤다.

"선생님이 어디 아픈 건 아니죠?"

"나 러시아어 거의 못 해. 할 줄 아는 건 욕뿐이라."

여전히 서로 다른 말을 해대기 바빴다. 그녀는 한숨을 폭 쉬고 햄만 내밀었다.

"이걸 왜 주는데? 돌도 아니고 석 박사한테 햄으로 구애해봤자야. 너나 먹어."

한기가 들어올까 봐 문을 닫으려는데 햄을 휙 문 사이에 끼워 넣었다.

"이 여자가 진짜."

"……누구예요?"

침대에 일어나 앉은 석화는 여전한 저혈압에 이마를 꾹 눌렀다.

"모르는 여자야."

햄을 잘라내면서 문을 닫을까 했지만 석화가 깬 이상 그러기는 어려웠다. 곽수환이 문을 다시 열었고, 그녀는 일어난 석화를 보자마자 화색을 띠었다.

"선생님! 엄마 다리의 상처가 많이 아물었어요. 선생님 덕분이에요."

석화도 그녀가 누군지 한눈에 알아봤다. 늑대에게 다리를 물린 어머니를 이곳까지 업고 왔던 딸이었다. 깊은 상처는 아니라 응급조치만 해주고 재생연고를 쥐여 보냈던 게 불과 보름 전이었다. 석화는 모포를 걸치고 문으로 걸어갔다.

"약소하지만 감사의 뜻이에요. 이건 저희가 말린 햄인데 물에 끓여 먹으면 맛이 꽤 좋아요."

지금은 저희에게 식량이 많아서 굳이 받을 이유는 없었다. 식량이 부족한 건 오히려 그녀의 가족이었다. 그럼에도 석화는 햄을 감사히 받았다. 곽수환은 여전히 팔짱만 낀 채로 달갑지 않은 기색을 풍겼다.

"스바시바Спасибо."

짤막한 인사에 그녀가 입과 눈을 동시에 벌렸다. 말을 하지 못하거나 러시아어를 한마디도 할 줄 모르는 선생인 줄 알았기 때문이었다.

"와, 우리 석 박사 욕도 잘하네."

고맙다는 말 정도는 곽수환도 알지만 장난기가 더 먼저 앞섰다. 어쩐지 석화가 씨발이라는 말을 하면 어떨까도 싶었고.

"소령님, 우리 가지고 있는 식량 좀 나눠줘도 되죠?"

곽수환이 고개를 끄덕했다. 석화 대신에 식량 박스로 가 별맛이 없는 것들만 빈 박스에 옮겨 담았다. 그사이 석화는 여자와 몇 마디 말을 주고받았다. 그는 둘 사이를 방해하듯 들고 온 박스를 툭 내려두었다.

"바이바이, 잘 가요, 빠까Пока."

그녀가 뭐라고 말을 하려고 했으나 곽수환이 재빨리 문을 닫았다. 문 앞에서 서성거리던 여자는 곧 박스를 품에 안고 산길을 내려갔다. 곽수환은 들어올렸던 커튼을 치고 석화를 돌아봤다.

"몸은 괜찮아?"

"걸을 순 있어요."

석화는 어기적어기적 걸어서 식탁에 둔 물을 들이켰다. 곽수환이 데워놓았는지 물이 아직 따뜻했다. 석화는 의자에 앉을까 하다가 햄만 내려둔 채 다시 침대로 향했다. 모포를 벗고 안으로 들어가니 온기가 머물러 있어 훈훈했다. 이렇게 일어나자마자 따뜻한 건 이 산장에 온 뒤 처음이었다. 자는 동안 그가 벽난로도 끊임없이 땠는지 그 안에 장작이 수북했다.

"배는 안 아파?"

그가 바닥에 앉아서 침대에 턱을 괬다. 얼굴이 바로 코앞이었다.

"조금 아파요."

"닭죽 괜찮아?"

"좋아요."

"달리 아픈 데는 더 없고?"

석화는 옆으로 누워 곽수환을 바라보다가 어제 하지 못했던 말을 꺼내놓기로 했다. 그는 일부러 그 점에 대해서는 피하려는 듯 어제도 말을 잘라냈었다.

"바이러스 말이죠."

"바이러스는 무슨. 코피 안 나고 건강하면 된 거야."

꾹, 석화의 코끝을 문질렀다.

"저 식량 다 먹으면 시티로 내려가자."

석화가 몸을 천천히 일으켰다. 미간에 살짝 금이 갔지만 언제 그랬냐는 듯 곧 매끈해졌다.

"혹시 아담 키트 가져왔어요?"

"……그게 왜 필요해."

말투가 다소 냉랭했다.

"그럼 시티로 못 가요."

신종 변이 아담 바이러스의 숙주가 바로 자신이었으니까.

"지금 살아 있잖아. 그럼 문제없는 거야."

"만약에 여전히 숙주라면요?"

곽수환은 문제가 없을 테지만, 다른 사람은 아닐 거다.

"영감이 그랬잖아. 이미 최종 진화 형태였다고."

신종 변이 아담 바이러스의 치사율은 놀라울 정도였다. 그만 큼 감염 경로도 짧아졌고 레인보우 시티에서 신종 아담이 발견 된 일은 달마산 이후로 단 한번도 없었다.

"그럼 쥐 잡아줘요."

"쥐는 왜? 쥐가 얼마나 더러운지 알아? 나보고 그 더러운 걸 만지라고?"

투덜거리는 수준이 평소보다 거셌다.

가장 확실한 건 쥐에게 제 피를 주입해보는 일이지만 그간 실행해보지는 못했다. 저는 쥐를 잡을 만한 순발력도 없고, 만일 쥐가 아담으로 변이해 도망친다면 끔찍한 일이 벌어질 터였다. 이 근처 사람들이 저 때문에 전부 감염되어 죽을지도 몰랐다.

"감염이 되는지 안 되는지 확인할 수 있는 방법이 현재는 그것뿐이잖아요."

"그럼 피는 칼로 찔러서 내려고? 나는 석 박사 몸 어디에도 상처 나는 거 싫어."

석화가 눈을 가느다랗게 떴다. 그런 사람이 저를 반으로 접어 쾅쾅 박아대나. 물론 석화도 그거랑 이거는 별개라는 것을 안다.

"소령님, 솔직해져 봐요."

"난 항상 솔직해."

곽수환이 침대에서 물러나 등을 보였다.

"내 체내에 바이러스가 남아 있을까 봐서 그러는 거잖아요."

곽수환에게 쥐를 잡는 일은 식은 죽 먹기일 거다. 만일 쥐가 감염된다 하더라도 그는 쉽게 제거할 수도 있었다. 그 쉬운 일을 하지 않는 이유는 그조차 확신하지 못하기 때문이겠지.

"소령님도 확신하지 못하는데 시티로 내려가는 건 너무 위험해요."

"피 날 일만 없으면 되잖아."

"……."

"알아, 개소리인 거."

여전히 등을 보인 채로 그가 냄비의 물을 데웠다.

"나도 석 박사랑 여기서 단둘이 사는 게 당연히 더 좋지. 그런데 여긴 너무 열악하잖아."

"열악하지 않아요."

넘치지는 않지만 필요한 물건들은 다 있었다. 제 욕심에 또다시 레인보우 시티를 위험에 빠뜨릴 수는 없었다. 그리고 자칫 자신을 레인보우 시티로 데려간 곽수환조차 위험해질 수 있었다.

"억울하지도 않아?"

풍덩, 그가 닭죽 봉지를 거칠게 담그고 뒤를 돌았다. 곽수환과 다르게 석화는 전혀 그렇지 않은 듯 시종일관 덤덤한 표정이었다.

"억울할 게 뭐가 있어요. 우리가 이렇게 다시 만났고 같이 있는데."

"난 억울해."

곽수환은 전 재산을 사기당한 사람처럼 온통 분해했다.

표정을 부드럽게 푼 석화는 두 팔을 벌려 그에게 뻗었다. 이리 와서 안기라고 종용하는 무언의 행동에 곽수환이 저벅저벅 걸어왔다. 그의 무게에 끼익, 나무 바닥이 몇 번이고 울었다. 곽수환이 무릎을 꿇어 침대에 앉아 있는 석화의 허리를 끌어안았다. 마른 허벅지에 얼굴을 기대니 석화가 툭툭 등을 두드렸다.

"억울해 죽겠다고, 석 박사. 적어도 이딴 산장 말고 우도에 있는 별장 정도는 줘야지."

허벅지가 잘게 떨렸기에 석화가 웃는 것을 깨달았다.

"곽 소령님 돈 많잖아요."

"시티 돈은 러시아에서는 땔감이야."

그가 아이처럼 고개만 들어 석화를 올려다봤다.

"쥐 한 마리 잡아올 테니까 문제없으면 바로 내려가자. 바늘로 살짝만 손 따서 피내고."

"근데 여기서 쥐를 본 적이 없어요."

겨울이면 먹을 게 거의 없기에 늑대들이 쥐도 다 잡아먹었다.

"그럼 늑대 한 마리 잡아올까?"

"물 좋아요."

석화가 그의 어깨를 잡고 일어났다. 허리에 무리가 없을 만큼 천천히 걸어서 버너의 불을 껐다. 냄비 안에는 닭죽 세 봉지가 나란히 누워 있었다. 봉지 끄트머리를 잡아서 끄집어내 내용물은 그릇에 덜었다.

두 개는 곽수환, 한 개는 저의 몫이었다. 식탁에 내려두려고 했건만 곽수환이 침대로 그릇을 가져갔다. 딱딱한 나무 의자보다는 낫긴 하다. 석화도 침대로 가서 그와 나란히 앉아 닭죽을 살살 긁어 먹었다.

잘게 찢어져 푹 고아진 살점이 입안에서 녹았다. 곽수환은 고기가 얼마 없다며 레인보우 시티 공장을 욕했지만, 이 정도면 진수성찬이었다.

식사를 마치고 나서 침대에 눕는 대신 밖으로 나왔다. 곽수환도 밖으로 나간 탓이었다. 석화는 나무 의자에 앉아 나무를 패는 그를 구경했다. 제가 주워온 땔감이라고는 부러진 나뭇가지 같은 게 대부분이어서 그가 실력 행사에 나선 것이다.

사용하지 않아 날이 무뎌진 도끼로 나무를 쳐대는데 통나무가 잘도 쩍쩍 갈라졌다. 그가 내리치는 도끼 소리에 오늘은 사향노루도 내려와 보지 않았다. 그건 다른 산짐승들도 마찬가지였다. 석화는 방석 대신 곽수환이 깔아둔 수건에서 엉덩이를 떼어냈다. 밥도 든든히 먹고 시간이 좀 지나니 근육통이 많이 풀어진 덕이었다.

조금만 있으면 곧 눈도 녹을 테고, 새싹이 올라오는 봄이 올 터였다. 봄이 오기 전에 그가 와줘서 다행이었다. 아니었으면 새싹도 보지 못한 채 육신은 바스러져갔을 것이다.

"우리 노부부 같지?"

곽수환이 손에서 도끼를 한 번 돌렸다.

"노부부요?"

"은퇴하고 도시를 떠나 사는 부부 말이야. 한적하게 우리 둘이 오순도순 지내는 거 좋잖아. 방해꾼도 없고."

아마도 그가 본 소설 중에 그 비슷한 게 있었나 보다.

"신기하기는 해요. 아담도 없고."

아직 아담이 박멸되지 않은 러시아지만, 여긴 인적이 워낙 드문 곳이라 아담이 없는 세상이나 다를 바 없었다.

"시티에도 아직 처리되지 않은 아담이 있기는 할 거야. 이쯤이면 다 아사해 죽어서 시체를 소각했을 수도 있겠고."

"백신이 전 시민에게 배포된 건 맞겠죠?"

"아마? 중국하고 러시아까지 배포한다는 것 같던데, 이희찬이 수완가잖아. 이마 이걸 요구하겠지."

곽수환이 오케이 표시로 동전을 만들어 보였다.

"만약에 제 피에 문제가 없다면 블라디보스토크로 갈래요?"

뜬금없는 석화의 제안에 곽수환은 반쯤 갈라진 나무를 손으로 쪼겠다.

"거긴 왜?"

"백신 생산하려요."

"우리가 무료로 제공하면 이희찬이 어떻게든 제거하려고 들걸? 위험 감수하지 말자. 근데 생각해보니까 또 억울하네? 재주는 곰이 부리고 돈은 되놈이 받는 거잖아. 아무래도 시티에 석 박사 동상 하나 정도는 세우게 해야겠어."

곽수환이 나뭇가지를 하나 들어 눈으로 젖어 있는 바닥에 끄적거렸다. 동상의 기본 틀을 뜨는 듯 석화의 얼굴에 심혈을 기울이고 있었다. 석화는 나무 테라스 밑으로 내려가 그가 그리는 그림을 구경하려 했다. 손재주가 좋은 곽수환이니 꽤나 잘 그리지 않을까 싶은 기대감도 함께였다.

그런데 생각보다 그림 실력은 엉망이었다. 아몬드 모양의 눈도 삐뚤빼뚤했고 코와 입의 위치도 이상했다. 흉상처럼 가슴까지 그려놓고는 콕콕 양쪽을 나뭇가지로 팠다.

"젖꼭지는 왜 그려요."

"눈치챘어?"

그래도 그는 파놓은 부분을 없애지 않았다. 한술 더 떠 흉상 밑의 글귀도 가관이었다.

석 박사 ♥ 곽 소령

석화는 저도 나뭇가지를 하나 들어서 젖꼭지 부분을 직직 그었다.

"뭐야, 부은 젖꼭지 됐네. 지금 옷 안에 딱 이런 거 아니야?"

안 그래도 그가 물고 씹은 가슴이 옷에 스칠 때마다 쓰라렸다. 석화는 제 못생긴 흉상 옆에 곽수환을 그리기 시작했다. 석화의 그림 솜씨도 곽수환 못지않아서 못난이 두 명이 달라붙어 있는 모양새가 됐다. 석화도 그의 젖꼭지를 그릴까 하다가 똑같은 사람이 될 필요는 없어서 그만두었다.

밝힘쟁이 석 박사가 그린 내 흉상

곽수환이 그 밑에 또 글을 썼다.

쯧쯧, 고개를 저었지만 석화는 저도 모르게 입꼬리가 풀어져 버렸다. 먼저 나뭇가지를 내려놓은 것은 석화였다. 손을 탁탁 털고 흘러내린 모포를 끌어올리는데 곽수환이 뒤에서 확 허리를 안아 올렸다.

"와, 너무하네. 혀까지 차? 맞는 말이잖아."

쪽쪽, 드러난 목덜미에 그가 입술을 잘게 부딪쳐왔다.

석화는 내려달라고 그의 손을 툭툭 두드렸다. 바닥으로 내려간 석화가 빙글 돌아서 곽수환을 끌어안았다. 그의 가슴 안쪽 심장에서 요동치는 소리가 들렸다. 그는 심장마저도 기운이 넘쳐났다. 석화가 불시에 껴안아왔기에 더 난동을 피우는 거긴 했지만.

"자기, 내일부터 나랑 같이 체력 기를까?"

"좋아요."

"나 훈련시킬 때는 엄청 무서운데. 석 박사, 좌 굴러, 우 굴러. 잘 못하겠습니까? 그게 최선입니까? 굼벵이도 그것보다는 빠를 겁니다. 어때, 가능하겠어?"

석화는 대꾸도 하지 않고 다시 원래 자리로 돌아갔다. 곽수환은 그 모습이 못내 사랑스러워 웃음이 샜다. 수건 위에 앉는 석화를 보고 재차 도끼를 들었다. 제가 아직 덜 크긴 했나 보다. 저렇게 구경하니 괜히 팔뚝에 더 힘을 주어 장작을 패기 돋게 쪼개게 되니 말이다.

"오늘 하루 동안 올 겨울 날 만큼 다 쪼갤 거 같은데."

그는 과장을 더했다.

석화는 내일은 도끼날을 갈아둬야겠다는 한가로운 목표를 세웠다. 쓸 일이 없어 방치해뒀으나 그가 있기에 이제는 활용처가 많을 것이다.

앙상한 나뭇가지에 앉아 있던 눈이 투둑 떨어지고, 어느새 해가 기울어 석양이 드리우기 시작했다. 혼자 있을 때는 하루가 괴로움에 몸서리칠 정도로 길었는데 그가 나타난 이후로는 이렇듯 날이 순식간에 지나갔다. 이런 한가한 날들이 계속될 수 있으면 바랄 것이 없었다. 며칠 전부터 지금까지 산장은 잠시도 불이 꺼지는 법이 없었다. 짐승도 두렵지 않은 날들이었다.

◆ ◆ ◆

"연락은?"

"아직 없습니다."

"죽었대, 살았대?"

"살아계시겠죠. 석화 박사님이 살아계신 한은요."

만족스럽지 못한 대답이었다. 이희찬은 담배 연기를 길게 뿜어냈다.

"끊은 담배를 왜 태우십니까?"

"그러게. 마스터들 있을 때 오히려 더 잘 참았는데 말이야."

현재 레인보우 시티는 황제펭귄이 정권을 잡은 상태였다.

올빼미와 부엉이 가문은 경제 부흥을 위해 공장과 기지국 개설에 힘썼고, 의회는 시민 대표와 군 장성들을 비롯해 살아남은 명예가문 대표들이 꾸려나갔다. 이희찬은 시민들의 투표로 향후 4년간 의회 운영을 맡기로 했다.

마스터를 제거하기 전 곽수환이 군과 정치는 분리하는 게 좋겠다는 조언을 했지만, 인구도 턱없이 적은 데다 아직은 시기상조였다. 레인보우 시티의 치안은 여전히 군이 책임지고 있었다. 게다가 새롭게 등록되는 시민들을 통제하기 위해서 강압적인 힘도 필요했다.

시민이 된 이들 중에는 약탈꾼이나 살인을 밥 먹듯이 저지른 놈들도 섞여 있었다. 또한 레인보우 시티의 시민이었으나 밖의 사람을 상대로 브로커 노릇을 했던 악인도 존재했다.

그때는 아담이 판을 치는 세상이었기에 어느 정도 정상참작이 가능하나 이제부터는 아니었다. 아이러니하게도 레인보우 시티는 공장을 세우는 것만큼이나 더 빠르게 교도소를 재정비해야 했다. 현재 교도소의 기능은 범죄자의 교화뿐만이 아니라 교육도 포함이었다.

S 혹은 A클래스들은 아담이 있던 때보다 훨씬 더 바쁘게 레인보우 시티 전역을 돌아다녀야 했다. 경찰이 해야 할 일을 군인이 맡고 있기 때문에 각종 사건 사고에 그들이 투입됐다.

이 또한 겪어야 할 홍역이겠지. 이희찬은 그럼에도 끊은 담배를 다시 피우기 시작했다.

"곽수환이가 다시는 안 돌아올 것 같아?"

차 중령, 지금은 차 소장이 된 차학현이 대장의 거취를 짐작해봤다.

대장이 석화 박사를 찾고자 레인보우 시티를 벗어났다는 건 확실했다. 양상훈에게 쉘터를 떠나는 대장의 영상을 건네받기도 했으니까. 다섯 달간 백치로 있던 모습과 다르게 그날 대장은 차학현이 알던 그대로였다.

"대장을 찾으려면 석화 박사님이 있는 곳을 찾는 게 가장 빠를 텐데, 저로서는 어디에 계실지 짐작되지 않습니다."

"전혀 짐작이 되지 않는 건 맞고?"

백신을 가지고 레인보우 시티로 돌아오기 전, 곽수환과 연락을 주고받은 사람이 바로 차학현이었다. 대장이 박사와 함께 지낸 몇몇 장소는 그도 알고 있었다. 하산도 그중 한 곳이었다.

"희찬 님께서는 석화 박사님이 살아계신다고 생각합니까?"

"⋯⋯그랬으면 좋겠어. 안 그러면 우리가 너무 미안하지 않겠어?"

이희찬은 가죽의자를 반쯤 돌려서 일어났다. 이곳 쉘터에서 보이는 여의도의 수많은 아파트는 한창 보수작업이 진행 중이었다. 밤낮으로 공사를 대놓고 해도 두렵지 않은 시대가 도래한 거다. 이것이 평화의 시대인가? 적어도 이희찬 본인에게는 아니었다.

"차 소장."

"말씀하십시오."

"그 둘을 데려와야겠어."

살아 있는지 죽었는지도 모르는 이들을 데려와야겠다니? 차학현은 티 나지 않게끔 인상을 구겼다.

"둘에게도 충분한 보상은 해줘야지. 한 사람은 시티를 괴멸시키려던 놈을 제거했고, 한 사람은 인류 최대의 적인 아담에게서 자유롭게 해줬으니 말이야."

"그분들이 원하지 않으면요? 그리고…… 희찬 님도 아시지 않습니까?"

석화가 신종 변이 아담 바이러스의 숙주였다는 것을. 그래서 그의 공로를 내보일 수가 없었다. 그것이 그 사실을 알고 있는 가문들과의 암묵적인 조약이기도 했다.

"석화 박사가 살아 있다면 바이러스를 이겨낸 거겠지. 더는 숙주도 아니길 바라야겠고."

그 점에 희망을 걸어보자고. 이희찬은 담배를 하나 더 꺼내 물었다

"솔직히 말씀해보십시오."

"뭘를."

말투가 건방지다는 듯 이희찬이 눈썹을 꿈틀했다.

"대장과 박사님을 시티 안정화에 이용하려는 생각이 아니십니까?"

"……같이 책임져야지."

"예?"

"지들이 이렇게 만들어놨으면 같이 책임져야지 나만 머리 빠지면 되겠어? 둘이서 희희낙락하게 편히 살 생각 하면 배 아파서 안 되겠어. 막말로 걔들이 나한테 고기 잡는 법을 알려줬니?

고기를 그냥 잡아다 준 거지."

변명투성이다. 차학현은 알면서도 입술만 삐죽이고 말았다.

◆ ◆ ◆

드드드득, 드드득, 이빨 빠진 노인처럼 앓는 소리만 낼 뿐 지프는 시동이 걸리지 않았다. 아무래도 추위에 수명이 다한 모양이었다. 남아 있는 기름을 빼내 곽수환의 지프로 옮긴 석화는 운전대를 그에게 맡겼다. 계곡물을 뜨러 가기 위해 양동이도 한가득 트렁크에 실었다. 계곡까지 가는 동안 산장을 털러 오는 약탈꾼들이 없기를 바랄 뿐이었다.

계곡물은 대체로 꽝꽝 얼어 있어서 산 위쪽까지 올라가야 했지만, 곽수환은 근처 아무 데나 차를 세웠다. 그는 석화가 날을 간 도끼를 들고 언 부분을 발로 쿵쿵 내리쳐봤다. 얼음이 갈라지는 소리도 들리지 않는 것을 보니 밑으로 한 뼘 정도는 얼어 있을 듯했다.

석화가 빈 양동이를 꺼내 늘어놓았고, 곽수환은 도끼로 얼음을 내리쳤다. 두 번의 도끼질에 콰직 하고 단단한 표면에 균열이 갔다. 연거푸 내리치자 양동이를 담갔다가 올릴 만큼 구멍이 뚫렸다. 석화는 나열해둔 양동이를 곽수환에게 하나씩 건넸다.

"지금 편리하다고 생각했지?"

그가 구멍 안에 양동이를 집어넣어 물을 가득 담아 끌어올렸다.

"했어요."

"기억 나?"

그가 퍼 담은 양동이의 물은 전부 범람 직전이었다. 석화는 바가지로 한 번씩 물을 퍼 버렸다. 그러면서 의문을 띠는 일도 잊지 않았다.

"전에 오 박사네 집에서도 날 이용해먹었잖아."

"그때는 저도 엄호했는데요."

"이제 와서 말하지만 그때 다짜고짜 감사하다고 말하는데 진짜 골 때렸다니까."

"소령님도 제 입에 생식기 가져다 댔잖아요."

석화는 손잡이를 붙잡아 올려 양동이를 트렁크에 실었다.

"그냥 놔둬. 내가 해."

"이 정도는 괜찮아요. 그때 진짜로 입에 넣으려고 했어요?"

"응."

"다른 사람한테도 그래요?"

"형아 질투해?"

"하는데요."

얼음낚시를 하려고 낚싯줄을 풀던 그가 동요했다. 물론 냉수 마찰을 해도 실실 웃을 수 있을 정도로 기분 좋은 동요였다.

"내가 여태 하고 싶었던 사람은 내 인생에서 석화 형이 유일무이해. 그러는 형은?"

예전에 이채윤을 통해 사귄 사람이 있었다는 괴소문을 듣기는 했었다.

"내가 유일무이하지?"

석화는 그의 옆으로 가서 제 몫의 낚싯대를 풀었다. 줄 끄트머리에 땅콩을 돌돌 감아서 얼음물 안으로 집어넣었다.

"왜 대답이 없어."

곽수환이 오리걸음으로 좀 더 다가와 쭈그려 앉았다. 그 역시 깨뜨린 얼음 안으로 낚싯줄을 흔들어 넣었다.

"알면서 물어보니까요."

석화는 친구도 없고 가족도 없었다. 당연히 곽수환뿐이었다.

곽수환이 어깨를 툭 석화에게 기울였다. 옆으로 넘어질 만한 무게는 아니라 기대오는 그를 단단히 받쳐줄 수 있었다. 흔들, 줄에 뭔가가 걸리는 느낌이 들었다. 석화는 줄을 손에 빙글빙글 감기 시작했다.

"오, 빠르네."

막상 산천어가 잡혔더라도 땅콩만 먹고 튀었을 거라고 생각했는데 '놀랄노' 자였다. 대롱대롱 매달린 생선은 무려 송어였다. 석화는 퍽 소리가 나도록 얼음에 송어를 패대기쳤다. 파닥파닥하던 송어가 기절해 입까지 벌렸다.

"뭐야, 강태공이야?"

송어의 입에서 주르륵 흘러나온 땅콩은 아직 건재했다. 석화가 다시 물 안으로 낚싯줄을 풀어 넣었다. 곽수환에게 입질 소식은 아직이었다. 라이벌 의식을 불태우는 건 아니지만 석화보다 큰 물고기를 잡아 의기양양하게 자랑하고 싶어 애가 탔다. 곽수환이 줄을 이리저리 마구 흔들었다.

"그러면 도망가요. 가만히 있어요."

석화는 돌처럼 굳어 있는 상태였다. 낚싯줄을 쥔 몸은 꼼짝하지 않았고, 얼음 밑으로 흐르는 물에만 줄을 맡겼다.

잡히지 않을 때는 한 시간이고 두 시간이고 기다려야 하건만 곽수환은 벌써부터 좀이 쑤셔 직접 손으로 낚아챌까 진지하게 고민했다. 흔들, 또다시 석화의 줄에 입질이 걸렸다.

석화가 이번에는 대어를 낚는 어부처럼 단숨에 몸을 일으켰다. 얼마나 격동적인지 청새치라도 하나 딸려 나오는 줄 알았다. 건져보니 또 송어였지만 아까보다 크기가 컸다. 똑같이 패대기를 쳐서 기절시키고는 송어를 양손에 쥐었다.

"이제 가요."

"그걸 누구 코에 붙여."

말은 그렇게 했지만 이 한겨울에 송어가 뭘 그리 잘 처먹었는지 크기가 팔뚝만 했다.

"둘이서 먹기에 충분하고, 코가 아니라 입으로 먹어요."

석화는 송어가 정신을 차리는 것을 깨닫고 트렁크 장판에 또 패대기쳤다. 이번에는 기절이 아니라 죽었을지도 몰랐다.

"이야, 자기 멋있다. 나 굶겨 죽이진 않겠어."

"고작 생선 가지고."

별거 아니라는 듯 조수석에 올라타는 석화는 자못 기분이 좋았다. 곽수환도 강태공이 되기는 포기하고 운전석으로 뛰어올랐다. 그러고 보니 석화가 전과 달라진 게 있다면 중간중간 연비를 채우고자 뭘 먹는 일이 없다는 기였다. 정말 체력이 좋아진 건가. 곽수환은 서 좋을 대로 생각하면서 시동을 걸었다. 그러다가 또 아차 싶었다.

레인보우 시티에 있을 때야 견과류 같은 군것질거리가 있었지만, 이곳은 아니었다. 있어봐야 조악한 통조림이 전부였으니 그걸로 간신히 버텨오는 데 익숙해진 거다. 낚시를 잘하는 것도 어찌 보면 생존본능에 개발된 솜씨일지도 몰랐다.

"여기서 낚시 자주 했어?"

"산짐승은 잡을 수가 없어서요."

탄환도 아껴야 했고.

"낚시는 제주도에 있을 때부터 몇 번 해봐서 어렵지는 않았어요."

"할머니가 물질하셨다고 했었지?"

"살아계실 적에는 물질하는 것도 구경했어요. 아주 어릴 때지만요. 사람은 산소 없이 3분도 버티기 힘들거든요. 그런데 할머니는 물속에서 5분도 더 넘게 잠수했어요."

바위에 쭈그려 앉아서 할머니가 나올 때까지 기다리다가 앞으로 고꾸라진 적도 수많았다.

"333법칙이 깨진 거네."

석화가 눈을 슬쩍 키웠다. 사람마다 개인차는 있겠지만 공기 없이 3분, 물 없이 3일, 식량 없이 3주가 생존의 333법칙이었다.

"자기, 자꾸 나 무식한 놈 취급할 거야? 내가 성인소설만 읽는 것 같아? 나름 박학다식하다고."

물론 그건 알고 있었다.

"소령님은 얼마나 참을 수 있어요?"

"뭘 참을 수 있는지 정확히 말해줘. 안 그러면 나 또 야한 쪽으로 발전한다?"

"숨이요, 숨."

뭘 두 번이나 강조하고 그래. 곽수환이 석화의 어깨를 끌어와 쪽쪽쪽 뺨 여기저기에 빠르게 키스했다. 싫지는 않은지 간지러움에 한쪽 눈만 찡그렸다.

"잠수훈련했을 때 한 5분은 버텼던 것 같은데. 이게 또 물 온도에 따라서 버틸 수 있는 시간이 달라져서. 석 박사는 30초지? 아니다, 내가 키스해서 숨 불어넣어주면 같이 5분은 버틸 수 있지 않을까?"

"날숨은 이산화탄소 농도가 높아서 그렇게까지는 못 버텨요."

"내공을 쌓아서 현경의 경지에 이르면 한 시간도 참을 수 있을 거야. 기합으로 계곡의 물고기도 싹 다 잡을걸."

"말이 되는 소리를 해요."

"안 될 건 또 뭐야. 석 박사 할머니도 물질하면서 폐가 진화한 거 아니겠어?"

두런두런 이야기를 나누는 동안 곽수환은 지프 속도를 현저하게 늦췄다. 노부부라는 말은 반쯤 농담이었지만, 저희에게 이렇게 한가로운 날이 올 줄 알았는가. 제 마음대로 조절 가능한 자동차의 속도처럼 흐르는 시간을 늦추고만 싶었나.

"생각해보니까 소금을 안 가져왔네."

웬만한 건 레인보우 시티에서 넘어올 때 챙겼는데 정작 조미료를 빼먹었다. 석화를 만나면 레인보우 시티로 내려갈 생각에 해먹기 간단한 식료품만 챙겼을 뿐, 직접 요리를 할 거라는 생각은 하지도 못했다.

"산장에 소금 있어요."

"어디서 났어?"

"러시아 사람들한테 연고랑 약재 가져다주고 교환했거든요."

"여기 사람들이 다 착했어?"

"권총 앞에서 나쁜 사람은 없어요."

웃음이 적은 편은 아니지만, 다섯 달 동안 한번도 웃지 않았던 곽수환이었다. 그런데 지금은 시도 때도 없이 입꼬리가 풀어졌다.

"석 박사 담이 왜 이렇게 커졌나 했더니 그럴 만했네. 우리 둘이서 아담한테 쫓기고 쉘터를 종횡무진 달리고, 심지어 낙하산도 메고 몇 번이나 뛰어내렸잖아."

우리 둘이 아담한테 쫓겼던가? 석화는 동공을 왼쪽으로 올렸다.

"소령님은 쫓긴 적 없죠. 저 때문에 도망간 거죠."

"아담한테 이성이 있었다면 그 새끼들이 석 박사 보자마자 피해 갔을 텐데 말이야. 우리 서 박사 물 데가 어디 있다고."

"이성이 있었다면 먼저 곽 소령님을 보고 도망갔겠죠."

짐승도 저보다 센 포식자는 본능만으로도 충분히 감지한다. 그런 면에서 아담은 짐승만도 못했다.

"나도 그건 알지. 나 같이 잘생긴 놈을 물면 인류의 손실이야."

석화는 그게 아니라는 말을 하려다가 잠깐 숨을 골랐다. 오전부터 지금까지 한시도 쉬지 않았더니 힘에 부친 탓이었다. 그와 함께 있고 싶어 계속 붙어 있었는데 결국 체력이 뒷받침해주지 못했다.

곽수환이 갑자기 핸들을 거세게 움켜쥐었다. 그것으로 그치지 않고 지프의 속도까지 올려 산장을 향해 내달렸다. 산장 앞에 사람들이 옹기종기 몰려 있었다. 석화도 무슨 일인가 싶어 유심히 그쪽을 바라봤다. 다행히 그들의 손에 흉기나 해코지할 만한 농기구가 들려 있지는 않았다. 그들 사이에 며칠 전 햄을 가져다준 여자도 보였다.

"있어봐. 무슨 일인지 내가 가볼게."

차를 세운 그는 시동을 건 채로 차문을 열었다.

"같이 내려요. 의사소통 어렵잖아요."

곽수환은 러시아어 공부를 틈틈이 해둘 걸, 손톱만큼 후회했다. 석화는 영감을 만나기 이전부터 이미 러시아어를 많이 깨우친 상태였다. 말을 유창하게 할 수는 없지만 알아듣는 건 곧잘 했다.

"무슨 일이십니까?"

석화가 곽수환의 옆에서 먼저 운을 떼었다.

남성 셋에 여성 둘은 한 가족은 아니었고, 저기 아랫동네에 사는 이웃 주민이었다. 그런데 조금 떨어진 뒤쪽에 놓인 손수레가 어쩐지 꺼림칙했다. 이불로 수레를 덮어놓았기에 더더욱.

"갈리나 말이 정말이었군요! 그동안 왜 말을 안 했어요? 우리는 다 선생님이 말을 못 하시는 줄 알았어요."

정리되지 않은 남자의 수염이 희끗희끗했다. 추위 때문에 잘 씻지 않아 각질도 군데군데 매달려 있었다.

"지금도 잘 말하지는 못해요. 무슨 일이시죠?"

"이 동네는 의사가 없고 생각나는 분이 선생님뿐이라서요. 저희가 나쁜 짓을 하려는 건 아니에요. 저 뒤에 분에게도 오해하지 말라고 전해주세요. 일전에 선생님 집에서 먹을 걸 털어온 녀석들도 제가 대신 혼내줬어요."

남자가 안심하라는 듯 두 손을 위로 올리면서 수레로 향했다. 곽수환은 다섯 사람을 전부 눈여겨봤다. 조금이라도 이상행동을 보인다면 가차 없이 손을 써야 했기 때문이었다.

수염이 난 남자가 수레를 덮었던 이불을 걷어냈다. 놀랍게도 수레 위에는 한 남자가 밧줄에 묶여 있었다. 남자는 침을 질질 흘리면서 중간중간 몸을 바르르 떨기도 했다. 곽수환은 재빨리 석화를 제 뒤로 보냈다. 설마 아담인가 싶었는데, 특이하게도 사람을 물려는 행동은 보이지 않았다.

"며칠 전에 늑대 한 마리가 갑자기 민가로 뛰어들었는데, 다행히 저희가 곡괭이로 때려잡았어요. 그런데 제 동생이 늑대를 제압하다가 물려버렸지 뭡니까. 첫날은 괜찮더니 이틀 전부터 토를 하고 지금은 저렇게 경련까지 일으켜요. 딱 봐도 아담에 감염된 건 아닌 것 같지만……."

석화는 제 앞을 막고 선 곽수환에게 간단하게나마 통역을 해줬다. 공격성이 없는 것을 봐서는 아담은 아닐 게 분명하고, 늑대에게 물렸으니 어쩌면 광견병일 수도 있다는 제 사견도 포함해서.

"광견병?"

"겉으로 보이는 증상으로는 그래요."

곽수환의 엄호를 받으면서 남자를 살피니 발목에 물린 상처는 이미 곪아 있었다. 물린 직후 소독을 잘했다고 하더라도 광견병의 경우, 백신이 없으면 감염을 막을 수는 없었다.

석화는 조금 빠른 걸음으로 이동해 트렁크 안의 양동이를 들고 왔다. 사람은 광견병에 감염되었을 시 대다수가 물을 무서워하는 증세를 보이기 때문이었다. 첨벙거리는 물을 보자마자 세르게이라고 불린 환자는 눈앞에 용암을 둔 듯 지독한 공포심에 오줌까지 지렸다. 심지어 이미 얼굴 한쪽은 마비가 와 굳어 있었다.

석화는 어떻게 말을 꺼내야 할지 난감해했다. 레인보우 시티였다면 HDCV 백신을 주사할 수 있을 테지만, 이곳에 광견병 백신이 있을 리가 없었다. 게다가 안면마비가 올 정도면 이미 합병증이 도진 상태라 백신을 투여해도 목숨은 보장 못 했다.

"선생님. 제 동생에게 맞는 치료법이 있을까요?"

이런 식의 감염은 민간요법으로 해결되는 사안도 아니었다.

"⋯⋯죄송합니다. 지금으로서는 제가⋯⋯ 해드릴 수 있는 일이 없어요."

"갈리나네 엄마는 선생님이 치료해주셨다면서요."

"그때도 상처 감염만 막은 것이지 광견병에 감염됐던 거라면 제가 어떻게 할 수는 없었을 겁니다."

갈리나라 불린 여성도 실망하는 기색을 감추지 못했다.

곽수환은 사람들의 다양한 반응을 보고 상황을 대강 짐작할 수 있었다. 그 또한 아담만큼이나 광견병에 대해서 잘 알기도 했다. 들개에게 물려 광견병으로 고생한 군인을 몇이나 봤고, 제때에 백신을 맞지 못해 죽은 이들도 있었다. 저 상태라면 길어야 며칠이나 버틸지 모르겠다.

고칠 수 없다는 말에도 사람들은 석화의 주변을 떠나지 못했다. 방법이 있지 않을까 희망을 가지고 온 이들이었기에 아무 방법이 없다는 것을 쉽게 인정할 수는 없었다. 누가 뭐라고 해도 석화는 이곳의 유일한 의사이자 약제사이기도 했다.

"그럼⋯⋯ 동생이 죽는 걸 손 놓고 지켜봐야 하나요?"

레인보우 시티로 내려가 백신을 가져온다 하더라도 남자는 그사이 죽고 말 거다.

"……죄송합니다."

"아니에요. 선생님이 미안해하실 건 없어요. 저희도 혹시나 해서 온 거예요."

갈리나는 고개를 젓고 수레로 향했다. 다시 이불로 세르게이의 몸을 덮어주었다. 갈리나가 포기해요, 그 말을 하자 나머지 사람들이 민가를 향해 수레를 밀었다. 석화는 한참이나 그 뒷모습에서 눈을 떼지 못했다.

곽수환은 트렁크 안의 양동이를 내려놓다가 혀를 찼다. 급히 차를 세운 바람에 물이 넘쳐 트렁크가 잔뜩 젖어 있던 탓이었다. 그 와중에 정신을 차린 숭어 한 마리도 물을 마구 튀기며 난동을 부렸다. 꼬리를 잡아 대가리를 쳐서 기절시키고 물이 반도 남지 않은 양동이에 두 마리를 넣었다.

"아담이 아니라고 해도 위험한 일이 너무 많죠."

석화도 그제야 산장으로 양동이를 옮기는 일을 도왔다. 수레를 끌고 가는 이들이 더는 시야에서 보이지 않을 때였다.

"그렇지. 특히 산을 끼고 있을 때는 더해. 봄이 되면 곰까지 가세할 테고."

불곰 최대 서식지인 러시아는 겨울이라고 해서 안전한 것도 아니었다. 불곰의 겨울잠은 가수면 상태와 다를 바가 없어서 근처에 다가가거나 위협을 주면 바로 공격을 해온다. 곽수환에게 짐승이나 아담은 위협적이지 않으나 그도 두려움이라는 감정이 무엇인지는 인지하고 있다. 제가 별거 아니라고 생각한 것들이 석화에게는 위협적인 존재가 되니까.

"오랜만에 업어줄까?"

기분도 환기할 겸 곽수환이 제 등을 가리켰다.

"괜찮아요."

석화는 단칼에 거절하고 양동이를 마저 안으로 들여놨다. 배를 뒤집어 까고 떠 있는 숭어도 건져서 비닐을 펼친 식탁에 올렸다. 튼실한 숭어를 손으로 붙들고 조금 전의 잔상을 털어냈다. 이곳은 아담 감염에서 멀리 떨어진 세계라 안심했건만 사람 사는 곳은 어디든 어떤 식이든, 위험이 도사렸다. 그래도 산 사람은 열심히 살아야 한다.

"벽난로에 장작 좀 더 넣어줘요."

"예, 대감님."

저건 또 무슨 놀이인가 싶어 대꾸는 하지 않았다. 석화는 큰 결심을 한 듯 숨을 들이켰다가 칼로 비늘을 쳐냈다. 억센 비늘이 떨어져 나가는 소리는 듣기 싫었지만 이래야 비린내가 나지 않았다. 드드득, 비늘을 긁어내는 동안 뒷목에 소름이 조금 돋았다. 탁, 칼로 머리를 잘라내고 가른 배 속에 손을 넣어 내장을 제거했다.

"내가 해도 되는데 그걸 못 기다리고."

밖에서 장작을 가져온 그가 손을 툭툭 털었다.

"금방 손질 끝나요."

"누가 느려서 그렇대? 나 석 박사가 그렇게 실감나게 표정 짓는 거 처음 봐서 그래."

석화에게서 식칼을 가져온 곽수환이 남은 숭어의 비늘을 긁어냈다.

"나 봐봐."

얼굴을 봤더니 그는 입술을 꾹 다문 채로 눈만 가느다랗게 뜨고 있었다. 거기다 숭어가 보기도 싫다는 듯 고개를 조금 뒤로 젖히기까지 했다.

"석 박사가 딱 이랬거든."

"안 그랬어요."

"혐오하는 시선이 살벌했는데 무슨 소리야."

드득, 드득. 그는 일부러 더 천천히 비늘을 긁었다. 석화는 그제서야 제 미간이 찡그려지는 것을 인정했다.

"그 소리 듣기 싫어요."

"나한테도 그래."

그는 최대한 빠르게 비늘을 벗기고 내장을 발랐다. 손질하고 남은 건 비닐에 싸서 산장 밖으로 가지고 나가 저 멀리로 던졌다. 음식물 찌꺼기는 산짐승이 해결해줄 터였다.

두 손에서 비린내도 여간 나는 게 아니었다. 안에서 익히기를 포기하고 버너를 밖으로 들고 나갔다. 냄비 안에 순도 낮은 기름을 두르고 반으로 잘라 펼친 숭어를 집어넣었다. 뒤따라온 석화는 대야를 바닥에 내려두었다. 둘은 대야를 가운데다 두고 생선이 익을 동안 서로 손을 담갔다.

손장난을 치듯 둘이서 미끄덩거리는 비누를 주고받았다. 물이 뿌옇게 흐려질 때쯤에 손을 들어서 냄새를 맡아보니 미세하게 비린내가 남아 있었다. 적어도 한 번은 더 씻을 생각에 대야를 비워버리고 다시 물을 뜨러 허리를 일으킨 때였다.

그르르릉, 밤마다 산장을 배회하는 늑대 몇 마리가 생선 굽는 냄새에 평소보다 이르게 내려왔다. 저기서부터 아치형으로 둘러싸서는 앞발을 구르고 있었다. 금방이라도 도약을 해 뛰어들려는 듯 빳빳한 털도 꿈틀거렸다.

"이제 들어가서 익혀요."

곽수환은 물이 뚝뚝 떨어지는 팔을 제 허벅지에 걸쳤다. 쭈그려 앉은 채로 냄비 손잡이를 잡아 휙 숭어를 뒤집었다.

"빨리 들어와요."

마저 밖에서 익히고 싶었던 그였지만 석화의 말을 들을 수밖에 없었다. 냄비를 올린 버너를 통째로 들고 열린 문으로 걸었다. 그러자 대장으로 보이는 늑대 한 마리가 쏜살같이 곽수환의 목덜미를 향해 아가리를 벌렸다. 그는 늑대의 주둥이가 아슬아슬하게 다가오기 직전에 문을 쾅 닫았다. 튀어나온 주둥이를 나무문에 박은 늑대가 깨갱 하면서 뒤로 물러났다. 꽤나 아픈지 앞발로 코를 마구 문댔다.

그 모습을 창문으로 보던 석화는 제 코가 다 아팠다.

"왜 놀려요."

"재미있잖아."

그가 입꼬리를 늘어뜨리고 애들처럼 굴었다. 다행히 적당히 익은 숭어는 더 이상 비린내가 올라오지 않았다. 곽수환은 레토르트 식료품을 함부로 남용하면서 식탁을 가득 채워 나갔다. 탕, 마지막으로 뭔가를 내려두었는데 박스 안쪽에서 꺼낸 병이었다.

"와인."

씩 웃었다. 촛대까지 가져와 불을 밝히니 여느 레스토랑 못지않았다. 그가 석화를 데려와 식탁 의자에 앉히고 한쪽 손을 배에다 얹었다. 고상하게 인사를 하는 제스처를 취하고는 와인의 밑동을 받쳐 들었다.

"어서 오십시오, 도련님. 이 와인으로 말할 것 같으면 2002년 프랑스 지방에서 생산된 빈티지 와인입니다. 그때 대한민국에서는 축구놀이가 한창이었다더군요. 그거 아십니까, 도련님? 저도 공을 제법 찬답니다."

"앉아서 밥 먹어요."

"그럼 와인을 오픈하겠습니다."

오프너가 없어 주변을 두리번거리던 그가 가위를 가져왔다. 가위의 한쪽 날을 푹 코르크에 박아 넣고 돌려서 잡아 빼기 시작했다. 포옹, 청량한 소리와 함께 병 안에 갇혀 있던 와인 향이 식탁을 은은하게 채워나갔다. 유리 와인잔 같은 게 있을 리가 없었다. 그는 플라스틱 컵에 와인을 졸졸 따랐다.

석화의 잔은 고작 3분의 1만 채웠고, 제 잔은 붉은 액체가 넘칠 정도로 아슬아슬했다. 장력에 의해 봉긋하게 솟은 와인을 고개만 숙여 빨아 마셨다.

"제가 무식한 놈이라 도련님께서 이해를 좀 해주십시오."

석화는 턱을 괴고 괴상한 그의 행동을 감상했다. 그는 숭어 한쪽과 소스에 절여진 햄버거 패티를 각자 그릇에 담았다. 김이 올라오는 미역국과 즉석밥을 까 놓으니 이로써 식사 준비는 완벽해졌다. 곽수환도 그제야 마주 보고 앉아 플라스틱 잔을 들었다.

"석 박사의 눈동자에 치얼스."

석화는 톡 부딪쳐오는 그의 잔을 피하지 않았다. 그는 늘 일정 선을 지켜가며 장난을 치고는 했다. 이런 식의 이벤트는 전의 레인보우 시티에서도 겪은 적 있었다. 그러나 그때는 먹을 게 없는 폐허 직전의 레스토랑이었다. 게다가 서로를 신뢰할 수 없어 탐색하던 시기였었다.

석화는 입가심만 하듯 와인으로 목을 축이고 숭어 살을 떼어 내 씹었다. 비린 맛이 아예 없다면 거짓말이나 소금 간이 잘되어 있어 나쁘지는 않았다.

곽수환은 이미 와인 한 잔을 다 비워놓고 또 따르는 중이었다.

"소령님."

"응?"

"그날 말이죠……."

석화는 다시 한번 와인으로 입을 축였다. 아까보다는 조금 더 많은 양이었다. 더 깊은 이야기를 하기 위해서는 필연적으로 술의 힘이 필요할지도 몰랐다.

"달마산에서요."

곽수환도 컵을 들었다.

"내가 최호언 박사를…… 죽인 게 맞죠?"

"죽어도 싼 놈이야."

그는 석화가 살인을 한 데 죄책감이라도 가질까 봐 얼른 선수 쳤다.

"항상은 아니지만 가끔씩 생각해봤어요. 왜 그 사람이 그렇게까지 됐을까 하고요."

"미친놈을 이해하는 일이 필요할까?"

"이유를 알았다면 막을 수 있었을까요?"

"세상에는 이유를 알아도 해결이 안 되는 일들이 많잖아. 그리고 석 박사가 죽인 거 아니야. 숨통을 끊은 건 나였어."

곽수환의 기억은 거기서 끊겼고, 다시 정신을 차릴 때까지 공백이었다. 죽었다 살았다는 것도 영감을 통해서 한 귀로 듣고 한 귀로 흘려보냈을 뿐이었다. 제가 죽었다가 살아 돌아왔다는 사실은 석화가 알 필요 없는 진실이었다.

"아프죠?"

"어디가? 나 건강한데."

"총 맞은 데……. 아파 보여."

필요하다면 셔츠를 잘도 벗었던 그가 지금은 씻을 때를 제외하고는 제 등을 잘 보여주지 않았다. 곽수환은 석화의 입에 햄버거 패티를 잘라서 넣어주었다.

"다 나았는데 아프긴."

"보는 나는 아파."

석화는 그와 다시 재회한 이래로 가장 우울한 눈을 했다. 이쯤 되면 하는 수가 없다. 저는 석화의 생기 어린 눈이 좋았다. 저렇게 속상해하는 것을 보기 위해 살아 돌아온 게 아니기에 곽수환은 저에게 있는 카드를 하나 꺼내기로 마음먹었다.

"잠깐만."

자리에서 일어나 그가 구석에 놓아둔 배낭 고리에 손을 걸었다. 식탁으로 돌아오며 지퍼를 크게 열었다. 그 안에서 묵직한 돌을 꺼내 식탁에 탁 자신 있게 내려두었다. 반짝반짝 눈을 빛낼 거라고 생각했는데 석화는 그저 놀라기만 했다.

"자기 좋아하는 거잖아. 왜 반응이 시원찮아."

석화는 에덴동산 북부지부로 가기 전의 일을 떠올릴 수 있었다. 자신의 물건뿐만 아니라 곽수환의 수첩과 큐브도 저 가방에 함께 챙겼었다. 분명 세컨드 마스터의 방공호에서 잃어버렸다고 생각했는데, 대체 어떻게 다시 손에 넣은 걸까? 그날 최호언에게 붙들리는 바람에 지프와 함께 그냥 버려졌을 줄로만 알았다.

"어디서 찾았어요?"

"자기 만나면 주려고 다시 가서 가져왔지."

곽수환은 쉘터를 벗어나 바닷길로 가는 길에 세컨드 마스터의 방공호에 들렀다. 지프에서 배낭을 찾아내 수첩과 큐브를 봤을 때 그는 배낭이 석화라도 되는 양 소중하게 끌어안았다. 재회하기 전까지 이 배낭이 석화를 대신하기도 했고.

곽수환은 석화의 손에 좆돌을 올려주었다.

석화도 오랜만에 느끼는 매끄러운 돌의 감촉 덕인지 그리움에 잠겼다.

그렇게 집착하고 좋아했던 것이었는데 그 없이 산장에 홀로 있을 때는 생각도 나지 않았다. 그래서 제 집착특성이 완전히 사라진 건가, 그렇게 생각했다. 그러나 손에 쥐고 있으니 갖고 싶은 욕구가 물씬 피어올랐다. 제 버릇 남 못주는 건 맞았다.

"고마워요."

티는 크게 안 나도 좋아하는 게 확연히 느껴졌다. 곽수환은 적잖은 뿌듯함에 와인을 더 마셨다.

"그런데 그건 도저히 못 찾겠더라."

"어떤 거요?"

"석 박사 탱글탱글한 엉덩이 닮은 돌. 다시 비슷한 거 찾으면 가져다줄게."

"전 이제 이거면 돼요."

석화가 플라스틱 컵 옆에 좆돌을 세워두었다.

곽수환은 문득 제가 과천으로 좌천됐을 때 일이 떠올랐다. 차 중령이 넘겨준 사진을 봤을 때도 저 돌만큼은 부지런히도 들고 다녔지. 좆돌이 바로 옆에서 있어서 그런지 하얀 얼굴이 음심을 더 자극했다. 식사를 하고자 벌린 붉은 입술까지 더해지니 오늘 날 잡았다 싶었다. 뭐, 저는 오늘뿐만이 아니라 매일 날을 잡고 싶었지만, 그러려면 석화의 체력을 보강하는 수밖에 없었다.

"자기, 오늘 밤은……"

부아아앙, 거칠게 돌아가는 엔진 소리와 동시에 강렬한 헤드라이트 불빛이 창문 너머에서 쏟아졌다. 한동안은 둘이서 오순도순 지내려고 하는데 왜 이리 불청객들이 많은 건가. 아까 러시아 놈들이 다시 온 거면 목덜미를 잡아서 늑대 밥으로 던져줄 셈이었다.

곽수환이 짜증스런 기색으로 자리를 박찼다. 호시탐탐 산장을 돌며 하울링을 하던 늑대 소리도 뚝 끊겼고, 지프는 산장 문 바로 앞에 와서 섰다. 자동차의 눈이나 마찬가지인 헤드라이트의 빛은 여전히 강렬했다.

"소령님."

석화가 일어나자 곽수환은 고개만 한 번 저었다. 어깨를 내리눌러 석화를 다시 앉히고 권총을 장전했다. 커튼을 열어둔 창문 밖에서 재빠르게 움직이는 검은 인영이 보였다. 역광 때문에 누군지 확신할 수는 없었지만, 불청객이 케이프를 두르고 있다는 것만큼은 확실했다.

쾅! 불청객이 발로 문을 걷어찼다. 다시 한번 걷어차자 문고리가 박살나며 산장 문이 천천히 열렸다.

"와, 씨발. 인간적으로 너무하지 않냐?"

문이 열리는 순간부터 총구를 내려둔 곽수환은 팔짱을 꼈다.

"진수성찬에, 촛대에, 창고에서 째벼간 와인까지! 아주 살판 나셨어?"

그는 석화가 앉아 있는 곳도 제 몸으로 가렸다. 그러나 익숙한 목소리에 석화는 옆으로 몸을 일으켜 방문객을 반겼다.

"오랜만이에요, 이 소령님. 잘 지내셨어요?"

"박사님!"

반가움에 한달음에 달려오는 이채윤을 성큼 곽수환이 막아섰다. 그가 후, 하고 땅이 꺼지도록 한숨을 내뱉었다.

"어떻게 찾았냐?"

"너는 새끼야, 진짜 나쁜 새끼야. 우리도 다 속이고 말이야."

이채윤이 곽수환을 피해 크게 돌아서 와인을 낚아챘다. 그녀는 와인이 물이라도 되는 듯 병째로 벌컥벌컥 들이켰다. 뒤늦게 시동을 끄고 군홧발로 걸어온 또 다른 사람은 다름 아닌 양상훈이었다. 전과 똑같은 제복 차림이었지만, 그들의 견장은 이제 은색에서 검정이 되어 있었다.

"아이 씨, 이채윤! 이거 문고리 고장 난 거 어쩔 거야? 그것보다 박사님! 진짜 반가운 거 아십니까? 그때 그렇게 절 버리고 가시면 어떻게 합니까? 제가 얼마나 걱정했는데요. 그리고 곽수환 넌, 이 씨발놈아."

양상훈은 반가움과 미안함 그리고 화를 한데 담았다. 이채윤에게서 와인을 건네받아 그도 벌컥 들이켰다. 남은 술이 완전히 동났다.

"하여간 진짜 좆같은 새끼라니까."

그 와중에 곽수환이 챙겨 간 좆돌을 보고 양상훈은 기가 막혀 했다.

◆ ◆ ◆

식탁 의자는 두 개뿐이라 이채윤과 양상훈은 식량 박스를 끌어와 엉덩이를 붙여야 했다.

"이야, 생선까지 구워다 잡수시고 우리보다 낫다?"

"드세요."

석화가 자신의 몫인 송어를 둘에게 나눠주었다. 곽수환은 그걸 도로 가져와 석화의 그릇에 모았다.

"하긴 사랑해 마지않는 박사님을 위해 친히 얼음물에 뛰어들어 잡으신 걸 텐데 우리 입에 붙일 게 있겠냐?"

양상훈도 이채윤만큼 날이 단단히 서 있었다. 그 바탕은 서운함이었다.

"송어는 석 박사가 잡은 거거든? 러시아의 석태공이야."

테이블에는 둘이 지프에서 가져온 양주 세 병도 올라와 있었다. 아무래도 술판을 벌여 이야기를 나누려는 것 같았다. 식사를 아직 끝내지 않았지만, 이 정도 음식을 네 명이 먹기란 무리였다. 석화는 생선을 구웠던 냄비를 옆으로 치우고 구겨진 양은 냄비에 물을 한가득 따랐다.

"미역국, 황태국, 햄버거 패티, 닭죽, 라면…… 그렇게 있는데 뭐 드실래요?"

"아냐, 박사님. 물 안 올려도 돼."

이채윤이 거추장스러운 케이프를 떼어내더니 다시 지프로 달려갔다. 얼마 지나지 않아 돌아온 그녀는 아이스박스를 들고 있었다. 식탁 밑에 두고 뚜껑을 열자 석화도 순순히 감탄할 수밖에 없었다. 그 안에 담긴 돼지고기와 소고기는 족히 열 근은 넘어 보였다. 자연해동이 됐는지 핏물이 아직 선명했다.

"날이 추워서 다행이야. 시티부터 가져온 건데 마블링도 짱짱하지?"

꿀꺽, 석화는 저도 모르게 침을 삼켰다. 식탐이 거의 없는 석화의 목젖이 울리는 걸 보니 곽수환은 괜한 심술이 났다. 석화가 아닌 저 둘을 향해서.

"왜 왔냐."

이채윤의 관자놀이가 꿈틀했다.

"일단 고기부터 굽자고."

애써 인내한 그녀는 버너를 거칠게 식탁에 내려두고 아이스박스에 준비해온 불판도 꺼냈다. 문을 박살내놨기에 차가운 바람이 산장의 온기를 빼앗아갔다. 곽수환은 물이 담긴 양동이를 이용해 산장 문을 닫아두었다. 벽난로에 땔감도 몇 개 던져놓고 석화의 옆에 앉았다.

곽수환이나 동료들은 이따금 산짐승을 잡아 배를 채운 적은 있지만, 석화는 본격적으로 고기를 구워 먹은 경험이 기의 없었다. 그것도 이렇게 반가운 사람들과 한 식탁에 둘러싸여 앉아 있다니 실감도 잘 나지 않았다.

치이익, 가장 먼저 삼겹살이 불판에 올라왔다. 석화가 좋아하는 목살은 곽수환이 따로 한쪽에 올렸다. 고기가 익는 동안 그들은 양주를 따 플라스틱 잔에 따랐다. 양상훈은 하나씩 따르기도 귀찮은지 컵을 연달아 놓고 한번에 따라 부었다. 이채윤은 빈속에 술을 들이켜기 전에 익힌 숭어로 위를 달래고만 있었다.

"일단 곽수환이 개새끼인 건 확실하니까 짠부터 하자고."

이채윤이 잔을 들어올렸다.

"짠은 무슨."

그는 그냥 술을 들이켰다. 그건 양상훈도 마찬가지였다. 석화는 다른 이보다 현저히 적은 양으로 아랫입술만 적시고 말았다.

"대체 어떻게 찾았냐?"

그건 석화도 의문이었다. 이 산장을 아는 사람은 아마도 곽수환과 저뿐이었다.

"이역만리 러시아에서 레인보우 시티 출신의 동양인이 그리 흔한 줄 알아?"

"이역만리가 뭐냐?"

양상훈이 대뜸 이채윤에게 속삭였다.

"졸라 먼 나라."

"여긴 그렇게 안 멀잖아."

"이야기하는데 딴죽 좀 걸지 마."

이채윤은 반으로 자른 삼겹살을 위로 들어 입에 쏙 넣었다. 물론 입가심은 양주였다.

"하산에서 멀리 안 떨어진 곳일 거라고는 예상했어. 시베리아 횡단 열차를 따라서 박사님이 혼자 블라디보스토크까지 가기는 너무 힘들잖아. 곰도 존나 많다며? 그래서 하산 근처 민가를 수소문하면서 이 사람들 아냐고 물어봤지."

이채윤이 내민 건 저와 곽수환의 초상화였다. 연필로 그렸지만 사실적인 초상화는 하나의 미술 작품 같았다.

"직접, 그리셨어요?"

"응. 나 그림 잘 그려."

"굼벵이도 구르는 재주가 있는 법이지."

"하, 저거 저 새끼, 저 주둥이 털고 싶어서 그 다섯 달 동안 어떻게 참았대?"

곽수환이 그간의 이야기를 하면 가만 안 있겠다는 듯 이채윤을 향해 눈에 힘을 줬다.

"박사님, 이 새끼 진짜 괴물 새끼예요. 황천길 다녀오고 나서 다들 맛탱이 갔다고 생각했는데, 다섯 달 만에 근력 싹 복구해서는 말도 없이 떠난 새끼라고요. 저 새끼 깨어났을 때 근육량이 박사님 수준도 안 됐을걸요?"

막상 문제는 이채윤이 아니라 옆의 양상훈이었다. 석화는 목
살을 소금에 찍다가 멈칫했다.

"입 다물이라. 대체 왜 찾아왔는지 이유나 말해."

"와, 똘수환 저거 진짜 사이코 새끼 아니냐? 우리한테 어떻게
이럴 수가 있냐?"

물론 미안한 마음은 석화가 집고 있는 목살 한 점만큼은 있
었다.

"이 소령 말이 다 맞지. 말이 나와서 말인데 박사님, 저 새끼
요, 손발 달달 떨면서 수저도 못 들 때 제가 몇 번이나 떠먹여 줬
거든요? 근데 저게 은혜를 원수로 갚네요."

그렇게 피를 쏟았으니 당연히 크게 아팠을 거라고 짐작은 했
었다. 다섯 달이나 돌아오지 못했던 그였기에 회복 기간이 길었
다고도 생각했고. 그런데 죽었다가 다시 살아났고, 저에게 오기
위해 몸을 복구하는 데만 다섯 달이 걸렸다니…….

"왜 말을 안 했어요?"

"지금 건강하면 된 거야."

"후유증은요?"

"딱 봐도 없잖아."

크게 당황하는 석화 때문에 양상훈이 머쓱해했다. 대충은 알
고 있지 않을까 싶어서 나불댄 것뿐이었다.

"그래! 몸 건강하면 적어도 인사는 하고 갔어야지, 새끼야."

양상훈은 일부러 화제를 돌리려고 노력했다. 그사이에 이채윤은 열심히 고기를 집어 먹는 중이었다.

"그럴 정신이 없었어. 석 박사 찾으러 가는 것만 생각했지. 그건 미안했다."

"미안한 건 아냐? 뭐, 우리도 사과 들었으면 된 거야."

이채윤이 큼지막하게 자른 삼겹살을 석화와 곽수환의 그릇에 놓아두었다. 그녀가 먹을 것을 나눠준다는 건 이례적인 일이었다. 먹성 좋게 젓가락을 놀리는 셋과는 다르게 석화는 소금만 끄적거렸다.

"빨리 먹어. 안 그러면 쟤네가 다 처먹는다? 저 새끼들 위장 블랙홀이잖아."

곽수환은 따뜻한 목살 한 점을 억지로 석화의 입에 넣었다.

"맞아, 박사님. 지금 멀쩡하면 된 거라구. 빨리빨리 먹어."

"그럴게요."

석화가 고개를 끄덕였다. 그들의 말처럼 지금 건강하면 그만인 거다. 지나간 다섯 달은 그 시간만으로도 충분히 괴로웠으니 다시 돌이켜 고통받을 필요가 없었다. 혼자라는 두려움이 트라우마로 남을지언정 같이 있는 현재가 훨씬 중요했다.

셋이서 양주 두 병을 탈탈 터는 동안 석화는 고작 한 모금을 마실 수 있었다. 마지막 양주를 깔 때 양상훈은 몇 병 더 있으니 걱정 말라며 자기 잔에 한가득 부었다. 산장이 이렇게 시끌벅적한 건 또 처음이었다.

레인보우 육사는 목청 크기로 소령을 뽑은 건가 의심할 정도로 셋의 성량이 어마어마했다. 목소리 큰 놈이 이긴다는 걸 증명하듯 타인의 의견에 반박할 때는 목소리가 더 거세졌다. 그런데 그게 또 듣기 싫은 건 아니었다. 낡은 테이블을 둘러싼 기운은 그야말로 생기가 넘쳤다.

석화는 그들과 이야기를 나누기도 하고 또 가만히 듣기도 했다. 아침부터 여태까지 깨어 있었기에 몸이 조금은 노곤했다.

"야, 그래도 찾는 데 한 일주일 걸렸다? 이대로 시베리아 열차 길 따라 가야 하나 싶었는데, 여기 밑에 사는 사람들이 너랑 박사님을 안다더라고?"

"너 러시아말 못 하잖아. 한국말도 잘하진 않지만."

"꼭 한마디가 많아. 손짓발짓은 만국공통이야. 사는 곳을 알고 싶으면 먹을 걸 달라는 거야. 줬더니 바로 이실직고하던데?"

곽수환이 쯧 혀를 찼다. 그간 석화에게 도움을 받은 이들일 텐데 식량 하나에 이렇게 쉽게 밀고를 하다니 기가 찼다. 막말로 저희들을 잡으러 온 군인이었으면 어쩌려고.

곽수환은 쓱 석화의 눈치를 살폈다. 서운해할지도 모르기에 위로라도 해줄까 했지만, 그러거나 말거나 개의치 않는 모양이었다. 게다가 평소보다 눈을 깜빡이는 횟수가 현저히 줄었고, 움직임이 슬로모션처럼 느릿하기까지 했다.

"졸리지? 쟤네 내쫓고 한숨 자자."

"괜찮아요. 아직 자기 싫어요."

석화는 기운도 얻을 겸 바짝 익은 목살을 두 점이나 입에 넣었다.

"그러게, 박사님 전보다 말랐어도 뭔가 더 건강해진 것 같은 느낌이야. 전에는 유령 같았다면 지금은 좀 선명하다, 그치?"

"응. 석화 박사님 전보다 혈색도 더 좋아지신 것 같아요."

"여기서 살면서 체력이 좀 늘었나 봐요."

그들도 내심 석화 혼자 여기서 다섯 달이나 살았다니, 하고 놀라워했다.

"근데 박사님……. 여기서 계속 혼자 지냈던 거야? 주변에 늑대도 많은 것 같던데?"

"살려고 하면 어떻게든 살게 되더라고요."

겉으로는 생에 집착이 없어 보이는 사람이었지만, 살고자 하는 의지는 누구보다 강했다. 물론 그것도 곽수환이 있을 때의 이야기다. 그가 아니었다면 생의 이유를 찾지 못했을 테고, 러시아로 홀로 올라올 생각도 못 했겠지.

"신변잡기는 그만 풀고, 찾아온 이유는 언제 말할 거야?"

"이유가 있기는 하지."

이채윤이 돼지고기를 클리어하고 소고기를 얹기 시작했다. 돼지보다는 빨리 익는 소고기에 젓가락이 몰렸다. 석화가 가장 마지막으로 뻗었는데 곽수환이 자기 것을 대신 넘겨주었다.

"소령님도 먹어요."

"다른 것도 금방 익어."

석화는 육즙이 터지는 부드러운 등심에 몽롱하던 정신이 일깨워지는 듯했다. 세상에 태어나서 이렇게 부드럽고 맛있는 소고기는 또 처음이었다. 웬일로 많이 먹는 석화가 보기 좋아 곽수환은 계속해서 고기를 조달했다. 그래도 먹는 속도가 워낙 느려 남들의 절반도 먹지 못했다.

"시티로 내려가자고."

이채윤이 떡심이 달린 부분을 입에 넣고 씹었다.

"박사님도 같이."

아마 그 비슷한 이유로 찾아오지 않았을까 했지만, 대뜸 목적을 뱉어낼 줄은 몰랐던 터라 대답에 틈이 생겨버렸다.

"……그건 좀 곤란해요."

"왜?"

"혹시 박사님, 그 신종 변이 아담 바이러스인가 그것 때문에 그러세요?"

직설적인 양상훈의 질문에 석화는 잔잔하게 미소만 지었다. 쉘터에 있을 때는 마네킹 같았는데 자연인이 되니 사람다워진 건가? 곽수환만 알 수 있던 표정 변화가 그들에게도 보였다.

"설마하니 니들 독단으로 행동한 건 아니겠고, 이희찬이 우리 찾아오래?"

"똘수환 이 새끼야! 남의 엄마 이름을 그렇게 막 부르냐? 근데 맞어. 엄마가 찾아서 데려오라고 하더라? 그리고 이건 엄마가 준 선물."

이채윤이 바닥에 내려두었던 군용 배낭을 들어서 내용물을 탈탈 털어냈다. 요란한 소리를 내며 떨어진 물건은 수십 개의 아담 검사 키트였다.

"차에도 있어."

양상훈이 엄지를 뒤집어 지프를 가리켰다.

"엄마가 박사님 검사 결과가 음성 뜨면 꼭 데려오래."

"음성이 아니면?"

곽수환이 술잔을 내려놓고는 두 녀석을 한 명씩 살폈다.

"우리가 박사님한테 해코지라도 할까 봐 그러냐? 안 해. 그냥 양성 뜨면 포기하라고 했어."

양상훈이 섭섭한 티를 팍팍 냈다. 저희가 박사님을 해칠 일은 없지만, 만일 그런 기색을 내비쳤다가는 동료고 뭐고 죽기를 자청하고 싸워야 할 판이었다.

"해볼래?"

곽수환이 떨어진 키트를 하나 들어서 석화에게 내밀었다. 석화는 키트를 쥐기까지 꽤 오랫동안 고민을 해야 했다. 실제로는 몇 초에 불과했겠지만 뇌에서는 오만 가지 생각이 교차했다. 이곳에 남아서 곽수환과 단둘이 살고 싶은 마음과 또 레인보우 시티로 돌아가 그와 좀 더 안전한 생활을 누리고 싶은 마음이 상충했다.

"해봐, 박사님. 우리는 진짜 박사님이 양성이어도 괜찮아."

고민할 필요 있느냐며 이채윤이 간단한 답을 주었다. 그러나 정작 석화는 키트를 쥐고도 바늘에 손을 쉽게 찔러볼 수가 없었다. 몸 어디가 아픈 사람이 진료받기를 거부하듯이. 저에게 필시 큰 문제가 있을 것이기에 병명을 확인받기도 두려워하는 불치병 흰지와도 같았다.

만일 양성이 나오면…….

저 혼자만을 위한 치료제를 개발해야 하는 건가. 그거야말로 말도 안 되는 일이다. 현미경 정도는 제 힘으로 만들 수 있지만, 치료제를 배양하고 지속적인 연구를 이어가려면 이곳에서는 어림도 없다. 그래도 단 하나의 희망은 몸에 어디 아픈 곳이 없다는 거다. 바이러스가 활동 중이라면 여전히 코피를 쏟아냈을 테니까.

석화는 키트 뚜껑을 열었다. 나머지 셋도 석화의 행동에 집중했다.

"이 소령님, 양 소령님."

"어?!"

"네?"

갑작스럽게 불린 둘이 동시에 화들짝 놀랐다.

"……믿을게요."

양성이 나오더라도…… 부탁드려요.

석화는 면목이 없다는 듯 작은 목소리로 말을 이었다. 그러나 곽수환만큼은 허리춤에 꽂아둔 권총의 위치를 재차 확인했다.

석화는 키트 뚜껑에 들어 있던 소독솜으로 엄지를 닦아냈다.

싸한 알코올 기운이 사라지기 전에 톡, 키트 바늘에 엄지를 눌렀다. 붉은 피가 안으로 스며드는 동안 숨소리조차 들리지 않았다. 키트 하단 원의 반쪽은 황색, 반쪽은 푸른색이었다. 양성일 경우 온통 황색으로 물들고, 음성일 경우는 반대가 됐다.

"아……."

어느 한쪽이 색을 넓혀가니 양상훈이 크게 탄식했다.

"박사님……. 그래도 박사님 몸은 건강하니 정말 다행입니다."

저 새끼가 대체 무슨 말을 하는 건가 싶은 곽수환이었다.

"하나 더 해볼게요."

석화가 허리를 굽혀 바닥의 키트를 주워 들었다. 두 번이나 반복했어도 여전히 같은 반응이 나왔다. 양상훈은 그만 됐다면서 침통한 얼굴을 했다. 우락부락한 덩치로 눈시울까지 붉히는 바람에 석화도 적잖이 당황했다. 곽수환과 이채윤이 뭐라고 따지기도 전이었다.

"양상훈 소령님, 혹시 이게 무슨 색으로 보이세요?"

"예?"

석화가 내민 키트를 양상훈이 유심히 내려다봤다.

"……노, 노란색이요?"

"어? 이게 노란색이야?"

이채윤이 눈을 끔뻑거렸다.

"양상훈, 술 적당히 마셔라."

곽수환은 검사 결과가 나온 두 개의 키트를 탁 식탁에 올려두었다. 그는 실실 웃고만 있었다. 아니, 분명 제 눈에는 양성인데 다들 왜 저런 반응인지 양상훈만 아리송해했다. 설마 석화 박사가 양성인 게 좋은 건가? 아니, 당연히 음성이 좋은 건데 양상훈은 저 자신이 거우 양주 한 병에 취했나 의심할 시경이었다.

"양 소령님, 이건 혹시나 싶어서 여쭤보는 건데. 평소에 청색하고 황색이 구별이 잘 안 되세요?"

석화는 새 키트를 꺼내서 그의 앞에 들이댔다.

"어, 음. 여기 반원씩, 둘이 색이 다르긴 한 것 같은데. 어……그게, 진하기도 조금 다르긴 한데……."

이걸 어떻게 설명해야 할지 모르겠다는 반응이었다. 석화가 다시 한번 손을 따서 키트를 확인시키자 양상훈이 뒷목을 긁적거렸다.

"이건 황색이고, 저건 청색이고. 아, 아닌가. 허? 지금은 전부 청색이네?"

"특이하네요."

석화는 자신의 음성 키트보다 양상훈의 특징에 더 놀라워했다. 아마도 제3색맹인 청색맹 같은데 거기서도 한 단계 더 유전자 돌연변이가 일어난 듯했다. 황색과 청색이 함께 있을 때 양상훈은 먼저 인지한 색으로 둘 중 하나를 인식하는 모양이었다.

양상훈도 뭔가 이상함을 감지하고는 대뜸 소리쳤다.

"뭐야, 그럼 음성인 거지!? 축제인 거네?"

"어, 있잖아, 양상훈아. 너 혹시 견장 색도 구별 안 되는 거야?

그래서 전에 김 대령님한테도 반말했던 거고?"

이채윤은 너무 익어 바싹 타버린 고기를 과자처럼 씹었다.

"아니거든?! 살면서 문제 있던 적 없거든? 병 같은 거 아니야! 그때는 대령인 걸 몰라서 그랬던 거고."

돌연변이 청색맹은 질환이 아니기 때문에 양상훈의 말이 맞았다. 그런데 본인이 가장 처음 인식한 색으로 황색과 청색을 구별한다면…….

"양상훈 소령님은 제가 양성이기를 바랐어요?"

"바, 박사님! 무슨 그런 섭섭한 소리를 하세요!"

석화는 농담을 던졌는데 양상훈은 진담으로 생각해 정색했다. 핀치에 몰리는 양상훈을 보고 곽수환이 오랜만에 낄낄댔다.

"석 박사, 저거 봐. 저 새끼 무의식중에 양성이라고 생각한 거야. 난 당연히 음성일 거라고 확신했거든?"

그런 사람이 쥐도 안 잡겠다고 하고……. 석화는 따져도 될 말을 입안에서 뭉그러뜨렸다. 대신에 컵에 있는 양주를 한 모금 들이켰다.

"박사님, 진짜 오해이십니다. 저는 양성이 아니었으면 해서 양성 색이 나오지 않기를 바랐던 겁니다."

제 무의식이 벌인 일이라며 어찌나 억울해하는지 농담을 한 석화가 미안해질 정도였다.

"알고 있어요. 제가 항상 감사하고 있습니다. 양 소령님, 이 소령님."

석화가 그들을 향해 꾸벅 인사했다.

"무슨! 백신 개발해준 박사님한테 고마워해야 할 건 우리지! 근데 박사님은 신종 아담 바이러스라며. 혹시 신종은 키트가 잡아내지 못하는 건 아니야?"

석화가 이채윤의 빈 잔에 대신 술을 따랐다. 마치 좋은 질문이라며 상품을 주는 것도 같았다.

"지금 레인보우 시티에서 사용하는 키트는 제가 재개발한 거예요. 아담 감염을 일으키는 바이러스의 핵심은 이런 형태를 띠고 있거든요."

석화는 식탁에 '◇' 모양을 손으로만 덧그렸다.

"음?"

"다이아몬드처럼 생겼네?"

"식별 가능하게 바이러스 생김새를 형상화하자면 그런 건데……. 물론 그렇게 중요하지는 않고요. 아담 바이러스가 새롭게 변이를 했다고 해도 감염을 일으키는 핵심인 이 부분은 사라지지 않아요. 사라진다면 그건 더 이상 아담 바이러스라고 부를 수도 없고요. 기존의 키트는 정확성이 많이 떨어졌거든요. 아담 바이러스만 검출 가능한 게 아니라 아데노바이러스도 같이 인식해서 양성 반응이 나왔어요. 그 때문에 오히려 혼란만 더 가중됐었죠."

"그렇구나."

"그렇군요."

이채윤과 양상훈은 마치 영혼 없이 대답만 하는 학생들 같았다.

"뭘 알아야 대단한 줄 알지."

곽수환이 플라스틱 잔을 들고 웃으니 안에서 술이 출렁거렸다.

"넌 아냐, 새끼야?"

"아데노바이러스, 그거 감기잖아."

정확히는 감기와 다르지만, 비슷한 증상이 발현되는 경우가 많아 충분히 착각은 가능했다. 그리고 그 역시 백신은 개발됐으나 치료제는 아직이었다.

"박사님, 똘수환 말이 맞아?"

"아…… 네."

정확히는 틀리지만, 저는 좋은 선생이 될 자질이 없어서 뭉뚱그리고만 말았다. 교육센터에 있을 때도 저에게 뭔가를 물어보려고 왔던 동기도 어느 순간부터는 찾아오지 않게 됐다. 설명을 너무 못한다는 이유에서였다.

"이 새끼들은 꼭 내가 지들하고 같은 수준인 줄 알아요."

《병원균, 어디까지 정복 가능한가?》과천 쉘터에서 대충 훑어본 책에서 나온 내용이었기에 곽수환은 허세를 부렸다.

"어? 눈 온다!"

바이러스 이야기가 듣기 싫어 건수만 찾던 이채윤이 창밖을 가리켰다.

"원래도 자주 오거든?"

"우리 밖에서 모닥불 피워놓고 더 마실래?"

"난 좋지."

고기와 술도 다 비웠겠다, 양상훈이 얼른 나가자고 턱짓했다. 그는 벽난로로 가 타고 있는 장작을 부지깽이로 꽂아 들었다. 나가기에 앞서 두꺼운 코트를 걸친 석화는 플라스틱 컵을 밖으로 옮겼고, 곽수환은 식탁을 정리했다. 그사이 이채윤은 지포라이터 충전용 기름을 쌓아둔 장작에 뿌렸다.

삽시간에 규모가 상당한 모닥불이 피어올랐다. 눈에도 굴하지 않을 정도로 활활 타오르는 곳에서 불새 한 마리가 탄생해도 이상하지 않았다. 그만큼 열기가 어마어마했다.

"산장 태울 일 있냐?"

"눈 오니까 꺼지면 안 되잖아."

곽수환은 식탁 의자 두 개와 박스도 가지고 나와 모닥불 근처에 놓아두었다. 그중 의자 하나를 가볍게 낚아채 올렸다. 모닥불 위에 대고 초벌구이를 하듯 앞뒤로 의자를 데웠다.

"아직 배고프냐? 나무도 구워 드시게?"

"몰랐어? 은근히 별미야."

따끈해진 나무 의자에 석화를 앉히니 지켜보던 둘의 입에서 헛바람이 터졌다. 엉덩이와 등받이가 따끈따끈해 석화는 추위를 느낄 새조차 없었다.

"박사님, 저 새끼 저거 수작 부리는 거야. 원래 자기만 아는 존나 재수 없는 새끼야."

353

"잘해줘요."

저한테는. 석화가 컵의 술을 홀짝거렸다.

"와씨, 우리 진짜 불청객인갑다."

"그렇지 않아요."

석화도 고마운 그들을 몇 번이나 보고 싶어 했었다.

"그럼 이참에 저희하고 다 같이 시티로 내려가요. 여기서 언제까지고 살 수는 없잖아요."

말은 간단해도 상황은 늘 복잡한 법이었다. 올빼미와 부엉이는 레인보우 시티를 점령할 때 석화를 사살하라고 요구했으며, 현재는 바이러스를 이겨냈다고 하더라도 그들이 믿어줄지는 미지수였다. 게다가 백신 개발의 공을 돌려주리라 기대하기도 힘들었다.

하늘로 치솟아 있는 불길에 불나비처럼 눈발이 덤벼들었다. 결정은 불꽃에 닿기도 전에 녹아서 사라지기를 반복했다.

"시티는 많이 안정됐지?"

새로운 술을 깐 곽수환이 제 잔에 따르고 병째로 양상훈에게 던져 넘겼다.

"무슨, 아직은 헬게이트야."

"왜요?"

양상훈의 말에 관심을 보인 건 석화도 마찬가지였다. 이채윤의 입에서 하얀 입김이 솟아올랐다.

"아담은 거의 전멸한 게 맞지. 백신이 전면 배포된 것도 맞고.

그런데 또 그게 완벽히는 아니야. 시티 중심에서 떨어진 지역에 아직 아담이 남아 있어서 감염된 사례가 있어. 거기까지 백신이 가지 못한 거지."

"백신은 있어도 치료제는 없으니까요."

석화가 씁쓸하게 내뱉었다.

"치료제보다 백신이 우선인 건 맞아. 게다가 아담화가 된 지 며칠이나 혹은 몇 달 된 사람들을 치료했다고 생각해봐. 아마 그건 더 이상 사람이 아닐걸."

이성적으로 따져보면 곽수환의 이론이 맞기는 했다. 이미 괴사한 부분은 치료제가 있어도 살릴 수가 없다. 항상 아담 바이러스의 최종 목적지는 뇌였으니까.

"우리 부모님도 골머리를 썩이는 이유가 한두 가지가 아닌데, 그중 하나가 신흥 종교 세력이고 또 하나가 범죄자들 그리고 하이에나 같은 명예가문 놈들이래."

"명예가문은 왜?"

"왜겠어. 아담이 사라졌으니 명예가문들이 새로운 대항마로 나타난 거지."

"오, 대악마가 나타났어?"

양상훈이 불쑥 끼어들어 오자 이채윤은 헛소리 말라며 빈 술병만 옆으로 던졌다.

"막상 쿠데타를 성공시킨 건 우리랑 올빼미, 부엉이인데, 눈에 띄지 않게 퍼스트나 세컨드에게 편승했던 가문들이 갑자기

기세등등해진 거지. 자본주의 자유경제를 운운하면서 공장까지 독점하려고 한다던데 난 그건 관심 없고, 내가 가장 짜증 나는 건 그 새끼들이 돌연변이들 출산 반대 법안을 냈다는 거야."

석화는 마시지는 않고 쓰디쓴 알코올로 입을 슬쩍 헹구기만 했다. 이유는 물어보지 않아도 알 것 같았다. 돌연변이들의 후손들은 대체로 일반인보다 훨씬 월등한 능력치를 타고날 터였다. 돌연변이를 데리고 있지 않은 가문들이 반대에 나섰거나 이제 아담이 없으니 또 다른 위험 분자를 토사구팽 하겠다는 속내였다.

"근데 우리보고 시티로 돌아오라고?"

곽수환은 이 자리에 없는 이희찬을 향해 속으로 욕했다.

"지금 우리도 간신히 나온 거야. 우리 클래스 정도 되는 놈들은 잘 시간도 없이 뺑이친다. 직급이 높아지면 뭐 하냐고."

양상훈도 오랜만에 이렇게 쉬어본다면서 혀를 내밀어 눈까지 먹었다. 자유의 맛이었다.

"나는 나대로 이용해먹고, 석 박사는 또 연구실에서 고생시키려는 심산인가 본데, 그럼 난 안 가."

"응, 엄마가 너 딱 그렇게 이야기할 거라고 하더라?"

이채윤이 벌떡 일어나 지프로 가 조수석 문을 열었다. 글러브박스에서 뭔가를 가져온 그녀는 곽수환에게 물건을 패스했다. 스피커가 달려 있는 녹음기였다. 그는 대수롭지 않게 생각하며 재생 버튼을 눌러봤다. 장작 타는 소리가 시끄러웠지만 바로 옆에 앉은 석화의 귀에도 이희찬의 목소리는 제법 선명하게 들렸다.

[일단 곽수환과 석화 박사가 살아 있다는 가정 하에 녹음을 할게. 이건 구두 약속도 아니고 확실한 약속이야. 올빼미와 부엉이 가문 대표도 내 의견에 동의한다는 서면에 사인을 했어. 또 영상으로도 녹화 중이지. 이래도 안 믿으면 하는 수 없지만, 어쨌든 할 말은 하겠어. 일단 첫째로 곽수환과 석화 박사가 레인보우 시티로 돌아오면 포상금을 줄 거야. 포상금은 말 그대로 시티를 구한 값이고, 물론 곽수환 네가 돈을 꼬불쳐놨다는 건 나도 잘 알지. 근데 돈은 많으면 많을수록 더 좋은 거 아니겠니? 둘째로 석화 박사와 네 안전을 보장해주마. 석화 박사가 아담 바이러스 숙주가 아닐 시에 말이야. 그건 올빼미와 부엉이 대표도 같이 합의를 본 거고. 셋째는 아직 재개발 중인 거주지보다 쉘터가 더 안전해. 둘은 쉘터에 거주하면서 각자의 일을 해줬으면 좋겠어. 제약 회사를 비롯해 의무국을 다시 재정비할 건데 거기엔 석화 박사의 힘이 필요하고, 곽수환 넌 현장에서 필요로 해. 그리고 넷째는…… 야, 이 새끼야. 넌 나 이용해먹을 대로 다 이용해먹었잖냐? 솔직히 최호언 처리 못 했으면 우리 식구들 싹 다 죽은 목숨이었어. 지금이야 잘 해결됐으니 하하호호 웃지, 네가 우리를 이용해먹은 건 변하지 않거든? 우리가 네 놈 때문에 강제로 반군이 되었는데 넌 진짜……. 하, 오해하지 마. 잠깐 흥분한 거야. 화가 난 건 아니야. 다시 녹음할까? 아니,

그냥 단도직입적으로 말할게. 멀쩡히 살아 있고 석화 박사도 건강한데 안 돌아오면 나도 못 참아. 치직. 치지직. 뚜, 뚜뚜, 뚜, 뚜……]

뭘까 싶어 석화가 그 신호음에 집중하는데, 곽수환은 재생을 중지시켰다.

철컥, 석화가 고개를 퍼뜩 들었다. 이채윤과 양상훈이 이쪽을 향해 기관단총의 총구를 겨누고 있었다. 그런데도 그들의 웃는 낯은 여전했다.

"네가 거절하면, 엄마가 석 박사님 데리고 튀라더라."

"어어? 곽수환, 권총 넣어둬라. 우린 따발총이야."

"애초에 꺼낼 생각도 없었어, 새끼야."

어차피 놈들이 기관단총을 지프에서 꺼낸 것도 이미 알고 있었다.

"자기는 어떤데?"

언제 어느 때고 곽수환에게 가장 중요한 건 석화의 의사였다.

"……가요."

앞의 두 군인이 안심하며 총구를 아래로 내려두었다.

"도망가요."

"오케이!"

곽수환이 석화의 허리를 확 끌어와서 제 다리에 앉혔다. 앞의 둘이 다시 총구를 올렸지만 그들조차도 결코 쏘거나 위해를 가할 수 없음을 알았다. 그저 석화 박사가 레인보우 시티로 내려가자고 말을 해주기를 바랐을 뿐이었다.

"박사님."

양상훈이 석화를 길게 불렀다. 곽수환이 자리를 박차고 뛰어가면 어쩌나 싶어 한껏 긴장했건만 석화를 다리 위에 앉히고만 있었다.

"농담한…… 겁니다."

저들도 이 정도 농담은 알아듣지 않을까 싶었기에 많이 겸연쩍었다. 석화는 그의 다리에 올라타느라 손을 적신 알코올을 쓱 바지에 닦았다.

"아씨! 나 진짜 간 떨어졌어. 박사님, 농담은 얼굴에 표정을 가득 담아가면서 하는 거야. 박사님이 말하면 다 진담 같단 말이야."

이채윤이 투덜거렸다.

"니들이 이상한 거야. 난 다 알아들었거든?"

곽수환이 제 다리 위에 올라탄 석화의 허벅지를 쓱 매만졌다. 허리를 끌어안고 목덜미에 자꾸 얼굴을 문지르려 하기에 석화가 그의 품에서 떨어져 나왔다.

"그럼 내일 바로 출발해도 되지?"

이채윤은 확답을 원했다.

"전 괜찮은데, 소령님은 괜찮아요?"

"석화 형 가라사대. 당연히 따라야지."

양상훈이 기관단총을 툭 바닥에 던졌다.

"하, 진짜 한숨 났다. 곽수환 저 똥고집 어떻게 꺾나 했는데. 박사님이 있어서 진짜 다행입니다."

"왜 이래, 난 처음부터 내려가서 살자고 했었어. 그런데 석 박사가 나랑 단둘이 여기서 살고 싶어 해서 그렇지."

석화는 쏟아지고 조금 남아버린 술을 한번에 털어 넣었다. 그들과 더 함께 있고 싶었지만, 아무래도 이만 들어가서 자야 할 성싶었다.

"내일 출발하려면 먼저 들어가서 눈 좀 붙일게요."

"나도 바로 뒤따라갈게."

석화가 고개를 끄덕하고 산장으로 걸었다. 오랜 시간에 걸쳐 마셨지만, 플라스틱 컵 절반 정도는 비웠다. 이 정도면 괄목할 발전이었다. 간이 전보다 건강해진 건가. 석화는 제 간이 있을 부분을 손으로 문지르다가 벽난로에 장작을 마저 더 채워 넣었다.

남은 이불이 딱히 없어서 바닥에 그가 가져온 수건을 죽 깔아 두었다. 저들도 내일 출발하려면 잠을 푹 자야 할 거다. 해진 수건까지 차곡차곡 깔아서 두 개의 이부자리를 만들었다. 술을 먹고 움직여서 그런지 전신에 열이 차근차근 올라오고 있었다.

석화는 아직 바닥에 떨어져 있는 새 키트를 들어 또다시 검사를 해봤다. 이번에도 음성이었다. 키트를 쥐고 있는 손이 잠깐 떨리기도 했다. 정말로 제 안에서 바이러스가 완전히 사멸된 것이다.

석화는 레인보우 시티에 돌아가는 대로 제 혈액 검사를 좀 더 대대적으로 진행해볼 생각이었다. 만일 곽수환의 혈액으로 제 몸에 면역체계가 생성된 거라면, 아직 정복되지 않은 바이러스들의 백신을 생성할 수 있을지도 몰랐다. 그러나 그조차도 가설일 뿐이다. 저만 해도 보통 사람이라면 이상이 생겼을 만큼 열이 올랐어도 무사했다. 원체 높은 체온을 가지고 있던 덕분이었다.

체력이 바닥인 대신 돌연변이 체질 때문에 살아남았다니 아이러니였다.

석화는 자꾸만 눈에 열이 올라 간단하게만 씻고 침대에 누웠다. 손을 가슴에 포개자 머리가 빙글빙글 돌았다. 침대가 요동치는 느낌에 눈을 슬쩍 떴다. 곽수환이 돌아왔나 싶었지만, 나무 침대인데 흔들릴 리도 없었다. 게다가 아직 밖에서 그들의 목소리도 간간이 들려왔다. 이마저도 참 희한했다. 여태 사람들의 목소리는 그저 소음일 뿐이라고 생각했는데 지금은 마치 안정제 같았다.

석화는 그들의 말소리를 자장가 삼아 몸을 웅크렸다. 고작해야 반 잔 먹은 술 때문에 벌써부터 숙취가 몰려오고 있었다.

◆ ◆ ◆

곽수환은 양동이로 문을 막아둔 산장을 돌아봤다가 동료들에게 시선을 던졌다. 그는 손에 쥐고 있던 녹음기의 재생 버튼을 다시 눌렀다.

단음과 장음, 휴식기로 구성된 모스부호가 이어 들려왔다. 조금 전, 이희찬의 말이 끝나고 녹음기를 끈 건 저놈들이 총구를 들이대서가 아니었다. 곽수환만 들으라며 그녀가 보내온 암호 때문이었다. 곧 잡음 섞인 녹음기가 조용해지고 이희찬의 목소리가 들렸다.

　[곽수환, 지금 정보는 듣고 바로 파기해. 우리는 아담 바이러스 백신 투여를 전 국민에게 강제 의무화할 거야. 아담이 또 어디선가 나타나지 않는다는 보장도 없고, 이어진 대륙을 통해 넘어올 수도 있으니까. 지금이야 우리가 시티의 국경을 막아두고 있지만, 우리가 안전한 것을 알면 시티로 전(前) 연합국 시민들이 몰려들 거야. 물론 현재는 협력국이라는 그럴싸한 타이틀을 달고 있다 쳐도 일단 우리 시티부터 안정을 되찾아야 하지 않겠어? 그것보다 백신을 가지고 장사를 하려는 놈들이 생겨나고 있어. 난 백신을 국외로 팔아치우려는 놈들을 추적 중이야. 몸이 열 개라도 부족하다고. 그런 와중에 신흥 종교 하나가 날뛰어서 내부 분열 조짐까지 보이니 딱 죽을 맛이고. 일단 시티로 들어오면 날 찾아오지 말고, 석화 박사와 함께 곧장 과천 쉘터로 가. 나머지 이야기는 거기서 하자.]

　녹음은 여기까지였다. 곽수환은 녹음기를 모닥불에 던져 넣었다.

　"생각보다 단합이 안 되나 보네."

　이미 예상한 바였기에 무덤덤한 말투였다.

"새로 생긴 신흥 종교가 부산을 중심으로 세력을 확장하고 있거든? 문제는 그 새끼들이 백신을 믿지 않는다는 거야. 자기 자식에게도 백신을 맞히지 않는다더라."

양상훈이 분기했다.

"아담이 완전히 박멸되지 않았는데 백신을 맞지 않는 건 무슨 심보야."

"시티를 못 믿겠다는 거지. 그렇다고 기존 마스터들을 믿던 것도 아닌 듯해."

"신흥 종교 대가리는?"

"석화 박사."

"뭐?"

곽수환이 오만상을 찌푸렸다.

"석화를 사칭하는 놈이 있다고?"

"아마도. 그리고 생각보다 내부 사정을 잘 아는 놈 같아."

"양상훈 말도 일리는 있는데 시티 시민이었다는 물증은 어디에도 없어. 석화 박사님을 사칭하는 사람이 아직 특정되지도 않았고."

곽수환은 벌컥벌컥 남은 술을 들이켰다. 아직 이들에게도 많은 정보가 없는 듯하니 여기서 이야기를 나눠봤자였다. 술이나 마시겠다고 저 산장 안에 석화를 혼자 두고 싶지도 않았다. 곽수환은 제 의자에 컵을 올려두고 산장으로 걸었다.

"니들 안에 와서 잘 거 아니지?"

"침낭 가져왔거든? 자다가 총 맞기 싫어서라도 지프에서 잘 거다, 새끼야."

곽수환이 듣던 중 반가운 소리라면서 손을 흔들었다. 둘은 술을 더 마실 생각인지 새롭게 병을 따는 소리가 들렸다. 곽수환은 양동이가 넘어가지 않도록 살살 문을 밀었다. 틈이 조금 생기자 안으로 손을 넣어 물이 담긴 양동이를 옆으로 치웠다. 그는 안으로 들어간 다음 다시 원위치로 밀어 문을 막아놨다. 나름 무게가 나가는 양동이 덕에 바람이 새어 들어올 일은 없었다.

아까 치워둔 식탁 위에 키트가 하나 올라와 있는 게 보였다. 그사이 석화가 다시 한번 더 검사를 한 모양이었다. 곽수환도 망설이지 않고 결과를 내려다봤고, 이번 역시도 음성이었다. 곽수환은 그 키트를 바닥에 획 던져버리고 석화에게 다가갔다. 끌어안고 자려다 몸에서 고기 냄새가 나는 것만 같아 옷을 전부 벗었다.

배수구가 있는 시멘트 바닥으로 가 찬물을 연거푸 쏟으며 머리까지 깨끗이 감았다. 이곳에 있는 동안 사용한 비누는 벌써 몇 개째였다.

석화는 청결을 중시해 밖에 나갔다가 오기만 해도 손을 닦았으니 새 비누가 닳는 건 금방이었다. 물론 저도 씻는 것을 즐겨하는 터라 석화에게 잔소리를 듣는 일은 없었다. 물이 부족해 안 씻는 버릇이 든 군인들과 있을 때는 욕을 달고 살았으니 말이다.

"이런 게 천생연분이지, 천생연분."

행여 물기 때문에 석화가 깰까 싶어 벽난로 앞에서 머리를 말리고 침대로 파고들었다. 석화의 몸이 예전처럼 뜨끈뜨끈했다.

시원함을 찾아 몸을 감겨온 석화가 눈을 슬며시 떴다.

"미안, 깼어?"

"······아데노바이러스, 아까 곽수환 소령님이 틀렸어요."

어이가 없어서 헛웃음이 나왔다.

"자다가 따질 정도야?"

"그냥 생각나서."

석화가 뜨거운 뺨을 곽수환의 가슴에 문댔다.

"나도 알아. 감기나 독감이랑 다른 것도 아는데 설명하기 귀찮아서 그런 것뿐이야. 그러고 보니 우리 자기, 나 위신 세워주려고 거짓말한 거구나?"

"알아요?"

"그럼. 똑똑한 석 박사가 무슨 생각 하는지 궁금해서 책 좀 봤다니까."

석화의 입에서 흩어지는 숨결이 간지러웠다.

"다른 소령님들은요? 수건 깔아놨는데."

"안 들어와. 지프가 편하다니까 걱정 말고 자."

곽수환이 석화의 이마에 제 입술을 꾹 내리눌렀다. 발가벗고 있는 곽수환이 시원해서 좋았다. 석화는 반사적으로 손을 내려 그의 고환을 주물럭거렸다.

"그렇지, 그게 석 박사 만병통치약이지."

"아까부터 서 있어요."

"설마 안 잔 거야?"

"잤다 깼다……. 술 취한 것 같아서."

"그래도 전보다 잘 마시더라."

"취하면 원래 이렇게 세상이 흔들리고 그러죠."

"석 박사는 취하면 말이 더 빠르고 많아지는데, 지금 딱 취한 것 같네."

석화가 곽수환의 성기를 손등으로 훑었다.

"……빨고 싶어요."

제 귀를 의심했다. 그래서 다시 물었다.

"뭐라고?"

석화는 아무런 말 없이 그의 다리 사이로 내려갔다. 석화의 몸을 따라 이불이 봉긋 솟아올랐다.

석화는 턱을 툭툭 치는 그의 성기를 단숨에 입에 물었다. 이걸 만질 때부터 계속 메말랐던 입안에 타액이 샘솟았다. 그의 살갗에 스며든 비누 냄새가 상쾌했다. 석화는 입을 더 벌려서 목젖까지 귀두를 밀어 넣었다. 이불 안에 숨겨진 석화의 몸은 완전히 난로였다.

곽수환은 이불을 걷어내 당황한 채로 아래를 쳐다봤다. 맛있는 거라도 되는 듯 쭉쭉 빨아대는 모습에 머리가 터질 것만 같았다. 석화는 허벅지에 뜨거운 뺨을 문질렀다가 다시 좆을 입에 물었다. 저 좋을 대로 넣었다가 뺐었다가 난리도 아니었다.

진짜 나 죽이려는 거지.

곽수환이 잠시 산장 밖으로 시선을 던지더니 석화를 침대에 똑바로 눕혔다. 제가 빨고 싶은데 왜 방해하냐는 듯 불만스러워 보였다.

"자기, 그거 마시고 취하면 어떻게 해."

탓하는 듯했지만 결코 싫은 기색은 아니었다. 석화는 전에 곽수환이 했던 것처럼 입을 벌려 아랫입술에 혀를 걸쳐두었다.

"······빨리."

무미건조한 말투지만 곽수환은 그것으로도 쌀 뻔했다. 술을 먹으니 솔직해지는 수준이 한참 올라가버렸다.

"내가 먼저 빨아주면 안 돼?"

"두 번은 힘들어······."

체력이 좋아졌어도 여전히 두 번 사정하는 건 무리였다. 물론 곽수환이 혹사하지만 않으면 가능할지도 모르겠으나 내벽까지 자극당하는 형편에 아무리 생각해도 두 번은 힘겨웠다.

석화가 얼른 넣어달라고 입을 더 벌리자 곽수환은 더 참을 재간이 없었다. 그는 침대 헤드를 한 손으로 쥐고 다른 손은 제 좆을 감쌌다.

석화의 말캉한 아랫입술을 귀두로 문지르다가 고른 치열을 느끼며 안으로 진입시켰다. 젖은 혀가 성기를 온통 감쌌고, 입은 연방 빨아들였다. 지나치게 뜨겁다. 혹시 이러다가 기절이라도 하는 게 아닐까 싶었지만, 좆을 가득 문 채 몽롱한 눈이 만족스러워 보였다.

뺨도 달아올라 곽수환은 그 붉은 광대를 손으로 덧그렸다.

"후, 진짜 괜찮아?"

고개를 끄덕하자 앞니에 기둥이 콱콱 깨물렸다. 석화는 몸에서 힘을 빼고 그의 것이 더 들어오기를 기다렸다.

펠라는 곽수환을 통해 처음 경험해봤으며 생식기를 입에 넣는다는 건 생각도 못 해본 일이었다. 그러나 그가 제 입안에서 흐물흐물 녹아내릴 때, 저 단단한 남자가 어쩔 줄을 몰라 하는 소년처럼 변하는 것도 흥분을 고무했다. 곽수환의 말이 맞을지도 모른다. 제아무리 센 짐승이라도 고환이나 성기를 잡히면 꼼짝도 못 한다고.

목구멍을 따라 휘어진 성기가 안쪽을 꽉 채웠다. 처음엔 괜찮냐고 걱정하다가도 막상 시작하면 사정을 봐주지 않는 것도 그다웠다.

"왜 이렇게 뜨거워, 응?"

그는 팽팽하게 벌어진 입술을 엄지로 살살 달래줬다. 허리를 뒤로 슬쩍 뺐다가 다시 박으니 가슴이 크게 요동쳤다.

컥, 기침을 뱉어내고 싶지만, 그의 좆에 막혀 숨은 어디로도 빠져나가지 못했다.

안에서 점성이 짙어진 타액이 그의 좆에 끈끈하게 달라붙었다. 석화가 손을 뻗어 그의 허벅지를 움켜쥐었다. 조금 더 넣으면 음모가 얼굴을 간질일 것만 같았다. 곽수환은 부푼 석화의 목을 달래듯 쓸어내렸다.

석화는 허벅지를 붙든 채로 얼굴을 들어 더 깊숙이 삼켰다. 순간 뼁 하고 쇄골 중심이 뚫릴 듯한 충격에 급히 뱉어냈다. 단단한 좆이 입을 엉망으로 긁으며 빠져나왔다.

캑, 쿨럭. 무슨 욕심이 들어서 그랬는지 후회 가득한 기침을 쏟아내며 이내 침대에 널브러졌다.

잘게 기침을 해대는 석화의 입술에서 곽수환의 좆까지 끈끈한 실이 이어졌다. 그는 젖어 있는 석화의 입술에 제 성기를 문질렀다. 간간이 기침을 하면서도 혀를 내밀어 핥는 일도 잊지 않았다.

석 박사가 갈수록 야해지는 건지, 아니면 술 때문에 그런 건지 정의를 내리지 못한 채 곽수환은 충동만 저울질 당했다. 제 마음대로 했다가는 내일 출발하기는커녕 저 밖의 두 놈들에게 먹살이 잡힐지도 모른다.

소령님…….

석화의 얼굴을 가로지른 좆에 숨결이 퍼졌다.

"젖꼭지 빨아요."

곽수환이 헤드에서 손을 떼고 석화의 아래로 내려가며 셔츠를 걷어 올렸다.

"거기만 빨아줘?"

감질나게 옆구리에 키스만 했기에 석화 스스로 셔츠를 목까지 끌어올렸다.

"고추는 안 빨아도 돼?"

평소 같았으면 반기지 않았을 말인데도 석화는 제 바지춤을 획 내려서 고환에 걸쳐두었다. 가슴과 발기한 성기가 한데 드러나 버리니 그가 갈증이 이는 입술을 달싹였다.

"어쩌지? 곽 소령님 입은 하나뿐인데."

석화가 미묘하게 인상을 썼다. 아무리 취했어도 이건 싫었나 보다. 그가 석화의 살갗에 웃음을 뱉어내면서 움푹 파인 배꼽부터 천천히 위로 향했다. 전라인 제 상체에 슬쩍슬쩍 부딪혀 오는 성기에서 쿠퍼액이 묻어났다. 탄탄한 복근이 저를 짓누르는 게 좋은지 석화가 허리도 슬쩍 움직였다.

하도 빨아 전보다 도톰해진 유두를 혀끝으로 툭툭 쳐올렸다. 석화의 손이 머리카락 사이를 파고들어 오며 사락거리는 소리를 자아냈다. 돌기만 깨물어주자 뜨거운 몸에 소름이 살짝 돋았다. 제가 주는 자극에 고스란히 반응을 해오니 절로 손에 힘이 들어갔다. 곽수환은 굶주린 사람처럼 가슴 전부를 빨아들이고 깨물었다.

판판하게 마른 몸에서 유독 빨린 곳만 붉게 부풀어 올라 음란함이 배가 됐다. 목에 걸린 셔츠를 뒤집어 벗겨내고 허리 밑으로 팔을 둘렀다. 축 힘을 빼고 저에게 온통 몸을 맡겨오는 석화에게서 안정을 얻는 건 오히려 저였다.

쾌락을 머금은 듯 벌어진 입술을 핥아 하나로 포개고 맞댄 성기도 비볐다. 살갗이 마찰하고 발치에서 밀려나는 천 소리만이 산장을 가득 채웠다. 밤사이 여러 번 울던 부엉이조차 둘의 침대를 침범하지 못했다.

석화는 아래로 향하는 곽수환의 팔을 잡았다. 키스가 끝나 아쉬운 마음에 그 손가락만 입에 넣었다. 단단한 손뼈를 감싼 피부는 전투를 자주 하는 사람치고 매끄러웠다. 장갑을 껴서 그런가. 석화는 야살스럽게 제 입천장을 긁는 그의 손에 혀를 굴렸다.

이윽고 성기는 그의 입안에 완전히 감싸여졌다. 그것으로 그치지 않고 두 허벅지를 제 쪽으로 잡아당겼다. 그는 무릎을 들어 올려 석화의 허리를 띄운 채 성기를 물었다. 팽팽하게 서 배꼽으로 향하던 성기가 반대 방향으로 빨리니 전보다 기분이 이상했다. 반듯이 서고자 하는 좆이 그의 입천장을 밀어냈지만 오돌토돌한 부분에 긁히기만 했다.

"아흐."

"하아, 진짜 이거 받는 것도, 하는 것도 좋아한다니까."

한번 더 서비스라면서 갑자기 그가 들어올렸던 허리를 놔주었다.

풀썩, 침대 시트에 다리가 떨어지니 그가 합 하고 성기를 물었다. 뿌리까지 완전히 그의 입안으로 사라졌다. 그 상태로 기세 좋게 빨아올리자 아래가 떨어져나갈 것만 같았다. 빠는 대로 딸려 올라가려는 몸을 그가 짓눌렀다.

"훗, 소령님!"

그것도 모자라 아랫배를 손으로 꽉 내리눌렀다. 그 부분에 핀이 박힌 것처럼 꼼짝도 할 수가 없었다.

안에 있는 액을 전부 빨아들일 기세로 입을 놀리며 아랫배까지 꽉 압박하니 이제는 요의마저 솟았다.

"수, 수환아!"

도저히 참지 못해 불러도 곽수환은 인정을 두지 않고 계속 뿌리째 빨아들였다. 마구 버둥거리는 다리에 그의 옆구리도 몇 번이나 채였다.

"싸겠어."

흐으윽, 두 다리로 계속 밀어내려고 하니 나름 힘이 실려 있어 매섭기도 했다. 얼마나 못 참겠으면 있는 힘을 다 짜내 이럴까 싶기도 하고. 반대로 곽수환은 석화의 한계가 어디까지인지 보고 싶다는 듯 몰아가려 했다.

"아, 안 돼! 안 돼……. 아!"

몸에 열이 점점 더 솟아올랐다. 조금만 더 하면 석화의 모든 것을 먹어치울 수도 있을 것 같지만, 그랬다가는 미움받을지도 몰랐다. 곽수환이 그때서야 잔뜩 흡착한 입을 펑 소리 나게 떼어냈다.

"아훗!"

그는 격한 쾌감에 몸을 떠는 석화를 눈에 담았다. 얼마나 좋았으면 아직도 정신을 못 차리고 있었다. 씩 웃고는 제 젖은 입술을 손으로 쓸었다.

"진공 펠라, 죽이지?"

"……하아, 하."

석화는 이성을 한 톨도 남겨놓지 않은 흐릿한 눈으로 숨만 몰아쉬었다. 그러다가 손을 내려 제 좆이 잘 붙어 있나 만져보기까지 했다.

곽수환은 부풀어 오른 채 방치된 제 것을 손으로 쓱쓱 흔들었다.

"알지? 나니까 이렇게 해주는 거야. 다른 새끼들은 이 정도로 못 해."

"하아, 나도…… 못 해."

곽수환이 석화의 엉덩이에 귀두를 문지르면서 낮게 웃었다.

"하긴 자기가 했다가는 심폐소생술 해야 할지도 몰라."

오르락내리락하는 가슴팍을 가라앉힌 석화는 직접 제 엉덩이를 벌렸다. 그 정도로 약하지는 않다고 반박을 하는 대신 빨리, 그렇게 속삭였다.

안을 풀어줘야 할 텐데, 자꾸만 빠끔거리는 아래가 앞을 쪼아댔다. 곽수환이 침대 상단으로 손을 뻗었다. 석화가 만든 연고를 가져다 놓은 것 또한 용의주도함에 속하긴 했지만, 이건 다른 말로 배려였다. 저는 배려심 있는 남자라고 스스로를 칭찬하면서 연고를 손으로 듬뿍 퍼 올렸다. 적당히 굳어 있던 반고형 연고는 서로의 열기에 뒤섞여 금세 녹아내렸다.

그는 석화의 엉덩이 안에 한가득 퍼 바른 연고를 좆으로 문질렀다. 질컥거리는 소리와 함께 피부가 쫀쫀하게 달라붙었다. 곽수환은 허리를 일으켜 세워 석화의 엉덩이를 양쪽으로 벌려 쥐었다. 연고의 도움을 받았더라도 벌어지는 아래는 여전히 버서웠다.

석화는 이를 가볍게 물고 아래에 온 신경을 쏟아 부었다. 이상하게 힘을 빼려고 의식하면 할수록 더 빡빡해졌고, 자꾸만 뒤가 가려웠다. 그는 석화의 양 발목을 쥐어 올려 종아리에 혀를 미끄러뜨렸다. 살짝만 넣었던 앞을 빼내고, 회음부와 고환을 느릿하게 비벼대며 긴장이 풀리기를 기다렸다.

시트를 쥐고 있는 손끝에서 힘이 빠진 것을 봤을 때, 회음부를 마찰하던 좆을 안으로 불쑥 들이밀었다.

"아! 흐읏!"

오목한 귀두 밑의 홈까지 삽시간에 모습을 감췄다.

"뒤, 뒤로 빼지 말고. 읏!"

한번 더 탄력을 받기 위해 성기를 뒤로 무르자 석화가 신음했다. 이대로 빼면 아래가 뒤집어질 것만 같아서 힘이 절로 들어갔다.

"하아, 안이 아직 좁은데."

그래도 괜찮다며 고개를 여러 번이나 끄덕거렸다. 나야 좋은데, 석 박사 아플까 봐 걱정돼서 그래. 그가 몸을 지그시 눌러오며 속삭였다.

곽수환의 묵직한 무게가 상체와 아래로 전부 실렸다. 석화는 몸이 반쯤 접힌 상태로 귓불을 핥는 감각을 느꼈다. 질척거리는 소리가 고막을 핥는 듯 생생하다. 그는 고통을 상쇄해주려고 몸 여기저기에 키스하며 또 다른 쾌락을 선사했다. 차라리 빨리 들어왔으면 하는데 아직 그의 기둥은 밖으로 나와 있는 부분이 더 많았다.

얼마나 들어왔나 손을 내려서 만져보자 그가 허리를 퍽, 깊숙이 들이박았다.

아! 그는 충격에서 벗어나려는 석화의 손을 깍지 껴서 침대에 내리눌렀다. 연고가 녹아내려 움직임은 용이했지만 갑작스럽게 벌어진 내벽은 여전히 빡빡했다.

"석화야."

"흐으……."

그는 밀착되어 있는 안을 점차 밀고 들어가면서 입술을 이마에 내리눌렀다. 석화의 이마에 땀이 송골송골 맺혀 있었다.

"후, 석화 형."

음모에도 연고가 묻어버려 엉덩이를 더 간질였다. 안팎으로 다양한 신경이 석화의 뇌를 긁어댔다. 이런 통증 속에서도 쾌감이 존재하는 행위는 아마 섹스뿐일 거다. 그래서 인류는 그 기분 좋은 행위를 통해 번식을 거듭했겠고. 그와 자신은 번식은 못하지만…….

그런데 왜 이렇게 안이 미칠 것 같지?

아픈데 가려워…….

석화는 아랫배를 손으로 긁고 싶을 지경이었다.

"자기, 무슨 생각 해?"

오로지 저에게만 집중해주기를 바라는 곽수환의 눈이 때때로 그렇듯 낯설다.

"응?"

대답을 원하는 듯 안을 툭 치니 입이 벌어졌다.

"……섹스."

술에 취해 그런 건지 석화의 대답을 종잡을 수가 없다. 곽수환은 석화가 다른 생각은 못 하도록 기어코 삽입에 속도를 붙였다.

쿨쩍, 쿨쩍, 마찰을 할수록 연고에 점성까지 생겨 내벽과 좆이 완전히 엉겨 붙었다. 석화는 안쪽이 지독하게 가려웠다. 그의 좆이 지날 때마다 시원했던 것도 잠시, 손가락까지 넣어서 정신없이 긁어대고 싶었다. 그만큼 내벽이 엉망진창으로 움찔거렸다.

"하아, 형……. 이거 완전, 상처가 아니라 섹스용인데."

시티 내려가면 대량생산해서 팔까? 자기가 만든 연고가 젤보다도 훨씬 좋은데?

간지러움과 통증에 어쩔 줄 몰라 하던 석화가 깍지 낀 손에 힘을 주었다. 아직도 이런 힘이 남아 있나 싶어서 대견함에 쳐다보니 동공이 크게 팽창되어 있었다.

"여, 연고……. 무슨 연고 발랐어요?"

곽수환은 무슨 실수라도 저지른 건가 싶어서 좆을 빼내려 했지만, 석화가 자지러지듯이 몸을 떨었다.

"약재 서랍에 쌓아뒀던 거, 큭."

그는 제 좆을 쥐었다 푸는 아래 때문에 낮은 탄성을 뱉어냈다.

"아, 안 돼……. 거기……. 점성 때문에 넣었는데……."

석화가 깍지 낀 손을 풀어서 손가락을 펼쳐 제 아랫배를 꽉 눌렀다. 눌린 자리마다 하얗게 자국이 남았다.

"안에, 너무. 너무 가려워. 흐으."

제 좆은 하나도 안 가렵고 좋기만 한데 대체 뭘 넣었기에…….

"긁으면 상처 나. 미안, 미리 말할걸."

저는 그냥 석화가 만든 연고라서 아무 생각 없이 쓴 것이었다.

"흐웃……. 뮤신 때문에 그래."

그건 뭔지는 모르겠지만, 저는 괜찮은 것을 보니 혹시 사람마다 증상이 다른가 싶었다.

"닦아내야 돼? 뮤신이 뭔데, 씻어낼까?"

그가 성기를 빼내려고 할 때마다 석화가 그러지 말라는 듯 두 다리로 허리를 감쌌다.

"형, 그렇게 하면 내일 많이 아파. 방법이 있으면 뭔지 알려줘 봐. 응?"

"없어. 마……. 그냥 마."

"……마? 먹는 마?"

석화가 고개를 끄덕이면서도 제 아랫배를 손으로 꾹꾹 눌러서 긁으려고 했다.

그 말 좆처럼 뭉툭하게 생긴 걸 말하는 건가? 마가 가려움을 유발한다니 저는 전혀 몰랐다. 게다가 연고에 그런 성분이 들어가 있는지도 에초에 알지 못했고.

"하, 말을 하고 바를걸."

"움직여, 빨리, 긁어……."

석화가 제 엉덩이를 손으로 활짝 열어 벌렸다. 상황이 상황인데도 아찔했다. 빨리, 빨리, 보채면서 저 스스로 허리를 움직였다.

"석화 형, 여기가 가려워?"

"안에……. 전부……. 수환아, 나 좀 어떻게……. 아웃!"

천천히 탁탁 쳐주다가 빙글 휘저으며 원을 그리니 석화는 소리조차 내지 못하고 입을 뻐끔거렸다. 진짜 우리 형, 내일 어쩌지? 그러나 미래의 일을 오늘부터 걱정할 필요가 있겠냐는 듯 석화가 아래를 움찔거렸다.

"빨리…… 더……."

왜 안 움직이냐며 보채는 석화 때문에 진퇴양난이 따로 없었다. 곽수환은 석화의 안쪽 허벅지를 손으로 벌려 눌렀다. 천천히 움직이면 석화가 안이 다칠만하게 엉망으로 움직이려 하기에 그는 제 식대로 점차 속도를 붙였다.

거센 몸짓에 흔들리는 성기가 배를 때려 찰진 소리가 나고, 허벅지는 빨갛게 익어 달아올랐다. 그 밑으로는 좆에 달라붙어 딸려나가는 구멍이 쫀쫀하게 늘어나고 안으로 밀리기를 반복했다.

"후우, 진짜 미치겠다."

"아흐⋯⋯. 나, 나도. 미치⋯⋯겠⋯⋯. 가려워."

석화가 허리를 바싹 들어 올려 자꾸만 밑으로 손을 뻗었다. 행여 연한 피부에 상처가 날까 곽수환은 제 좆을 확 잡아 뺐다. 연고가 완전히 안에 녹아들어 있어 좆을 닦아내도 소용이 없었다.

그사이에 석화가 밑에 손가락을 세 개나 넣어서 휘젓고 있었다. 그렇게 하면 다친다고 억지로 잡아 빼니 앓는 신음과 함께 원망이 느껴졌다. 그는 부어 있는 석화의 아래에 중지 하나를 부드럽게 넣었다. 전체적으로 달아오른 내벽은 이제 도톰한 부분조차 찾아낼 수가 없었다.

"흐웃. 더 세게⋯⋯ 긁어줘."

석화를 엎드리게 한 그는 침대 밖으로 나갔다. 한쪽 무릎만 침대에 올려 석화의 엉덩이를 엄지와 검지로 벌렸다. 그 틈새로 다른 손 중지를 넣어 빙글 돌렸다.

발가락과 손가락이 함께 움츠러들었다가 펴지길 반복했고, 연고는 완전히 스며들었는지 나아질 기미가 보이지 않았다. 탁탁탁 소리가 나도록 손가락으로 안을 쳐주니 석화가 누워 있는 시트는 몇 번이고 젖어 들어갔다.

손가락 말고, 빨리 큰 거. 수환아.

곽수환이 안쪽 손목으로 이마를 꾹 눌렀다. 연고 효과가 뒤늦게 제게 올리는 없지만 뚜욱, 잔뜩 흥분해 요도에 매달렸던 쿠퍼액이 떨어져 내렸다.

"지금 내가 하면, 너무 세게 할 것 같아."

그가 침대 헤드에 등을 기대 앉아 석화를 제 위에 얹었다. 다짜고짜 석화는 제 엉덩이를 가른 좆을 넣으려고 허리를 올려 세웠다. 천천히 하라는 말을 하기도 전이었다. 푸욱, 석화가 허리를 일으켜 좆을 품고 앉았다. 양 팔뚝을 쥐었지만 완전히 뿌리까지 꽂힌 뒤였다. 석화는 두 다리를 떨면서 침을 흘렸다.

수환아, 어떻게 해. 나 너무…….

곽수환이 석화의 상체를 거세게 끌어안았다.

"하아, 훗. 안에 정액 넣어."

그럼 안 가려울 것 같다면서 말도 안 되는 소리를 했다. 알코올에 가려운 연고 이종 세트가 합쳐지니 석화에게 남은 이성 따위는 없었다. 이렇게 석화 멋대로 움직이다가는 정말 크게 아플지도 모른다.

곽수환은 석화를 안은 채 두 다리를 침대 밖으로 내려두었다. 움직이기 편하게 자세를 잡고 석화가 뒤로 넘어가지 않도록 등을 단단히 받쳤다.

"진짜, 정액 싼다고 괜찮아질까?"

말은 그만하고 빨리 움직이라며 석화가 몸을 비틀었다.

꽉 붙들어.

석화는 곽수환의 목에 깍지 낀 손을 감았다. 그가 동시에 허리를 쳐올리기 시작했다. 손에서 힘이 빠지면 뒤로 넘어가 바닥에 떨어질까 봐 두려워 잔뜩 뼈를 맞물렸다. 그가 허리 양쪽을 거세게 쥐고 위에서 아래로 연방 박아댔다.

"아, 아홋!"

"후, 가려워? 아직도?"

"아니, 아니…… 시원해."

"시원해? 더 박아줄까? 응? 안에 계속 이걸로 긁어줘?"

"아! 아아!"

한계까지 밀어 넣은 것도 모자라 그는 쥐고 있는 허리를 좀 더 제 하반신에 짓눌렀다. 핏, 하고 석화에게서 튀어 오른 액이 아래로 흘러내려 삽입된 부분도 축축하게 젖었다. 기어코 땀에 찬 손이 그의 목에서 미끄러져버렸다. 곽수환은 그걸 놓칠세라 몸을 확 들어 일으켰다.

"아윽!"

그는 재빨리 침대 시트를 끌어내 석화를 감싸고 벽으로 밀었다.

"젠장, 나 진짜 참으려고 했는데."

목과 팔에 힘줄이 바짝 서 있었다. 석화는 벽에 밀린 채로 그의 팔뚝을 붙들었지만, 여전히 미끄러지기 일쑤였다. 그의 허리에 감은 다리마저도 주르륵 풀려나갔다. 쑤욱, 좆이 구멍에 걸리며 빠져나오는 바람에 두 다리를 붙이고 충격에 어깨를 떨었다.

곽수환이 뒤로 돌려 세워도 다리는 여전히 부들거렸다. 그는 석화의 두 손목을 벽에 고정하고 아래서 위로 좆을 집어넣었다.

잔뜩 풀린 밑이 또다시 반기듯 쥐어짜는 것과 다르게 좆은 꼬리뼈를 뚫고 나올 것만 같았다. 팔이 붙들려 있어 바닥으로 주저앉지도 못했다. 뒤로 빠졌다가 안으로 헛구역질이 나올 정도로 처박혔다.

간지러움이 간헐적으로 찾아오는 대신 몸 전체가 성기가 된 듯 신경세포가 미친 듯이 날뛰었다. 눈에서 전류가 튀고 제 몸은 속수무책으로 그에게 달려 있었다. 그만, 수환아……! 아흐, 흐윽, 이름을 부르면 늘 물러서주던 그였는데 어림도 없었다.

그가 안을 치댈수록 내벽은 점점 더 물러져만 갔다. 구멍을 귀두에 걸었다가 빼기를 수차례, 석화는 초점을 다잡지도 못했다. 더는 버틸 수 없다고 마지막으로 생각했을 때 여태 들어온 적 없던 가장 깊은 곳까지 도달했다. 동시에 움찔거리는 좆에서 정액이 거세게 쏟아졌다.

그는 사정을 하면서 석화의 성기를 터뜨릴 듯 움켜쥐어 흔들었다. 석화도 참다못해 벽으로 정액을 쏟아냈다.

"아흐……읏."

안을 쑤시면서 앞을 흔들어주니 다리가 완전히 풀렸다. 상체를 앞으로 쓰러뜨린 석화는 간신히 이마만 벽에 대고 있었다. 엉덩이는 그에게 더 맞닿아 있는 데다 발끝으로 서려도 해도 바닥에 닿지 않았다. 곽수환의 정강이만 발끝으로 계속 문질러대기 바빴다.

곽수환은 그대로 또다시 안을 오가기 시작했다. 뜨거운 정액이 안의 가려움을 상쇄해주기는커녕 배를 더 홧홧하게 만들었다.

"수환아…… 힘들어."

"아직 가렵지? 응?"

곽수환이 어깨를 꽉 깨물었다.

"안 가려……. 흐앗!"

좆을 확 빼냈더니 와르르, 정액이 바닥으로 쏟아졌다. 곽수환이 석화의 허리를 둘러 안고 손가락으로 아래를 후볐다. 그때마다 왈칵왈칵 정액이 밖으로 떨어져 내렸다.

그만해. 그만.

그는 들리지도 않는 듯 아직도 가려움을 호소하는 회음부를 손끝으로 긁었다. 곽수환은 침대를 돌아봤다가 쯧 혀를 찼다. 얇은 매트리스가 다 젖어 바닥에서 자야 할까 봐 침대를 벗어났는데, 어차피 늦은 뒤였다. 이렇게 된 거 어쩔 수 없다. 곽수환은 젖은 시트를 던져 버리고 매트리스로 석화를 안고 갔다.

"석화 형, 오늘은 내 위에서 자자."

정작 석화는 기운을 다 소진해 무슨 말인지도 모른 채였다. 허벅지가 하도 경련을 해서 정상위도 어려울 것 같았다.

곽수환은 석화가 편히 누울 수 있도록 엎드린 배에 베개를 받치고, 그만큼 위로 들린 엉덩이를 벌려 봤다. 잔뜩 혹사당해 부루퉁하지 않을까 싶었는데 구멍은 빠끔히 벌어져 있을 뿐이었다. 하얀 정액이 걸쳐 있어 손으로 긁어냈더니 신음이 터졌다.

그가 두 다리를 벌려 석화의 뒤에 올라타고는 위에서 아래로 좆을 꾹 내리눌렀다. 석화의 엉덩이에 저절로 힘이 들어가 양쪽이 움푹 패었다. 긴장 풀리면서 엉덩이를 둥그렇게 만져주자 이번에는 기분 좋은 숨이 터져 나왔다.

"후, 솔직히 이 자세 좋아하지?"

그가 허리를 뭉근하게 돌리면서 물어왔다. 두 다리나 팔로 지탱하는 게 아닌 일자로 엎드려 있는 자세는 솔직한 심정으로 가장 편했다. 그러나 그만큼 수직으로 꽂혀오는 좆에 아랫배까지도 밀려나니 몸서리가 쳐졌다. 세상에 다 좋은 것만은 없는 법이다. 석화는 섹스를 하면서 별 이치를 다 깨달았다.

"편한데⋯⋯. 너무 깊어서 배가⋯⋯."

곽수환은 손을 석화의 배와 베개 사이로 넣어 살살 어루만져줬다. 일부러 배꼽 부분을 손가락으로 쿡 누르자 아래에서 뭔가가 왈칵 샜다.

석화가 얼굴을 찡그리고 그를 돌아봤지만, 그조차도 힘겨워 다시 매트리스에 얼굴을 묻었다.

"가려운 건⋯⋯. 후, 좀 나아?"

고개를 한 번 끄덕인 게 다였다. 정말 그의 정액이 연고를 상쇄해준 건지 아까처럼 마구 긁고 싶은 욕망은 사라진 뒤였다. 대신에 다른 욕구가 안쪽에 자리 잡았다.

수환아, 나 자야 돼. 내일 가려면⋯⋯.

매트리스가 석화의 목소리를 고스란히 흡수했다. 엉덩이에 그의 치골이 강렬히 치달을 때마다 삼키지 못한 침이 매트리스를 적셨다.

"미안, 동생이 힘내서 금방 끝낼게."

응? 조금만 참자. 그가 어르고 달랬다.

석화는 그 연고를 치우지 못한 게 한이 됐다. 아직도 미약하게나마 가려움이 남아 있어 그가 긁어주는 곳마다 쾌락의 정점을 찍었다.

"하아, 우리 석화 형 자지도 힘내는 것 같은데."

석화는 손을 더듬거려 곽수환의 팔을 끌어와 깨물었다.

"그만할게. 후, 좋아서 그랬어. 좋아서."

그가 몸을 잔뜩 숙여와 말랑거리는 귀와 뺨에 쪽쪽 입 맞췄다.

"여기서 마지막 밤이잖아. 이렇게 우리 둘만 있는 세상은 다시 없을지도 몰라."

석화는 깨물었던 손등을 그처럼 입술로 깊게 내리눌렀다. 곽수환은 베개에 문지르고 있던 석화의 성기를 쥐었다. 끝까지 삽입한 채 치골이 닿은 상태에서 콱콱 박아 넣었다.

전립선이 찌르르 울리며 그가 쥔 성기에 신경이 내달렸다. 안이 자극 당하는데 밖은 더 단단해져만 갔다. 후읍, 읍, 베개에 막힌 석화의 숨이 목 끝까지 차올랐다. 곽수환은 사정 직전까지 성기를 흔들어주다가 두 팔을 잡아 뒤로 확 끌어당겼다.

"하! 아흑!"

숨이 모자라 기절 직전까지 갔던 숨통이 드디어 트였다. 푸들

대는 석화의 성기는 그가 뒤에서 때리는 대로 정액을 쏟아냈다. 석화는 믿을 수 없다는 듯이 제 아래를 내려다봤다. 만지지 않고 사정이 가능한 건 처음이어서, 이게 가능한 건가 싶었다. 끊임없이 뒤에서 쳐대니 사정을 끝내고 수그러진 좆이 마구 흔들렸다.

"빨리, 하윽, 빨리."

나 진짜 더는 못 버텨. 수환아.

석화가 있는 힘을 다해 나지막한 비명을 토해냈다. 그는 안쪽을 전부 긁고 나오며 잔뜩 성난 성기를 빼냈다. 땀이 솟아 차갑게 식어버린 등줄기에 뜨거운 정액이 퍼부어지고 있었다. 그 상반된 온도차에 몸이 부르르 떨렸다. 등의 굴곡을 따라 옆구리를 타고 사정액이 흘러내렸다. 배까지 스며들어 살갗이 움찔대며 경련했다.

쪽, 하고 목덜미에 키스가 내려와 기어코 사정이 끝났음을 알았다. 발기한 그의 좆이 등을 문지르는 바람에 석화는 있는 힘을 다해 제 몸을 뒤집었다. 재차 단단해지는 게 느껴졌기 때문이었다.

석화의 얼굴은 이제 완전히 하얗게 질려 있었다. 여기서 더 했다가는 정말 송장을 치울지도 몰랐다. 기운이란 기운은 다 빠져 숨을 몰아쉬는 게 고작이었다.

미안한 마음에 그도 숨을 몰아쉬면서 석화의 벌어진 입술에 뽀뽀를 했다. 지금 키스까지 했다간 정말 기절하고 말 안색이었다. 곽수환은 석화의 숨소리가 잠잠해질 때까지 침대 밖에 나가 앉았다. 나른하게 내려앉은 눈 위로 이마에 달라붙은 머리카락을 떼어줬다. 한번에 쓸어 넘기면 너무 아깝다는 듯 겨우 하나씩만 떼어냈다. 그사이 석화의 두 눈이 곱게 감겨 버렸다.

곽수환은 찌그러졌지만 깨끗한 냄비에 물을 데우면서 저는 여전히 찬물로 몸을 씻었다. 흘끔 밖을 보니 두 놈들도 술에 거나하게 취해 잠이 든 듯 고요했다. 곽수환은 석화가 바닥에 깔아둔 수건을 찬물로 빨고 난 뒤, 뜨거운 물에 담갔다.

이제 이렇게 내가 해주는 것도 끝이네.

열악하지만 제가 해주는 것을 받는 석화가 좋았다. 이제 쉘터로 가면 뜨거운 물에 욕조 목욕 정도는 기본일 거다. 그게 석화에게도 당연히 더 좋을 테고.

곽수환은 산장에서의 마지막 날이니만큼 석화의 몸을 더 꼼꼼하게 닦아나갔다. 가지런한 손톱 발톱도, 제가 싸놓은 정액도 남지 않도록 깨끗하게 만들어주었다.

이렇게 몸을 구석구석 확인하다 보면 말랐을 뿐 그리 작지도 않은데, 저한테는 애처로워 보일 때가 한두 번이 아니었다. 물론 석화보다 작고 마른 사람들도 수없이 봐왔었다. 그들을 봤을 때 이런 감정이 들었던 적은 없었다. 그러니까 석 박사는 처음부터 나한테 특별했던 거지.

제 심장이고 삶이자 가족인 석화를 몸 위에 얹었다. 석화는 저를 사람답게 살게끔 구성하는 모든 것이었다.

"자기, 힘들었지? 그래도 좀 봐주라. 철없는 동생이잖아."

석화가 깨어 있었다면 필요할 때만 동생 행세한다고 투덜댔을지도 모르는 일이다. 그는 수건 한 징을 들어 석화의 몸에 올렸다. 여전히 대답은 없었지만 오르락내리락하는 숨이 사랑스러웠다.

◆ ◆ ◆

군인이라고 다 술을 잘 마시는 건 아니나, 불패소대 셋은 군에서도 알아주는 주당들이었다.

종종 셋이서 술자리를 가지고는 했는데, 절친이라서 그렇다기보다 서로 뒤처리가 필요 없다는 장점 때문에 같이 어울렸다. 필름이 끊기는 버릇을 가진 양상훈이 있지만 그도 방까지는 어떻게든 잘 찾아 들어갔다. 그러니까 어제 침낭에 기어 들어간 것까지도 기억했다.

근데 왜 석화 박사의 얼굴이, 어제 고기를 그렇게 잘 먹어놓고 하룻밤 만에 반쪽이 됐는지 도통 이해할 수가 없었다.

혹시 제가 필름이 끊겼을 때 무슨 일이 있었나? 정말로 석 박사와 곽수환이 도망가려고 해서 이채윤과 한바탕한 건가?

양상훈은 마음속에 물음표를 수십 개나 띄웠다. 평소보다 뾰족하게 올라간 이채윤의 눈매도 곽수환을 연방 찔러댔다.

"오늘 갈 수나 있겠냐? 씨발놈아? 곰이 내려왔다가 산장 무너지는 줄 알고 올라가더라."

"곰은 무슨, 불가항력이었어."

곽수환은 뭔가를 눈치챈 듯한 이채윤에게 저는 죄가 없다는 투로 말했다.

"야, 어제 뭔 일 있었냐?"

양상훈은 필요한 짐을 옮기는 곽수환의 뒤에 쪼르르 따라붙었다.

"일은 무슨, 없어."

"그럼 이 소령이 왜 저래? 석 박사님은 왜 다 죽어가고?"

석화도 짐을 옮기는 일을 도와주겠다고 했지만 가능할 리가 없었다. 결국 침낭에 들어가 지프 뒷좌석에 누워 체력을 비축해야 했다.

"그냥 연고 때문에 그래, 연고."

곽수환이 레인보우 시티로 돌아가면서 먹을 식량도 트렁크에 실었다.

"연고?"

"야, 산장은 어쩔 거야? 불 질러?"

이채윤이 제 지프 앞에서 소리쳤다.

"죄짓고 도망가는 것도 아닌데 무슨 불. 마무리는 내가 할 테니까 양상훈 너도 가서 출발할 준비나 해."

곽수환도 오랜만에 레인보우 시티 제복을 입어야 했다. 양상훈이 대신 가져다준 군번줄을 목에 걸고 셔츠 안에 쏙 집어넣었다.

그는 마무리를 위해 군홧발로 산장에 들어갔다. 양동이에 남은 물로 벽난로의 불을 완전히 *끄고* 비누와 수건도 몇 장 챙겼다. 이어 이채윤이 가져온 보온통에 적당히 데운 차를 담았다. 버너는 굳이 가져갈 필요가 없어서 식탁에 두고만 말았다. 이곳에서 끌고 갈 지프는 총 두 대였다. 러시아와 한반도를 잇는 철교는 너덜거리는 형편이라 지프는 아예 지나갈 수조차 없었다. 육로로 가자면 시간이 배로 걸릴 테고, 도중에 약탈꾼들을 만나면 또 번거로워질 텐데…….

곽수환은 고장 나 닫히지 않는 산장 문을 놔두고 지프로 향했다. 보닛 앞에 선 두 놈은 지도를 그 위에 펼쳐놓고 있었다. 그는 트렁크에 버리고 가도 될 식료품도 가득 싣고서 손을 탁탁 털었다.

"너희 여기 올 때 육로로 왔어?"

"어, 중국 거쳐서. 오다가 몇 놈하고 붙기도 했지. 왜?"

"내가 올라올 때 가져온 보트가 있거든? 아무도 못 쓰게 숨겨놔서 아마 남아 있을 거야."

6인승이니 이 인원이 타기에도 무리 없었다.

"시티에서 보트도 훔쳤냐?"

"내가 시티에 해준 게 얼만데, 여객선을 훔쳐도 걔들은 할 말 없어야 돼."

오만한 새끼, 이채윤이 가운뎃손가락을 착 올렸다.

"먼저 출발할 테니까 뒤따라 와. 여기서 한 30분은 걸린다."

"야, 근데 식량은 왜 이렇게 많이 가져가?"

양상훈은 곽수환이 트렁크에 가득 실은 식량을 가리켰다.

"내려가는 길에 민가 있잖냐. 버려서 뭐 하냐, 주고 가야지."

곽수환이 운전석에 올라탔다.

"저거 저 새끼, 석화 박사님한테 잘 보이려고 저 지랄 하는 거야."

"뻔하지, 뭐. 똘수환 약아빠진 새끼."

다 들린다, 새끼들아. 곽수환은 지프 창문을 수동으로 닫아 올렸다.

그는 운전석 헤드를 붙잡고 뒤를 돌아봤다. 침낭 밖으로 석화 의 눈, 코, 입만 나와 있었다. 찬 공기가 들어가지 않도록 꽉 조 여 놓아 여간 답답해 보이는 게 아니었다. 편히 잠든 상태는 아 니었기에 석화는 힘겹게 눈을 떴다. 손을 턱밑으로 끄집어내 침 낭 입구의 고무줄을 늘였다.

"괜찮아?"

석화가 적당히 좀 하지 그랬냐고 할까 봐 곽수환은 변명거리 를 생각해두었다. 어제는 저도 만취상태였다고.

"조수석으로…… 갈게요."

그러나 원망의 눈길은 어디에도 없었다. 석화는 늘 그랬다. 오히려 약한 저 자신만 탓했지. 원망도 할 만한데 바보 같은 석 박사다. 곽수환은 괜스레 속이 상했다.

"어제 내가 미쳤었나 봐. 그냥 누워 있어."

"전 괜찮아요. 다른 소령님들한테 미안해서 그러죠."

"어차피 힘쓰는 건 우리가 훨씬 잘해."

남들 일하는데 누워서 쉬는 건 제아무리 아프다라도 미안했다. 물론 제가 도와주는 게 그들에게는 거치적거리는 일일지라도 말이다.

"슬슬 출발할 건데, 최대한 천천히 갈게."

"조수석으로 갈게요."

"그냥 누워 있으라니까."

석화는 웬일로 강경하게 침낭을 벗고 모포를 조수석으로 넘겼다. 뒷문에서 내려 조수석까지 오는데 식은땀까지 흘려대고 있었다. 곽수환은 제 좆을 떼었다가 붙일 수 있었으면 좋겠다는 말도 안 되는 상상을 했다.

석화는 벨트를 매고 곽수환을 향해 옆으로 비스듬히 누웠다. 시동을 걸자 엔진의 흔들림에도 앓는 소리가 새어 나올 뻔했다. 아침부터 고기를 구워 먹은 셋과는 다르게 석화가 먹은 거라고는 닭죽이 전부였다.

"이미 반성하고 있으니까 그만 보고 한숨 더 자."

"반성하라고 보는 거 아닌데요."

"진짜 몰랐어. 연고가 그럴 줄은. 뮤닌? 뮤신?"

"……뮤신이요. 마에서 나오는 점액질인데, 저한테 알레르기가 있어서 그런 거예요."

자신은 알레르기가 없어서 다행이었다. 저마저도 그랬다면 지금쯤 석화는 사경을 헤맸을지도 모른다.

"복상사라고 알아?"

"알죠."

"그렇게 안 되게 노력해야겠어."

작게 웃을 수도 없었다. 웃으면 배가 울려서 너무 아팠기에. 석화는 곽수환의 옆모습 너머로 보이는 산에게 속으로 안녕을 고했다. 어딘가에 있을 사향노루에게도.

"잠깐 마을에 들러서 남은 약재랑 식료품 주고 가자."

"왜요?"

왜라니? 석화의 말에 되레 곽수환이 놀랐다. 그러나 지프의 느린 속도는 여전히 유지했다.

"그놈들이 우리 밀고한 것 때문에 그래?"

어제는 아무렇지도 않아 보이더니 그렇지도 않았나.

"어차피 산장에 두고 가면 사람들이 알아서 가져가요."

"그럼 그냥 마을 초입에 버려두고 가자."

어차피 민가는 지나가는 길목에 있었다.

"……죽었을까요?"

"응?"

"그 사람이요."

곽수환은 직감적으로 광견병 걸린 환자를 떠올릴 수 있었다.

"우리가 감염시킨 것도 아닌데 마음에 담아두지 마."

"소령님, 전 말이죠. 사람들이…… 기대하는 시선이 버거워요."

잔뜩 쉰 목소리임에도 듣기는 좋았다.

"생필품이 필요해서 아는 대로 약재나 연고를 만들었을 뿐이지, 전 의사는 아니거든요. 그런데 그 사람들은 기댈 사람이 아마 저뿐이었을 거예요. 그걸 부담스러워할 필요는 없는데…….
어제처럼 저한테 실망하고 돌아설 때…… 저도 스스로에게 실망감이 들어요."

석화가 그렇게 생각하는 줄은 몰랐다.

어차피 곽수환에게 석화가 아닌 이들은 전부 남이었고, 어디서 죽든 말든 관심 밖이었다. 그리고 누군가가 저에게 기대를 했는데 실망을 한다? 그럼 너나 잘하라면서 침을 뱉어줄 수도 있었다.

"석 박사랑 나는 진짜 불하고 물 같지."

"언제는 천생연분이라면서요."

"뭐야, 그걸 들었어?"

음흉해. 석 박사. 정작 음흉한 눈은 곽수환이 뜨고 있었다.

"석 박사는 돌연변이와 아담 바이러스 연구자지, 그거 외에 또 뭘 잘해야 할 필요가 있겠어. 그런 박사한테 전부 다 잘하라는 건 나보고 연구소에 틀어박혀서 백신을 만들라는 거랑 뭐가 달라. 그리고 형은 항상 다 잘해왔어. 항상 노력했고, 그건 엄청난 거야."

나도 한번 아파보니까 알겠더라. 몸이 약한 게 얼마나 살아가는 데 짐이 되는지.

"위로받으려고 한 말 아닌데."

"위로하려고 한 말 아니야."

그는 눈으로만 웃었다.

곽수환은 눈이 쌓인 표지판이 매달린 마을 초입에서 차를 멈춰 세웠다. 저 안쪽에서는 연기가 쉴 새 없이 올라와 사람들이 살고 있음을 대신 알렸다.

그가 트렁크에서 식료품 박스와 약재들을 내려놓는 동안 이채윤과 양상훈은 지프에 앉아 턱을 괴고 있었다. 그 잠깐도 지루해 못 참겠다는 듯 하품까지 했다.

"이기적인 새끼들아, 사람이 사람답게 살아야지. 서로 좀 돕기도 하고."

이채윤이 열어둔 운전석 밖으로 얼굴을 내밀었다.

"야, 이 미친 새끼야. 사람답게 사는 새끼가 맨손으로 머리뼈를 박살 내나?"

어차피 이제 다시 그럴 일이 있을까? 없기를 바라야겠지. 곽수환은 가죽장갑을 벗어 주머니에 꽂아두었다.

운전석으로 돌아오니 석화가 아까와 똑같은 자세로 기다리고 있었다. 몸이 배겨서 힘들 텐데 자세를 못 바꿀 정도로 아픈가 보다. 그래도 여기부터는 나름 포장도로였다. 시멘트가 여기 저기 파였지만, 산길보다는 나을 터였다.

보트를 숨겨둔 항구로 차를 몰면서 그는 보온병의 뚜껑까지 따서 석화에게 내밀었다.

"만에 하나 혹시라도……."

석화는 뽀얀 김이 올라오는 보온병을 내려다봤다.

"내가 조금이라도 귀찮아지면……. 그때는 솔직히 말해도 돼요."

"……씨발, 자기야. 나 울릴 거야? 내가 그런 말 하지 말라고 했지, 그런 거 죽음 복선이라고."

석화는 정말 울 것같이 화를 내는 그를 보지 못하고 마른 목만 축였다. 그냥 물이 아닌지 구수한 향도 같이 올라왔다. 아마도 제가 말려놓은 엄나무 뿌리인 듯했다.

"솔직히 석화 형이 귀찮아 봤자야. 먹는 것도 조금 먹고, 말도 잘 듣고, 야하기까지 하지."

"어제도 소령님이 뒤처리 다 했잖아요."

"그건 내 취미생활이자 자가 치유시간이고."

석화는 컵에 물을 따라서 그에게 넘겼다. 따뜻한 물을 한번에 털어 넣더니 다시 석화의 손에 넘겨주었다. 곽수환은 저 앞에 넘실거리는 검은 바다와 항구 옆의 나무 오두막을 발견하고는 조금 속도를 올렸다.

고향에 가기 위한 여정에는 늘 러시아가 있었다.

이번에야말로 고향을 두 번 다시 떠나지 않을지 모르니 끝을 고할 안녕이었다. 단단히 얼어버린 계곡과 하울링을 하는 늑대, 혼자인 저를 달래주었던 사향노루도 마지막이었다.

석화는 몸을 일으켜 뒤를 쳐다봤다. 그의 동료가 탄 지프가 바짝 뒤따르는 중이었다.

제주도에서 참으로 멀리도 떠나왔다. 여의도로 올라오기 직전에 자신에게 이 같은 일들이 일어날 거라고 말했더라면 이땠을까? 공감하지 못하고 귀담아 듣지도 않았을 것이다.

닫힌 세계 안에서 어머니는 저를 무척이나 사랑해주었다. 오양석 박사는 저를 동정해 이따금 집에 초대도 했으며, 학습센터에서 저에게 문을 두드린 동기 또한 있었다. 그러나 자신 스스로 가둔 세계는 한번도 열린 적이 없었다. 어머니가 돌아가시고 나서 저를 이해해줄 사람은 어디에도 없을 거라 체념하고 살았다. 그러나 곽수환이 자신을 바꿔주었다. 그는 문을 억지로 비집고 열어 박살을 내고도 남을 사람이었다.

그리고 저는 오랜 시간 동안 그런 사람을 기다렸는지도 모른다.

"갈까?"

조수석을 연 곽수환이 동해로 이어지는 바다를 가리켰다. 매서운 겨울바람은 그의 머리카락만 뒤흔들 수 있을 뿐, 몸 어디에도 머무르지 못하고 스쳐 지나갔다. 높은 파도에 휩쓸려버릴지언정 그가 있기에 석화는 망설이지 않고 바다를 향했다.

"돌아가요, 레인보우 시티로."

한번 더 열린 세계로 가게 되는 것이다.

NO MAN
IS AN ISLAND

No man is an island

#2

RAINBOW
CITY

날카로운 비명 소리에 몸이 절로 굳었다.

붉은 피가 사방으로 튀었고, 남자는 뒤를 쫓는 감염자들을 피해 달리기 시작했다.

형! 같이 가!

뒤를 따라오다가 넘어진 동생이 남자를 향해 손을 뻗었다. 동생을 구하려고 했으나 수십 명의 감염자가 악귀같이 동생에게 달려들었다. 좁은 지하철 통로는 삽시간에 피로 물들었다. 전등의 불빛마저 사라지자 절규만이 가득했고, 남자는 엎드려 손을 뻗어 앞을 가늠했다.

……미안해. 미안해.

남자는 감염자에게 물리던 동생을 떠올리며 흐느꼈다. 끝도 없는 어두운 동굴이 이어졌고, 저기 멀리부터 빛 한 줄기가 새어 들어왔다. 희망을 가리키는 이정표가 보이는 듯했다. 남자는 엎드려 있던 몸을 일으켜 미친 듯이 뜀박질했다. 빛을 향해서 달리고 또 달려서 계단을 뛰어올랐다.

태양이 강렬하게 세상을 비췄고, 구름은 언제나처럼 하얬다. 그러나 지상은 이미 피로 물들어버린 지옥이었다. 휘적휘적 제자리걸음을 하던 감염자들이 남자를 보자마자 덤벼들기 시작했다.

달려, 달려! 달려! 누가 좀 구해주세요! 살고 싶어요! 제발!

삑-

곽수환이 방으로 들어오자마자 화면을 정지시켰다. 소파에 앉아 있던 석화는 땅콩이 담긴 그릇을 든 채로 굳어 있었다.

"뭐야……. 〈좀비의 역습〉?"

석화는 멈췄던 숨을 슬슬 뱉어냈다. 목을 가린 폴라티도 갑갑해 안으로 말아 넣었다.

"이런 걸 왜 봐."

이 근래 석화는 영화에 한창 빠져 있었다. 물론 새롭게 제작된 것은 아니고, 오래전 아담이 나타나기 전에 나온 영상물들이 대부분이었다.

곽수환은 진눈깨비가 묻어 있는 점퍼를 툭툭 털어내 옷걸이에 걸었다. 욕실로 가 뜨거운 물에 한참이나 손을 닦고 거울에 비친 제 얼굴을 점검했다. 나간 사이 호텔 직원이 방청소를 했는지 거울은 물 한 방울 없이 깨끗했다. 그는 수건으로 손을 닦고 나서야 석화의 옆에 털썩 앉았다.

차가운 얼굴을 석화에게 비비며 뺨을 쪽쪽 빨았다. 석화는 그러거나 말거나 땅콩을 앞의 테이블에 내려두었다.

현재 그들이 머물고 있는 곳은 쉘터가 아니라 레인보우 시티 시민이 운영하는 숙박업소였다. 옛 모텔이었던 건물을 개조해 호텔이라는 간판을 걸어놨지만, 시설은 쉘터에 비하면 열악함 그 자체였다.

레인보우 시티는 석화가 떠나 있는 동안 놀랍게도 많은 부분에서 변화되어 있었다. 시민을 위한 여가시설들이 우후죽순 생겼으며, 아담이 사라지면서 야외 활동을 취미로 삼는 사람들로 각지의 숙박업소들이 흥했다.

휴대폰 기지국 또한 서울은 이미 개통됐고, 지방은 아직 개설 중이었다. 뿐만 아니라, 각 집에 스크린이 한 대씩 보급되었기에 시민들의 알 권리는 좀 더 다양해졌다. 물론 아직 라디오가 익숙한 사람들은 귀로 듣는 것이 좋다며 스크린을 거부하기도 했다.

세뇌방송과 시티송은 사람들의 조롱거리가 됐고, 혹자는 아담을 희화화해 유머 프로그램까지 만들었다.

감당 못 할 두려운 존재가 더는 위협을 주지 못하니, 사람들은 그간 받았던 고통만큼 아담을 웃음거리로 삼아 심적 보상을 받고 싶어 하는 듯했다. 여태 가수들이라고 해봐야 시티송을 부르는 게 대부분이었는데, 음악 장르 또한 다양해졌다.

아직 정규 채널은 일곱 개, 그마저도 전부 명예가문의 소유였다. 황제펭귄이 소유한 채널은 공정한 뉴스를 내보내는 것으로 유명했다. 그러나 그마저도 정말 공정할까 의심을 하는 석화였다.

"로비서 들어보니까 오늘 영화 하나 더 등록됐다는데 볼래? 우리 석 박사 질질 울 수도 있어."

곽수환은 책만큼이나 로맨스 영화를 좋아했다. 그런데 징지 화면만 바라보고 있는 석화의 반응이 영 신통치 않았다. 두려움에 가득 찬 남자의 얼굴이 한껏 클로즈업되어 있었다.

"왜? 마저 〈좀비의 역습〉이나 보고 싶어?"

"아뇨. 그냥 그때는 바이러스에 대해 어떻게 생각했나 궁금해서 본 거예요."

"감상은 어떤데?"

"주인공한테 이입돼요. 그런데 곽 소령님이 보기에는 재미없을 거예요."

좀비에게 쫓기는 주인공에게 곽수환이 이입하기란 무리일 거다. 머리를 깨부수면 되는데 뭐가 문제야, 할 가능성이 높았다.

"그럼 내가 말한 거 볼까?"

곽수환이 리모컨을 들어 정지화면을 끄고, 유료채널로 들어갔다.

로맨스 장르로 이동해 그 유명하다는 영화를 틀었다. 호텔 데스크에서 일주일권을 끊은 터라 몇 편이든 원하는 대로 볼 수 있었다.

사실 석화는 이 일주일 동안 자신의 영화 취향을 확고히 알수 있었다. 다름 아닌 액션이었다. 곽수환이 말하길 원래 볼거리는 대리만족이라고 했다. 그 이야기를 듣고 나니 제가 왜 액션물을 좋아하는지 금세 수긍이 갔다.

그럼 곽수환은 로맨스 영화로 대리만족을 하는 건가? 제가 있어도 부족한가? 그런 부정적인 생각은 잠깐 뇌리를 스쳐가고 만 말았다. 액션은 곽수환만 봐도 충분한데 저도 영화를 보니까 말이다.

곽수환은 영화가 시작하기 전에 잠깐 일시정지를 눌렀다.

"어디 보자, 배 좀 불렀나."

곽수환이 손을 석화의 셔츠 안에 넣어 문질렀다. 차가울 거라 생각해 지레 움츠렸는데 그의 평소 체온보다 따뜻했다. 아마도 조금 전 온수로 손을 덥히고 온 듯했다. 사소해도 누군가를 배려하는 건 쉬운 게 아니다. 석화는 그의 배려를 당연시하지 않으려고 노력했다.

"혹시 오늘 점심 안 먹었어?"

"먹었어요."

"근데 배가 왜 이렇게 홀쭉해. 내일부터는 더 많이 가져다 달라고 해야겠다."

"낭비하지 말아요. 오늘도 남겼거든요."

점심은 오전 중에 밖에 나갔던 곽수환이 부탁해둔 삼계탕이 들어왔다. 그것도 엄청나게 큰 놈이라 반을 뚝 잘라서 룸서비스를 가져온 직원에게 나눠주어야 했다.

석화는 닭다리 하나를 싹 발라먹고, 가슴살도 잘게 쪼개서 목이 막히지 않도록 근 한 시간에 걸쳐 식사를 했다. 그러고 나서 영화를 찾던 중에 좀비 바이러스라는 글귀가 눈에 들어와 재생을 한 것뿐이었다. 또 한 시간도 안 돼서 곽수환이 이렇게 돌아왔고.

겉으로 보기에는 호텔에서 한가롭게 뒹굴뒹굴하는 것 같지만, 실상을 파헤쳐보면 꽤나 머리가 아픈 상황이었다.

곽수환의 동료들과 함께 보트를 타고 레인보우 시티에 진입한 것까지는 좋았다. 특히 값비싼 보트는 냉난방이 가동되는 선실도 있어 추위를 걱정할 일은 없었다. 다만, 뱃멀미는 죽지 않을 만큼만 해야 했다. 나중에는 묽은 위액만 쏟아내는 바람에 곽수환이 진공 보트를 개발해야 한다며 요란을 피울 지경이었으니까.

동해 초도항에 내려 근처의 공중전화기를 찾았고, 이채윤이 심각한 얼굴로 곽수환에게 수화기를 넘기기 전까지도 아무 문제가 없어 보였다. 그러나 짧았던 몇 분의 통화 때문에 과천을 가지 못한 채 둘만 부산으로 내려와야 했다.

"우리처럼 잘생긴 사람이 어디 있다고, 그치?"

곽수환은 단지 몇 시간 떨어져 있던 것도 싫었다는 듯 석화를 끌어안았다. 목덜미가 보들보들해서 계속 비비고 또 비비고만 싶었다.

"어디서 활동하는지 아직 모르죠?"

"어, 씹새끼들."

석화와 곽수환이 과천 쉘터로 합류하지 못한 이유는, 레인보우 시티에 '석화 박사'와 '컨트롤러 곽수환'을 사칭하는 인간이 나타났기 때문이었다.

더욱더 골치가 아픈 건 그 사칭범들이 생각 이상으로 상당한 정보를 꿰고 있다는 것이다. 추측하기로는 마더에 접근이 가능했던 상부이거나 저희 주변 사람일 가능성이 높은데, 용의자가 쉽게 특정되지 않았다. 그러든지 말든지 쉘터로 들어가 무시하고 살까 했건만, 그 두 놈이 바로 신흥 종교의 수뇌부들이었다.

"자기는 생명의 나무도 해보고, 나는 인도자도 해보고, 사칭꾼 놈들은 종교까지 세우고 말이야."

새롭게 개편된 레인보우 시티 의회에 반감을 가진 시민들의 수는 제법 많았다.

애초에 연합국이 존재하지도 않았으며, 백신을 개발할 수 있었으나 지금껏 상부가 저희들끼리 호의호식하기 위해 시민들을 속였다는 소문이 증식했다. 항간에는 마스터 최호언이 누명을 쓰고 명예가문들에게 죽임을 당했다는 낭설도 돌았다.

레인보우 시티 의회는 혼란을 최소화하기 위해 여태 포괄적인 사실만을 시민들에게 전달했다. 그래서 그들은 신종 변이 바이러스 아담이 나왔다가 사라진 것은 알지 못했다.

신종 변이 아담 바이러스가 출현한 사실을 시티는 또다시 속이고 있다! 오로지 믿음만이 구원받는 길! 돌연변이들을 박해하는 시티는 반

성하라! 시민과 돌연변이들에게 모든 자유를! 자유를 원하는 돌연변이
와 시민들은 우리에게로! 오오, 파라다이스, 파라다이스.

곽수환이 이제 가져온 신흥 종교의 찌라시 내용이었다.

"신종 변이는 그냥 때려 맞힌 걸까?"

"선동글만 봐서는 그럴 수도 있는데 또 모르죠."

몇몇 사람은 결코 아담에게서 자유로워졌다고 생각하지 않
았다. 그 예로 아직 백신이 가지 않고 아담이 존재하는 지역에
서는 몇 번이나 감염사건이 발발했었다. 신흥 종교는 그 사건을
앞세워 사람들에게 백신을 맞지 말라고 했으며, 저희들만의 파
라다이스를 만들겠다면서 신도를 모으는 중이었다.

예전이었다면 신도들을 반군으로 몰아 즉결처형했겠지만, 지
금 그랬다가는 이희찬도 바로 모가지행이었다. 그런데 파라다
이스라니, 에덴동산에서 그다지 발전도 못 했다.

"저녁 활동 때는 같이 나가요."

정보를 수집하고자 돌아다녔지만, 신도로 보이는 이들을 만
나기가 힘들었다. 아마도 추천 제도로 운영되는 게 아닌가 짐작
만 할 뿐이었다.

"아무래도 우리 등짝에 글 붙이고 다녀야겠어. 진짜 곽수환,
진짜 석화 박사, 이렇게."

곽수환이 제 몸을 밀어 석화를 풀썩 소파에 넘어뜨렸다.

"영화 안 봐요?"

"영화보다 형이 더 재미있어."

"내가 재미있다는 이야기, 태어나서 처음 들어요."

"뭐, 유머를 잘해서 재미있나. 그냥 보고만 있어도 행복하면 재미있는 거지. 그런 점에서 난 100점짜리지?"

곽수환은 종종 제 존재가 자신에게 얼마나 큰지 확인받고 싶어 했다. 제 표현이 부족해서 그럴지도 모른다. 석화는 그의 뺨을 두 손으로 감쌌다. 주인 손길을 받는 짐승처럼 그가 뺨과 코를 손바닥에 마구 비벼왔다.

"쉘터도 못 가고, 이래서는 산장하고 다를 바가 없네."

"1,000점."

"어? 나 1,000점이나 점수 주는 거야?"

"만 점."

하하, 곽수환이 손바닥에 대고 웃었다. 산장하고 다를 바가 없다고 했지만 그렇지 않았다. 산장은 백수생활에 지나지 않았지만, 레인보우 시티에 돌아온 이상 의회를 책임지는 총리인 이희찬의 부탁을 피할 수는 없었다.

물론 최호언을 잡기 위해 황제펭귄을 이용하기는 했으나 결과적으로 잘되었으니 그만 아니냐고 발뺌해도 충분했다. 저희들을 사칭하는 무리만 없었다면 말이다. 이희찬은 사람들을 선동하는 종교를 처리하면 앞선 약속들을 전부 지켜주겠다고 했다. 어찌됐든 그녀도 레인보우 시티로 저희를 오게끔 만들고 이용한 거다. 지금쯤 곽수환에게 한 방 갚아줬다고 생각하고 있을

지도 몰랐다.

석화는 아직 찬 기운을 머금고 있는 그의 뺨을 손바닥으로 눌렀다.

"쉘터로 돌아가면 자기도 연구소장 자리쯤은 달라고 할까?"

석화의 얼굴이 미묘하게 구겨졌다.

"싫어요."

"그럴 줄 알았어."

"근데 왜 쓸데없는 말을 해요."

"내가 억울해서."

석화는 막힌 숨을 한숨처럼 뱉어냈다. 곽수환의 상체에 몸이 눌린 탓이었다.

"대장 되고 싶었어요?"

중장 위는 대장밖에 없다. 지금도 말이 나올 만큼 엄청난 특진인데 대장까지는 석화가 생각해도 좀 아니었다.

"누가 나 말해. 나는 이번 일 마무리되면 군 제대할 거야."

"……제대요?"

"응."

미래의 일을 곽수환 혼자 결정한 점에 석화는 조금 섭섭함이 들었다. 그래도 군에 있으면서 온갖 고생을 했으니 이직하고 싶어 하는 마음은 충분히 이해했다.

"언제 결정한 거예요?"

"지금. 이렇게 껴안고 있으니까 떨어지기 더 싫어진다."

사실 그에게 섭섭해할 것도 없는 문제였다. 그는 생각난 대로 곧장 말해온 거니까. 석화는 제 속이 참 좁다고 반성했다.

"그렇게 즉흥적이어서 되겠어요? 뭘 할지는 생각했어요?"

"장사하지, 뭐. 보니까 시티에 블루오션 업종도 넘쳐나겠던데. 여기 호텔 사장도 봐봐, 머리 잘 굴려서 일확천금하고 있잖아. 나는 자기랑 같이 외국에 약이나 백신 파는 장사나 할까 봐."

"그럼 싸게 팔아요. 비싸게는 말고."

군 제대는 진담이었지만 나머지는 다 농담이었는데 석화가 진지하게 반응했다.

"나 장사 잘할 것 같아?"

"아뇨."

딱 잘라 말했다. 행여 거래자와 시비라도 붙으면 그 사람 머리뼈가 무사할지부터 지켜봐야 했다.

"그럼 뭘 잘할 것 같아?"

석화는 곽수환의 등을 쓰다듬으면서 차분히 그의 장래를 걱정해봤다.

"경호원 같은 건 안 될 것 같고."

"뭐야, 내가 자기 경호 못했다고 돌려서 말하는 거야?"

"소령님은 누구 밑에서 일 잘 못할 거 같아요."

"군대만큼 상명하복 심한 데가 어디 있다고."

"안 지켰잖아요."

"시티에서 내가 제일 셀 텐데 나한테 누가 명령을 해. 아, 젠장. 자기한테 러시아 불곰하고 맞붙는 것도 보여줬어야 했는데."

"대체 곰하고 왜 붙어요."

곽수환이 몸을 확 일으켰다. 그러더니 석화의 두 손목을 쥐었다.

"자기도 만약에 곰이 덤벼들면, 주먹 쥐어봐."

석화가 두 주먹을 쥐었다.

"잘 들어봐. 호신술 알려주는 거니까."

곽수환은 석화의 주먹을 제 턱과 귀를 연결한 뼈에 올려다 붙였다.

"여기를 이렇게 쳐올리는 거야. 그럼 곰도 잘못했다고 빌고 간다?"

쓸데없는 호신술이었다. 주먹으로 치는 것도 그만한 힘이 있어야 충격을 주는 법이다. 석화는 다 알면서도 그가 턱을 툭툭 치는 대로 놔두었다.

"오, 좀 매서운데?"

제대로 그의 턱을 때렸다가는 오히려 제 손뼈가 부러지겠지.

"네, 석 박사 핵주먹 나갑니다, 발사! 아, 저기 곰이 울면서 도망가네요. 엄마곰, 아빠곰을 데려오나요? 그래도 문제없죠. 석 박사 오른손은 핵주먹인데, 왼 주먹은 불알 낚아채기 선수입니다."

제 주먹을 가지고 이리저리 흔들어대는 곽수환이 퍽 귀여워 보였다.

에너지가 넘치다 못해 주체하지 못하는 곽수환이 군인이 아니면 뭘 해야 할까. 격투기 선수가 되는 것도 말이 안 된다. 돌연변이라는 엄청난 핸디캡이 있으니 애초에 경기장에서 받아주지도 않을 거다.

[제 말이 그 말입니다.]

석화가 놀라서 TV 화면을 바라봤다. 일시정지 대기 시간이 지나버려 영화가 자동 종료되고, 일반 방송으로 전환되어 있었다.

[돌연변이들의 출산도 금지할 뿐만 아니라 현존하는 돌연변이들을 통제할 법안도 통과시켜야 하지 않겠습니까? 아담 바이러스가 건재할 때는 그들의 힘이 절실했죠. 그런데 사실 돌연변이들 중에 범법자들도 상당하지 않았습니까? 그들을 전처럼 자유롭게 놔둔다면 또 다른 사회문제를 야기할 겁니다.]

[돌연변이들이 사회문제를 야기한 적이 있나요?]

[물론 아직은 없죠. 미리미리 대비하자는 겁니다. 솔직히 말해서 돌연변이들이 마음먹고 저희들끼리 손을 잡는다면 전과 같은 독재 체제를 형성하기도 손쉬울 겁니다.]

가슴에 시민 대표와 명예가문 대변인 마크를 단 패널들이 나와 설전을 벌였다. 시민 대표는 돌연변이 반대파, 명예가문 대변인은 찬성파였다.

[그러기에는 돌연변이들 각각 개체의 성향이 워낙 뚜렷해서 그들끼리 손잡기는 힘들 텐데요.]

[예비 살인마들에게 목줄을 채워놓자는 게 그렇게 어려운 일입니까? 그들이 아담과 싸우는 모습을 봤다면 진돗개 가문 대변

인님도 그런 말씀 못할 겁니다. 게다가 명예가문들 대부분이 돌연변이들을 데리고 있죠. 그들은 우리와 동류라고 부르기 힘듭니다. 인체 재생 속도도 평범함을 벗어나 괴물 같을 뿐만 아니라 시력이나 근력도 사람이라 부를 수 없는 수준에 도달해 있습니다. 명예가문들이 앞장서서 돌연변이 출산을 막아야 합니다.]

[돌연변이는 우리가 진화했다는 증거입니다. 시민 대표님 말씀은 우리보다 더 뛰어난 인류를 질투하고 박해하는 것으로밖에 들리지 않아요.]

석화의 주먹에 쪽 키스를 한 그가 전원을 아예 꺼버렸다.

"하여간 구해줘도 지랄, 안 해줘도 지랄."

곽수환이 투덜거렸다. 석화도 전이었다면 듣는 둥 마는 둥 관심 없어 했겠지만 지금은 아니었다. 저 또한 면역체인 돌연변이에 속했고, 곽수환은 무결점한 돌연변이였으니까.

사실 신흥 종교에 생각 이상의 힘이 실린 이유도, 레인보우 시티 밖에 있던 돌연변이들이 그들에게 합류한 까닭이었다.

레인보우 시티 안에서 자연 돌연변이는 아마 거의 없다고 봐도 좋을 것이다. 시민 등록이 안 되어 있으면서 돌연변이로 자라난 사람들은 대다수 실험실에서 방출된 아이일 가능성이 높았다. 그렇다면 필연적으로 그 아이들을 누군가가 빼돌렸다는 소리이기도 했다.

곽수환은 고막만 더러워졌다면서 밖으로 나가자며 석화를 회유했다. 석화는 군말 없이 옷을 갈아입었다. 곽수환이 사다

준 베이지색 코트 안에는 지갑이 들어 있었다. 그 안에 빼곡한 지폐는 금전 개념이 거의 없다시피 한 석화가 봐도 상당했다. 그러나 제가 가지고 있어봐야 쓸 일이 얼마나 있을지 모르겠다.

곽수환은 부산에 온 뒤로부터 일상복 차림이었다. 바지에 스웨터를 걸치는 모습을 지켜보면서 양말을 신을까 말까 하다가 흰 양말로 발을 감쌌다. 정상 체온에 가까워진 뒤로는 맨발로 다니는 일이 드물었다. 안 신던 버릇이 있어서 답답하긴 하지만, 감기에 걸려 곽수환을 고생시키는 것보다는 나았다.

하나 더 의아한 건 자신의 체온이 점층적으로 더 내려가고 있다는 거였다. 쉘터 연구실로 가보면 뭐라도 답이 나올 텐데, 이희찬은 아직 저희가 레인보우 시티로 돌아온 걸 모르는 사람들이 많을수록 좋다고 했다. 사칭범들이 몸을 숨길 가능성이 있기 때문이었다.

현재 곽수환과 석화의 진짜 얼굴을 아는 사람들은 여의도 쉘터에 있던 인원들이 대부분이었다. 그리고 그들 대다수가 최호언이 신종 아담을 풀었던 날 삶을 달리했다. 물론 곽수환을 아는 군인들은 꽤 됐으나 그들이 쉘터를 벗어나 시민들 사이에 섞여 살지는 않았다.

석화는 곽수환이 나갈 준비를 할 때까지 소파에 앉아 있었다. 같이 지내다 보면 몰랐던 사실들을 깨달을 때가 꽤 있는데, 그는 여건만 된다면 자신의 외견을 가꾸는 일에 품을 아끼지 않았다.

"나가자."

곽수환이 석화보고 코트는 벗으라며 주머니 안의 지갑만 챙겼다. 그는 대신 보들보들한 재질의 카디건을 석화에게 입혀주었다.

"이렇게 입고 밖에 나가면 추워요."

"밖은 밖인데, 완전한 밖은 아니야."

곽수환이 방 키를 찾고 나서 석화의 손을 잡았다. 복도는 호텔에서 사용하는 섬유유연제 냄새가 났다. 바닥에 깔린 카펫에 피가 묻은 것 같은 건 단순한 착시현상이었다. 하필 붉은 카펫을 썼기에 시각적으로 더 꺼림칙했다. 호텔 사장은 우리 모두가 트라우마를 이겨내야 한다는 취지로 빨간 카펫을 깔았다던데 대놓고 피처럼 붉었다.

핏물 같은 카펫을 지나 엘리베이터를 타고 최상층으로 올라갔다. 그래 봐야 한 층 더 올라갔을 뿐이었다. 현재 저희가 머무르는 방도 이 호텔에서 가장 비싼 룸이었다.

레스토랑은 동그란 원 형태로 규모가 상당했고, 부산 도심의 광경을 360도로 돌아가면서 구경할 수도 있었다. 밤이 되면 암전만이 가득했던 레인보우 시티는 어느새 불야성에 가까워지고 있었다. 불을 켜는 일이 더는 두렵지 않으니 야경은 사람들의 또 다른 구경거리로 자리 잡았다.

각 건물에서 내뿜는 빛은 반딧불이 같았다. 가을이 되기 전이었나, 석화는 산장 숲 근처에서도 이따금 발광하던 반딧불이를 볼 수 있었다. 하염없이 창밖을 바라보다가 불이 이리저리로 흩어질 때면, 그때마다 누군가가 모습을 드러내기를 기도했다. 그러나 언제나 짐승들이 전부였다. 실망은 죽음을 상기시켰고 살라던 그의 말만이 육신을 묶어두었다.

식화는 야경을 뒤로하고 지나간 고독함도 깨끗하게 지웠다. 이제 고향인 레인보우 시티로 돌아왔고, 옆에는 떠나지 않을 곽수환이 있는데 이 현실을 꿈처럼 여기고 싶지도 않았다.

까마득하게 오래된 가수의 샹송이 턴테이블에서 흘러나왔다. 레스토랑에서는 이 지역의 부유층으로 보이는 시민들이 저녁 식사를 하는 중이었다. 귀족 살롱이라도 찾은 듯 대부분이 드레스와 턱시도를 차려 입고 있었다. 석화는 이 비슷한 모습을 어디선가 본 적이 있었다. 바로 우도였다.

"뭐 먹을래?"

자리를 안내받고 난 뒤에 곽수환이 메뉴판을 내밀었다.

"적응이 안 돼요."

석화는 솔직하게 제 심정을 토로했다.

"아직은 나도 그래. 그런데 변화는 어쩔 수가 없지. 시티의 체제가 변했으니 지금은 과도기잖아. 우리도 적응해나가야 돼."

틀린 말은 하나도 없기에 방으로 돌아가고 싶다는 말은 꺼내지 않았다. 어쩌면 저에게 레인보우 시티의 세뇌 효과가 남아 있는 것일까 염려했지만, 저는 원래부터 변화에 익숙하지 못했다.

"먹고 싶은 거 없으면 내 마음대로 시킬까?"

"그렇게 해요."

"기다려봐. 눈 돌아가게 맛있는 거로 골라볼게."

메뉴판을 오래 찾지도 않은 그가 직원을 불렀다. 보타이를 맨 직원은 스무 살 남짓해 보이는 젊은 청년이었다. 여러 음식을 주문하면서도 곽수환이 웬일로 술은 시키지 않았다. 그러고 보니 러시아에서 마지막 날 밤 이후로 곽수환은 술을 마시지 않았다. 게다가 어느 순간부터 그가 담배를 피우는 것도 보지 못했다.

"너무 많이 배려하지 않아도 돼요."

석화는 직원이 가자 곽수환에게 넌지시 입을 열었다.

"뭐가."

"배려는 익숙해지면 안 되는 거예요. 고마운 거지."

"무슨 소리야, 그게."

곽수환이 나무라듯 웃었다.

"담배 피워도 된다고요. 술 마셔도 되고."

"나보고 간암이랑 폐병 걸려서 일찍 죽으라고?"

그가 대놓고 섭섭하다는 표정을 했다.

"병이 생길 확률이 높아질 뿐이지 술을 마시고 담배를 피운다고 다 일찍 죽는 건 아닌데요."

"하긴, 몰랐지? 내 폐는 니코틴을 비타민으로 전환해주거든."

차학현은 믿었던 말이지만 석화가 속을 리는 없었다. 그래도 뭐가 웃긴지 입꼬리가 미세하게 씰룩거렸다.

"안녕하세요."

불현듯 와인잔을 들고 있는 중년 부부가 상냥하게 인사를 해왔다. 부부는 곽수환에게 고개를 끄덕하고, 이어 석화에게도 인사를 했다.

"안녕하십니까."

곽수환은 시원한 목소리로 화답했다. 마찬가지로 인사말을 내뱉는 석화의 목소리에는 별다른 고저가 없었다.

"처음 보는 친구들인 것 같은데, 이쪽 출신은 아니죠?"

"그렇습니다."

"워낙 두 분이 훤칠하셔서 들어오실 때부터 눈길을 사로잡더라구요. 어디에서 오셨어요? 부산으로 여행 오신 건가요?"

"그냥 일 때문에 왔습니다."

딱딱하게 잘라내는 곽수환을 향해서 부부는 계속 친근감 있게 굴었다.

원의 중앙에는 바가 있으며 창 둘레를 따라 식사 테이블이 놓여 있는 구조는, 타인과 이야기를 나누기 수월한 형태를 띠고 있었다. 자연스레 서로 교류하는 게 좋아 모이는 사람들이 손님의 대부분이었다.

그동안 그들은 창을 닫고 문을 닫고, 살아남기 위해서만 살았다. 행여 이웃과 싸움이라도 나서 반군으로 신고당하면 변명도 못 하고 죽는 경우도 드물지만 존재했다.

사람은 대화와 교류가 필요한 동물이었다. 아담과 마스터들 때문에 강제되었던 체제가 해금되자 사람들은 자유를 좀 더 갈망했고, 다방면의 사람들과의 만남을 갈구했다.

"혹시 괜찮으시면 합석해서 식사하는 건 어떠십니까? 물론 저녁은 제가 대접하겠습니다."

남편이 좀 더 적극적으로 나섰다.

"괜찮습니다."

곽수환이 그린 듯한 미소로 권유를 딱 잘라냈다.

"두 분을 보니 떠나보낸 제 아이가 생각나서 같이 식사를 했으면 하는데, 많이 불편할까요?"

그간 타인과 대화를 많이 나누지 않아 눈치가 없는 건지, 아니면 고집이 센 건지 물러설 기미가 없어 보였다.

석 박사는 낯선 사람을 좋아하지도 않을뿐더러 저는 데이트를 하러 나온 참이었다. 곽수환이 다시금 거절의 말을 꺼내려던 때였다.

"괜찮습니다. 같이하세요."

그는 석화가 한 말이 맞나 싶어 인상을 썼다.

"어이쿠, 감사합니다. 그럼 저희 자리를 옮기도록 부탁하고 오겠습니다."

마주 보고 앉아 있던 석화가 먼저 일어나 곽수환의 옆으로 다가왔다. 그러면서 포크와 수저까지 손에 쥐고 있었다.

"모르는 사람들인데 괜찮아?"

곽수환이 옆에 앉은 석화에게 속삭였다. 석화도 살짝 고개만 기울여 그의 귓가에서 입술을 움직였다.

"돌아오고 나서 시티 사람들과 편히 이야기를 나눈 적이 없었잖아요. 시티가 어떻게 돌아가고 있는지 정보를 얻을 수도 있고요."

품 안의 또는 손안의 석화가 되어서는 안 되는 것을 곽수환도 안다. 그럼에도 석화의 세계에 온통 저만 가득하기를 욕심냈다. 석화가 다양한 사람들을 만난다고 해도 제게서 마음이 떠나거나 다른 사람을 더 좋아할 거라고 생각하지도 않는다. 석화의 마음에 대한 확신은 충분했다. 그러니 이건 그냥 애 같은 감정이다.

"그래도 내가 최고지?"

"최고."

석화가 숨도 쉬지 않고 명답을 내놨다. 이대로 뺨에 쪽쪽쪽 뽀뽀를 하려고 했는데 석화는 나온 수프를 후룩 떠먹었다. 때마침 부부도 가방을 가지고 저희의 맞은편 자리에 와서 앉았다. 아직 음식이 나오기 전인지 직원이 옮겨다 준 그들의 음식은 수프나 간단한 빵과 채소가 다였다.

"고마워요. 젊은 친구들이라 우리같이 나이 많은 사람들은 재미없을 텐데, 흔쾌히 자리를 허락해줘서요."

"아닙니다. 저희야말로 연륜 있는 분들과 이야기를 나누게 되어 영광입니다."

곽수환이 기운도 좋게 악수를 청했다. 석화가 보는 곽수환은 마치 1,000개의 가면을 가진 사람 같았다.

어느 날은 열 살짜리 아이 같았고, 또 어떤 날은 냉정한 군인이었으며 저보다 나이가 많은 형같이 느껴질 때도 있었다. 그리고 지금은 예의 바른 청년이었다.

"그런데 두 분은? 형제인가요?"

아내가 호기심에 눈을 반짝였다.

"아뇨."

수프를 다 떠 마신 석화가 수저를 내려두었다. 옥수수가 아닌 양송이가 들어간 수프는 여태 먹어본 것 중에 최고였다.

"그럼?"

"동료입니다."

석화가 그럴싸한 관계성을 내세웠다. 서로 죽고 못 사는 사이라는 사실을 군이 초면인 부부 앞에서 꺼낼 필요는 없었다. 괜한 관심을 갖는 건 둘 다 사양이었다.

"그렇군요. 동료라면, 두 분이 무슨 일을 하시는지 여쭈어봐도 됩니까?"

남편은 값비싼 호텔 음식점을 찾은 것을 보고 어디 명예가문의 자식으로 착각하는 듯했다.

"한때는 쉘터에서 일을 했었습니다."

곽수환은 대충 뭉뚱그려서 대답했다.

"어머! 그쪽 친구들도 우리처럼 시티의 녹봉을 받았군요."

"쉘터에 계셨습니까?"

"아뇨, 우리는 쉘터까지는 아니었어요."

"실례가 안 된다면 두 분은 어떤 일을 하는지 여쭈어봐도 될까요?"

그는 자연스럽게 화제를 그들에게로 전환했다.

부부는 기다렸다는 듯 신이 나서 자신들의 정보를 미주알고 주알 털어놨다.

슬하에 자식이 세 명이 있었는데 서울에 있던 막내는 작년 아담 사태가 발발했을 때 죽었고, 나머지 둘은 이 근방에 농장을 차렸다고 했다. 부부는 명예가문 출신은 아니었지만, 마스터 체제 당시에 교육센터에서 교육을 담당했다고도 털어놨다.

"솔직히 지금은 자유롭게 이야기해도 되니까 하는 말이지만, 우리도 예상은 했었어. 마스터들이 권력을 놓기 싫어서 아담을 이용했다고 말이야. 그래서 최호언 마스터가 당선됐을 때 다들 새 세상이 열릴 줄로만 알았지. 나도 내 아내도 최호언 마스터를 지지했거든. 그런데 그 사람이 에덴동산인가 뭔가 사이비 종교의 교주였고, 제 말을 안 듣는 사람이 있으면 전부 다 아담으로 감염시켜 죽였다지 뭔가. 어쩐지 사이비 종교를 국교로 삼겠다는 게 좀 이상하긴 했지."

"호오, 그렇군요."

어느새 말을 편하게 하는 부부를 상대로 곽수환이 흥미롭다는 추임새를 넣었다.

"젊은 친구들이니 아마도 잘 모를 게야. 우리야 이곳 학습센터에 있었으니 잘 알지만, 옛 상부 놈들이 얼마나 자기들 배 채우기만 바빴는지 말이야. 그런데 세상이 이렇게 달라질 줄 누가 알았겠나? 나도 쿠데타가 일어났다고 들었을 때 반군들만 개죽음 당할 테고, 절대 바뀌지 않을 거라고 생각했어. 그런데 해냈더군."

부부는 서로 짠 하고 와인을 음미했다.

"그리고, 이건 진짜 비밀인데."

아내가 와인잔을 쥔 채로 몸을 앞으로 기울였다.

"시티에서 나눠주는 백신 말이야."

곽수환이 잘라준 스테이크를 씹던 석화가 그제야 관심을 보였다. 내내 무표정하던 상대가 눈을 빛내자 아내도 의기양양해서 말을 꺼내기 시작했다.

"사실은 서울 쪽 쉘터 연구원이던 석화 박사라는 사람이 개발한 거라지 뭐야?"

"그거 정말 놀라운 말씀인데요?"

석화가 듣기에도 곽수환은 정말 놀랐다는 말투를 자아내고 있었다. 그러나 그의 손은 샐러드도 먹으라며 석화의 그릇에 놓아주기 바빴다. 석화 또한 잠깐 움찔하고 만 게 다였다.

"그렇지? 근데…… 아휴, 아직도 옛 버릇이 남아 있어서 무슨 말을 하려고만 하면, 이렇게 간이 쪼그라들고 심장이 뛰어."

아내는 와인을 마시며 뛰는 심장을 가라앉혔다.

"나는 이 소문이 아예 신빙성이 없다고 보지는 않아. 그게 뭐냐면, 그 박사가 백신을 개발했는데, 백신을 개발하는 도중에 신종 변이 아담 바이러스에 감염이 됐다는 거야. 그래서 명예가문들이 그 사실을 숨기려고 석화 박사를 암살하려고 했대. 그 박사만 죽으면 바이러스가 퍼질 일은 없잖아. 공로도 자기들이 가로챌 수 있고 말이야."

"그렇지, 그런데 거기서 더 놀라운 건, 그 박사가 신종 변이 아담 바이러스에 감염이 됐어도 죽지를 않았다는 거야. 왜, 그때 아마도 최호언이 죽었을 즈음이었을 거야. 내가 아는 군 장교가 하나 있는데, 석화 박사를 발견하면 즉시 사살하라고 명령이 내려졌다는 거지. 그런데 또! 더 놀랍게도 어디에서도 시체가 발견이 안 됐다지."

레인보우 시티 괴담도 아니고, 사실과 거짓이 아주 다양하게 뒤섞여 있었다.

"아담 바이러스에 평생을 바친 늙은 미치광이 박사라는 소문도 있었는데, 그건 아닌듯해. 지금 우리 부산을 중심으로 커져가는 신흥 종교 파라다이스 알지?"

"예, 저도 알고 있습니다."

석화는 식사를 멈추고 대답했다.

"그 종교를 세운 게 바로 석화 박사라지 뭐야? 그리고 박사를 데리고 도망간 게 시티의 소령이자 무려 컨트롤러였다지? 젊은 친구들이라도 컨트롤러는 알지?"

남편이 모른다면 설명해주겠다는 듯 친절하게 굴었다.

"예, 저도 어떤 직위인지는 압니다."

제 옆에 앉아 있는 남자가 동에 번쩍 서에 번쩍 다녔으니까.

"아휴, 근데 솔직히 나 같아도 화가 날 것 같아. 모든 공을 명예가문들이 가져간 거잖아."

"그래도 어쩔 수 없지. 면역체라고 해도 신종 변이 아담 바이러스의 보균자일 텐데, 죽어야 하는 건 당연해."

"아니야, 여보. 들리는 소문에 의하면 그 박사가 보균자도 아니래. 자기가 바이러스를 완전히 이겨냈다면서 동물한테 자기 피를 수혈도 했었대. 왜, 준이네 말이야. 드디어 아들이 대위 달았다고 신나했잖아. 그런데 작년 여의도 아담 사태 때 준이 죽고 나서 시름시름 앓더니, 요즘은 파라다이스에 완전히 심취한 것 같아."

"여보는 믿지 마. 그런 건 전부 다 사이비야."

"그럼, 당연하지."

부부가 서로의 의견을 늘어놓는 동안 곽수환과 석화는 다시 식사를 이어나갔다.

곽수환은 어떤 정신 나간 새끼가 감히 저와 석화의 러브 스토리는 싹 없애고, 겉껍데기만 가져가 이용해먹고 있는 건지 분개했다. 석화는 혹시 그 사칭범들이 에덴동산에서 파생되어 나온 건 아닐까 하는 추론을 했고.

"박사와 소령이 파라다이스 교주라면, 그들을 직접 본 사람들도 있을까요?"

"음, 그건 모르겠어. 그런 것까지 준이네 엄마한테 물어보기가 좀 그래서."

"그렇군요."

석화가 고개를 끄덕거렸다.

"그런데 둘은 이 시간 이후로 뭘 할 건가?"

남편이 술 한잔하는 게 어떻겠냐는 속내를 내비쳤다.

"그보다 우리만 이야기하느라 정신이 팔려서 두 친구 이름도 모르는구만! 허허, 미안하네. 그래서 두 친구는 성함이 어떻게 되시는가."

여태 인적사항을 물어보려고 할 때마다 곽수환이 화제를 재빨리 전환했었다.

"이런, 죄송합니다. 벌써 시간이 이렇게 되었군요. 저희는 그만 일어나봐야겠습니다."

석화의 식사도 거의 끝났겠다, 더 있을 필요는 없었다.

"많이 바쁜가 봐."

"내일 오전에 일찍 나가봐야 할 곳이 있어서요. 다음에 기회가 된다면 꼭 술 한잔 함께 부탁드립니다."

곽수환이 냅킨으로 입술을 꾹 내리눌렀다가 떼어냈다. 석화도 물로 입가심을 하고 부부를 향해 인사했다.

"오늘 말씀 감사했습니다."

그때 곡이 뒤바뀌고, 부부는 저희가 가장 좋아하는 노래가 나온다면서 손뼉을 쳤다. 부부는 와인을 들고 자유롭게 대화할 수 있게 된 세상에게 축배를 들었다.

"오! 라비 앙 로즈! 프랑스 제약 회사 놈들 때문에 세상이 이

렇게 됐지만, 또 우리를 달래주는 상송은 프랑스 거라니 인생은
참 아이러니하지."

"맞아요, 이제부터는 정말 장밋빛 인생이야."

둘이서 죽이 잘 맞는 재미난 부부였다. 곽수환은 지갑에서 지
폐를 꺼내 테이블에 올려두었다.

"이봐, 이건 너무 많은 금액이네. 그리고 내가 낸다고 하지 않
았는가."

"신세 지는 걸 좋아하지 않아서요."

"그럼 이름이라도 좀 알려주게나. 이 호텔에 묵고 있으면 종
종 볼 터인데 말이야."

이만큼이나 이야기했으니 경계를 풀라고 부탁했다. 남편은
젊은 친구 둘이 레인보우 시티의 녹봉을 받았기에, 아직도 조심
을 하는 건가 싶었다. 세뇌를 당했다면 이 자유가 아직 어색할
수도 있으니까.

척, 척척!

그때 턴테이블에서 나오는 노래가 묻힐 정도로 각 잡힌 군홧
발 소리가 들려왔다. 식사를 하던 사람들이 전부 긴장해 입구를
바라봤다. 군과 상부에 대한 두려움이 뇌에 각인처럼 새겨진 탓
이었다. 제복을 입은 군인들이 입구를 막아서고 그중 소령 한
명이 뒷짐을 지고 맨 앞에 섰다.

"안녕하십니까? 종교 범죄 단체에서 허위 사실을 유포하며
사람들을 납치한다는 신고가 지속적으로 접수되고 있습니다.

이 호텔도 신고가 접수된 바, 각자 시민카드를 꺼내놓으십시오. 시민임을 확인할 뿐이니 안심하고 협조 부탁드립니다."

착, 다리를 붙이고 선 소령을 필두로 뒤에 선 군인들도 거수경례를 했다.

소령의 덩치가 러시아 불곰 저리 가라 했다. 다들 속으로는 내심 불쾌해했지만 군말 없이 시민증을 하나둘씩 꺼내놓았다. 석화도 자신의 지갑에서 이채윤이 건네준 가짜 시민증을 꺼냈다. 얼굴이 정말 하나도 닮지 않았다. 그건 곽수환도 마찬가지였다.

하나씩 시민증을 확인하던 군인들이 돌고 돌아 이곳 테이블에 도착했다. 곰 같은 소령이 무표정한 얼굴로 테이블로 걸어오다가 기절할 듯 눈을 크게 부릅떴다.

"대……!"

곽수환이 모른 척하라며 인상을 구겼다.

"대, 대장?!"

그 서슬 퍼런 기세도 소용없이 문길이 말을 내뱉고야 말았다.

대장이라니? 문길의 커다란 목소리는 이 식당의 모든 사람들이 다 듣고도 남았다.

"하하, 오랜만에 뵙죠? 문길 소령님! 예, 제 이름이 곽대장이죠. 부모님이 참 특이하게도 지어주셨네요. 소령님은 그간 잘 지내셨죠?"

곽수환이 말에 뼈를 담았다.

"어, 어? 어. 잘 지냈습, 다."

문길이 고장 난 AI 마더처럼 말을 버벅거렸다. 그사이 석화는 문길에게 눈인사만 했다.

"어머, 서로 아는 사이신가 봐요."

"흠흠, 우선 시민증부터 확인하겠습니다."

문길은 재빨리 제가 할 일을 하겠다면서 부부와 곽수환 그리고 석화의 시민증을 확인했다. 문길은 하고 싶은 말이 수억 마디라도 되는 양 계속 입을 달싹이면서 안절부절못했다. 마치 약물 중독자 같았다.

"그럼 문길 소령님, 저희는 가봐도 됩니까?"

"예! 아니, 어."

이번에야말로 부부에게 마지막 인사를 하고, 둘은 일어나 걷기 시작했다. 그 뒤로 군화 소리가 바짝 따라붙었다. 복도 중간쯤 왔을 때 곽수환이 뒤를 돌았다.

"대장! 박사님!"

드디어 봐준다면서 문길이 반갑게 소리쳤다.

"언제 돌아오신 겁니까? 말씀 좀 해주시지! 몸 복구해서 시티 떠나셨다는 소식 듣고 저희가 얼마나 걱정했는데요! 박사님도 무사하셔서 정말 다행입니다. 얼마나 저희가 걱정하고 또 걱정했는지……."

문길이 눈물을 글썽거렸다. 만일 석화 박사가 죽었다면, 저희 부대원들도 대장을 두 번 다시는 만날 수 없을 것이라 예감했었다. 저희는 대장 덕분에 특진도 하고, 돈도 많이 받는데 말이다.

"돌아온 건 아직 극비라. 넌 여기 왜 왔어?"

곽수환이 레스토랑 쪽을 흘끔 쳐다봤다. 거리가 꽤 있어 관심 갖는 이들은 보이지 않았다.

"그건 말도 마십시오. 소령 진급하고 나서 더 바빠지고 어찌나 못 부려먹어서 안달인지. 게다가 신흥 종교가 사기꾼 단체라지 뭡니까? 그…… 두 분을 사칭한다는 소식은 들으셨습니까? 사람들 돈을 뺏고 납치한다는 신고도 들어와서 꼬리 찾느라 바쁩니다. 제가 그냥 그것들을 어떻게든 잡아다가 족칠 겁니다!"

종교 단체가 사람들을 납치한다는 소문은, 아마도 상부에서 그들을 포획하기 위해 쳐놓은 그물일 가능성이 컸다. 반군이라는 말이 더 이상 먹히는 시대가 아니니 범죄자라는 타이틀을 뒤집어씌우는 거다.

"병신도 아니고, 그 종교 단체 애들이 대놓고 다니겠어?"

"제 말이 그 말입니다. 그런데 위에서 까라면 까야죠. 대장, 대장도 돌아왔으니 우리 소대 다시 부활하는 거죠? 그보다 석화 박사님, 몸은 좀 어떠세요?"

사람들은 석화의 안부를 물을 때 전부 건강 상태부터 체크하고는 했다.

"체력도 많이 생겼어요. 오래 살 겁니다. 걱정해주셔서 감사합니다."

푸하하, 문길이 경박하게 웃었다. 곽수환만 없었다면 곰 같은 손으로 석화의 등을 후려치고도 남았을 것이다.

"근데 대장, 왜 극비로 들어온 겁니까?"

"네가 잡으려는 그 사기꾼 놈들, 나랑 석 박사가 잡으러. 알고 있는 정보나 다 내놔 봐."

"그게 말입니다."

"잠깐."

곽수환이 문길에게 입을 다물라고 하고, 레스토랑과 이어진 복도를 바라봤다. 석화의 눈에도 이쪽으로 급히 걸어오는 부부가 보였다.

"아직 안 갔네, 다행이다."

"돈을 너무 주고 갔잖나. 잔돈은 받지 않을 것 같아 미안해서 대신 이걸 사왔네."

남편은 석화에게 종이봉투를 내밀었다. 그 안에는 갓 구워낸 스콘과 베이글 같은 따뜻한 빵이 잔뜩 들어 있었다.

"감사합니다, 잘 먹겠습니다."

"그런데…… 이문길 소령님?"

남편이 흐뭇하게 웃고는 곧 진지한 얼굴이 되어 문길을 불렀다.

"예, 말씀하십시오."

"다름이 아니라 저희 아내가 그 종교 단체에 대해 제보할 내용이 있다고 해서요."

"아, 그런 제보는 저 말고……."

곽수환이 문길의 다리를 툭 쳤다.

"예, 맞습니다. 저에게 하시면 됩니다."

아내가 조금 불안한 듯 주변으로 눈을 굴렸다가 용기 내어 입을 열었다.

"사람들을 납치한다는 종교 범죄 단체가…… 혹시 파라다이스인가요?"

"그렇습니다."

"어휴, 준이 엄마도 혹시 나오고 싶은데 못 나오는 게 아닌가 싶기도 하고……. 제 이웃사촌 중에 한 분이 그 파라다이스라는 종교 단체에 입단을 했거든요? 거기가 추천 제도로 운영이 된다고 저한테도 추천을 해주겠다고 했어요."

아내는 소령과 아는 사이이니, 곽수환과 석화가 있어도 상관없겠지 싶어 좀 더 깊은 이야기를 꺼내놓았다.

"혹시 지금도 그분과 연락이 되세요?"

불쑥 물은 건 다름 아닌 석화였다.

"그렇지. 사이비 종교에 빠지지 말라고 내가 몇 번이나 설득했는데, 그게 며칠 전이야."

"그분 거취는 알고 계세요?"

"아마 집에 있을걸? 아휴, 괜히 말한 건가? 준이 엄마도 날 믿어서 추천해준 걸 텐데 말이야. 혹시 준이 엄마한테 불이익이 있는 건 아니죠?"

"혹시 포상금 같은 것도 있습니까?"

"여보!"

그러려고 한 건 아니라면서 아내가 남편의 입을 막았다.

"추천 제도가 있다면, 신도와 아는 사람만 입단이 가능한가 보네요?"

"그건 잘 모르겠는데, 다양한 직업군들로 신도를 모으려는 듯했어. 저희들끼리 따로 파라다이스를 만들어서 새로운 나라를 만든다고 했던 것 같은데, 솔직히 말이 안 되잖아. 나랑 이이가 선생이어서 아마 그 자격으로 추천을 한 것 같아."

제보는 문길에게 했는데, 정작 관심은 석화와 곽수환이 더 가졌다.

부스럭, 석화가 빵봉지를 반으로 접으면서 곽수환을 쳐다봤다. 그도 알겠다면서 고개를 끄덕했다.

"저희 방으로 가셔서 술 한잔하시겠습니까?"

"허허, 아까는 바쁘다면서. 그리고 방은 무슨, 마실 거면 여기 야경 좋은 데서,"

"방으로 모시겠습니다."

문길이 부부의 뒤로 가서 뒷짐을 졌다. 어쩐지 분위기가 서늘해지는 바람에 남편이 제 목덜미를 손으로 쓸어내렸다.

"이, 이보게나, 친구."

"시티에서 포상금은 확실하게 드릴 겁니다."

곽수환이 믿으라는 듯이 씩 웃었다.

◆ ◆ ◆

부부와 곽수환은 룸 내부의 응접실에서 서로를 마주 보고 앉아 있었다.

나머지 군인들은 돌려보내고, 문길과 입이 무거운 수하 두 명만이 문을 지키고 있었다. 부부는 이 방에 들어온 순간부터 저희들이 살아 나갈 수 있을까 불안함에 동공을 굴리기 시작했다. 아무리 생각해도 소령이 문을 지킨다는 건 눈앞의 두 남자들이 적어도 그 이상의 실력을 행사할 수 있다는 뜻이었다.

양주가 담긴 잔이 앞에 놓여 있지만, 아무도 입을 대지 않았다.

"저, 저기 말일세."

"단도직입적으로 부탁을 드리겠습니다. 파라다이스 신도라는 분에게 저희 둘을 추천해주실 수 있을까요?"

곽수환이 말했고, 석화도 고개를 끄덕했다.

"뭐, 뭐?"

아내가 놀라 문길을 돌아봤다.

"저희가 파라다이스 신도가 되고 싶은데, 방법을 알 수가 없었거든요."

석화는 큰일 날 소리를 잘도 했다.

"그렇게 말하면 이상하잖아."

"그래요?"

"정확히 저희는 가입이 아니라 잠입을 하고 싶은 겁니다."

곽수환이 부부에게 한잔하라면서 먼저 입을 축였다.

"잠입 말인가?"

"예."

석화도 이번에는 이해하기 쉽도록 부부에게 이야기를 전달하기 시작했다.

"사람들을 현혹하고 납치를 일삼는 종교 단체는 범죄 집단이죠. 저희는 사실 서울 쉘터 소속인데, 파라다이스의 범죄 행위를 막으러 지원을 나온 겁니다. 그래서 식사 때도 이름을 알려드릴 수가 없었어요."

이거 봐, 석 박사 거짓말 잘한다니까.

곽수환이 속으로 중얼거렸지만, 실상 완벽한 거짓말은 아니었다.

"어머! 잘됐다! 그럼 준이 엄마도 사이비한테서 구해주는 거지?"

그녀가 짝, 하고 박수를 쳤다.

"물론입니다. 파라다이스에 저희를 추천해주신다면 포상금도 두둑하게 드리겠습니다."

곽수환이 방에 있던 유선전화기를 테이블로 가져와 탁 올려두었다.

"쇠뿔도 단김에 빼죠."

"그, 그런데 포상금은 누구에게 받나?"

"군에서 줄 겁니다."

"그럼 저기 소령님께서 증인을 서주시는 건가?"

남편이 손을 올려 문길이 있는 곳에서 보이지 않도록 입술을 가린 채 속삭였다.

"나중에 저기 소령님이 발뺌하면 어떻게 하나? 만일 우리 공을 가로채면?"

그래, 시티의 시민들은 속고만 살았지.

"일단 확실한 정보인지 전화부터."

곽수환은 웃고 있었지만 눈에서 위압감이 느껴져 아내는 수화기를 들고야 말았다.

"스피커로 전환합시다."

주저하는 손길을 대신해 석화가 쓱 손을 내밀어 스피커를 눌렀다. 이래서야 마치 러시아에서 내려온 악당 두 명이 레인보우 시티 사람을 괴롭히는 형국이었다.

그녀는 하는 수 없다는 듯 수화기를 내려두고, 번호를 꾹꾹 눌렀다. 석화는 그 전화번호를 머릿속에 저장했다. 신호음은 한참이나 이어졌다. 초침이 두 바퀴를 돌자 부부가 같이 침을 꿀꺽 삼켰다. 이 정도면 부재중인 것 같은데⋯⋯. 안 받아도 무사히 보내주겠지? 걱정하는 찰나였다.

'여보세요.'

아내가 크게 안도하면서 스피커에 대고 목소리를 키웠다.

"나야, 준이 엄마!"

'⋯⋯어? 용지 씨야?'

"응응. 나야, 용지. 혹시 잤어?"

'아니야, 밖에 나갔다가 방금 들어왔어. 어쩐 일이야? 혹시 나한테 또 이상한 소리 할 거면……'

"아니야! 나도 곰곰이 생각해봤는데, 아무리 생각해도 준이 엄마…… 준이 엄마가 말한 파라다이스가 정말 행복을 찾는 지름길인 것 같아."

'……하아, 고마워. 정말로 내 진심이 통했구나. 다른 사람도 아니고 용지 씨는 꼭 나와 같이 구원받았으면 했어.'

곽수환이 이 정도면 됐다면서 대충 정리하고 끊으라며 수화기를 가리켰다. 추천해줄 상대는 확인한 셈이다.

"근데 준이 엄마, 나만 구원받기는 가족들하고 친척들에게 너무 미안한 일이잖아. 혹시 가능하면 내 친척도 같이 추천할 수 있을까?"

너무 긴장한 터라 그 신호를 못 본 아내는 말을 청산유수로 늘어놨다.

'……친척? 뭐 하는 사람인데?'

그녀가 그제야 눈을 크게 뜨고 곽수환과 석화를 봤다. 답을 알려달라는 동요가 가득했다. 전화를 끊고 나서 뒷일을 도모하려던 목적이 수포로 돌아갔다.

곽수환이 테이블의 종이를 끌어다 급히 생각나는 대로 휘갈겼다. 친척이면 같은 직업을 가질 수도 있기에 '선생'이라는 글자를 쓰던 중이었다.

'여보세요? 용지 씨?'

"사, 사업가야!"

'사업……가? 어떤?'

"응! 방송국에 기계 납품하는 회사인데, 준이 엄마도 알시? 요즘 그쪽이 엄청 뜨고 있는 거."

엄청난 임기응변에 웬일로 석화가 제 이마를 짚었다. 일이 이상하게 꼬여가는 듯했다.

'그럼 방송국 사람들하고도 친하겠네?'

"그럼 당연하지. 완전 독점이야."

'……알았어. 그럼 내가 내일쯤에 다시 연락해도 될까?'

"응, 그래. 집에 있을 테니까 연락해줘."

'용지 씨, 정말 잘 생각했어. 고마워. 파라다이스에서 우리 함께하자.'

"나야말로 고맙지. 그럼 쉬어, 연락 기다릴게."

뚝, 전화를 끊고 났더니 곽수환이 크게 한숨을 쉬었다.

"그, 그게 나도 확인만 시켜주고 끊으려고 했는데, 말이 자꾸 이어져서……."

"아니에요. 잘하셨어요. 고맙습니다."

석화가 꾸벅 인사했다.

"잘하긴. 방송 기계 납품은 무슨, 그쪽에 아는 사람도 없는데."

"아직 추천을 확답받은 건 아니잖아요."

"그렇긴 한데, 어르신들."

어르신이라는 말에 남편이 발끈할 뻔했다.

"댁으로 가실 겁니까?"

"그래야지, 우리가 방을 잡지는 않았네."

"감사합니다. 저희를 집으로 초대해주시겠다고요."

"아니, 그런 적은!"

"감사합니다."

인사를 한 석화도 일어나서 옷을 챙기기 시작했다.

문 앞에서 둘을 보는 문길은, 박사님과 대장이 러시아에서 부부 공갈단이 되어서 돌아온 것 같다는 생각을 했다. 대장은 그렇다고 쳐도 박사님은 저런 사람이 아니었는데……. 대장과 같이 지내다 보니 어쩌다 물이 들어서…….

"문길아."

"예, 대장!"

제 속마음을 읽어낸 건 아닌가 싶어 과도하게 큰 목소리가 튀어나왔다. 대장이라고 부른 것도 반사적이었지만, 이번에는 곽수환이 먼저 편히 이름을 부른 터였다.

"파라다이스 본거지 들어가는 일에 성공하면, 펭귄보고 포상금이나 두둑하게 주라고 전해. 그리고 가서 정장 두 벌 사와. 우리 둘이 입을 만한 거로, 싼 건 사오지 말고."

"저, 저기, 이봐, 이보게."

"어르신, 내일 전화가 올 때까지 저희와 함께 계시죠."

마스터 체제 때는 오히려 군인과 얽힐 일이 거의 없었는데,

자유의 시대가 되고 나서 이게 무슨 꼴인가 싶었다.

"자네, 혹시 군인인가?"

"인사가 늦어서 죄송합니다. 레인보우 시티 소속 곽수환 중장입니다."

남편이 입을 벌리니 고르지 못한 아랫니 치열이 고스란히 드러나 버렸다. 번데기 앞에서 주름 잡은 게 창피해지는 바람에 얼굴도 홧홧하게 달아올랐다. 그런데 곽수환이라니? 분명 어디서 많이 들어본 이름이었다.

"어?! 곽수환?!"

여자가 검지로 곽수환을 가리켰다.

컨트롤러 곽수환은 분명 파라다이스를 만든 창시자 중 하나였다. 설마 이름만 같겠지, 싶어 뻗었던 검지를 스르륵 접었다. 드레스룸으로 갔던 석화는 자기 몫의 권총도 챙겨 코트 안쪽에 넣었다. 밖으로 나갈 준비를 가장 먼저 마친 것도 석화였다.

"자기, 진정해."

"빨리 끝내고 원래대로 돌아가요."

석화는 연구실로 돌아가 확인해야 할 게 한두 가지가 아니었기에 마음이 조급했다. 그 마음을 아는 터라 곽수환도 긴 코트를 꺼내 걸쳐 입었다.

문길은 그사이 눈썰미가 좋은 제 수하에게 돈을 주고 정장을 사오라고 지시했다. 남은 수하 한 명과 같이 중년 부부와 저기 부부 공갈단을 엄호하기로 하고서.

◆ ◆ ◆

　호의로 말을 붙였다가 혹이 달려버린 셈이었다. 그럼에도 억지 초대를 강요받은 부부는, 석화와 곽수환에게 극진한 대접을 하려고 마음먹었다. 무려 장군인 중장과 인맥을 쌓을 기회가 또 어디 있단 말인가. 그들은 위기를 기회로 바꿀 줄 아는 사람들이었다.

　문길은 앞서 부부의 집 안에 도청기가 설치되어 있는지 주파수를 확인했고, 이상 주파수는 잡히지 않았다. 문길이 오케이 사인을 보내고 나서야 그들은 스스럼없이 대화하기 시작했다.

　"그럼 그쪽 친구도 군인이야?"

　"아뇨."

　석화는 배가 불렀기에 부부가 내온 사과를 포크에 꽂고만 있었다.

　"그럼?"

　"연구원입니다."

　"어머! 무슨 연구원?"

　"각종 바이러스요."

　아담이라고 콕 집어 말하지 않았다. 암막 커튼을 친 곽수환은 문길과 그 앞에서 대화를 나누는 중이었다.

　"서울 어디에 있었어?"

　"여의도요."

"어휴, 어린 친구가 아주 대단하네. 그럼 저기 중장님이랑은 왜 같이 다니는 거야? 박사와 군인이잖아? 아, 설마 형이야?"

"제가요."

"응?"

"형이요, 제가."

그녀는 손으로 입을 가리면서 놀라워했다.

"후후, 실수할 뻔했네. 괜찮아, 동안인 게 좋은 거야. 난 박사님이 반말을 안 해서 연하인 줄 알았어."

"익숙해져서, 잘 안 고쳐져요."

석화가 살면서 반말을 한 대상은 거의 없었다. 그건 친구가 없던 영향이었다.

"하긴 반대로 생각하면, 남편보고 이제부터 존대하라고 하면 어색할 거야. 사실 내가 두 살 누나거든."

"저와 같네요. 저도 두 살 형이에요."

정신을 놓을 정도로 섹스를 할 때는 사실 수환이라고 잘도 불렀다. 그건 나름의 신호였다. 더 이상 버티기 힘드니까 적당히 해달라는. 석화는 그와의 성행위가 연상된 바람에 재빨리 머리에서 지워나갔다. 해면체로 아직 혈액은 몰려들지 않아 다행이었다.

"근데 박사님이 왜 잠입을 하려고 해? 군인도 아니면서."

"상황이 그렇게 되었어요."

"비밀이 뭐 그렇게 많아. 그래도 조금 두근대기는 한다? 내 평생에 이런 첩보영화 같은 일이 생길 줄 누가 알았겠어."

"첩보영화 좋아하세요?"

"응, 엄청 좋아하지. 체제 바뀌고 나서 한 달은 꼬박 영화만 봤다니까?"

"저도 좋아해요."

좋아한다는 말에 청각이 예민해진 곽수환이 석화에게로 다가갔다. 석화가 타인과 무리 없이 대화하는 걸 보니 좋고 나쁜 기분이 반반씩 차지했다. 아까 말했던 대로 저는 동생이고, 석화가 형이니 이 정도 심술은 이해해줘야 한다.

"접선 장소가 정해지면 내일은 저희들만 다녀오겠습니다."

"그건 좀 그렇지 않을까?"

남편은 이제 존댓말을 해야 하나 잠깐 눈치를 살폈다. 곽수환이 아무렇지도 않아했기에 조금 자신감을 얻었다. 어디 가서 나 중장이랑 아는 사이인데, 내가 편히 대하는 젊은 친구지! 라고 자랑할 거리도 생긴 것이다.

"나와 내 아내도 같이 가지! 그래야 자네들이 우리 친척이라는 것을 믿을 걸세."

"지금도 죄송한데, 그렇게까지 폐를 끼치고 싶지는 않습니다."

석화가 한사코 거절했지만, 그들은 이미 첩보영화 주인공에 빙의된 상태였다.

위험할 게 뭐나 있나. 어차피 군인이 지켜주는 데다, 범죄 행위를 저지른 단체를 검거하는 데 도움을 준다면 저희 집안에 명예훈장이 내려올지도 몰랐다.

"어르신들, 사기 조심하세요."

곽수환이 진심을 담았다. 막말로 저나 문길이 군인을 사칭하는 사기꾼이었다고 해도 그냥 속아 넘어갔을 부부들 같았다.

"우리도 사람 보는 눈은 있네. 일이 잘 해결되면 포상금과 함께 명예훈장 하나쯤은 받을 수 있는 거겠지?"

"펭귄 아주머니가 그렇게 팍팍한 사람은 아니라 충분히 줄 겁니다."

"펭귄? 혹시…… 황제펭귄을 말하는 건가?"

"맞습니다."

대답한 석화가 사과를 아삭 베어 먹었다. 시간이 지나면서 위에 빈틈이 생겨준 덕이었다. 안에 꿀이 잔뜩 들어 있어 입에 침이 저절로 고였다. 석화는 곽수환에게도 사과를 내밀었다. 그는 고개만 숙여 사과를 물어갔다.

"맛있죠?"

"어, 손맛까지 더해지니까 더."

"포크로 찔러 줬는데요."

하여간, 중얼거린 곽수환은 시계를 올려다봤다. 아직 자정이 되려면 한참이나 남아 있었다. 석화도 시간을 죽일 겸 생활감이 가득 묻어 있는 부부의 집을 구경했다.

가족사진이 벽과 테이블마다 수없이 장식되어 있었고, 오래된 축음기에는 살짝 먼지도 올라와 있었다. 뜨개질이 취미인 사람이 있는지 테이블보나 컵 받침대는 털실로 짜여 있었다. 그 덕에 집은 아주 포근한 느낌이 들었다. 저는 어머니와 함께 살 때도 필요한 물건만 들여놓았을 뿐 이렇다 할 인테리어 물품은 전혀 없었다. 쉘터에 거주할 때도 방은 그저 잠을 잘 수 있는 공간일 뿐이었다. 그리고 그의 방 또한 자신 못지않게 생활감이 없었다.

'사랑이 넘치는 가정.'

이곳이야말로 시티송에 딱 어울리는 집이었다.

한쪽 벽에 걸린 스킬자수는 두 팔을 벌려야 할 만큼 커다랬다. 녹색 털실과 갈색 털실이 빼곡하게 박힌 고즈넉한 숲이었다. 어쩐지 산장에서 매일같이 보던 숲하고 닮은 듯했다.

No man is an island (누구도 홀로 떨어진 섬은 아니다)

명예롭게 떠나간 내 아이를 기리며

숲을 가르는 문구에서 눈을 뗄 수가 없었다. 마지막 아담 사태 때 목숨을 잃은 자식을 기리기 위해 만든 작품 같았다.

아무도 혼자인 사람은 없다. 삶이 끝나 육신이 전부 사라지더라도 이렇듯 기억하는 이들이 있었다. 남은 자들 또한 아픔은 여전했지만, 함께 있기에 이겨낼 수 있었을 것이다.

문득 곽수환과 이런 단란한 집에서 함께 살고 싶다는 생각이 들었다. 저희 집은 뜨개물품 대신 돌이 차곡차곡 놓여 있겠지만.

따르릉- 석화보고 정신 차리라는 듯 구식 전화기가 울렸다. 모두의 시선이 벨이 울리는 전화기로 쏠렸다. 아내가 입에 쓱 검지를 올리더니 스피커 버튼을 눌렀다.

"네, 여보세요."

'용지 씨, 참 나쁜 사람이다.'

목소리에 실망감이 가득했다. 여자는 당황해 곽수환을 쳐다 봤고, 그는 고개를 한 번 젓고만 말았다. 그냥 잡아떼라는 신호 였다.

"어? 준이 엄마? 그, 그게 무슨 소리야?"

'날 속인 거지?'

"내가 준이 엄마한테 뭘 속였다는 거야."

'친척들 이야기 다 거짓말이잖아. 우리 신도가 되고 싶다는 말 도 거짓말이지?'

여자는 금세 땀이 찬 손을 제 허벅지에 닦았다. 석화가 종이 에 글을 끄적거렸다.

그럼 아쉬울 거 없다는 듯이 말씀해주세요.

곽수환과 석화는 같은 마음이었다. 부부의 집으로 들어올 때 도 주변을 전부 점검했고, 이 안에 군복을 입은 사람도 없었다.

"난 준이 엄마가 갑자기 왜 이러는지 모르겠어. 나한테 실망 한 이유도 모르겠고, 뭔지는 모르겠지만 그럼 없던 일로 해."

'잠깐만!'

"······왜?"

'용지 씨 진심을 이제야 확실하게 알았어. 기분 나빠 하지는 말아줘, 나도 추천을 하려면 신원이 확실한 사람이어야 해서 그런 거야. 용지 씨가 갑자기 마음 바꾼 것도 마음에 걸려서······. 근데 용지 씨도 나와 같은 아픔을 가진 사람이었다는 걸 내가 간과했어. 미안해.'

"그래도 섭섭해."

'그럼, 그 맘 알지. 그래도 용지 씨, 우리 같이 구원받을 수 있는 거야. 우룡산 알지? 거기 중간쯤 올라가다 보면 옛날 절터가 있어. 그 절터에서 내일 아침 7시까지 봐.'

"준이 엄마도 나오는 거지? 아니면 그냥 여기서 같이 출발할까?"

'아냐, 그곳에서 봐. 난 이제 나가봐야 해.'

"이 시간에?"

'응, 용지 씨는 정말 복 받은 거야. 방송국과 관련된 분을 추천한다니까 석화 박사님이 날 우수신도로 인정해주셨거든. 용지 씨, 나 실망시키지 말아줘.'

"그럼, 물론이지! 그럼 내일 봐."

전화가 상대방 쪽에서 먼저 끊겼다. 석화는 저를 사칭하는 사람의 이야기를 실제로 들으니 기분이 썩 좋지 못했다. 그것도 좋은 일이 아닌 나쁜 쪽이었으니까.

"괜찮아, 내가 다 조져줄게."

그는 표정이 어두워진 석화의 손을 잡았다.

"박사님! 저도 박사님하고 대장을 사칭하는 파라다이스 새끼들은 같이 조질게요! 믿으십시오! 진에 실수로 골로 보낸 아남처럼 다시는 그런 짓 안 합니다!"

"고맙습니다."

부부는 끈끈한 전우애를 자랑하는 그들을 흐뭇하게 보다가 고개를 갸웃했다. 둘을 사칭하는 파라다이스라니? 그 말이 걸린 탓이었다.

"그런데, 우리 박사님 성함을 모르네. 박사님 성함도 알 수 있을까?"

한 배를 탔으니 석화도 그들을 향해 반듯이 앉아서 다시 인사했다.

"저도 소개가 늦었습니다. 레인보우 시티 소속 연구원 석화라고 합니다."

그들이 놀라는 것과 동시에 곽수환이 석화의 팔을 휙 들어올렸다.

"시티의 핵주먹이자, 시티가 배포 중인 완전한 백신을 개발한 구원자, 짝퉁이 아닌 진짜 석화 박사님이시죠."

하여간, 이번에는 석화가 중얼거렸다. 그런데도 그가 들어 올린 팔을 내리지도 않고 가만히 있었다. 괜한 힘을 빼지 않는 버릇은 여전했다.

"그, 그러니까, 자네는 곽수환이고 자네가 석화 박사라고?"

남편이 순서대로 둘을 삿대질 했다. 아내의 머릿속도 남편과 마찬가지로 복잡하게 돌아갔다.

"동명이인이 아니면 내, 대체 파라다이스를 만든 이들이 무슨 신도가 되겠다고! 혹시 우리를 납치하려는 건가?"

"어르신, 그놈들이 우리를 사칭한 겁니다."

파라다이스 창시자들이 사칭범이라면……. 이 둘이 진짜 백신 개발자와 컨트롤러라는 소리였다.

"어머! 그럼 박사님이 백신을 개발했다는 것도 진짜고?"

"그렇게 됐습니다."

"세상에, 준이 엄마도 백신 개발했다는 얘기 믿고는 홀랑 넘어간 것 같던데 사칭범이었다니……. 정말 박사님이 백신을 개발했어?"

그녀는 자기도 백신을 맞았다며 팔뚝을 툭툭 쳐 보였다.

"예, 시간이 좀 걸렸지만요."

그래도 여전히 잘 믿지 못하는 기색이었다. 눈앞의 박사는 많이 봐줘야 20대였다. 그런데 요모조모를 뜯어보면 눈빛에서 연륜이 느껴지는 듯도 하고……. 중장의 동생인 줄 알았는데, 형이라고도 하지 않았나. 아마도 옆에 있는 중장이 하도 커서 석화가 상대적으로 더 작아 보이는 듯했다.

"그럼 저기 중장님도 진짜 컨트롤러였던 거야?"

"지금은 아니에요."

그리고 정확히 마지막 컨트롤러는 양상훈이었다.

"……세상에, 세상에! 어떻게 이런 일이! 사진, 사진, 여보! 카메라!"

남편은 이미 준비했다며 아내에게 폴라로이드 카메라를 내밀었다. 집 안 곳곳에 있는 수많은 사진들은 바로 저 카메라로 찍은 듯했다.

"저기 이문길 소령님, 부탁 좀 할게요. 우리 기념사진 좀 찍어줘요."

문길의 투박한 손에 작은 카메라가 강제로 얹혔다. 부부는 석화와 곽수환을 가운데다 세우고 친한 사이를 과시하듯 찰싹 붙기까지 했다.

"이거, 그냥 누르면 돼요?"

"네, 소령님. 거기 렌즈에 우리 네 명 가득 다 넣어주고요."

"문길아."

"예, 대장."

문길은 불안하게 대답했다. 사진 같은 건 때려치우라며 대장이 카메라를 부수면 어쩌지 걱정도 조금 들었다.

"그거 찍고, 나랑 석 박사 둘만 따로 찍어줘라."

"아……. 예에, 대장. 그럼 웃으십시오. 하나, 둘, 셋, 시티~"

부부는 시티, 하면서 해맑게 이를 드러냈고 석화와 곽수환은 무표정한 채였다.

"한 번 더요. 한 장만 더."

또다시 같은 자세로 사진을 찍은 뒤에야 부부가 폴라로이드 필름을 사이좋게 한 장씩 가져갔다. 렌즈 사거리에 둘만 남자 곽수환이 석화를 뒤에서 끌어안았다. 그는 석화의 정수리에 턱을 대고 손목까지 쥐어 올렸다.

"주먹 쥐기 싫어요."

"어떻게 알았어? 그래도 쥐어 봐. 응?"

"이상하게 나올 것 같아서 싫어요."

"걱정 마. 내가 자세 멋지게 잡아줄게."

석화는 그 말에 곧장 주먹을 쥐었다. 그가 주먹의 위치를 격투기 준비 자세로 고쳐주었다. 오른손이 조금 앞으로 나가 있고, 그 뒤에 바로 왼손이 있었다. 석화는 생전 처음 해보는 호전적인 자세에 눈에 은근히 힘이 들어갔다.

"문길아, 찍어라."

"예, 대장."

셔터가 눌린 순간에 석화는 아마도 제가 눈을 감았다고 생각했다. 곽수환이 이번에는 손을 잡고 나란히 섰다.

"한 장 더."

남의 필름을 너무 막 쓰는 거 아닌가 싶어 부부를 봤는데, 다행히 좀 전에 찍은 사진을 구경하기 바빴다.

"자기, 웃어봐. 나도 웃을게."

석화가 손바닥을 펼쳐서 제 뺨을 둥그렇게 문질렀다. 입꼬리를 바짝 당기기도 하면서 웃는 표정을 연습했다.

"그럼 찍습니다."

문길이 렌즈에 곽수환과 석화를 담았다. 그리고 찰칵, 찍는 순간에 문길은 지금 제가 본 모습이 고스란히 사진에 현상되어 나오기를 바랐다.

눈을 부드럽게 휘고, 입꼬리를 매끄럽게 올린 석화의 모습은 한번도 본 적 없던 표정이었다. 너무도 행복해 보였기에 어쩐지 문길은 눈알이 뜨거워지는 것 같았다.

"에이, 씨발."

문길이 거칠게 눈을 비볐다.

"진짜 이게 뭡니까! 대장하고 박사님은 고생이란 고생은 다 하고! 시티 돌아와서도……. 에이, 씨발! 근데도 박사님이랑 대장은 웃음이 나옵니까!"

곽수환이 문길에게 가 녀석의 머리를 쓱쓱 헤쳤다.

"걱정 마라, 다 잘 해결될 거야."

그는 씩씩거리는 문길이 준 사진 두 장을 양손에 들었다. 온통 하얗기만 하던 필름에 색이 올라오기 시작했다. 석화도 곽수환의 옆에서 점차 생생해지는 사진을 구경하다가 생각난 게 있다는 듯 문길에게 카메라를 받아 왔다.

"제가 문길 소령님도 찍어드릴게요. 곽 소령님도 같이요."

"싫어. 내가 왜 쟤랑 찍어."

"그럼 전 박사님이랑 찍어주십시오."

"새끼야, 그냥 나랑 찍어."

곽수환이 사진을 테이블에 내려두고 문길의 어깨에 손을 얹었다.

"넌 얹지 마라."

"그럼 어깨에 기댈까요?"

"내 어깨는 석 박사 전용이야."

석화는 카메라 렌즈를 한쪽 눈에 가져다대고 위치를 가늠했다.

"그럼 찍습니다. 하나, 둘, 셋."

셔터 눌리는 소리가 경쾌했다. 위잉, 하는 소리와 함께 필름이 빠져나왔고 석화는 곧장 문길에게 넘겼다.

곽수환은 모르겠지만 사진이 찍힐 때 문길은, 애교를 부리듯 가슴에 손을 교차해 고개를 기대는 우스꽝스러운 포즈를 취했다. 문길이 말하지 말아달라는 듯 눈을 찡긋했다.

테이블에 둔 석화와 곽수환의 사진은 이제 인화 마무리 단계였다. 아니나 다를까, 주먹을 쥔 사진은 눈을 감고 있었다.

"우리 석 박사는 여전히 사진발 잘 받네."

말은 그렇게 했지만 오히려 곽수환이 더 훤칠했다.

"내가 가져도 돼요?"

"그럼."

석화는 그가 사준 지갑에 폴라로이드 사진을 꽂아 넣었다. 나머지 한 장도 완전히 선명해졌는데, 석화는 그 또한 제가 갖고 싶어졌다. 그렇게 집착하던 돌만큼이나.

석화는 사진을 들어 제 얼굴을 가렸다. 웃고 있는 자신과 그 모습을 바라보고 있는 곽수환이었다.

"왜 그래, 잘 나왔는데?"

"내가…… 이렇게 웃어요?"

"평소에도."

곽수환은 몇 번이고 볼 수 있던 석화의 얼굴이었다. 이따금 자다가 먼저 깨어난 석화는 저렇게 자신을 바라보고는 했다.

"나란히 보니까 우리 되게 잘 어울리지?"

그가 석화의 얼굴에서 사진을 떼어냈다. 눈이 맑아서 금방이라도 투명한 결정을 쏟아낼 것만 같았다.

"맞아요. 천생연분이에요."

하하, 곽수환이 소리 내 웃었다. 다른 누가 봐도 상관없다는 듯 솔직했지만, 어차피 부부는 문길과 한창 수다를 떠는 중이었다.

문길은 일부러 부부에게 있는 일 없는 일, 지금까지의 이야기를 아는 대로 다 끄집어냈다. 그러지 않으면 오히려 제가 화병이 생겨 죽을지도 몰랐다. 이 부부들이 또 다른 누군가에게 이야기를 전달하고 전달해, 자기 대장과 석화 박사가 고생한 것만큼 보답을 받았으면 했다.

문길에게 곽수환과 석화는 영웅이었다. 자유의 시대를 열어 준 장본인들의 이야기는 후대에도 회자되어야 했다. 그 사명감에 문길은 잔뜩 흥분해서 문길표 영웅대서사시를 늘어놨다. 이야기를 듣는 부부의 눈에도 흥미가 가득해 밤새 신이 난 건 당연했다.

　　　　　◆ ◆ ◆

　오전이 되자 곽수환은 문길이 가져온 군 제복을 차려입었다. 레인보우 시티 군 정복에 딸린 넥타이도 솜씨 좋게 맨 뒤였다.

　석화는 차려 입은 정장도 어색했고, 넥타이를 잘 맬 줄도 몰라서 목에다 걸어만 두었다. 곽수환이 넥타이 양 끝을 손에 쥐고 석화를 끌어당겼다. 한 차례 더 정리해준 머리카락은 단정했고, 위에서 내려다보면 폭신폭신한 느낌도 들었다.

　곽수환도 반대편에서 넥타이를 매니 익숙하지가 않아 몇 번 고개를 갸웃했다. 그러더니 석화의 뒤로 가서 제 몸에 감듯 타이를 묶었다. 그의 손이 턱에 살짝 부딪힐 때마다 간지러움에 어깨가 움츠러들었다.

　"갑갑해?"

　"아뇨."

　그는 석화의 앞으로 다시 가서 소매의 커프스단추도 알맞게 채워주었다. 슈트를 사온 부하는 눈썰미가 제법 있는지 차콜색의 넥타이가 석화의 피부와 잘 어울렸다.

　원래도 하얀 사람인데 검정 슈트를 입혀 놓으니 더 금욕적으로 보여, 제가 매준 넥타이를 다시 끌어내리고만 싶었다. 곽수환은 주먹을 가볍게 쥐었다.

　"이렇게 보니 더 잘생겼다, 우리 석화 형."

　몸은 말랐지만 비율이 좋아 군더더기 없이 핏이 딱 떨어졌다.

"곽 소령님이 더 잘 어울려요."

그만큼 군 제복이 잘 어울리는 군인은 본 적이 없었다.

"얼마만큼?"

또 확인받고 싶어 한다.

"그 얼굴로 자지 같은 말은 안 할 것 같아요."

석화는 깊이 생각하지 않고 지금 제가 느끼는 감상을 솔직히 털어놓았다. 허를 찔린 그는 한동안 얼이 빠져 있다가 장난스럽게 얼굴을 들이댔다.

"그럼 이제부터 생식기라고 할까?"

똑똑, 그때 누군가가 방문을 두드렸다.

문이 빠끔히 열리며 얼굴을 드러낸 건 아내였고, 그 뒤로는 남편도 보였다. 그들의 눈은 다른 어떤 때보다 사명감으로 가득 물들어 있었다.

문길에게 저 둘이 어떻게 살아남았고, 어떤 고통을 겪었는지 들었기에 경외심도 담겨 있었다. 물론 문길이 그들을 조금 더 영웅으로 포장하기도 했다. 일전에 대장이 들려줬던 관우의 일화도 문길이 듣기엔 말도 안 됐다. 적장의 목을 치고, 차가 식기 전에 돌아오겠다니. 그러니까 원래 위인전은 다 그런 게 아닌가. 문길은 스스로에게 타당한 이유를 찾아냈다.

"준비됐어? 우리는 됐어. 두 사람이 그렇게 고생해서 우리 시민들을 자유롭게 해주었는데, 그걸 사칭하는 놈들이 있다니 말도 안 되지!"

남편이 불끈 주먹을 쥐고 분개했다.

"저희만 갈 겁니다. 문제 생겼을 때 못 구해드려요."

곽수환은 남편의 사명감을 바늘로 찌르는 수준도 아니고 손으로 눌러 터뜨려버렸다.

"이, 이보게. 우리도 도움이 될 게야."

"저도 반대합니다. 위험해서 안 돼요."

석화도 고개를 저었다. 그뿐만 아니라 막상 부부가 위험해지는 일이 생긴다면 곽수환이 구하려고 할 텐데, 그랬다가 그가 다치는 상황만큼은 피하고 싶었다.

"그런데 우리가 안 가면 준이 엄마가 도망가지 않겠어?"

"그건 문제가 없습니다."

어젯밤, 곽수환과 석화는 잠들기 전에 수많은 대화를 나눴고, 그게 둘만 가도 되는 이유였다.

오늘, 다섯 시간 전. 부산의 가정집.

"그거 알아? 우룡산에 동백꽃도 많이 피더라?"

곽수환이 뒤에서 석화를 끌어안고 속삭였다. 부부가 내준 방은 둘째가 쓰던 곳이었다. 싱글침대에 둘이 누우니 빈 자리가 거의 없다시피 했다. 심지어 곽수환의 발은 침대 밖으로 삐죽이 나가버렸다.

"동백꽃이요?"

"전에 자기 주려고 주웠었거든. 하도 연약해서 뭉개지는 바람에 버렸지. 내일 가다가 있으면 제일 예쁜 놈으로 주워줄게."

"혹시 내가…… 최호언 박사한테 납치당했을 때예요?"

석화는 제 배에 깍지를 낀 그의 손을 감쌌다. 곽수환은 그때 생각은 하기도 싫다는 듯 어리광을 부리며 석화의 목덜미에 코를 문질렀다.

"그런데 희한하지? 에덴동산도 부산에서부터 시작됐잖아."

"파라다이스가 에덴동산 잔존 세력일 거라고 생각해요?"

"조금은."

사실 석화도 그렇게 생각했다.

왜냐하면, 에덴동산은 생명의 나무이며 구원자라 자신을 떠받들던 무리였기 때문이었다. 그리고 파라다이스를 세운 것도 저를 사칭한 자이기 때문에 필연적으로 연결될 수밖에 없었다.

"왜들 그럴까요?"

석화가 무엇인지 정확하게 지칭하지 않아도 곽수환은 알 수 있었다.

"자기들이 틀렸다는 걸 인정하기 싫을 테니까? 굳게 지키고 있던 믿음이 사실은 잘못된 것을 아는 데도 이미 돌이킬 수가 없는 거야. 애초에 첫걸음이 빗나가버린 거지. 다행히 나는 석 박사가 있어서 지금도 사람답게 사는 거고."

"소령님은 원래도 사람다웠어요."

"언제는 개라며, 왈왈."

크르릉, 흉내까지 내며 목을 깨물자 석화의 뱃가죽이 울렸다.

"어? 웃었지?"

"웃었어요."

"솔직히 말하는 건데, 가끔 그런 생각을 해. 아담은 원래 사람이었잖아. 그렇게 따지면 내가 죽인 사람은 셀 수조차 없을 텐데, 혹시 그런 짓에 맛들인 게 아닐까. 세상이 변했어도 내가 또 그러지 말라는 법은 없잖아. 누군가가 석 박사한테 해코지를 하면 난 참을 자신이 없거든. 그 시민 대표 새끼 말이 맞을지도 몰라. 돌연변이들한테 목줄을 채워야 한다고."

그는 제 안의 폭력성을 말하는 듯싶었다.

"그래서 자꾸 곰하고 싸우려는 거였어요?"

"그건 농담이었거든."

"알아요. 그리고 안 그럴 거라는 것도 알아요."

"어떻게 알아?"

그가 석화의 위로 휙 올라탔다. 따뜻한 조명 아래서 둘의 시선이 그보다 더 온화하게 엉켰다.

"죽이는 게 더 쉬운데, 그런 건 익숙해지면 안 되는 거라서."

곽수환이 눈을 키웠다.

"그 말 항상 지켰잖아요. 정말 힘든 상황에서도 지켜줬잖아요."

석화가 손을 뻗어 그의 차가운 피부에 손바닥을 가져다 댔다. 그러나 더는 차갑지 않았다. 자신의 체온도 곽수환처럼 변해가고 있었으니까.

"그래서 제대하려고 한 거예요?"

"……."

전쟁을 겪은 세대는 두 번 다시 전쟁이 일어나서는 안 된다는 사실을 누구보다 뼈저리게 알고 있다. 천둥소리와 자동차 경적 소리조차 그들에게는 폭탄 같은 트라우마를 안겨줬다. 그리고 저나 곽수환은 기억의 첫 시작부터 세상이 전시 상태였다.

살기 위해 아담을 죽여야 했지만, 후대의 누군가는 죽이는 방법이 너무 잔인했다고 손가락질할 수도 있었다. 그러나 그건 아담을 겪어보지 못한 이들의 속편한 소리일 것이다. 우리는 늘 생존하기 위해서 발버둥 쳤다. 거기에 누구도 침을 뱉을 수는 없다.

"과도기잖아요. 우리도 충분히 익숙해질 수 있어요."

석화는 그가 했던 모든 말을 그에게 돌려주었다.

"그리고 이희찬 총리가 소령님이 제대하는 거 가만 안 둘걸요."

"내가 싫다는데 가만 안 두면 어쩔 건데."

"미안해하기는 해야 해요. 일이 잘 해결됐으니 다행이지, 아니었다면 우리 때문에 전부 죽었을 테니까."

"우리 아니었으면 어차피 다 뒈졌을걸. 최호언 새끼 못 막았으면."

"그런 일은 안 생겼잖아요. 보답받기 위해서 한 일도 아니고."

석화가 곽수환을 제 품으로 끌어안았다. 여전히 억울한 것투성이처럼 보이는 그의 등을 두드렸다. 그리고 언제나처럼 말에 마음을 담았다.

"그냥 우리 둘이 사람답게 살려고, 우리가 살고자 발버둥친 것뿐이야."

어깨로 그의 얼굴이 짓눌렸는데 다른 곳보다 닿은 눈가가 뜨거웠다.

"난 형만 안 아프면 돼. 형 아프게 한 새끼들은 앞으로도 다 가만 안 둘 거야."

"그럼 곽 소령님부터 혼나야겠네."

그가 획, 고개를 들었다. 눈은 조금 붉기만 할 뿐이었다.

"난 기분 좋게 해주는 거잖아."

그건 그랬다. 석화는 그가 해주는 것처럼 앞머리를 손으로 몇 번이고 쓱쓱 넘겨줬다.

"나한테 좋은 생각이 난 것 같아요."

"여기서 섹스할 생각?"

석화는 천천히 곽수환의 입술을 엄지와 검지로 잡았다. 힘도 안 실려 있고, 동작도 느릿해서 피할 수 있었지만 그는 어디 꼬집어보라면서 입술을 내밀기까지 했다.

"일단 들어봐요."

이번에는 석화가 곽수환의 위에 올라타 앉았다.

"저랑 곽 소령님을 사칭한 거잖아요. 그렇게 절반의 진실로 사람들을 모은 거고요."

"그렇지?"

"명예가문은 지금껏 백신을 제가 개발했다는 사실을 발표한 적은 없어요. 그러니까…….."

이야기를 하는 내내 엉덩이를 찌르는 건 곽수환의 말에 따르면 불가항력이었다.

◆ ◆ ◆

"한마디로 사칭범을 박살내는 건 진짜라는 겁니다."

곽수환은 석화가 그런 선택을 할 줄은 몰랐지만, 저에게는 쾌거였다. 그래서 그는 좀 더 공을 들여서 석화의 슈트 차림을 손봐주었다.

곽수환은 버릇처럼 장갑을 끼려다가 쓰레기통에 넣었다. 남편은 후다닥 달려가서 아까운 걸 왜 버리느냐고 서둘러 챙겼다. 나중에 경매 시스템이 생기면 비싼 값에 팔 생각인 게 훤히 드러났다.

"그 계획대로 가게 되면 자네들이 위험해지는 거 아닌가? 명예가문들이 가만있겠어?"

"그건 그때 가서 생각하죠."

곽수환의 제복은 전과 같았으나 견장만큼은 회색이었다. 부부의 집 앞에는 군용 지프 한 대가 대기 중이었다. 그 누가 봐도 상관없다는 듯 엔진 소리조차 시끄러웠다.

석화는 마지막으로 전신 거울 앞에 서서 옷매무새를 점검했다. 흐트러짐 하나 없이 각 잡힌 슈트는 움직이기 불편했지만 그 덕에 자세는 더 반듯했다.

"나르시시즘 되면 안 돼. 물에 빠져 죽었잖아."

"그냥 본 거예요."

"솔직히 본인이 잘생겼다고 생각했지?"

"조금요. 근데 곽 소령님 옆에 와서 있으니까 바로 사라졌어요."

"왜, 자기랑 나는 스타일이 다른 거야. 난 석 박사가 딱 내 취향이야."

"내 취향도 곽 소령님이에요."

곽수환이 주변을 한번 둘러봤다가 석화의 입술에 쪽 뽀뽀했다.

"난 진짜 복 받은 새끼야."

"나도요."

석화는 큰일에 앞서 그를 꺼안고 심장 소리를 들었다. 전장에 나갈 때 북을 치는 이유가 사기를 북돋기 위함이라던데, 심장이 박동하는 소리에 석화도 자신감을 얻을 수 있었다.

"가요."

그는 저를 안는 바람에 흐트러진 석화의 앞머리를 다시 정리해주었다. 드레스룸을 빠져나와 부부에게도 인사를 했다.

"행운을 비네."

"포상금과 훈장 약속은 지킵니다."

"그러려면 살아 있기나 하게."

"어르신, 시티에서 절 죽일 수 있는 사람은 없습니다."

곽수환은 남편과 아내에게 차례로 악수했다.

"많이 신세 지다 가요. 감사했습니다."

석화도 인사를 하고, 안녕은 악수로 고했다.

밖으로 나오니 이채윤과 양상훈이 지프에 앉아 밖으로 손을 내밀었다. 탕탕, 문짝을 두드리고 뒤에 타라는 수신호를 보냈다.

석화가 먼저 뒷좌석에 올라타니 이채윤이 눈을 빛내며 뒤를 돌아봤다.

"박사님, 오늘 너무 멋있다. 나랑 결혼할까?"

"꿈도 꾸지 마."

곽수환이 뒷문을 닫으며 툭 내뱉었다. 부부는 나와서까지 손을 흔들고 있었다.

"박사님, 저 사람들은 누구입니까?"

양상훈은 저에게 흔드는 게 아닌데도 손을 같이 흔들어주었다.

"학습센터 선생님이셨대요."

"그래? 저 사람들은 어떻게 알았어? 박사님 낯선 사람 싫어하잖아."

"이제 안 그래요."

석화가 조용히 웃었다. 이채윤이 번개라도 맞은 듯 놀랐다가 마찬가지로 같이 웃어주었다.

아무도 혼자인 사람은 없다. 부부의 작품인 스킬자수는 본질을 꿰뚫고 있었다.

레인보우 시티에 돌아온 이상 곽수환과 저, 단둘이서만 살 수도 없었다. 애초에 아담 바이러스 백신을 만들고자 했던 이유도 자유 속에서 그와 함께 살고 싶기 때문이었다. 말을 건네준 부부 덕분에 새로운 정보도 접할 수 있었으며, 레인보우 시티에서 살아가야 할 길까지 힌트를 얻었다.

자신과 곽수환은 동떨어진 섬이 아니었다. 밖이 어찌 되든 자기들만 호의호식하던 옛 상부야 말로 섬이었고, 실제 그들이 터를 잡은 곳도 그랬다.

우룡산으로 향하는 동안 석화를 비롯해 차 안의 모든 이들이 말을 아꼈다.

오전 6시 50분. 차로 올라갈 수 있는 곳까지 지프를 몰았고 나머지 길은 도보로 이동했다. 무장을 한 상태는 아니나 넷 다 전부 권총 홀스터를 차고 있었다. 곽수환의 말대로 한겨울임에도 붉은 동백꽃이 만개해 있었다. 눈가루를 머금고 있는 동백꽃은 이상하게도 추워 보이지가 않았다. 폭설에서 피어난 꽃처럼 자연스럽게 꽃잎 사이사이에 눈을 품고 있었다.

손을 뻗어 꽃을 딴 곽수환이 툭툭 눈을 털어냈다. 그러고는 석화의 귀에 꽂았다.

"한번 해보고 싶었어."

석화는 분명 우스꽝스러울 거라고 생각했지만, 그가 준 것이니 귀에서 떼어내지 않았다. 오히려 곽수환이 옛 절터의 해탈문 앞에 다다르고 나서야 떼어내주었다. 마치 이 모습은 저만 봤으면 좋겠다는 심보였다.

"둘 다 석 박사 엄호 가능하지?"

"응, 이 정도 거리면 충분히 가능해."

"근데 그놈들이 오기는 올까? 박사님이 전화번호 알려주신 대로 그 신도 집도 추적했는데, 집 안에 파라다이스에 관련한 건 찌라시밖에 없더라고요. 교리책 같은 것도 전혀 없었어요."

방송국과 연결되어 있는 신도를 추천해주겠다고 했을 때, 사칭범이 그녀를 우수신도로 인정했다고 말했다. 달리 해석해보면 그들은 방송을 통해 뭔가를 알리고 싶어 하는 것이다. 최호언이 했던 것처럼 사람들을 현혹하기 위해서라면, 전부 검거해야 한다.

7시까지 만나기로 했는데 올라오는 길도 새 한 마리 없이 휑했다. 절은 한 차례 전소도 된 전적이 있어 남은 건 세 개의 입구 중, 해탈문뿐이었다.

곽수환은 지프에서 가져온 무전기를 들었다.

"문길아, 들리냐?"

'감지, 들립니다.'

"우리 말고 올라온 인원 더 없어?"

'개미 새끼 한 마리도 없습니다.'

음, 곽수환이 무전기를 제복 안쪽에 꽂았다. 그러고는 닫혀 있는 해탈문을 손으로 힘껏 밀었다. 석화는 그의 뒤에서 드러나는 옛 절터의 모습을 바라봤다. 검게 그을린 탑과 그 뒤로 문이 굳게 닫혀 있는 종무원 숙소가 보였다. 2층짜리 건물은 보수가 되어 있지 않아 멀쩡한 기와를 찾아보기도 힘들었다. 게다가 사람이 살기에는 너무 을씨년스러웠다.

곽수환이 해탈문을 건넜다. 오래전에는 번뇌를 떨치고 진리를 얻는다 하여 해탈문이라 부른다고 했다. 석화도 그를 따라 절터로 진입하며 차가운 공기를 들이마셨다.

산에서 불어온 바람은 탑을 한 바퀴 휘감고 어디론가 사라졌다.

"그 아줌마가 안 속았나 본데. 바로 플랜2로 넘어갈까?"

"잠깐만요."

석화가 곽수환의 케이프를 붙들었다. 종무원 숙소 뒤쪽에서 누군가가 모습을 드러낸 까닭이었다.

회색 적삼에 바지는 겨울에 스님들이 입는 누빔 승복과 생김새가 비슷했다. 외모를 봤을 때 스물도 채 되어 보이지 않는 소년이었다. 또 그 뒤를 따르는 검은 옷차림의 남자도 같은 또래로 보였다.

"기다리고 있었어요."

소년의 목소리는 변성기가 아직 오지 않은 아이처럼 톤이 높았다.

"우리를?"

"네, 석화 박사님과 곽수환 소령님을요. 저희는 두 분과 싸울 생각은 없어요."

"누구……십니까?"

석화가 그 둘에게 물었다. 저들은 부산의 에덴동산 본거지에서도 보지 못했던 사람들이었다.

"저희가 두 분을 사칭한 건 정말 죄송하게 되었습니다."

소년이 두 손을 앞으로 모으고 공손하게 사죄를 했다. 검은 옷의 남자도 똑같이 행동을 따라 했다. 한낱 저 꼬맹이들을 상대로 전력을 불태우려 했다니, 곽수환은 기가 막힐 따름이었다.

"하, 그럼 신도들은 너희들이 석화 박사랑 나라고 생각한 거고?"

소년이 빙긋 웃었다.

"저희는 두 분이 전부 돌아가신 줄 알았어요."

"그래서 우리 행세를 하면서 사이비 종교를 만들었다?"

"안으로 들어오세요. 저희는 무장 상태가 아닙니다."

물론 무장 상태라고 해도 두려울 것 없었다. 두 소년은 종무원 숙소 문을 열었다. 경첩의 기름칠이 다한 철문이 마치 가벼운 종잇장처럼 무리 없이 밀려났다. 따라 들어가던 곽수환이 철문을 잡고 문을 닫았다. 이채윤과 양상훈이 이러면 어떻게 엄호를 하냐고 욕을 하는 게 눈에 훤했다.

"쟤네도 돌연변이야."

곽수환이 제 뒤에 있는 석화에게 속삭였다. 철문은 일반적인 힘으로는 열 수 없을 만큼 빡빡했기에 충분히 유추 가능했다. 복도에 걸어둔 촛대를 들고 사칭범들이 앞장을 섰다. 등을 고스란히 보인 터라 적대감이 느껴지지 않았다. 석화는 곽수환의 손을 쥐었다. 그도 단단하게 그 손을 맞잡았다.

사칭범들이 안내한 곳은 벽난로가 있는 종무원들 강당이었다. 근 50년 전, 이곳도 아담에게 초토화되기 전까지는 종교에 귀의한 종무원들이 모여 살았던 곳이었다. 그러나 이곳 어디에도 신도들은 보이지 않고 두 소년만이 덩그러니 있었다.

막상 벽난로는 불씨 하나 없었고, 중앙에서 온기를 내뿜는 건 화목난로였다. 소년은 그 위에 올려둔 주전자를 들어 종이컵에 따뜻한 물을 따랐다. 그제야 약지와 새끼손가락이 있어야 할 자리가 휑한 게 보였다. 소년이 따른 물은 총 네 잔이었다. 독은 안 탔다는 듯 그들이 먼저 목을 축였다. 석화도 종이컵을 한 손에 쥐었으나 곽수환은 받지 않았다.

"저희가 두 분을 사칭하면, 분명 저희 앞에 나타나실 거라고 생각했어요. 그런데 나타나지 않으셨죠. 그렇기 때문에 필히 돌아가신 줄 알았습니다."

"죽은 줄 알면 대놓고 사칭을 해도 되나."

소년이 잔잔한 미소를 띠었다. 그간 해탈문을 얼마나 드나든 건지 저 나이 때 아이들이 지을 만한 표정이 아니었다.

"저건 뭔데 한마디도 안 해."

곽수환이 검은 옷을 입은 소년을 가리켰다.

"현강이는 성대를 제거당했어요. 그래서 모든 이야기는 제가 합니다."

검은 소년이 갑자기 천천히 허리를 굽혀 인사했다.

"최호언 박사를 죽여줘서 고맙습니다. 우린 원호 박사가 실험체로 삼은 생존자들이에요."

석화의 몸이 퍼뜩 떨렸다. 넘쳐 나온 물이 손등을 화끈거리게 했다. 그러나 신음 소리 하나도 내지 않았다. 곽수환은 같잖은 수작을 부리면 전부 없애버리겠다는 듯 몸에 한껏 긴장을 실었다. 아직 소년들이지만 둘 다 S클래스일 수 있어 방심할 수는 없었다.

"곽수환 소령님은 일호 형을 만난 적 있죠?"

곽수환은 대답 없이 인상만 썼다. 슬슬 강당 2층으로도 신경이 쏠린 탓이었다.

"안구를 적출당해 눈이 없던 형이요."

소년이 검지를 갈고리처럼 만들어 제 눈을 파는 시늉을 했다.

"마더 시스템 통제실에서요."

곽수환이 그제야 황당한 웃음을 뱉어냈다. 대체 눈도 없는 놈이 그 밑에서 어떻게 기어 올라왔나 했는데, 한 명이 아니었던 거다.

그날 여의도 쉘터 지하 2층을 내려갔을 때 재빠르게 움직이던 사람 형체를 발견했었다. 돌이켜보니 안구를 적출 당한 놈이 그렇게 빠르게 움직일 수는 없었을 것이다.

"그게 너였냐?"

"바로 손전등을 비추시더라고요. 저도 놀랐어요. 그날 저희도 일호 형을 구하고 싶었는데 어쩔 수 없었어요. 형은 자신이 죽음이 얼마 남지 않았다는 것도 알았거든요."

석화로서는 알지 못할 이야기였다. 그날 석화는 당사도에 있었으니까. 그러나 저들이 원호를 비롯해 최호언에게 고통받았다는 것을 깨달을 수 있었다. 그들은 실험체이자 희생자들이었다.

"저희를 사칭한 이유가 뭡니까?"

소년이 품속에 손을 넣었다. 곽수환이 제 뒤에 석화를 숨기고 총을 꺼냈다. 정작 소년이 꺼내 보인 건 바이알 병이었다.

"이것과 비슷한 것을, 그날 일호 형이 전달했었죠?"

'실험실에서 나온 건 이게 마지막이야. 우리를 아프게 하는 건 더 없어.'

그날 받은 병은 최호언과의 싸움에서 깨졌었다.

"그게 뭔데."

"최종 진화 아담 바이러스요. 10분 이내로 치사율이 99퍼센트에 달합니다. 대량생산도 가능하고요."

"그걸로 제2의 최호언이 되려고?"

날이 선 곽수환을 대신해 석화가 소년에게 다가갔다. 저를 막는 곽수환에게 괜찮다면서 고개를 저었다.

"바이러스를 이겨내셨죠?"

멀쩡히 살아 있는 것을 보고 소년이 확신했다. 석화가 아무런 대답을 하지 않아도 소년은 얌전히 병을 넘겼다.

"이건 석화 박사님의 것이에요. 최 박사가 석화 박사님의 혈액에서 추출한 최종 진화 아담 바이러스고요. 이게 정말 마지막입니다."

소년은 곽수환의 경계가 여전해 뒤로 한 걸음 물러났다.

"시티의 상부와 시민들에게 저희가 있었다는 것을 알려주세요. 실험체가 되어 죽은 아이들이 있었다는 것도요. 돌연변이는 전부 시티가 만들어 낸 건데 이제와 돌연변이들을 다시 압박하고 있죠. 저희는 전부 아담 바이러스 보균자가 아니에요. 그런데도 실험체인 것을 알았다면, 지금 의회도 우리를 몰래 없앴을 거예요. 그들이 보기에 실험체였던 우리는 위험 분자니까. 시티는 여전히 변한 게 없어요. 가장 중요한 사실을 온전히 숨기고 있죠."

최호언이 죽고, 아담에게서 자유로워졌으니 끝이라고 생각했다. 그러나 그 이면에는 아직도 숨어 살아야 하는 실험체들이자 돌연변이가 존재했다.

그들은 시민도 아니며 힘이 없기에 자신들을 드러내 보일 수도 없었다. 그랬다가 위험에 빠지게 되면 이들은 애초에 존재하지 않던 것처럼 세상에서 잊히게 된다. 홀로 동떨어진 섬이 되어버리는 거다.

이 아이들이 저희를 사칭한 이유는 그것으로도 충분했다.

석화는 고개를 올려 강당 2층을 봤다. 부서지고 깨진 의자들이 산재해 있었고, 난간에는 몇몇 아이가 보였다. 최호언이 파놓은 쉘터 지하에서 도망 나온 생존자들이었다.

"전부 돌연변이예요?"

"네. 신도들을 모은 건 최호언 박사와 같이 잘못된 행동이었다는 것을 인정합니다. 두 분이 돌아가신 줄 알았고, 저희는 시티를 용서할 수 없었어요. 아무도 진짜 진실을 말하지 않았으니까요. 박사님이 백신 개발자라는 사실조차도 숨겼죠."

그래서 이들은 진실을 찌라시에 섞었다.

만일 러시아에서 돌아오지 않았으면 어떻게 되었을까. 아무런 사실을 모른 채 우리 둘만 행복했을까?

제 손에 들린 바이알 병의 무게가 엄청났다. 섬으로 고립되어 있고자 했다면, 어쩌면 레인보우 시티는 또다시 최호언이 남긴 바이러스에 의해 자유를 빼앗겼을지도 모른다. 그리고 러시

아에서 이 모든 소식을 접하며 절망했겠지. 결코 우리는 행복할
수 없었을 거다.

곽수환은 자신의 케이프를 떼어내 슈트 재킷만 입고 있는 석
화의 어깨에 둘러주었다.

"곽 소령님, 플랜2로 가도 될까요?"

"석 박사가 원한다면."

그럼 쟤들은 어떻게 할까.

그가 눈으로만 물었다.

"지켜줘야죠."

◆ ◆ ◆

석화는 서울에서 각지로 송출되는 방송국을 찾았다. 황제펭
권의 소유 채널이었고, 이희찬은 아직 이 사실을 몰랐다.

그들의 첫 번째 플랜은 만일 만남이 성사되고, 파라다이스가
정말 에덴동산 잔당들이면 문길의 대원들과 곽수환의 동료들을
동원해 전원 현장 체포를 할 생각이었다. 석화는 부부를 데려가
지 않는 이상, 그 플랜을 실행할 가능성은 아주 희박할 거라고
이야기했다.

두 번째 플랜은 바로 석화가 직접 방송을 하는 것이었다.

저희를 사칭하는 무리가 있다면, 그것을 박살내주기 위해 진
짜가 나타나면 됐다. 그러려면 필연적으로 석화 자신이 백신 개

발자라는 사실과, 레인보우 시티에서 혼란을 막기 위해 입막음했던 상당 부분들을 알려야 했다.

레인보우 시티의 안정을 책임지는 이희찬이 결코 좌시하지는 않을 일이었다. 혹은 어쩌면 그녀는 파라다이스 종교 단체의 내막을 좀 더 깊이 알았을지도 모른다. 현재 방송국이 장악당했음에도 아직 이렇다 할 태도가 없는 것을 봐서는 말이다.

황제펭귄은 모든 쉘터를 재정비하며 최호언이 남긴 자료들의 역학조사도 끝낸 상태였다. 제가 처리할 수 없음을 깨닫고 곽수환과 석화를 러시아에서 어떻게든 불러들인 가능성도 무시하지 못했다. 그들이 가지고 있는 최종 진화 아담 바이러스는 결국 석화의 혈액에서 최호언이 추출한 것이니까.

어느 쪽이든 석화는 이미 결심을 한 뒤였다.

문길의 부대는 중장인 곽수환의 명령에 따라 방송국을 장악했고, 황제펭귄의 후계자인 이채윤이 방송을 허가했다. 뉴스를 진행하는 방송국 PD만 얼굴이 허옇게 질려서 손을 덜덜 떨 뿐이었다.

곽수환은 마이크 앞에 앉아 있는 석화의 넥타이를 다시 점검해주었다.

"잘할 수 있겠어?"

"이제 안 고꾸라져요."

"내가 대신 할까?"

"그럼 같이 할래요?"

곽수환은 석화의 머리카락을 손으로 쓱 정리했다.

"잘생겼다, 우리 석 박사. 이제 석화 형한테 반하는 사람 많이 생기면 어쩌지?"

그의 농담을 들으며 식은땀이 찬 손을 닦아 내렸다.

"걱정 말아요. 잘해볼게요."

"나야 항상 믿어."

석화는 자신이 준비한 것들을 테이블에 가지런히 내려두었다.

곽수환은 방송 도중에 문제가 생길 것을 대비해 뉴스룸에는 석화 외에 아무도 남겨두지 않았다. 카메라는 이미 돌아가고 있는 중이었으니 송출은 이 밖에서 버튼 하나만 누르면 가능했다. 만약 방송을 보고 명예가문의 명령을 받은 군인들이 쳐들어온다면 전면전은 피할 수 없을 것이다.

곽수환은 투명한 부스 밖에서 석화를 안심시키려 웃었다. 심각한 상황에서도 가면처럼 미소를 짓는 버릇이 들어서 다행이었다. 어째 석화보다 제가 더 긴장이 되는지 모를 일이다.

마찬가지로 같이 옅게 웃은 석화가 숨을 크게 들이쉬었다.

[준비됐어요.]

"중장님, 이거 진짜 큰일 나는 거 아닙니까? 제 목 날아가는 거 아니냐고요."

PD가 송출 버튼에 손만 올린 채로 전전긍긍했다.

"전부 내가 책임진다니까."

곽수환은 PD를 뒤로 보냈다. 그는 부스와 연결된 내선 마이크에 입술을 가져다 댔다.

"자기, 진짜 준비됐어?"

[시작해도 돼요.]

불쑥 PD가 곽수환의 옆에 다시 와서 섰다.

"하아, 진짜……. 책임진다고 하셨으니까 저는 협박받은 겁니다? 그리고 그거 버튼 하나 누른다고 해결되는 게 아닙니다. '긴급속보'라고 띄워야죠. 기왕 이렇게 된 김에 시청률도 올리고. 어쨌든 중장님이 전부 책임지시는 것으로 알고 있겠습니다."

PD는 이래서는 자신의 예술혼이 망가진다는 듯 직접 송출 기계 앞에 섰다.

"알았으니까 하기나 해."

끄덕하고 내선 마이크를 통해 석화에게 말을 건넸다.

"박사님, 10초 뒤에 바로 시작됩니다. 준비해주세요."

PD가 '긴급속보' 알림을 띄우면서 석화가 앉아 있는 정면 프롬프터에 카운트다운을 시작했다.

석화는 프롬프터 화면에서 점차 줄어가는 숫자를 보면서 정신을 바짝 차렸다. 곧 '1'에 다다르고 방송 'ON' 표시가 올라왔다. 밖의 PD도 지금 시작이라면서 엄지와 검지를 딱 마주쳤다.

[……안녕하십니까? 저는 레인보우 시티 소속 수석연구원 석화 박사입니다. 시민분들께도 마땅히 알려야 할 진실이 있기에 이 자리를 빌렸습니다. 끝까지 들어주시기를 간곡히 요청 드립니다.]

석화는 인사를 하고 카메라를 바라봤다. 할 말은 이미 다 정리를 해두었기에 뇌에 저장된 말만 내뱉으면 그만이었다. 긴장할 것도 없었다. 수많은 사람들이 스크린으로 저를 보고 있겠지만, 지금 이곳에서는 저 밖의 곽수환만이 눈에 가득했다. 자신의 구원자이자 혼자가 아님을 알려준 가족이 저기 서 있음에 힘을 얻었다.

[저는, 제주도 학습센터 출신으로 졸업을 하자마자 여의도 쉘터로 배정받았습니다. 그 안에서 돌연변이와 아담 바이러스를 연구하는 수석연구원이 되었죠. 어쩌면 제 소문을 들으셨을지도 모르겠습니다. 제가 유일한 신종 변이 아담 바이러스의 숙주라는 것을요.]

석화는 아담 키트 포장지를 벗겨내 문제가 없는 새것임을 화면에 확인시켜주었다.

[시민분들이 사용하시는 아담 키트는 제가 개발했습니다. 지금 이 키트에 그 어떤 불법적인 조치도 하지 않았고요.]

총 세 개의 키트에 순차적으로 손을 찔렀다. 세 개 전부 음성 반응이 나올 때를 기다렸다가 키트를 보여준 뒤에 다시 말을 이었다. 물론 이마저도 믿지 않는다면 어쩔 수 없었다.

[보시다시피 저는 신종 변이 아담 바이러스의 숙주가 아닙니다. 또한 7차 아담 바이러스의 숙주도 아니죠. 현재 배포되고 있는 아담 바이러스 백신 또한 제가 개발한 게 맞습니다. 완벽히 효용이 있는 백신이니 믿으셔도 됩니다. 백신을 개발하기 전,

저는 치료제 개발을 막는 기존 마스터들에게 쫓겨 레인보우 시티를 떠나야 했습니다. 올라가 보니 연합국은 무너진 지 오래였고, 기존 마스터들이 체제를 유지하기 위해 아담을 이용했다는 깃도 알게 됐습니다. 저 또한 잘못된 것을 알기까지 오랜 시간이 걸렸죠. 제가 시티를 떠나 있는 동안 새로이 마스터가 된 최호언은 인체실험을 강행해 새로운 아담 바이러스를 퍼뜨려 시티를 궤멸 상태로 빠뜨리려 했습니다. 에덴동산과 연관되어 있다는 건 모두가 알고 계시는 진실 그대로입니다.]

석화는 자꾸만 말라가는 입술을 한 번 달싹거렸다가 다시 시작했다.

[최호언을 막고자 명예가문들과 군인들이 힘을 합쳐 싸웠고, 시티는 지금의 자유를 얻었습니다. 혹자는 돌연변이들을 전부 제어하고 가둬야 한다고 말합니다. 그러나 지금의 시티는 이들의 희생도 있었기에 자유를 얻었습니다. 저를 비롯해 지금 시티에 있는 돌연변이는 대다수 유전자 편집으로 만들어진 아이들입니다. 평범한 사람으로 태어날 수 있었던 아이들을 실험체가 되도록 강제한 겁니다. 문제가 있을 경우는 폐기 처분 당했으며, 그렇지 않을 경우는 실험체로 이용도 당했습니다. 돌연변이들은 괴물이 아니며, 시티의 인체실험으로 태어난 희생자일 뿐입니다. 그들의 희생을 알아달라고 사정하는 것은 아닙니다. 다만 후대에 잘못된 기록이 남지 않기를 바랄 뿐입니다. 제가 방송을 결심한 이유 중에 하나는, 저와 곽수환 중장을 사칭한 종

교 단체 때문입니다. 파라다이스는 사칭범의 소행일 뿐이니 현혹되지 마십시오. 또한 다시 한번 말씀드리나 백신에는 아무런 문제가 없습니다. 시민들은 안심하고 백신을 투여해주십시오. 그것이 아담에게서 완전히 자유로워질 수 있는 길입니다. 이상입니다. 여기까지 들어주셔서 감사합니다.]

석화가 다시 고개를 숙였다.

툭, 마이크에 이마를 부딪치는 소리가 났지만 다행히 방송은 'OFF'로 전환되어 있었다.

긴 말을 막힘없이 한 석화는 그대로 데스크에 머리를 박고 쓰러지고 싶었다. 그러나 단단한 나무 데스크를 쥐고 몸을 일으켰다. 뉴스룸 안으로 들어온 곽수환이 재빨리 석화를 부축했다.

"고생했어."

"⋯⋯고마워요."

석화는 괜찮다며 저 스스로 섰다.

밖에서는 서울에 주둔 중이던 군인들과 곽수환의 동료들이 마찰을 벌이고 있었다. 방송국을 점령하고, 무단으로 방송을 송출한 사유로 석화와 곽수환에게 체포 명령이 떨어졌다.

둘은 서로를 한번 쳐다봤다. 이 역시 예견한 일이었다. 그러나 앞으로 어떤 파란이 일어날지는 그들조차도 예상할 수 없었다. 지금으로서는 동료들이 부상을 입지 않도록 체포에 순순히 응할 뿐이었다.

◆　◆　◆

　레인보우 시티 의회는 근 일주일간 시끄러웠다.

　혁혁한 공을 세운 이들이니 체포까지는 너무하다는 의견과 사회에 혼란을 야기했으니 그에 마땅한 처분을 내려야 한다는 의견이 팽팽했다.

　그동안 문제를 일으킨 둘은 구금되는 대신 이희찬의 배려로 제주도에 내려가 있었다. 제주도는 토착민들과 새롭게 거주지를 이전해 온 사람들로 재개발에 들어간 지역이 제법이었다. 대신 둘이 머무는 곳은 일반 가옥이 아닌 호텔을 개조한 제주도 쉘터였다.

　석화는 쉘터에 도착하자마자 연구실에 틀어박혀 제 신체의 현상을 측정했다. 체온을 한 시간마다 쟀고, 아담 바이러스의 흔적을 찾아내기 위해 혈액을 채집했지만 소용없었다.

　자신과 곽수환의 세포는 쉘터가 지정한 보안 3등급 바이러스(노로, 뇌염 등)에도 전혀 감염이 되지 않는 형태를 보였다. 아담 바이러스의 면역체인 것도 다시 확인하려면 아담 바이러스에 노출시켜야 했지만, 이제 어느 쉘터에도 샘플조차 남아 있지 않았다.

　저희가 가지고 있는 것이 어쩌면 가장 마지막 샘플일 것이다. 그러나 석화는 결코 바이알 용기를 따는 행동은 하지 않았다. 연구자로서의 호기심은 이런 데에 발휘해서는 안 된다.

석화는 모든 조사를 위해 자신의 정자까지 채취해 검사를 해 봤는데, 활동하는 정자의 숫자가 전보다 훨씬 늘어나 있었다. 그뿐만 아니라 지나치게 활동적이었다. 혹시 정계정맥류에 이상이 있는가 싶어 음낭 검사도 했으나 멀쩡했다. 고열에 시달린 뒤에 이렇게 된 건지 아니면 아담 바이러스가 어떤 작용을 한 것인지는 원인 규명이 불가능했다.

다만, 저 또한 곽수환처럼 체질이 변환됨에 따라 다양한 바이러스들에게서 자유로워졌다고 추측할 수 있었다.

실험 돌연변이로 태어났으나 자연변이를 이룩한 것이라면, 이것 또한 진화라고 부를 수 있는 건가?

그런데 그처럼 힘이 세지거나 펄펄 날아다닐 수 없는 건 좀 억울했다.

"밖은 난리인데, 그 주역인 분께서 이렇게 한가로워도 돼요? 걱정도 안 되십니까?"

제주도 쉘터에 거주 중인 유전공학 연구원이 살갑게 말을 붙여왔다.

"괜찮습니다. 어떻게든 되겠죠."

"그래도 여론이 나쁘지는 않아요. 시민들 알 권리를 보장한다고 했으면서 여전히 의회가 저희를 속였다고 각지에서 데모도 일어난다더라고요."

"그렇군요."

석화는 현미경을 뒤로하고 자리에서 일어났다.

"말 붙여주셔서 감사합니다. 전 점심 먹으러 가볼게요."

"또 중장님과 함께하십니까? 언제든지 떠날 사람이라 저희와 내외하시는 거면 섭섭합니다. 다들 같이 어울리고 싶어 해요. 무려 영웅 두 분이신데요. 저는 평생 아이들 데리고 캠핑 같은 건 못 하고 살 줄 알았습니다. 덕분입니다."

"과장이십니다. 그럼 가볼게요."

석화의 딱딱한 말투에도 연구원은 사람 좋게 웃어주고 말 뿐이었다.

석화는 전신 소독을 마친 뒤 조금 빠른 걸음으로 연구실을 벗어났다. 벌써 2시였다. 점심은 12시부터지만, 이 근래 자꾸만 관심 어린 시선이 쏠려 둘은 한적한 시간에 식사를 같이 했다. 곽수환은 먼저 식당에 도착했을 터이니 마음이 조급해져만 갔다.

"자기야, 나 여기 있는데 어디 가."

복도를 빠르게 질러가는데 뒤에서 곽수환이 불렀다. 부리나케 바닥만 보고 걷던 터라 미처 그를 발견하지 못했다.

"기다렸어요?"

"나도 시간이 남았어."

제가 연구실에 있는 동안 그는 제주도 쉘터의 부대 구성을 재정비하고 있었다. 헌병대는 유지해 군에서 일어나는 범죄를 담당했고, 치안부대를 만들어 경찰이 할 일을 역임시켰다.

석화는 복도에 아무도 없음을 깨닫고 곽수환의 손을 잡았다. 하나로 녹아드는 듯 마치 원래부터 한 몸이었던 것처럼 서로의 체온이 같았다.

"내일 모레 영감탱이 내려온다더라."

"그렇게 말하지 마요."

"영감탱이 맞잖아. 오늘내일해야 할 영감탱이인데 날아다닌 대."

"좋은 일이잖아요."

"자기는 걱정도 안 돼?"

석화는 곽수환을 올려다보면서 입꼬리를 살짝 올렸다.

"교도소 갈까 봐서요?"

"만일 우리 교도소에 집어넣으려고 하면 한 방에 넣어달라고 하자. 난 좋아."

엘리베이터가 열림과 동시였다.

"지랄 마. 교도소는 무슨, 너희 내가 골수까지 존나 쥐어짤 거 야."

다름 아닌 모자를 쓴 정장 차림의 이희찬이었다.

"석화 박사, 혹시 탈모 백신 같은 건 없어?"

이희찬이 쓱 고개를 숙여 자신의 정수리를 가리켰다. 미안하 게도 동전 하나만큼 뻥 뚫려 있었다. 오랜만의 대면 인사는 지 나치게 강렬했다.

"인체가 그렇게 단순했으면 영생을 살 수 있는 백신도 진작 개발됐겠죠. 진시황 봐요, 세상 다 가진 황제 영감도 평생 살려 고 발악하다가 훅 갔는데."

석화가 그러지 말라고 곽수환의 손을 한 번 잡아끌었다.

"내가 요즘 쉽게 화 안 내려고 카운슬링 받고 있는 걸 다행으로 알아. 식사하러 가는 길이면 나도 같이 해."

"아, 우리 밖에서 바다 보면서 먹으려고 했는데."

"그랬어요?"

"아니, 지금 정했어."

"그럼 나도 같이 가, 새끼야."

엘리베이터 열림 버튼을 누르고 있던 이희찬은 모자를 다시 눌러 썼다.

◆ ◆ ◆

중문색달해변을 셋이서 바라보면서 샌드위치를 씹었다. 육지보다는 바람이 조금 덜 차가워 손이 시리지는 않았다. 잘게 썬 양상추와 수제 햄버거 패티, 치즈와 과일 소스로 범벅된 샌드위치는 중문에서 가장 인기가 많은 가게 대표 메뉴였다.

아직 해수욕을 즐기기는 한참 이른데 모래성을 만들거나 친구들과 물에 뛰어들었다가 덴 것처럼 튀어나오는 아이들이 보였다.

"이제 육지도 제주도 못지않아."

이희찬은 행여 바람에 모자가 날아갈까 손으로 눌렀다.

"죄송합니다."

전화 통화는 몇 차례고 했지만, 직접 얼굴은 본 건 오늘이
처음이었다. 석화는 진심을 다해 사과했다.

곽수환은 우리가 사과할 일은 없지만, 그래야 석화의 마음이
편해지면 어쩔 수 없다는 듯 샌드위치만 크게 한 입 베어 먹었다.

"죄송할 게 뭐가 있어. 나도 너희도 서로 이용한 건 매한가지
인데. 걔들, 혹시 마지막 아담 샘플 가지고 있었니?"

석화는 바람에 눈을 슬쩍 찡그렸다가 떴다.

"……그건 드릴 수 없어요."

"응, 나도 필요 없어. 그런 무서운 건 없애야지. 그 말 하려고
온 거야. 나는 석화 박사 믿지만, 박사라는 작자 중에 하도 이상
한 놈들을 많이 봤잖아."

그렇지 않니? 이희찬이 달콤한 샌드위치를 먹으면서도 쓴웃
음을 걸쳤다.

"걱정 마세요. 파기할 겁니다."

곽수환이 대답을 하며, 바람이 불어오는 방향에 서서 바람막
이를 자처했다.

"그래, 이건 끝까지 우리끼리의 비밀인 거야. 걔들도 입막음
확실히 된 건 맞지?"

"그 아이들에게 중요했던 건 삶을 무사히 이끌어줄 어른이었
어요. 그 아이들이 생각할 수 있는 사람은 아마 저뿐이었을 거예
요. 분명 최호언 박사가 저를 구원자라고 세뇌했을 테니까요."

파라다이스의 돌연변이 생존자들은 얼마 전 이희찬의 추천

으로 학습센터에 입소했다. 현재는 일반 학생들과 나뉘어 수업을 받고 있지만, 그 아이들은 그곳에서 사회성을 길러 레인보우 시티의 시민으로 합류할 예정이었다.

"최호언이 싸지른 똥 치우느라고 너희나 나나 고생만 하네. 그 새끼는 죽어서까지 괴롭힌다니."

"과도기잖아요."

석화는 이희찬에게도 설핏 웃어주었다.

"너희가 처벌을 받는 일은 없을 거야. 대신 호의적이지 않은 사람들 눈 밖에 나서 쳐다보는 시선이 곱지는 않을 거고. 그건 둘이 알아서 해결하렴."

"누가 보든지 말든지 관심도 없는데 새삼스레."

이야기는 끝난 것 같다며 곽수환이 석화의 손을 잡았다.

"다음 달 중으로는 다시 여의도로 복귀해. 군도 대대적으로 개편할 거야. 곽수환 너 말이야, 너 들으라는 거야."

"나처럼 막 나가는 놈 말고 성실하고 괜찮은 놈 가져다가 써요."

이희찬이 코웃음을 쳤다.

"무능하고 부지런한 지휘관이 나을 것 같니, 아니면 유능하지만 게으른 지휘관이 나을 것 같니?"

"무능하고 부지런한 게 가장 위험한 건지는 알죠."

그가 석화의 입꼬리에 묻은 소스를 엄지로 쓱 닦았다. 제 혀로 가져가 핥는 일도 잊지 않았다. 이희찬은 곽수환의 애정 행각에 눈살을 찌푸리지는 대신 샌드위치만 입에 물었다.

"간다. 암튼 이번 달은 휴가라고 생각하고 좀 쉬어둬. 다음 달 부터는 진짜 골수 뺄 거야, 둘 다."

이희찬이 다시 모자를 누르면서 세워둔 차로 향했다. 그녀는 아마도 곧장 서울로 올라가려는 모양이었다. 석화는 곽수환과 손을 잡고 모래사장으로 향했다. 저기서 바람을 실은 파도가 높게 일었다. 하얀 포말이 모래사장에 닿아 터지는 소리는 귀를 간지럽게 했다.

"어떤 게 나아요?"

석화가 뜬금없는 물음을 던졌다. 곽수환은 재차 묻지 않아도 곧 뭔지 알아차렸다.

"나는 어느 쪽인 것 같은데?"

"……유능하지만 게으른 편이요?"

"이희찬이 말한 것도 그거지. 지휘관은 유능하지만 게으른 게 좋거든."

왜일까, 부지런한 게 좋은 것 아닌가 돌이켜보다가 석화는 다시 샌드위치를 먹었다. 그의 말에 따르면 더럽게 맛없는 콩샌드위치와는 비교도 되지 않을 만큼 맛이 좋았다.

하긴, 유능한 데다 부지런하면 모든 일을 전부 다 자신이 처리하려고 할 거다. 누구도 믿지 못할 가능성이 크기 때문이었다. 그러나 부하가 수천 명이나 된다면 혼자서 모든 일을 처리하기는 쉽지 않다. 아무리 유능해도 고작 한 사람이 할 수 있는 일은 한계가 있었다.

반대로 유능한데 게으르면 주변에 능력 있는 사람들을 잘 활용했다. 왜냐하면, 본인이 일을 적게 하고 많이 쉬고 싶어 하기 때문이었다. 곽수환도 차 중령이나 문길에게도 그들이 할 수 있는 일을 믿고 맡겼다. 거기다 신체적 능력까지 범인 이상이니 금상첨화겠지.

석화는 발에 감기는 모래가 전보다는 덜 무거워 신기했다. 전에는 걷기만 해도 숨이 차고 머리가 어지러웠는데, 역시 사람은 많이 움직여야 기초체력도 붙는 거다.

"업어줘요."

그런데도 더 걷기는 버거웠다.

곽수환은 기다렸다는 듯이 석화의 앞에 쭈그려 앉았다. 석화는 다 먹은 샌드위치 종이를 봉지에 넣고, 손목에 걸었다. 앞으로 쓰러지듯 그의 등에 올라타서는 목을 감쌌다. 비닐봉지가 곽수환의 쇄골에서 바스락거렸다. 별 힘도 들이지 않고 몸을 일으킨 그가 두 다리를 팔로 감싸 지탱했다.

"그렇게 오래된 것 같지도 않은데 벌써 옛날 일 같다."

그가 말할 때마다 닿은 몸에 울리는 감각이 좋았다.

"항상 이렇게 업을 때는 다급한 상황이었는데, 안 달리고 천천히 걸으니까 기분이 묘해. 지금도 뒤를 돌아보면 놈들이 쫓아올 것 같아서 문득 긴장되는 거 알아?"

"금방 익숙해질 거예요."

석화는 그의 뒤통수에 코를 박았다. 차가운 공기가 머리카락 사이사이 들어가 있어 시원하면서도 상큼한 향이 맡아졌다.

"내 머리숱은 어떤 거 같아? 아까 이 총리 머리 보는데 나도 좀 미안해지더라."

"수북해요."

"하하, 형도 복슬복슬해."

곽수환은 일부러 쉘터로 돌아가는 시간을 늦추고자 모래사장을 크게 한 바퀴 돌았다. 석화는 졸음이 쏟아지는지 몸을 완전히 제게로 늘어뜨렸다. 한 번 추슬러 올리고 노래를 흥얼거렸다. 부부가 들었던 〈라비앙 로즈〉가 귀에 남아 있던 탓이었다.

"서울로 복귀하면 집 한 채 사자. 정원도 가꾸고, 거기에 돌도 쭉 전시해두는 거야. 침대도 커다란 거 하나 사고 방은 같이 쓰고. 넓은 집이 좋아, 아기자기한 집이 좋아?"

"넓은 게 좋아요."

"접수했어. 그런데 넓으면 출근하다가 현관에서 기운이 다 빠지는 거 아니야?"

극단적이었다.

"……적당히 넓은 거."

석화는 눈을 끔뻑거리다가 이내 눈꺼풀이 너무 무거워 들어 올리지를 못했다. 배도 든든한 데다 몸이 따뜻해지니 춘곤증이 벌써부터 찾아왔다.

"밤에는 오랜만에 석 박사네 집에 들를까? 어릴 때 사진도 있으면 챙겨서 가져가고."

목소리가 멀어지는 걸 들으면서 석화는 슬슬 잠에 빠지고 있었다. 순간 아담의 괴성이 환청처럼 들려왔지만, 잠을 물리치지는 못했다. 무방비하게 드러난 등 뒤가 더는 두렵지 않음에 그를 조금 더 바짝 끌어안으며 뺨을 기댔다.

파도에 곽수환의 노래가 섞이니 심장도 안정을 찾아 고르게 박동했다.

제 고향이자 기억의 첫 시작인 이곳에서 나갈 때도 그와 함께였고, 돌아올 때 역시 함께였다.

LA VIE EN ROSE

La Vie en rose

RAINBOW
CITY

석화는 누구보다도 곽수환과 밤새도록 붙어 있고 싶었다.

기운이 넘쳐 그에게 맞춰 성행위를 할 수 있다면 얼마나 좋을까. 석화는 기다란 봉을 심각하게 바라봤다. 그러다가 이건 아니다 싶어 도로 서랍에 넣어두었다.

부우웅, 서랍 위의 물체가 진동했다. 곽수환이 사준 휴대폰이었다. 아직 전파가 이곳저곳에서 막힘없이 터지는 건 아니라 사용하는 일은 집 외에는 거의 드물었다.

"여보세요."

'목소리 듣고 싶어서 전화했어.'

오늘 석화는 비번이었다. 곽수환은 출근하는 날이라 이른 오전부터 침대 한쪽이 비어 있었다.

'목소리 좀 들려줘 봐.'

"⋯⋯목소리."

'그게 뭐야. 점심 먹었어?'

얼굴이 보이지 않는 대화는 영 익숙해지지 않았다.

"몇 시에 와요?"

'형도 나 보고 싶지? 6시에 곧장 출발할게. 일부러 나 강남 보내고 자긴 여의도로 찢어놓은 거 알지? 하지만 내가 누구야, 여기 일 해치우고 바로 여의도로 복귀한다. 자기 혼자 밥 먹으면 안 되니까.'

사실 요즘은 연구동 동료들과 같이 점심을 하고는 했다. 저를 싫어하는 사람들은 여전히 있었지만, 그만큼 좋아해주는 사람도 있었다.

"알았어요."

'존나게 사랑해.'

고백과 함께 뚝 끊겼다. 그래서 '나도'라는 말은 그가 들을 수 없었다. 석화는 아직도 어색한 휴대폰의 통화 버튼을 눌렀다.

'왜? 무슨 일 있어?'

곽수환의 목소리가 다급했다. 끊자마자 전화가 걸려오니 무슨 일이 있는 줄 안 듯했다.

"나도."

'……하, 죽겠다. 최대한 빨리 출발할게.'

이번에는 석화가 먼저 종료를 했다. 그의 주변에서 동료들이 뭐라고 말하는 소리가 들렸기 때문이었다. 석화는 휴대폰을 벨소리로 바꿔두고는 소파에서 일어났다.

집을 구하고 이사한 지 얼마 되지 않아 아직 생활감은 크게 느껴지지 않았다. 가구만 들어차 있었는데, 이 근래 상송에 재미를 들인 곽수환은 나팔꽃 모양의 축음기까지 사들였다. 축음기를 구하기는 그리 어렵지 않았지만, LP판을 구하는 게 하늘의 별 따기라고 했다.

석화는 거실을 돌아다니다가 지하벙커로 이어진 바닥의 문을 들어봤다. 아직 대다수 레인보우 시티의 집들은 이런 벙커를 가지고 있었다. 새로 지어지는 집도 벙커를 포기하지 않는 경우가 많다고 들었다. 아담 사태가 다시 발발할 일은 없을 테지만, 아직 사람들의 마음에서 완벽히 두려움이 사라진 건 아니기 때문이었다.

석화는 바닥의 문을 열고서 나무계단을 타고 내려갔다. 계단의 끝에서 스위치를 눌러 전등을 켰다. 곽수환과 자신이 죽을 때까지 간직해야 할 비밀이 이곳에 있었다.

스테인리스 원형 통 안의 바이알 병은 조각난 채로 새까맣게 타 있었다. 최종 진화 아담 바이러스의 최후였다. 눈에 보이지도 않는 바이러스는 불에 의해 이렇게 사멸했다.

아직 레인보우 시티가 타 협력국들과 완전히 열린 교류를 하지 않는 것은 혹시나 싶은 노파심 때문이었다. 외국에서도 신종 변이 아담 바이러스가 발생했다면, 레인보우 시티의 백신은 효용이 없을지도 몰랐다. 그러나 석화가 알기론 자신이 있던 러시아 쪽은 레인보우 시티의 백신으로도 충분히 예방할 수 있었다.

의회에서도 백신을 더욱 대량생산해 국외로 팔아 국력을 올려야 한다는 파와 아직은 시기상조이니 쇄국 형태로 가자는 파로 나뉘어 연일 싸워댔다.

곽수환은 육군 대표 중의 한 명으로 참석했고, 집에 와서는 무능하면서 부지런한 새끼들이 꼭 일을 벌인다고 욕을 해댔다.

석화는 여의도 쉘터 연구원 대표로 단 한 번 참석한 게 다였다. 저는 의회에서 사람들이 소리를 지르고 싸우는 것만 보고 있어도 기가 빨렸다. 그날도 제 책상에 머리를 박고 기절하는 척을 해서 장장 네 시간 만에 빠져나올 수 있었다. 그 이후로도 의회는 다섯 시간이나 계속 진행됐다고 들었다. 끔찍한 일이다.

백신이 팔리는 만큼 석화에게 로열티를 지급하는 법안은 여의도 연구원들이 힘을 모아 의회에 상정했다가 묵살당했다.

명예가문들은 방송을 함부로 장악한 박사와 중장에게 아무런 페널티도 주지 않았으면 됐지, 로열티까지 지급할 수는 없다고 거품을 물었다. 그 와중에 저 두 사람에게 징계를 안 내린 게 분하다, 군의 기강과 시티의 안전까지 위협당했다며 핏대를 세운 여타 대표들도 존재했다.

피식, 석화는 스테인리스 통 앞에서 웃어버렸다.

'불법 방송 장악에 관한 법률은 아직 상정되지 않았고 누구 하나 다친 사람도 없지만, 한 1년 나랑 석화 박사가 교도소에 다녀오겠습니다. 그럼 교도소에 가 있는 동안에도 로열티를 지급하고, 나와서도 계속 지급하시죠. 깔끔하네.'

곽수환이 마이크에 대고 말을 하자 의회는 한바탕 정적이 흘렀다. 결국, 로열티는 없는 일이 됐다. 이제는 돈이 우선인 거다.

벙커까지 울리는 현관 벨소리에 급히 스테인리스 통을 닫아 봉인했다. 석화는 계단을 올라가다가 발을 헛디뎠지만 금세 균형을 찾았다. 벙커 문을 반듯이 닫고 인터폰을 들었다.

"누구세요?"

'저희 왔어요, 박사님.'

석화는 목소리만으로도 방문객이 누군지 금세 알아차렸다. 비번인 오늘에 맞춰 학습센터에서 외출을 나온 두 친구가 방문하기로 했었다.

"금방 나가요."

생각보다 이르게 찾아온 터라 준비를 못 한 석화는 슬리퍼만 신고 나가서 대문을 열어주었다.

"어서 와요."

정원을 질러가는 동안 숨이 조금 차버렸다.

"안녕하세요, 박사님. 이건 집들이 선물이에요. 집에 처음 방문하면 이렇게 해야 한대요."

말을 할 수 없는 현강과 석화를 사칭했던 대훈이었다. 석화는 대훈이 내민 두루마리 화장지 세트를 놀라 바라봤다.

"용돈도 적을 텐데."

"이 정도 살 만큼은 있어요."

"고마워요. 얼른 들어와요."

석화가 화장지 세트를 대신 건네받자 얼굴색이 많이 밝아진 두 소년이 고개를 저었다.

"왜 그래요?"

"아직 저희 둘 다 감시 기간이거든요."

대훈이 눈짓으로 뒤를 가리켰다. 제복을 입은 군인 두 명이 스쿨버스 앞에서 기다리는 중이었다.

"자유인이 되려면 올해는 지나야 한다고 하더라고요."

안타깝지만, 감시관이 있어야 외출이 가능한 건 어쩔 수 없는 일이었다.

"학습센터에서 생활하기는 괜찮아요? 힘든 일 있으면 언제든지 이야기해요."

"박사님, 그때보다 더 나빠질 삶은 없어요. 지금은 하루하루가 꿈같아서 저희도 익숙해지려면 올해는 지나야 할 것 같아요. 정말 고맙습니다."

그들이 외출이 가능하게 된 이유도 학습센터에서 잘 적응했기 때문이었다.

"근데 돌이 진짜 많네요."

대훈이 정원을 보고 킥킥 웃었다. 그건 현강도 마찬가지였다.

안에 작은 연못도 하나 있었는데, 그 둘레를 감싼 돌은 전부 제주도의 집에서 가져온 것들이었다. 그리고 곽수환이 제주도에서 배로 실어 온 돌하르방도 옆에 우뚝 서 있었다.

"맞아요, 돌이 좀 많죠. 다음에 자유 외출이 가능하면 꼭 연락해줘요."

"네! 군인 형들이 자꾸 눈치 줘서요, 이만 가볼게요."

"정말로 연락해요. 휴지도 잘 쓸게요."

현강도 잘 있으라며 고개로만 인사를 했다. 눈치를 준다는 말과 다르게 둘은 스쿨버스를 지키는 군인과 나름대로 친해 보였다. 버스로 올라타는 둘의 머리를 장난스럽게 쓰다듬으니 싫지는 않은지 기분 좋게 웃었다.

대훈과 현강은 바이알 병에 담겨 있던 바이러스가 어떻게 됐는지 궁금할 법한데도 끝끝내 묻지 않았다. 그들에게는 없는 사실이 된 것이다. 그래서 석화도 말을 꺼내지 않았다.

방송을 통해 돌연변이에 대해 알렸지만, 정말 저희만 알고 가야 할 진실 또한 발설하지 않았다. 최종 진화 형태의 아담 바이러스가 있었다는 것. 그것이야말로 무덤까지 가지고 가야 할 비밀이었다.

석화는 구멍이 숭숭 뚫린 돌하르방을 보면서 멋있는데, 속으로만 중얼거렸다.

새집에는 사람들이 종종 찾아왔다. 지금은 강남 쉘터에 있는 영감도 둘러보고 혀를 차고 갔고, 이채윤이나 양상훈은 와서 술을 먹고 뻗을 때마다 곽수환에게 쫓겨났다. 돌하르방 코 한쪽에 금이 가 깨져 있는 건 내쫓긴 이채윤이 열 받는다고 주먹질을 하고 간 결과물이었다. 석화는 그다음 날 접착제로 돌하르방 코를 복구해줘야 했다. 그래도 금이 간 건 눈에 잘 보였다.

집으로 돌아와 다용도실에 두루마리 휴지를 가져다 놨다. 세트라 그런지 생각보다 무거워 소파로 돌아와서 잠시 드러누웠다. 제 안의 정자는 속된 말로 미쳐서 날뛰는 수준인데, 몸은 여전히 허약 체질이었다.

석화는 곽수환이 알려준 대로 운동을 하려고 소파에서 바닥으로 내려갔다. 소파 밑에 접어둔 매트를 펼쳐서 그 위에 또 대자로 뻗어 누웠다. 한 몇 분 그렇게 체력을 비축하고 나서 일어났다.

오른발을 앞으로 내밀고 무릎을 접으면서 하체를 지탱했다. 허리를 꼿꼿하게 세우고 하반신만 움직이는 터라 여간 힘든 게 아니었다. 일어날 때는 엉덩이의 힘으로 올라오라고 했는데 석화는 전신의 힘이 다 들어갔다. 10회를 하고 나서는 다시 매트에 뻗었다. 그래도 처음보다는 많이 늘었다. 처음은 겨우 3회였다. 게다가 조금 욕심을 들여서 운동하면 다음 날 꼭 탈이 나서 하루 종일 앓아야 했다.

몇 회 더 할까 하다가 그냥 드러누웠다. 어쩔 수 없이 낮잠이 몰려올 시간이었다.

◆ ◆ ◆

레인보우 시티는 나날이 경제가 발전하고 있었다. 노하우는 이미 옛사람들에게 있었으니 아담이 사라지자마자 엄청난 속도로 회사들이 들어서고 자영업도 성행했다.

그러나 그 변화에 적응하지 못하는 사람들도 수많았으며 대표적인 예가 바로 몇몇 군인이었다.

며칠 전 강남의 금은방에 강도가 들어 조사해보니 군인의 소행이었다. 금은방이니만큼 감시카메라를 갖추고 있었는데, 군인은 예전 생각만 한 건지 아예 대놓고 금과 보석을 털었다. 도둑질한 사유는 더 가관이었다.

여자친구한테 주려고 했는데요.

양상훈이 죽여버린다는 것을 부하들이 간신히 말렸고, 놈은 헌병대 조사실로 인계됐다.

아담이 사라졌으니 한가하지 않을까 싶었지만 큰 오산이었다. 다른 놈들의 말처럼 할 일이 산더미로 변했다. 아담이 없으니 군법도 대대적으로 개편 중이었고, 변화에 불만을 가진 군인들이 속출했다. 시민들을 협박하고 돈을 뜯는 버릇을 못 버린다싶은 놈들은 군에서 퇴출당했으며 헌병 교도소는 연일 포화 상태였다.

이제는 군대가 모든 시민과 군인을 전부 제어할 수는 없었다. 곽수환은 삼권분립의 필요성을 뼈저리게 느꼈다. 그조차도 세밀하게 분리가 되려면 적어도 몇 년은 소요될 것이다. 아담 출현은 세상을 완전히 뒤집어 놨으니 사라진 뒤에도 이렇듯 영향은 남아 있었다.

"지리산에서 아담에 감염된 것으로 보이는 곰을 발견했습니다."

하아, 곽수환이 혼을 내뱉듯이 한숨을 쉬었다.

보고를 해온 이는 곽수환을 보필하고자 발탁된 정보보안부의 소령이었다. 마지막 아담 사태 때 부엉이 가문을 도와 정보보안부 부대를 이끌어 현장 정보를 제공했고, 그 덕에 훈장을 받은 전력도 있었다.

"지리산은 반달곰이냐? 어쨌든 그건 경남 놈들한테 맡겨."

"아담이 된 곰이, 일가족이랍니다. 한두 마리가 아닌 것 같다고 합니다. 그쪽에서 저희에게 지원을 요청해왔습니다."

"조운이 보내."

"조운 중령님은 지금 강원도에 가 계십니다."

그러고 보니 조운도 엊그제 동해에서 일어나는 방화사건을 해결하기 위해 지원을 나가 있었다.

"그럼 여기 애들 A급으로 세 명으로 구성해서 내보내고, 48시간 이내로 해결하고 복귀하라고 해. 이 시간 이후로는 차학현 소장한테 상황 판단 맡겨. 난 퇴근한다."

곽수환이 책상에서 일어나며 케이프도 떼어내 옷걸이에 걸었다.

"내일 비번이십니다."

"그런데."

"제가 주제넘었습니다. 혹시 모르실까 봐 알려드렸습니다."

너 내일 비번인데 오늘도 일찍 퇴근하냐? 그 뜻이었다.

"인간적으로 나한테 일 장난 없게 쏟아지는 거 인정하지?"

"의전하겠습니다."

"됐어. 차 소장한테나 가봐."

곽수환은 차 키를 챙겨서 재빨리 강남 쉘터 지하로 내려갔다. 석화가 나도, 라고 했다. 그럼 당장에 가줘야지. 그리고 제 피와 살을 다 내어주면서 군에 희생해봤자 저만 손해다. 딱 할 일만 해야지, 쓸데없이 일을 잘하면 더 쏟아지게 주는 법이다.

이제 오후 3시가 조금 넘었으니, 20분이면 도착할 거다. 곽수환은 군용 지프를 몰았다. 최근 도로에는 지프가 아닌 일반 자동차들도 슬슬 모습을 드러내고 있었다. 군 지프를 만들던 공장이 생산라인을 따로 개설해 자동차를 제작하고 있기 때문이었다. 그런데도 도로는 여전히 한산했다.

예전에는 도보로 10분밖에 안 되는 거리가 밀리면 한 시간도 정체될 때가 있었다던데, 지금 레인보우 시티에서는 있을 수 없는 일이었다. 인구가 전과 비교해 턱없이 줄어들었고, 그간 인구 규제 정책을 펼친 탓도 있었다. 그러나 지금 시티가 내건 슬로건은 전과 반대였다.

아이는 우리의 미래, 아담이 없는 세상에서 여러분이 꿈꾸던 행복한 가정을 꾸려보세요.

곽수환은 현수막 밑을 빠르게 지나갔다. 모든 학습센터는 전면 무료로 이용 가능했고, 시민으로 등록되면 나이가 찼을 때 무조건 입학을 해야 했다. 20대 미만의 문맹률이 현저히 줄기 시작했다니 잘된 일이겠지.

대문 앞에 차를 세우고 그는 문을 여는 대신에 담장을 뛰어넘었다. 집 키를 가져오지 않은 것도 맞고, 석화를 놀래주고도 싶었다. 성큼성큼 걸어서 돌하르방 코가 잘 붙어 있나 두드리고 곧장 현관을 열었다. 문은 항상 잠그고 있으라니까. 분명 낮잠이 들었는지 문단속도 잊은 모양이었다. 곽수환은 현관에 놓여 있는 석화의 슬리퍼를 보고 안심했다.

곽수환은 곧장 군화를 벗고 저희의 집 안으로 발을 디뎠다. 거실 소파 밑에서 매트를 깔고 자는 석화가 보였다.

저기 TV 장식장에는 좆돌이 당당히 올라와 있었다. 전보다 돌에 대한 집착은 줄었는데 막상 주면 좋아했다. 그 돌 옆에는 폴라로이드 필름 사진이 담긴 액자 두 개와 낡은 큐브가 놓여 있었다.

"행복한 가정."

곽수환이 현수막 문구를 중얼거렸다. 순간 용솟음치는 감정을 주체할 수가 없었다.

살아.

그래, 어머니가 맞았다. 살아 있어서 느낄 수 있는 것이다. 곽수환은 매트에 누워서 여전히 잠들어 있는 석화를 단숨에 끌어안았다.

"으읏!"

기겁하면서 소스라치게 눈을 뜬 석화가 겁에 질린 얼굴을 했다. 너무 놀라기에 곽수환이 미안하다면서 연신 이마를 쓸어주었다.

"미안, 놀랐어?"

석화는 쿵쾅거리는 심장을 애써 가라앉히려 노력했다. 갑자기 놀라게 할 때 경기를 일으키는 건 아마 석화뿐만 아니라 레인보우 시티의 모든 사람에게 심어진 트라우마일 거다.

"이제 여기에는 아담 같은 건 없어. 자기가 다 조져놨잖아, 안심해도 돼."

석화는 고개를 끄덕거리면서 그를 끌어안았다. 그러나 석화는 아담인 줄 알고 놀랐던 게 아니었다. 이따금 찾아오는 악몽의 반복일 뿐이었다.

꿈에서는 제가 산장에 홀로 남아 있는 게 바로 현실이었다. 하염없이 기다려도 돌아오지 않는 그 대신 제가 총으로 쏜 최호언이 나타났다. 최호언은 이미 시체가 된 곽수환의 팔을 붙들고 산장을 기웃거렸다. 더는 살아 있을 필요가 없었다. 저도 죽고자 곽수환에게 달려 나가는 순간, 갑자기 몸에 닥친 충격에 소스라치게 놀라버린 것이다. 그래서 석화는 그의 팔과 얼굴을 손으로 한참이나 쓰다듬었다.

쪽, 쪽쪽, 손바닥에 키스를 해오는 그가 이내 입술로 다가왔다. 포개어지는 입술이 조금 찾지만, 봄은 머지않았다. 벌써 정원에도 파릇한 새싹들이 올라왔고, 돌하르방에게 그늘을 만들어주는 목련 나무도 봉오리를 틔웠다.

석화는 그의 아랫입술을 살짝 이로 깨물고 혀를 굴렸다. 곽수환도 키스를 이어나가며 제 제복 상의를 벗었다. 석화가 넥타이에 검지를 걸어 쭉 끌어내려서 풀어 던졌다. 목까지 꽉 채운 단추를 눈을 감고도 잘도 찾아 풀었다.

석화는 그의 셔츠를 완전히 개방해 단단하고도 상처투성이인 등을 손으로 감쌌다. 온몸의 피를 쏟아낸 흔적이자, 자신을 지켜준 증표에 마음이 저몄다. 손끝으로 덧그리며 그를 잃을 뻔했던 기억을 상기했다.

'아팠지?'

속삭였다.

'아니, 죽을 것 같아서 더 강해질 수 있었어. 어떻게든 살아서 형에게 돌아갈 생각만 해서 아무 감각도 없었어.'

이제 그 누구도 저희를 방해할 수 없다는 듯 그도 확신을 속삭여주었다.

곽수환은 석화의 바지를 밑으로 끌어내렸다. 운동복 차림이라 단숨에 내려가 발목에 매달렸다. 기나긴 키스에 입술을 떼어내며 또 쪽쪽, 가볍게 입맞춤했다. 그는 석화를 들어 안아서 매트가 아닌 소파로 올렸다. 이러려고 대형 소파를 산 건 아니지만, 둘이 붙어 있기에는 침대 못지않았다.

곽수환이 소파 끝 쪽에 놓인 서랍으로 손을 뻗었다. 자신은 내일 비번이지만 석화는 아니었다. 행여 고생이라도 시킬까 봐 콘돔을 꺼내는데 손에 단단한 무언가가 걸렸다. 나머지 손으로는 석화의 셔츠를 벗기고 있다가 멈칫했다. 콘돔과 함께 가늘고 단단한 막대를 꺼내 보니, 은색으로 반짝거리는 봉이 나왔다.

"이건 뭐야?"

곽수환이 그걸 눈앞에 가져오자 석화가 미묘한 얼굴을 했다.

"그게 사정을 방지해준대요. 익숙해지면 기분도 좋고."

"누가 그래?"

"……방송에서."

곽수환은 골이 지끈거렸다. 요즘 성인방송도 속속들이 의회의 허가를 받아 나오는 추세였다. 그간 기존 마스터들이 허가해주지 않았던 스포츠 경기도 다양해졌다.

스크린, 스포츠, 섹스, 현재는 강압적인 체제 때문에 막혔던 모든 욕구를 분출하는 시기였다.

"근데 이걸 어떻게 쓰는 건지는 알아?"

"넣어서 요도를 막는 거예요."

"패스야, 버려."

곽수환이 요도 막대를 쓰레기통에 요령 좋게 던져 넣었다. 그리고 서랍에서 젤도 마저 한 통 꺼냈다.

"항상 내가 먼저 지치니까."

석화는 그에게서 콘돔을 가져와 비닐을 뜯었다. 고무에 조예가 깊은 노인이 만들었다는데 얇고 강해 요즘 불티나게 팔리는 상품이었다.

석화는 곽수환의 브리프를 쑥 내려서 벌써 빳빳하게 발기한 성기에 콘돔을 끼워 맞췄다. 말린 고무 부분을 빙글빙글 내리는 건 심혈을 기울여야 했는데, 석화는 이 감촉이 좋아 늘 제가 하고는 했다.

곽수환은 시각적으로도 미칠 듯이 흥분되는 바람에 제 허벅지를 쥔 채로 덤벼들지 않도록 꾹 참아냈다.

"저런 걸 쓴다고 달라지는 건 없어. 그리고 난 형 어디에도 나 말고 다른 거 들어가는 거 싫어."

이제 다 참았다는 식으로 석화의 두 다리를 확 올려 회음부부터 구멍에 젤을 한가득 다 짜 넣었다. 석화의 아래가 연방 움찔거렸다. 그래도 금방 따뜻해질 것을 알았다. 어젯밤에도 가벼운 페팅을 했었기에 아래는 무리 없이 풀려 있었다. 석화는 스스로 손을 내려서 그의 성기를 제 아래에 대고 비볐다.

"하아, 형. 나 진짜 일찍 오길 잘했지?"

"흐응, 잘했어, 수환아."

석화가 속삭이자 그가 저를 쪼아대는 안으로 허리를 들이밀었다. 입을 벌린 석화는 녹아내릴 듯한 신음을 흘렸다. 삽입과 동시에 스스로 제 성기도 쥐어 압박했다. 성기에도 젤이 붙어 있어 손이 끈끈해졌다. 음란한 감촉이었다.

"자기, 점점 이렇게 밝혀서, 어떻게 해? 나 좋아 죽으면?"

"나도…… 좋아."

솔직한 석화 때문에 이러다가 제가 먼저 쌀지도 몰랐다. 그는 젤을 들어서 석화의 배에 가득 짰다. 배 안쪽이 차가운 젤에 움찔거렸다. 그대로 손바닥을 미끄러뜨려 젖꼭지까지 밀어 올렸다. 달뜬 숨이 터지고 석화의 뺨에 홍조가 서렸다. 곽수환은 양쪽 젖꼭지를 손으로 굴리면서 좆을 처박아댔다. 젤이 사방으로 튀어 가죽 소파까지 미끈거렸다.

"하아, 으읏."

온몸이 곽수환과 하나로 녹아들고 있었다. 제 몸이 젤처럼 전부 흘러내리면 어떻게 하지, 석화는 흐린 눈을 떠서 그를 바라봤다. 저 표정이 좋았다. 오롯이 자신만을 담고 있는 곽수환의 조금 인상 쓴 이마하며, 거친 숨을 토해내는 저 입술이 좋았다.

"하아, 수환아, 아! 아아!"

젖꼭지를 콱콱 쥐어짜니 신음이 더 높아졌다. 곽수환은 또다시 손을 미끄러뜨려 매끈한 배를 마사지하듯 원을 그렸고 옆구리를 간질였다. 하읏! 석화는 그의 어깨에 얹은 다리에 힘을 주어 아래로 내리눌렀다. 안달이 나는 무게감에 허리를 일으킨 그가 두 다리를 한데 모아 안았다. 아래를 쉼 없이 쳐대니 구멍이 말랑말랑해지는 것도 느껴졌다. 석화는 제 성기를 꽉 쥐고 사정을 막았다.

"괜찮아, 하아, 해도 돼, 응?"

그가 종아리에 계속 키스를 퍼부었다. 곽수환이 움직이는 속도를 따라잡을 수가 없었다. 손으로 흔드는 것도 한참 뒤처져 오히려 아래에 더 신경이 몰렸다.

나 못 해. 수환아, 못 해. 석화가 중얼거리자 곽수환이 대신 성기를 확 쥐었다. 그러고는 제 속도에 맞춰 쿠퍼액을 쏟아내는 성기를 거칠게 수음했다. 훑어주면 훑어주는 대로 곧장 기세 좋게 정액이 튀어 올랐다. 석화에게 든기로는 자기 정자가 전보다 훨씬 활발하다던데, 그래서 요즘 더 적극적인 건가 싶었다. 체력을 키우려는 이유도 곽수환이 보기엔 참 음흉했다. 근데 그건 저에게 좋은 쪽의 음흉함이다.

"하웃! 아!"

사정하는 동안 긴장한 내벽을 마구 후벼 파면서 쑤시니 석화는 뒷머리카락을 소파에 함부로 비벼댔다. 곽수환은 뒤통수가 닳을까 싶어 제 손을 가져다 댔다. 그러고는 바짝 닿아 저도 참아왔던 사정감을 동시에 분출하기 시작했다.

콘돔을 뚫을 기세로 내뿜는 정액에 석화는 그럴 리 없음에도 배 전체가 뜨거워지는 착각이 들었다.

석화는 그가 사정을 끝낼 동안 젤과 정액으로 범벅이 된 아랫배를 손으로 감쌌다. 눈을 감고 숨을 천천히 고르는 모습은 곽수환의 눈에 독이었다. 곽수환은 폐를 크게 부풀렸다가 차분히 호흡을 뱉어내고 석화의 입술에 쪽 키스했다. 안쪽에 삽입했던 성기를 느릿하게 빼내자 석화가 몸을 조금 떨었다. 그는 다시 입을 맞추고 제 좆을 갑갑하게 감싼 콘돔을 확 벗겨냈다.

매듭을 지어 던지려는 때, 눈을 힘겹게 뜨고 있는 석화가 팔을 막았다.

"……나 줘요."

샬레에 못 가져간 게 한이 되었는지 석화가 매듭진 콘돔을 챙 겼다. 발가벗은 채로 뒤를 돌아 힘겹게 서랍까지 가서는 빈 통 하나를 꺼냈다. 그동안 곽수환은 빠끔거리며 좁아지는 밑을 고 스란히 봤다. 꾸욱, 아지도 기세가 흉흉한 제 좆을 아래로 내리 눌렀지만, 손을 떼자마자 퉁 튀어 올랐다.

석화는 빈 통에 콘돔을 넣고 천장을 보고 소파에 누웠다. 아 까만 해도 잠기운이 조금 서려 있었는데, 지금은 완전히 물러난 듯했다. 대신 사정 한 번에 힘을 소진해 기운을 비축하고만 있 었다.

곽수환이 석화의 상체를 맨몸으로 둘러 안고는 획 들어서 욕 실로 향했다. 욕조에 물을 미리 받아둘걸. 근데 저도 집에 들어 오자마자 석화와 섹스를 할 줄은 몰랐다. 저를 그렇게나 반겨주 는데 안 덮치고 배길 수가 있어야지.

곽수환은 일부러 커다란 욕조가 있는 집을 사들였고, 그는 따 뜻한 물속에 잠겨 석화를 닦아주는 일을 좋아했다. 그는 욕조의 모든 방향에서 물을 틀었다. 조금씩 수위가 올라오는 물 안에 석 화를 내려두고 종아리를 꾹꾹 눌렀다. 요즘 운동을 하고 있기 때 문에 이렇게 온몸의 근육을 풀어주는 것도 곽수환의 일과 중 하 나였다. 물론 근육이 뭉칠 정도로 운동을 하는 건 아니었지만.

석화는 저도 손을 천천히 움직여 곽수환의 팔과 어깨, 가슴 팍에 물을 묻혔다. 그가 다리를 풀어주려 움직일 때마다 근육이 움직이는 모습이 예뻤다. 예쁘다는 표현이 맞을지 모르겠으나 물방울이 그의 상체의 잔 굴곡을 타고 흐를 때는 시선을 고스란히 빼앗길 정도였다.

"······수환아."

석화의 목소리가 또다시 졸음에 잠겨 있었다. 봄이 오니 춘곤증이 남들의 배로 오나 보다.

"왜, 석화 형."

"나······ 이제 돌에 집착 안 해."

좋긴 한데 비싼 돈 들어서 돌하르방 같은 거 안 옮겨도 돼.

"그래도 좋아하긴 하잖아."

그건 그렇다. 석화는 점차 물에 더 잠기면서 눈을 끔뻑거렸다.

"내 체질이······ 너처럼 변하는 것 같아."

"그럼 진짜 곰하고 싸울 수 있겠네?"

그가 석화를 부드럽게 안아 와 자신의 위에 얹혔다. 욕조 깊이가 상당해서 늘어진 석화는 가슴께까지 잠겨 있었다. 곽수환은 석화의 허벅지와 배, 가슴까지 손으로 어루만져줬다. 저의 취미생활이자 치유시간을 떠올리면 하루도 금세 지나갔다. 우리 석 박사는 내가 얼마나 온종일 붙어 있고 싶어 하는지 알까 모르겠다.

"수환이 너는······ 없었지?"

석화가 곽수환의 어깨에 뒷머리를 비볐다. 단단한 느낌이 좋아 안정감도 들어 더 잠이 쏟아졌다.

"뭐가?"

상냥한 웃음이 담긴 목소리에 석화는 눈을 감았다.

"집착 같은 거……."

그가 석화의 어깨에 쪽 키스했다. 커다란 손바닥으로 상체를 계속 어루만지면서 귀와 뺨에도 입술을 맞댔다.

"아마 나는 처음일 거야. 그 감정은 전부 형이 알려준 거니까."

곽수환이 귓바퀴에 쪽, 키스하면서 말했다.

"자기, 내가 존나게 사랑하는 거 알지?"

"……나도."

석화는 물에서 태어난 사람처럼 편히 잠이 들었다.

◆ ◆ ◆

누군가의 말에 따르면 돌연변이들은 하나같이 하자가 있었다. 그래서 석화는 곽수환의 집착특성이 번식이 아닐까 짐작했다. 그러나 애초에 전제가 틀렸다. 곽수환은 완벽한 돌연변이였다.

가수면 상태에 빠진 석화의 손을 곽수환이 꾹꾹 지압해줬다. 그는 욕실을 나와서까지도 계속 떨어지지 않았다.

곽수환은 해가 지고 밤이 오는 게 싫었다. 그럼 또 새벽이 와서 석화가 출근을 해야 한다. 물론 그보다 지금은 저녁이 더 먼저였다. 곽수환은 침대에 눕힌 석화의 가슴까지 이불을 덮어주고 주방으로 향했다.

둘 다 요리는 잘할 줄 모른다. 지금 곽수환이 할 수 있는 것이라 봐야 계란말이 정도인데, 다행히 석화보다는 솜씨가 더 나았다.

그는 도마를 꺼내놓고 파를 송송 썰었다. 계란 열 개를 풀어서 획획 젓고 그 안에 후추와 소금, 파를 한데 넣었다. 달군 프라이팬에 계란을 쏟고 익는 동안 레토르트 미역국도 데웠다. 반찬 가게에서 사온 멸치와 깻잎절임, 김치까지 상에 올려놓으니 나름 차림이 그럴싸했다.

이채윤은 음식을 해줄 사람을 고용하라고 했지만 곽수환은 차라리 제가 요리를 배우고 말지, 했다. 이 집은 온전한 저와 석화의 공간이었다. 그래서 솔직하게 말하면 다른 놈들이 오는 것이 싫었다.

즉석밥도 전자레인지에 돌린 뒤, 거실로 나가 축음기의 바늘을 레코드판에 올려두었다. 샹송 가수의 LP판 가격이 집값보다 비싼 건 석화는 알지 못했다. 선명하지 못한 음질이었지만 과도기인 레인보우 시티에 퍽 잘 어울렸다.

다시 주방으로 가 김이 올라오는 계란말이를 접시에 옮겼을 때, 그는 슬슬 석화를 깨워야겠다고 생각했다. 이심전심인지 석화가 비척거리면서 주방으로 오고 있었다. 무표정하지만 어째 미안한 기색이 훤히 느껴졌다. 곽수환은 폭신한 방석이 있는 의자를 끌어냈다.

"앉으시지요, 석화 도련님. 도련님의 곽 머슴이 음악과 함께 식사를 나름대로 준비해봤습니다."

"내일은 내가 할게요."

"내일은 일 끝날 때 데리러 갈게. 나 비번이잖아."

그가 밥그릇에 즉석밥을 옮겼다. 두 개를 내려두고 국그릇에도 각각 미역국을 펐다. 김이 모락모락 올라오는 국과 계란말이를 보니 석화도 군침이 돌았다. 석화는 젓가락을 들어 그가 만든 계란말이부터 집었다. 반으로 쪼개 먹어야 편할 텐데도 두꺼운 몸통을 그대로 가져가 깨물어 먹었다.

뜨거움에 저절로 하아, 바람이 새자 석화의 입에서 하얀 입김이 솟았다.

"맛있어요."

석화는 입안에서 포슬포슬하게 흩어지는 계란에 온몸이 따뜻해지고 있었다.

그는 저로 인해 집착하는 것이 생겼다고 했다. 완벽한 돌연변이인 그에게 이제 저 또한 영향을 받았다. 그의 피를 수혈받음으로써 그에게 있는 진화 형태의 바이러스가 자신의 DNA 염색체를 바꾸었다. 마치 방사능에 노출된 현상처럼 말이다. 어쩌면 저는 운이 좋아 살아남은 것일지도 몰랐다. 그의 피를 수혈받는 대다수의 사람은 아마도 사망에 이를 테니까.

인체란 인류가 태초에 생겨난 이래로 언제나 정복되지 않는 미지의 영역이었다. 하나 두려운 건 그와 자신의 세포 노화 속도가 마치 멈춘 듯한 이상이 생겼다는 거다. 그 또한 저희 둘에게만 일어난 일이니 비교군이 없어 이유에 대한 실험을 거듭해야 할 거다.

곽수환의 자손은 전부 바이러스 면역을 가질 텐데, 저 또한 그의 자손이나 다름없어졌다.

자신도 돌에 대한 집착이 사라지기 시작한 시기를 생각해보면 그의 피를 수혈받은 이후였다. 그는 정말 어떤 집착특성도 없었을지 모른다.

"뭐 해?"

'뭐 하냐.'

우습게도 처음 만났던 날이 생각났다.

그때는 정말 몰랐다. 이렇게 그와 사랑하게 될 줄은.

석화는 곽수환을 물끄러미 바라봤다. 그도 마찬가지로 시선을 떼지 않고 검은 눈동자에 석화를 가득 담았다.

"이제는 이렇게 봐도 안 체해?"

그는 흡사 턱까지 괸 채 대놓고 봤다.

'곽수환 소령님, 그렇게 계속 보시면…… 체하겠습니다.'

석화는 오래전의 기억을 떠올렸다.

그리고 과거의 서로와 현재의 우리가 교차해 하나로 융화됨을 느낄 수 있었다.

우리는 서로에게 유일한 가족이었다. 한 집에서, 한 식탁에서 서로 마주 보고 있는 가족이자 연인이었다.

세상에 아무도 혼자인 사람은 없어야 했다. 그렇게 우리도 끝까지 함께할 게 분명했다.

"이제…… 내가 집착하는 모든 건 수환이 너뿐이야."

눈을 조금 키웠던 그가 곧 씩 웃었다.

"난 이미 한참 전부터 그랬어."

언제나처럼 자신만만한 그다웠다.

핏빛에 물든 소매 대신 하얀 소매가 보였고, 피로 만들어진 도시는 이제 종말을 고했다. 우리의 울타리는 안전했지만, 저 밖은 아직 핏빛이었으니 언젠가 또 이곳까지 스며들려고 할지도 모른다.

인간이 진화했듯 어느 날 바이러스도 진화하겠지만, 결국 살아남는 건 생존하고자 하는 집념이다. 적어도 바이러스보다는 우리가 더 강하지 않을까.

석화도 마주 보며 웃었다.

장밋빛 인생을 염원하며.

La Vie en rose, éternel.

외전 끝.

레인보우 시티 ❸

초판 1쇄 인쇄 2022년 1월 20일
초판 1쇄 발행 2022년 2월 28일

지은이 채팔이
펴낸이 김문식 최민석
총괄 임승규
기획편집 이수민 김소정 박소호
　　　　　김재원 이혜미 조연수
표지디자인 산
디자인 배현정
제작 제이오

펴낸곳 (주)해피북스투유
출판등록 2016년 12월 12일 제2016-000343호
주소 서울시 성북구 종암로 63, 5층 (종암동)
전화 02)336-1203
팩스 02)336-1209